海外小説 永遠の本棚

# 小悪魔

フョードル・ソログープ

青山太郎＝訳

JN014860

白水 u ブックス

МЕЛКИЙ БЕС

Федор Сологуб

1907

あの邪な魔法使の女を、わたしは焼き殺してやりたかった。

# 第二版への作者の序文

長篇『小悪魔』は一八九二年から一九〇二年にかけて執筆され、一九〇五年雑誌『生活の諸問題』（第六―十一号）に末尾の数章を除いて掲載された。完結した姿で世に出たのは、一九〇七年三月シポヴニク書店版が最初である。

活字になった批評や、たまたま耳にした表現のうちに、私は正反対な二つの意見を認めた。

ある者はこう考える。大変な悪人である作者は自らの肖像を描かんとし、これを教師ペレドーノフの形象においてなしたのである、と。その誠実さゆえに、作者は自分を弁護したり粉飾したりすることは何ら欲せず、自らの顔をかたどるにもっとも暗い色彩をもってした。彼がこの驚くべき企てを遂行したのは、ある種のゴルゴタに登り、そこで何か受難に遇《あ》うためなのだ。出来上がった小説は興味深く、かつ無害なものである。

なぜ興味深いかというと、これを読めば世の中にはどんな悪い人々がいるかよく分かるからであり、なぜ無害かといえば、読者が「これはおれのことを書いたのではない」と言えるからである。

また、作者に対してそれほど手厳しくない者たちはこう考える。小説に描かれたペレドーノフの生活と意見、これはきわめて広く見られる現象である、と。

われわれのうちの誰でも自らの内部を注意深く検討すれば、そこに必ずやペレドーノフ的特徴を発見するであろうと考える者さえいる。

これら二つの意見のうち、わたしは自分の意に適うほう、すなわち後者に軍配を挙げる。わたしは何かを自分で考え出したり捏《こ》ね上げたりする必要に迫られたことは一度もない。わたしの長篇に出てくる挿話的・風俗的・心理的ないっさいの事柄はすこぶる正確な観察に基づいており、またわたしは自分の周囲に作品のための「モデル」をふんだんに見ていた。この長篇の執筆がこれほど時間を食ったのも、ひとえに偶然的なものを必然的なものに化せしめ、以前挿話を播《ま》き散らすアイサが我物顔に振る舞っていたところに、有無を言わせぬアナンケの支配力を及ばせんがためであった。

たしかに、ひとは愛されることを好む。魂の崇高な気高い側面が描かれることを喜ぶ。極悪人たちの内にすらも昔見られたような善の、「神の火花」の閃《ひらめ》きを見ようとする。それゆえ人は、忠実で、正確で、陰気で、苛酷な描写を目の前にしても、これを信じることができない。こう言いたくなる。

「これは作者が自分のことを書いたのだ」

いや、わが親愛なる現代人たちよ、小悪魔とその薄気味悪いネドトゥイコムカ、ペレドーノフ夫妻アルダリオンとワルワーラ、パーヴェル・ヴォロージン、ルチロフ家の三姉妹ダーリヤ、リュドミラ、ワレリヤ、アレクサンドル・プイリニコフ、その他大勢をめぐるこの小説の中で、なにを隠そう、わたしは諸君のことを書いたのだ。

この小説は巧みに作られた鏡である。わたしは長いことこれを磨き、その仕上げに励んだ。

鏡の表面は滑かにして、組成は混りけがない。幾度も測り直し、綿密に点検してあるから、一分の歪みもありえない。

醜も美も一様に狂いなく映し出す。

一九〇八年一月

# 第五版への作者の序文

かつてわたしは、ペレドーノフの経歴がすでに終わりを告げ、彼がヴォロージンの喉を掻き切ったのち収容された精神病院から二度と出ては来ないのだと思っていた。だが最近耳に達した風説によると、ペレドーノフの精神異常は一時的なもので、彼は暫時の療養ののちつつがなく自由の身になれるということである。たしかに、はなはだ疑わしい風聞ではある。わたしが今ここでそれに言及するのも、ひとえに、現代においては信じ難いようなことがしばしば起こるからにほかならない。わたしが『小悪魔』の第二部を書く気でいるという記事を、ある新聞で読んだことさえある。

わたしの耳にしたところでは、ワルワーラはペレドーノフのああした行動にはそれなりの理由があったと確信しているらしい。またヴォロージンは一度ならず怪しからぬ言葉を口にし、怪しからぬ意図を漏らしていたそうで、死の直前彼は何か前代未聞の大それたことを言い、これによって自ら破局を招いたのだそうで、一部の人々はワルワーラのこの話を信じている。これによって彼女はヴォルチャンスカヤ公爵夫人の関心を惹き、以前ペレドーノフのことで口をきいてやるのをとんと忘れ果てていた夫人も、今や彼の身の上を心配し、熱心にこの世話を焼いているということだ。

病院から出てきたペレドーノフがどうなったか、この点についてわたしの知りえた諸々の情報は曖昧で互いに食い違っている。一説によれば、彼はスクチャーエフの忠告どおり警察勤めをはじめ、県庁顧問になった。この地位にあってぬきんでた才幹を発揮し、出世街道を驀進《ばくしん》しているという。

また他の説によれば、警察に勤めているのはアルダリオン・ボリースィチではなく、彼の親戚にあたる別のペレドーノフだともいう。アルダリオン・ボリースィチ本人は官職に就きそこなったか就きたがらなかったかして、現在では文芸批評に携っており、彼の書くものには以前と変わらぬ特徴が現われているそうだ。

あとの噂はまえのに比べると、いっそうありそうもないことのようにわたしには思える。

ともあれ、ペレドーノフのその後の活動に関して正確な情報を入手し次第、これについて詳しく物語ることにしよう。

# 第七版への作者の序文

長篇『煙と灰』(『創造伝説』第四部)の注意深い読者なら、アルダリオン・ボリースィチが今やいかなる道を辿《たど》っているか、よく御承知である。

一九一三年五月

# 対　話
## （第七版のための）

「わたしの魂よ、何をそんなにうろたえているのだ?」

「『小悪魔』の作者をとりまく敵意ゆえです、他の問題ではあんなにも意見のまちまちな連中が、この問題では一致している」

「悪意と罵詈《ばり》をおとなしく忍べ」

「しかしあたしたちの仕事はそもそも感謝を受けてしかるべきではありませんか？　この敵意はなにゆえでしょう?」

「この敵意は驚愕に似ている。おまえはあんまり大きな声で良心を目覚ませる。おまえは遠慮がなさすぎる」

「だがわたしの誠実さは有益ではありませんか?」

「おまえはお世辞を期待している。だがここはパリじゃない」

「そう、たしかにパリじゃありません」

「わたしの魂よ、おまえは正真正銘のパリジェンヌだ。ヨーロッパ文明の娘だ。おまえは着飾り、軽いサンダルを履いて、ルバーシカと油を塗った長靴の国へやって来た。油を塗った長靴がおまえの女らしい足を時として乱暴に踏みにじることがあっても、驚いてはいけない。それを履いている連中は、みな気のいい正直者なのだ」

「それにしてもなんて陰気で、なんて気のきかない人たちでしょう」

一九一三年五月

# 小悪魔

※〔　〕はヴァリアント。「訳者あとがき」参照。

# 一

休日の朝のミサが終わると、集まった人々は散っていった。ある者は教会の構内を立ち去らず、白い石壁の外、年経りた菩提樹や楓《かえで》の下で立話をしていた。休日のことと誰もが晴着をまとい、愛想よい視線を交わし、この町の人々は平和な睦《むつ》まじい生活を送っているかと見えた。さらには陽気な生活をさえも。だがこれはみな見かけだけにすぎなかった。

ギムナジウムの教師ペレドーノフは友人たちにとりまかれ、金縁眼鏡の奥から小さなむくんだ眼で彼らを不機嫌そうに眺めながら、こう言った。

「ヴォルチャンスカヤ公爵夫人が自分でワーリャに約束したんだから、確かだ。おまえが彼と結婚したら、あたしゃすぐさま彼が視学官のポストにつけるよう骨折ったげる、とな」

「しかしあんた、ワルワーラ・ドミトリエヴナとどうやって結婚するんだ？」と赤ら顔のファラストフが尋ねた。「彼女あんたの姉じゃないか！　新しい法律でもできたのか、姉妹と結婚してもいいっていう？」

皆どっと笑った。ペレドーノフのいつもは眠たげに無表情な赤い顔が猛々しさを帯びた。

「またいとこだ……」と彼は腹立たしげに仲間たちから眼を外らして呟《つぶや》いた。

「公爵夫人があんたにじかに約束したのか？」と、背が高く、めかした身なりの、蒼白いルチロフが尋ねた。

「おれにじゃない。ワーリャにだ」とペレドーノフは答えた。

「そらみろ。で、あんた本気にしてんのか」とルチロフは急《せ》きこんだ。「口先だけなら何とでも言えらあ。あんた自分でなぜ公爵夫人に会わなかったんだ？」

「ワーリャと二人で行ったんだが、夫人は出掛けたあとだったんだ。五分違いでな」とペレドーノフは説明した。「田舎へ発って、三週間しなきゃ帰らん。おれとしちゃ待ってるわけにゃいかない。試験が始まるからどうしたってここへ帰ってこんことにゃ」

「なんだか臭いようだな」とルチロフは言い、腐った歯をむき出してにやにや笑った。

ペレドーノフは考え込んだ。仲間たちは散りぢりになり、彼とルチロフばかりが残った。

「もちろん」とペレドーノフは言った。「おれは誰でも好きな女と結婚できる。ワルワーラばかりが女じゃない」

「あたりまえだ。あんたんところになら、アルダリオン・ボリースィチ、どんな女だって喜んで嫁にくるさ」

二人は教会の構内から出て、舗装してない埃《ほこり》っぽい広場を通っていった。ペレドーノフは言った。

「ただ、公爵夫人のことがあるんだ。もしおれがワルワーラを捨てたら、かんかんに怒るだろう」

「公爵夫人なんぞくそくらえだ！」とルチロフは言った。「あんた夫人に遠慮する理由なんぞこれっぽっちもないさ。彼女に先ずあんたのポストを都合させるんだ。式を挙げるのはそれからにしたらいい。さもないと、早まってとんだことになるぞ！」

「そりゃそうだ……」とペレドーノフはふんぎりのつかぬ態《てい》で同意した。

「ワルワーラにこう言ってやるんだ」とルチロフは口説いた。「先ず視学官のポストを手に入れること、さもないことにゃ、どうも信用できないってな。視学官になったら、その時は誰とでも好きな女と結婚したらいい。例えばおれの妹のうちの誰かとした方がいいぜ――三人のうち、いいのを選ぶんだな。教養があって、頭のいい娘たちだ。贔屓目《ひいきめ》なしに見てな。ワルワーラなんぞの比じゃない。ワルワーラなぞあれたちの足許にも及ばんよ」

「ふーむ……」とペレドーノフは唸《うな》った。

「ほんとうだって。あんたのワルワーラたあ何だ？　ほれ、嗅いでみろ」

ルチロフは屈みこむと、ヒヨスの毛ばだった茎をちぎり、葉と薄汚れた白い花をもみ合わせ、指いっぱいにすりつぶしてペレドーノフの鼻先につきつけた。ペレドーノフはいやな重苦しい臭いに顔をしかめた。ルチロフは言った。

「すりつぶして捨てる――あんたのワルワーラはこれでいいんだ。あれとおれの妹たちじゃ、きょうだい、大きな違いが二つある。こっちは元気な娘たちだ。ぴちぴちしてる。どれでも好きなのを選びゃ、退屈するってこたない。それに若い――いちばん年上のだって、あんたのワルワーラの三分の一にもならん年齢《とし》だぜ」

こうしたことをみなルチロフはいつもと変わらぬ早口で、楽しげな微笑を浮かべながら口にした。丈高く胸の狭い彼の姿はいじけたひ弱な印象を与え、最新流行の帽子の下からは、明るい色の、短く刈りこんだ疎《まば》らな髪が、みじめったらしく突き出ていた。

「三分の一とはまた大袈裟《おおげさ》な」ペレドーノフは外した金縁眼鏡を拭きながら、ものうげに言い返した。

「ほんとうだって！　ただいいか、今のうちだぞ。おれの眼の黒い内ならばだ。さもないと、あれたちにだって野心てものがある。あとであんたがその気になっても、もう手遅れだぜ。いずれにしろ、三人のうちの誰でも、あんたに嫁入りできりゃ大喜びだろうよ」

「うん、この町じゃみんなおれに惚れてる」とペレドーノフはむっつりしたまま手前味噌を言った。

「そうだ、だからこそ機を逸しちゃいけない」とルチロフが説きつけた。

「大事なことは、あの女の痩せてるのがおれには気にくわんということだ」そう言うペレドーノフの声には憂いがこもっていた。「おれは太ってる方がいい」

「その点についちゃ心配するな」とルチロフは急き込んで言った。「あの娘たちゃ今だってもうむっちりしてる。ふくれ方がまだ足りないとしても、こいつは時間の問題だ。嫁に行きゃ、あれたちだって、姉のラリサのように肥えるさ。知ってるだろう。まるでピローグみたいになったぜ」

「おれは結婚してもいいんだが」とペレドーノフは言った。「ただワーリャがスキャンダルをもち上げやしないかと思ってな」

「スキャンダルがこわいなら、こうしたらいい」ルチロフはこすそうな微笑を浮かべて言った。「明日といわず今日すぐに結婚するんだ。家へ新妻を連れて帰るんだ。そうすりゃ万事片づく。もしよかったら、おれが手筈を整えてやる。明日の夕方どうだ？　誰がいい？」

ペレドーノフは突然大声で、ひきつるように笑い出した。

「いいな？　手を打つな、え？」とルチロフは尋ねた。

ペレドーノフは笑い出した時と同様に突然笑いをひっこめ、陰気に、小声で、殆ど囁《ささや》くように言った。

「あの女密告するぞ、すべため」

「密告なんぞするもんか。密告することなんかありゃせん」とルチロフは説ききかせた。

「さもなけりゃ、毒を盛るぞ」とペレドーノフはおそろしげに囁いた。

「とにかく何もかもおれに任せろ」とルチロフは熱心に彼を口説いた。「何もかもおれが上手にお膳立てしてやる……」

「おれは持参金つきでなかったら、結婚しない」とペレドーノフはぷりぷりして大きな声を出した。

ルチロフは陰気な対話者の思考の飛躍にいささかも驚かなかった。彼は相も変わらぬ意気込みで言い返した。

「変わり者め、あの娘《こ》たちに持参金がないとでも言うのか！　じゃいいな？　よし、おれはひとっ走りお膳立てに行ってくる。ただ、このことは誰にも言うなよ、いいか、誰にもだぞ！」

彼はペレドーノフの手を握って振ると、駆け去っていった。ペレドーノフは黙ったままその後姿を見つめた。陽気で嘲弄好きなルチロフの娘たちのことが想い出された。不謹慎な考えが彼の唇にいまわしい微笑の類似物を刻んだが、これは一瞬現われたかと思うとすぐ消えた。ぼんやりした不安が彼の内に頭をもたげた。

『公爵夫人のことはどうする？　あの娘たちにゃはした金の持参金はあるが、縁故がない。ワルワーラと結婚すれば視学官のポストがついてて、いずれは校長にだってなれる』

彼はあたふたと駆け去ってゆくルチロフを眼で追い、意地悪くこう考えた。

『やらせときゃいい』

この考えは彼にだらけたものうい満足感をもたらした。しかし一人でいることには退屈してきた。彼は帽子を眼深く引き下げ、色の薄い眉をひそめると、舗装してない無人の街路をせかせかと家へ向かった。街路には白い花をつけたつめ草が地を這《は》って茂り、なずなのような雑草が泥の中に踏みしだかれていた。

誰かが彼を低い声で、素早く呼んだ。

「アルダリオン・ボリースィチ、寄っておいでなさいな」

ペレドーノフは陰鬱な眼差《まなざ》しをあげ、垣の中を睨《にら》みつけた。庭木戸の向こうにナタリヤ・アファナーシエヴナ・ヴェルシーナが立っていた。浅黒い肌をした小柄な痩せた女で、全身黒ずくめ、眉も黒ければ眼も黒かった。彼女は黒っぽい桜の木の吸口にさした紙巻をくゆらし、あたかも人々が口に出しては言わぬが、それを思い浮かべて笑う種類の事柄を何か知っているかのように、かすかな微笑を浮かべていた。言葉によってというよりもその軽やかで素早い動作によって、彼女はペレドーノフを庭に招じ入れた。すなわち、木戸を開けて脇へ寄り、乞うようであると同時に自信たっぷりな微笑を浮かべながら、手真似でこう言ったのである。「なぜお入りになりませんの?」

彼女のまじないをかけるような無言の身振りに誘われるまま、ペレドーノフは庭へ入った。しかしすぐに砂を敷きつめた小道で立ち止まり、時計を見た。小道には枯枝のかけらが散らばっていた。

「昼めしの時間だ」と彼は呟いた。

彼はもう長いことこの時計を使っていたにもかかわらず、未だに人前でその大きな金蓋に視線を投げる時、満足感を覚えずにはいなかった。十二時二十分前。ペレドーノフはほんのちょっと寄ってゆくことにし、葉の落ちた黒すぐりや赤すぐり、えぞいちごなどの茂みの傍らの小道を、ヴェルシーナのあとから不機嫌げに辿って行った。

黄ばんだ庭には、果実と遅咲きの花々が彩りをそえていた。実のなる樹、ならぬ樹、実のなる茂み、ならぬ茂みが、たくさん植わっていた。枝を大きく拡げた高からぬ林檎《りんご》樹、葉の丸みがかった梨。菩提樹、すべすべと艶やかな葉をした桜、すもも、すいかずら。にわとこの茂みには実が赤く熟れ、垣のあたりにはシベリヤ・ゼラニウムが、濃紅の血脈の走る小さな蒼ざめたバラ色の花をいっぱいにつけていた。おおひれ葵《あおい》が茂みの下からその刺《とげ》のある紫紅の頭をもたげていた。庭の隅に小さなくすんだ木造の平屋が建っていて、広いヴェランダが庭につき出ていた。小ぢんまりした、住心地のよさそうな家だった。背景には菜園の一部が覗いていた。そこでは芥子《けし》の乾いた蒴《さく》と、かみつれの大きな黄白色の頭巾が揺れ、しおれる寸前のひまわりが頭を垂れ、さまざまな野菜にまじって、ココルイシの白い傘状花やツィクートヌイ・アイストニクの蒼白がかった紫紅色の傘状花が浮き上がり、明るい色のきんぽうげと丈の低いたかとうだいが花を開いていた。

「ミサにいらっしゃいましたの?」とヴェルシーナが尋ねかけた。

「ええ」ペレドーノフはむっつり答えた。

「うちのマルタもたった今戻ったところですわ」とヴェルシーナは話しだした。「あの子はよく教会へ行きます。わたくしこう言ってからかうんですの。マルタ、あんたが教会へ行くお目当てはいったいどなた、って。あの子赤くなって何も答えません。四阿《あずまや》にお掛けになりません？」彼女は早口に、それまでの話の続きのようにこう言った。

庭の真ん中、枝の茂った楓の陰に、古びた灰色の四阿が立っていた。入口の踏段を三段登ると、苔《こけ》むした床、低い壁、荒削りのどっしりした柱が六本、六枚の傾斜から成る屋根。

マルタはミサの晴着姿のまま四阿に腰を下していた。蝶結びリボンのついた明るい色の服を着ていたが、これは彼女には似合わなかった。短い袖からは、やや尖り気味の赤い肘、がっしりと大きな手がむき出しになっていた。とはいえ、マルタは醜くはなかった。雀斑《そばかす》も彼女を損いはしなかった。彼女はとりわけ同国人、すなわちポーランド人たちの間では美人で通ってすらいた——この町にはポーランド人が少なからずいたのである。

マルタはヴェルシーナのために煙草を巻いていた。彼女はペレドーノフに自分を見せ、うっとりさせてやりたくて仕方がなかった。この期待は彼女の善良そうな顔に、落ち着かぬ愛想よさとなって現われていた。とはいえそれはマルタがペレドーノフに惚れているためではなかった。ヴェルシーナは彼女を嫁《とつ》がせたがっていた。マルタの家族は大人数だし、彼女はヴェルシーナの機嫌を損ねたくなかった。ヴェルシーナの年とった夫が死んで以来数か月、マルタはヴェルシーナのもとに住みこんでいたのだが、そうした自分のためにも、またやはりここに世話になっているギムナジストである弟のためにも、ヴェルシーナの機嫌を損ねたくなかったのである。

ヴェルシーナとペレドーノフは四阿へ入った。ペレドーノフはふさいだ様子でマルタに挨拶すると、柱が自分の背中の風除けになるような場所、隙間風が耳に吹きこまぬ場所を選んで腰を下した。彼はバラ色の玉飾りがついたマルタの黄色い短靴を見て、これは彼を婿《むこ》に釣ろうとしているのだと考えた。彼は自分に対して愛想のよい娘を見ると、いつだってそう考えるのだった。彼にはマルタの欠陥ばかりが目についた。一面の雀斑、大きな手、荒れた肌。ポーランドの零細貴族である彼女の父親が町から六露里ばかりのところに小さな村を賃借りしていることは、彼も知っていた。貧乏者の子沢山。マルタは短期のギムナジウムを終えたところで、長男はまだギムナジスト、他の子供たちはさらに年少だった。

「ビールを召し上がりません？」とヴェルシーナが口早に尋ねた。テーブルの上にはコップ、ビール壜が二本、砂糖の入ったブリキの罐《かん》、ビールに濡れた洋銀の小匙が並んでいた。

「もらいましょう」とペレドーノフは突慳貪《つっけんどん》に言った。

ヴェルシーナはマルタを見た。マルタはコップにビールを注ぎ、それをペレドーノフにすすめたが、その際彼女のおもてには怯《おび》えとも喜びともつかぬ奇妙な微笑が浮かんだ。ヴェルシーナは言葉を撒《ま》きちらすような早口で言った。

「ビールに砂糖をお入れ下さい」

マルタは砂糖の罐をペレドーノフの方に押した。しかしペレドーノフはいまいましげにこう言った。

「いや、そいつは飲めたもんじゃない。砂糖を入れるなんて」

「あら、でもおいしいですよ」とヴェルシーナがどうでもよさそうに言った。

「とてもおいしいですわ」とマルタが言った。

「飲めたもんじゃない」とペレドーノフは繰り返し、砂糖を睨みつけた。

「お好きなように」とヴェルシーナは言うと、区切りも断わりも置かずに別のことを話しだした。「チェレプニンにはうんざりしますわ」そして笑い出した。

マルタも笑った。ペレドーノフは無関心なまま前方を見ていた。彼は他人のことにはいっさいかかわり合おうとしなかった——そもそも人々を愛しておらず、自分の利益か楽しみに結びつかない限り、他人に想いを馳せることはなかったのである。ヴェルシーナは自惚《うぬぼ》れた微笑を浮かべて言った。

「彼、わたしが彼と結婚すると思ってるんです」

「なんていけ図々しいんでしょう」とマルタは言ったが、ほんとうにそう思ったからではなく、ヴェルシーナにおべっかを使ってその意を迎えるためだった。

「昨日は窓から覗いてたんですよ」とヴェルシーナは話して聞かせた。「夕食の間に庭へ忍び込んだんです。窓の下に桶が置いてあったんですの。雨水をすっかり受けるように。板がかぶせてあって、水は見えなかったんです。彼桶の上に乗って窓を覗いてましたの。部屋の中にはランプがついてましたから、彼の方からはこちらがよく見えても、わたしどもには彼のいることが分かりませんわ。不意に大きな音がしたもんですから、はじめはびっくりして逃げ出しましたわ。彼が水の中に落ちた音だったんですの。もっとも、彼わたしどもが戻ってくる前に抜け出して、びしょ濡れのまま逃げてゆきましたわ——道に濡れた足跡がついてましたし、それに、うしろ姿で彼だってことは分かりました」

マルタは上品な子供のやるように、細い嬉しそうな声で笑った。ヴェルシーナはいつもそうなのだが、撒きちらすような一本調子の早口で語り終えると、ぴたりと黙りこみ、坐ったまま唇の端で微笑した。そのため、彼女の黝《くろ》ずみひからびた顔全体に皺《しわ》が走り、喫煙で黒ずんだ歯がかすかに覗いた。ペレドーノフはちょっと考えこみ、それから突然笑い出した。彼が滑稽な事柄にすぐさま反応を示すことは決してなかった。感受性が緩慢で鈍重だったのである。

ヴェルシーナは立て続けに煙草を吸った。彼女は煙草の煙を鼻先に漂わせずには、生きてゆくことができなかった。

「われわれはもうじき隣り同士になるでしょう」とペレドーノフは告げた。

ヴェルシーナは素早い視線をマルタに投げた。マルタはかすかに顔を赤らめ、何かを怯えつつ待ち受けるかのようにペレドーノフを眺め、すぐにまた視線を庭に移した。

「お引っ越しになるの?」とヴェルシーナが尋ねた。「またなぜ?」

「ギムナジウムから遠すぎるもんで」とペレドーノフは説明した。

ヴェルシーナは嘘でしょうと言いたげに微笑した。ほんとうは、もっとマルタの近くにいたいのだ、と彼女は思った。

「だけどあなたもう随分、何年も今のところにお住まいでしょう」と彼女は言った。

「それに、家主のおかみってのがいやなやつで」とペレドーノフはぷりぷりして言つた。

「あらそうですか?」ヴェルシーナは信じられないといった調子でこう言い、苦笑した。

ペレドーノフはやや活気づいた。

「家主のやつ壁紙を貼り換えたんですが、それがまたひどいやり方で。壁紙は半端ものばかりで、食堂のドアの上に全然別の模様が来とるんです。部屋全体は唐草と花模様なのに、ドアの上だけは縞《しま》となでしこ模様ときたもんだ。色も全くちぐはぐで。はじめ気がつかなかったんですが、ファラストフが来て、これを見て笑い出したんで。今じゃみんなの笑いものです」

「そりゃそうですわねえ。不体裁ですもの」とヴェルシーナは同意した。

「ただ、婆さんには引っ越すことを言ってないんで」とペレドーノフはここで声を落とした。「家が見つかったらすぐ越します。家主には何も言わずに」

「そりゃそうですわ」とヴェルシーナは言った。

「さもないと、婆さん大騒ぎするでしょうからな」そう言うペレドーノフの眼には、臆病げな不安の色が浮かんだ。「おまけに、そんなひどい事をするならもう一か月分家賃を払えなんて」

ペレドーノフは家賃も払わず家を出てしまうことを考えると、嬉しくて笑いだした。

「請求してくるでしょうよ」とヴェルシーナが注意した。

「請求させときゃいい。ぼくは払いませんよ」とペレドーノフはぷりぷりして言った。「先頃ピーテル（ペテルブルクのこと）へ行っていて、その間中家は空いてたんです」

「だけど家は借りたままでいらしたんでしょう」とヴェルシーナが言った。

「それがどうだってんです！　婆さん修繕をしなくちゃならなかった。住んでなかった期間の分まで払わにゃいかんというんですか？　それに、だいいち、あの女はおそろしく鉄面皮です」

「でもそれは、あなたの……お姉さんがあんまり気性の烈しい方だからですわ」『お姉さん』という言葉でちょっと言い淀《よど》んで、ヴェルシーナはこう言った。

ペレドーノフは顔をしかめ、寝ぼけた眼差しで馬鹿のように前方を見ていた。ヴェルシーナはほかのことを話しだした。ペレドーノフはポケットからキャラメルをとり出し、紙をむくと口に入れた。たまたまマルタを一瞥した彼は、彼女が羨ましがっている、彼女もキャラメルを欲しがっていると思った。『彼女にやろうか、やるまいか？』ペレドーノフは思案した。『彼女になぞやることたない。それとも、やっぱりやろうか。けちだと思われないように。キャラメルはうんとある。ポケットいっぱいある』

そこで彼はキャラメルを一摑《つか》みとり出した。

「どうぞ」と彼は言い、飴玉を先ずヴェルシーナに、次いでマルタに差し出した。「上等のボンボンです。値段もいい。一ポンド三十コペイカしました」

彼女たちはひとつずつ取った。彼は言った。

「もっとおとりなさい。いくらでもあります。上等なんですよ。わたしは安物は舐めません」

「どうも有難う。わたくしもう結構ですわ」とヴェルシーナは無表情な早口で言った。

マルタも同じ文句を繰り返したが、どこかふんぎりのつかない様子だった。ペレドーノフは疑わしげにマルタを見て言った。

「なぜまた遠慮なんか。おとりなさい」

そして彼は自分用の一摑みだけとると、残りをマルタの前に置いた。マルタは黙ったままほほえみ、頭を下げた。

『礼儀を知らない女だ』とペレドーノフは考えた。『満足にお礼も言えない』

彼はマルタと何を話していいか分からなかった。彼女は彼の関心を惹かなかった。何者かの仲介によりそれとの間に愉快な、あるいは不愉快な関係を結ぶに至っていない事物は、すべて彼の関心を惹かなかった。

残っていたビールがペレドーノフのコップに注がれた。ヴェルシーナはマルタをちらりと見た。

「わたくし持ってきます」とマルタは言った。

彼女はいつでもヴェルシーナが何も言わぬうちにその意向を察した。

「ウラージャをおやりなさい。庭にいますよ」とヴェルシーナは言った。

「ウラジスラフ！」とマルタは大きな声で呼んだ。

「なあに」立聞きしていたかと思えるほど真近から、すぐさま少年の返事がかえって来た。

「ビールをもっておいで。二壜」とマルタは言った。「玄関の櫃《ひつ》の上にあるよ」

まもなくウラジスラフは音もなく四阿へ駆け戻ってきて、窓越しにビールをマルタに渡し、ペレドーノフにお辞儀をした。

「やあどうだい」とペレドーノフはうっとうしげに言った。「今日はビールを何本飲んだかね」

ウラジスラフはぎごちない微笑を浮かべて答えた。

「ぼくビールは飲みません」

それはマルタ同様に雀斑を散らした、姉によく似た顔立ちの、不器用な、動作の鈍い十四歳ばかりの少年で、粗い布地の上衣を着ていた。

マルタは弟とひそひそ話を始めた。二人とも笑っていた。ペレドーノフは胡散《うさん》臭げに二人を見た。彼の面前で人々が笑い、しかも彼らが何を笑っているのか分からない時、彼はきまってそれを自分のことだと考えるのだった。ヴェルシーナは気を揉みだした。彼女がもう少しでマルタに声をかけようとしたところへ、ペレドーノフ自ら意地悪げな声で尋ねた。

「何がおかしいのかね?」

マルタはびくっとして彼の方を振り向いたまま、何と答えていいか分からなかった。ウラジスラフはペレドーノフを見てほほえみ、ちょっと顔を赤らめた。

「客の前で不作法だ」とペレドーノフは小言を言い、こう尋ねた。「わたしのことを笑ってるのかね?」

マルタは赤くなり、ウラジスラフは怯えた。

「ごめんなさい」とマルタは言った。「わたしどもあなたのことを笑ったのでは全然ありません。あなたには関係のないことを話しておりました」

「内証事ですか」とペレドーノフはぷりぷりして言った。「客の前で内証話をするのは失礼だ」

「別段内証事ではありませんわ」とマルタは言った。「ウラージャが裸足だもんで、四阿に入れなくて困ってるんです。それがおかしかったんですわ」

ペレドーノフは安心し、ウラージャのことで冗談を言いだし、それから彼にもキャラメルをふるまった。

「マルタ、わたしの黒い肩掛を持ってきて下さいな」とヴェルシーナが言った。「それからついでに台所へ行って、ピローグを見てちょうだい」

マルタは言われたとおり席を立った。彼女にはヴェルシーナがペレドーノフと二人だけで話したがっているのが分かり、怠け者の彼女は急がなくともよいのが嬉しかった。

「おまえはあっちへお行き」とヴェルシーナはウラージャに言った。「ここでぶらぶらしててもしようがないよ」

ウラージャは駆け去り、彼の足の下で砂の鳴るのが聞こえた。ヴェルシーナは自分の絶え間なく吐き出す煙を通して、横目でペレドーノフに素早い、慎重な一瞥を投げた。ペレドーノフは黙って腰を下したまま、霧のかかった眼差しを前方に投げてキャラメルを噛んでいた。彼は二人が立ち去って満足だった。もしもいたら、また笑うだろう。彼らが自分を笑ったのでないことはよく分かっていたが、それでも忌々しい気持は消えなかった――ちょうどいらくさにさされると、刺を抜いたあとも痛みは去らぬどころか、ますます烈しくなってゆくように。

「なぜ結婚なさいませんの?」突然ヴェルシーナがおそろしい早口で切り出した。「何を待っていらっしゃるの、アルダリオン・ボリースィチ! ワルワーラはあなたには釣り合いませんわ。はっきり言ってごめんなさい」

ペレドーノフは僅かに乱れた栗色の髪を手で梳《す》き、陰鬱な勿体《もったい》をこめて言った。

「ここにはわたしに釣り合う女はいません」

「そんなことないでしょう」とヴェルシーナは言い返して苦笑した。「ここにだってもっとましな娘《こ》は沢山いますし、あなたとなら誰だって喜んで結婚しますわ」

彼女はまるで強調符をうつようなきっぱりした動作で、紙巻の灰を振い落とした。

「誰でもいいって訳じゃない」とペレドーノフは答えた。

「誰でもいいとは言ってませんわ」とヴェルシーナは口早に言った。「それにあなたは持参金を追いかける必要もおありにならない。よい娘さんならいいのでしょう。幸い御自分でじゅうぶん稼いでいらっしゃるから」

「いや、わたしにとっては、ワルワーラと結婚するほうが得なんです。公爵夫人が彼女に引立てを約束しているんで。彼女はわたしによい地位を手に入れてくれます」ペレドーノフは陰鬱な急《せ》きこみようでこう言った。

ヴェルシーナはかすかな微笑を浮かべた。煙草の煙に煤けたような黝《くろ》ずんだ皺だらけの顔全体が、寛大な不信の念を表わしていた。彼女は尋ねた。

「彼女がそれをあなたにおっしゃったの、公爵夫人が?」

彼女は『あなたに』という言葉にとりわけ力をこめた。

「わたしにじゃない。ワルワーラにです」とペレドーノフは認めた。「だがどちらでも同じことで」

「あなたおねえさまのおっしゃることを信用されすぎてるわ」ヴェルシーナは意地悪げな喜びをこめてそう言った。「ところで、あの方あなたより大分年上? 十五ばかりも? それとももっとかしら? だって、もうそろそろ五十にはなられるでしょう?」

「まさか」ペレドーノフは忌々しげに言った。「三十にもなっちゃいませんよ」

ヴェルシーナは笑いだした。

「あらそうかしら」そう言う彼女の声には隠しきれぬあざけりが響いた。「だけどあの方、見たところあなたよりずっと老《ふ》けとられるわ。もちろんわたしの知ったこっちゃないけど。ただはたから見ていて残念ですわ、こんな立派なお若い方が、御自分の美しさと精神的価値にふさわしくない生き方をしなきゃならないなんて」

ペレドーノフはうっとり自分を顧みた。しかしその紅色の顔は微笑に崩れなかった。皆がヴェルシーナのように自分を理解してくれないことで、気を悪くしたようにも見えた。

「あなたは引立てなどなくとも出世なさる方ですよ。あなたが上司の眼にとまらぬわけはありませんぽ！　なぜまたワルワーラなんぞにかじりついてらっしゃるの？　それから、ルチロフの娘たちをもらっちゃいけませんよ。あれはどれも尻軽です。あなたには真面目な奥さんでなくちゃ。うちのマルタをもらわれたらどうかしら」

ペレドーノフは時計を見た。

「そろそろ帰らなくちゃ」と彼は言い、いとまを告げた。

ヴェルシーナは、ペレドーノフが立ち去るのは自分が彼の急所に触れたからであり、彼が今マルタのことを話したがらないのはその煮えきらない性格ゆえにすぎないと思いこんだ。

## 二

ペレドーノフの同棲相手ワルワーラ・ドミトリエヴナ・マローシナはぞろっぺいな身なりのまま、しかし顔には入念にお白粉をはたき、紅をさして、彼を待っていた。

昼食にはペレドーノフの好物であるジャム入りピロシキが焼いてあった。踵《かかと》の高い靴をはいたワルワーラは台所中をよろよろ走り回り、彼が戻ってくるまでに何もかも整えておこうと急いでいた。ワルワーラは女中——痘痕面《あばたづら》の太った少女ナタリヤ——がピロシキを盗みはしないか、そのほかもっと高いものもくすねはしないかと心配でならず、それゆえ台所から一歩も出ないで、いつものように女中を叱りつけていた。かつての色香のあとをとどめるその皺だらけの顔は、変わることなく気むずかしくも貪欲な表情を浮かべていた。

〔ナターシカは甘いピローグを盗んでこっそり食ってやろうと思ったが、うまくゆかなかった。ひとつには、しつこくつきまとうワルワーラをなかなか厄介払いできなかったことと、もうひとつは、たとえいない隙にくすねたところで、あとからフライパンの中身を数えてなくなった分のピロークを請求されたからである。結局ひとつもちょろまかせなかったので、ナターシャは腹を立てた。いっぽうワルワーラは例によって例のごとく罵《のの》り立て、さまざまな手落ちや、彼女の目から見て十分に機敏とは言えない動作のことで言い掛りをつけた。

「のらくらものめ」とワルワーラはがらがらした声を張り上げた。「なにをぼやっとしてんだい。え、ナターシカ！　来て早々なにひとつやりたがらないんだから。役立たずったらありゃしない」

「ふん、こんなところに誰がいるもんか」とナターシャは突慳貪《つっけんどん》に言い返した。

たしかに、ワルワーラのところには召使が居つかなかった。彼女は女中たちにろくな食事を与えず、罵ってばかりいて、給料の支払いは出来る限り引き延ばし、おとなしいのに出会えば小突いたり、抓《つね》ったり、頰を張ったりした。

「お黙り、すべた！」とワルワーラは怒鳴った。

「黙るもんか。ここにゃ誰も居つかないってこたあみんな知ってるんだ。あんたにとっちゃ誰だって悪党なんだから。おそらくあんた自身は聖人みたいなんだろうさ。こんな気むずかしい人ってありゃしない」

「よくもそんなことが言えるね、畜生！」

「言えなくってさ。誰がこんな家に居つくもんか。いやなこった！」

ワルワーラはかんかんになり、金切声を張り上げ、地団駄を踏んだ。ナターシカは引き下らなかった。

怒号が飛び交った。

「食うものもろくに食わせないで、仕事ばかり言いつけやがって」

「ごみ溜めにゃいくらごみを捨てても溜まらないってね」

「ごみ溜めはどっちだい。がらくたを一切合切……」

「ごみはごみでもね、貴族のはしくれだよ、こっちゃ。おまえはあたしの女中じゃないか、このすべため。その面《つら》一発張ってやろうか」

「やれるならやってみろ！」とナターシカは、背をすっくと伸ばした高みから、ちっぽけなワルワーラを蔑《さげす》むように見下し、乱暴な口調で言い返した。「面を張るだって？ 自分がしょっちゅう旦那に張られてやがるくせに。あたしゃ誰かのいろおんなじゃないからね、人に耳を引っぱられたりゃしないよ」

この時開け放った窓を通して、中庭から、酔っ払った女の金切声が聞こえてきた。

「おーい、おまえさん、奥様、いや、お嬢さん？ なんて呼んだらいいんだい？ おまえさんの燕《つばめ》はどこだい？」

「あんたの知ったこっちゃないだろ、この癲癇《てんかん》病み」とワルワーラは窓辺に駆け寄って叫んだ。

中庭に家主のおかみ、靴屋の妻、イリニヤ・スチェパーノヴナが帽子もかぶらず、汚れた更紗《さらさ》の服を着て立っていた。彼女と夫は中庭の離れ屋に住み、母屋を貸していたのである。ワルワーラは最近しばしば彼女と悪口雑言のやりとりをしていた。永遠にほろ酔い機嫌のおかみは、ワルワーラたちが引っ越そうとしているのを察して、事あるごとに喧嘩を売ってきた。

今や二人はまたも罵詈の応酬にとりかかった。おかみのほうが冷静で、ワルワーラはすっかり我を忘れてしまった。とうとうおかみは彼女に背を向けると、スカートをまくって見せた。ワルワーラも間髪を入れずこれに応じた。

こうした悶着と絶えざる叫喚のあとでワルワーラは必ず頭痛がしたが、乱雑で粗野な生活にすっかり慣れてしまっていたせいで、みっともない馬鹿騒ぎを差し控えることもできないのだった。彼女が自らをも他人をも重んじないようになって、すでに久しかった。」

帰宅するといつもそうだが、ペレドーノフは不機嫌と倦怠に襲われた。彼は騒々しく食堂へ闖入《ちんにゅう》すると、帽子を窓敷居に放り出し、食卓について怒鳴った。

「ワーリャ、めし!」

おしゃれにも細い靴をはいたワルワーラは、よろけながらも機敏に台所から料理を運び、自らペレドーノフに供した。彼女がコーヒーを持って来ると、彼は湯気の立つカップに鼻を近づけて匂いを嗅いだ。

ワルワーラは心配になり、こわごわ尋ねた。

「どうしたの、アルダリオン・ボリースィチ? 何か臭う?」

ペレドーノフは陰気な一瞥を彼女に投げ、ぷりぷりして言った。

「毒が入ってないか、嗅いでみてるんだ」

「なんですって、アルダリオン・ボリースイチ！」とワルワーラは仰天して言った。「なんてまあ突拍子もないこと考えるの？」

「毒人参を入れたろう！」と彼は唸《うな》った。

「あんたに毒を盛って、あたしが何の得をするっていうのよ」とワルワーラは説きつけた。「下らないこと言うのはもう沢山！」

ペレドーノフはなおも長いこと臭いを嗅いでから、ようやく安心した。

「もしも毒が入ってたら、もっときつい臭いがする筈だ。そばで湯気を嗅いでみりゃ分かる」

彼はちょっと黙り、だしぬけに意地悪げな、あざけるような口調でこう言った。

「公爵夫人！」

ワルワーラは不安になった。

「公爵夫人がどうしたの？　何よ、公爵夫人って？」

「だから公爵夫人がだな」とペレドーノフは言った。「いや、彼女に先ずポストを手に入れさせろ。そうしたら結婚する。夫人にそう手紙を書け」

「そんなこと言ったって、アルダリオン・ボリースィチ」とワルワーラは説ききかすように言った。「夫人はあたしがお嫁にいったらって約束したんじゃないの。それなのに今あんたのことを頼みこむのはうまくないわよ」

「おれたちがもう式を挙げたって書いてやれ」とペレドーノフは威勢よく言った。彼にはこの思いつきが気に入った。ワルワーラは一瞬何と答えてよいか分からなかったが、じきに気をとり直した。

「なぜ嘘つかなくちゃならないの？　夫人はその気になれば問い合わせるわよ。それよりあんた、婚礼の日取をきめたほうがいいわ。それまでに衣裳も縫わなくちゃならないし」

「なんの衣裳だ？」とペレドーノフはむっつり尋ねた。

「いったいこの不断着で式に出ろってえの？」ワルワーラは声を張り上げた。「お金をちょうだい、アルダリオン・ボリースィチ、生地を買うんだから」

「経帷子《かたびら》を縫うのか？」ペレドーノフは意地悪げに尋ねた。

「あんたってけだものね、アルダリオン・ボリースィチ！」とワルワーラが大声でなじった。

ふとペレドーノフはワルワーラをじらしてやりたくなった。彼は尋ねた。

「ワルワーラ、今日おれがどこへ行ったか知ってるか？」

「どこよ」とワルワーラがそわそわしてきき返した。

「ヴェルシーナのところさ」と彼は答えて笑いだした。

「あんたにはちょうどいいわよ」ワルワーラは憎々しげに怒鳴った。「言うことないわ」

「マルタに会ったよ」とペレドーノフは続けた。

「雀斑《そばかす》だらけで」とワルワーラはいっそうの悪意をこめて言いつのった。「蛙みたいな、耳まである口してさ」

「いずれにせよ、おまえよりゃきれいだぜ。おれあの娘《こ》と結婚しよう」

「あいつと結婚してみろ」ワルワーラは憎しみのあまり赤くなり、身を震わせて叫んだ。「あいつの眼に硫酸ぶっかけてやる」

「おまえに唾はきかけてやりたい」とペレドーノフは落ち着き払って言った。

「できるもんか」とワルワーラは怒鳴った。

「できるさ」

彼は立ち上がると、鈍感で無関心な面持《おももち》のまま、彼女の顔に唾を吐きかけた。

「この豚！」ワルワーラは唾液を浴びてせいせいしたかのように、いたって平静な口調でこう言った。それからナプキンで顔を拭きにかかった。ペレドーノフは黙っていた。最近彼はワルワーラに対しことのほか突慳貪な態度をとるようになっていた。もっとも、彼がワルワーラにひどい仕打ちをするのは、今に始まったことではなかった。彼が黙っているのに勇気を得て、彼女はいっそう声を張り上げた。

「たしかに豚よ。顔にまともにかかったじゃない」

玄関で羊の鳴くような声が聞こえた。

「わめくな」とペレドーノフは言った。「客だ」

「ふん、パヴルーシカでしょ」ワルワーラは薄笑いを浮かべて答えた。

声高く楽しげに笑いながら、パーヴェル・ワシーリエヴィチ・ヴォロージンが入ってきた。まだ若い男で、何から何まで、顔も挙動も驚くほど羊に似ていた。羊の毛のような縮れ髪、鈍そうな出眼、――このおめでたい男にあっては、何もかもが上機嫌な羊の相貌を帯びていた。彼は指物師《さしもの》で、以前徒弟学校で学び、今は市の職人養成所の教師をしていた。

「アルダリオン・ボリースィチ、ごきげんよう！」と彼は嬉しそうに大きな声を出した。「御在宅ですか。コーヒーを飲んでいらっしゃる。これはちょうどよいところへ来合わせた」

「ナターシカ、匙《さじ》をもう一本もっといで！」とワルワーラが怒鳴った。

台所でナタシカ、ナタリヤが、唯《ただ》一本の予備の茶匙をかちゃかちゃいわせているのが聞こえた。そのほかの匙は皆隠してあった。

「食えよ、パヴルーシカ」とペレドーノフは言った。彼はヴォロージンに食事も出してやりたい様子だった。「ところで、おい、おれはもうじき視学官になるぞ。公爵夫人がワーリャに約束したんだ」

ヴォロージンは喜び、笑いだした。

「じゃ、コーヒーを召し上がっとるのは未来の視学官ですか！」と彼はペレドーノフの肩をたたきながら、大きな声で言った。

「だがな、視学官の地位を手に入れるのが簡単だと思うか？　密告されたら——万事休すだ」

「いったい何を密告するっていうの？」とワルワーラが薄笑いを浮かべて尋ねた。

「なんでもいいさ。おれがピーサレフを読んでいたとでも言われてみろ。おしまいだ」

「それじゃ、アルダリオン・ボリースィチ、そのピーサレフは隠したらいいでしょう」とヴォロージンがくすくす笑いながら忠告した。

ペレドーノフは警戒するようにヴォロージンをちらりと見て言った。

「もっともおれんところにはピーサレフの本なぞありゃしないがね。一杯やるか、パヴルーシカ？」

ヴォロージンは下唇を突き出し、自分の価値を意識している人間の意味ありげな顔をして、羊のように頭を下げて言った。

「相手さえありゃ、いつでもいただきます。ひとりなら一滴もやりませんがね」

ペレドーノフもやはりいつでも一杯やりたいほうだった。二人はウォッカを飲み、甘いピロシキをつまんだ。

突然ペレドーノフはカップにあったコーヒーの飲み残しを壁紙にはねかけた。ヴォロージンは羊のような眼を見張り、驚いてこれを見つめた。壁紙はしみで汚れ、ずたずたにやぶけていた。ヴォロージンは尋ねた。

「お宅の壁紙は、こりゃいったいどうしたんですか」

ペレドーノフとワルワーラは笑いだした。

「家主への面当てなんです」とワルワーラが言った。「わたくしたちもうじき引っ越しますの。ただ誰にもおっしゃらないでね」

「そいつは結構!」ヴォロージンは大声で言い、嬉しそうに笑いだした。

ペレドーノフは壁に近寄ると、靴底で壁を蹴りはじめた。ヴォロージンも彼に倣って壁を蹴った。ペレドーノフは言った。

「めしの度に壁を汚すことにしてるんだ。金輪際《こんりんざい》忘れないようにしてやる」

「またよく蹴りつけたもんですね!」とヴォロージンは有頂天になって叫んだ。

「イリーシカのやつ、肝をつぶすでしょうよ」とワルワーラは意地悪げな素っ気ない笑いを浮かべて言った。

そして三人揃って壁に向かい、唾を吐きかけ、壁紙を破り、靴で踏みにじった挙句、疲れきり満ち足りた思いで壁際を離れた。

ペレドーノフは屈みこんで猫をつかまえた。それは太った醜い白猫だった。ペレドーノフはこれをいびりはじめ、耳や尾を摑んで吊したり、首をつまんで揺すったりした。ヴォロージンは嬉しそうに笑い、ほかにもいろいろとペレドーノフを焚きつけた。

「アルダリオン・ボリースィチ、眼に息を吹きかけてみなさい！　毛を逆撫でしてごらんなさい！」

猫は鼻息を立て、のがれようともがいたが、敢えて爪をむこうとはしなかった。これをするときまってひどく打たれるのだった。結局ペレドーノフはこの慰みにも倦き、猫を放り出した。

「そうそう、アルダリオン・ボリースィチ、あんたに言いたいことがあったんだ」とヴォロージンが話しかけた。「忘れないように道中ずっとそのことを考えてきたのに、もう少しで忘れるところだった」

「なんだ?」とペレドーノフが陰気に尋ねた。

「あんた甘いものが好きでしょう」とヴォロージンは嬉しそうに言った。「ぼくあんたが食指を動かすに違いないようなものを知ってるんですがね」

「うまいものでおれの知らないものはないよ」

ヴォロージンは怨めしそうな顔をした。

「おそらく、アルダリオン・ボリースィチ、あなたのお郷《くに》で作る食べものなら、うまいものは全部御存知だろうけど、わたしの郷で作るうまいものまで全部というわけにはゆかんでしょう。あなたがわたしの郷へいったことがない以上」

そしてヴォロージンは自分の論駁の理路整然としていることに満足して笑いだし、めえめえ鳴いた。

「あんたの郷じゃ、死んだ猫を食うんだろ」とペレドーノフはぷりぷりして言った。

「いやあ、アルダリオン・ボリースィチ」とヴォロージンは嘲《あざけ》りのこもる甲走った声で言った。「死んだ猫を食べるのはあんたの郷じゃないですか。まあそんなことはどうでもいい。とにかくあんたイエルイというものは食べたことないでしょう」

「うん、食べたことない」とペレドーノフは認めた。

「それどんな食べ物ですの？」とワルワーラが尋ねた。

「つまりですね」とヴォロージンは講釈をはじめた。「蜜飯（ギリシャ正教で死者の冥福を祈る追善供養に食される。米または麦に蜜を炊きこんだもの）を御存知ですか」

「蜜飯を知らない人はいませんよ」とワルワーラが苦笑いして答えた。

「つまり、乾ぶどうと、砂糖と、はたんきょうの実を入れた麦のいわば蜜飯、これがイエルイです」

そしてヴォロージンは、彼の郷ではイエルイをどんな風に煮るか、詳しく話して聞かせた。ペレドーノフは索漠たる思いで耳を傾けていた。蜜飯だって？　パヴルーシカのやつ、おれを死人扱いしようってつもりかな。

ヴォロージンは続けた。

「もし何もかもうまくできるようお望みなら、材料を下さればぼくが煮てあげましょう」

「盗人に金の番をさせるようなもんさ」とペレドーノフはふさいだ様子で言った。

『ほかにも何か入れるつもりだろう』と彼は考えた。

ヴォロージンはまたむっとした。

「もしもわたしがあんたの砂糖をちょろまかすと思っとられるんなら、アルダリオン・ボリースィチ、そりゃ間違いですよ。わたしにゃあんたの砂糖は要りません」

「つまらない言い合いはおよしなさいな」とワルワーラが遮った。「あの人の気紛れはよく御存知でしょう。いちど是非その粥《かゆ》をここで煮てみて下さいな」

「食うのも自分でやらにゃなるまいよ」とペレドーノフが言った。

「またなぜですか?」とヴォロージンがあまりの侮辱に声を震わせて尋ねた。

「なぜって、食えたもんじゃないからさ」

「それなら結構です、アルダリオン・ボリースィチ」とヴォロージンは肩をすくめて言った。「ぼくはただあんたを喜ばそうと思っただけなんだが、あんたがお嫌なら、ぼくの知ったことじゃありません」

「ところで、例の将軍（革命前のロシヤにおいて「将軍（ゲネラル）」の語は軍人のみならず将軍相当の文官に対しても用いられた）はなんでまた君にけんつくをくわせたんだ?」

「どんな将軍がですか?」とヴォロージンは問い返し、顔を赤らめると恨めしげに下唇を突き出した。

「だってもっぱらの評判だぜ」とペレドーノフは言った。

ワルワーラは薄笑いを浮かべた。

「失礼ですが、アルダリオン・ボリースィチ」とヴォロージンは熱くなって言いたてた。「あんたは評判を耳にされただけで、詳しい事情を御存知ない。実はこういうことなんです」

「へえ、どういうことだい」

「三日前のこってす」とヴォロージンは物語った。「今ぐらいの時刻で。御存知のとおり、われわれは学校の仕事場で修繕をやってたんです。するとそこへ、いいですか、ヴェリガが視学官を連れて視察に来たんです。われわれは裏の方の部屋で仕事してました。ヴェリガがなぜ、どういう用事でやってきたかはどうでもいいことです。これはわたしには関係ありません。とにかく、彼が貴族団長であることをわたしは知らないわけではありませんが、しかし彼はわれわれの学校とは何の関係もありません——しかしこれもまあいいとしましょう。学校へ来るなら来させておきゃいい。われわれが彼にはかまわずこつこつ仕事していると、突然連中がわれわれのところへ入って来たんです。それもどうでしょう、ヴェリガは帽子をかぶったままで」

「そりゃあんたに対して失敬だ」とペレドーノフが陰鬱げに言った。

「いいですか」とヴォロージンはいい気持になって続けた。「われわれの部屋には聖像がかかっていて、われわれはいつも帽子を脱いでるんですが、そこへやっこさんが突然頓馬《とんま》な恰好で現われたって訳です。ぼくはまっぴら御免こうむって、こう言ってやりました。慇懃丁重にね。閣下、帽子をおとりいただけませんでしょうか。なにぶんここには聖像がございますもので。どうでしょう、この科白《せりふ》？」ヴォロージンはそう言うと、もの問いたげに大きく眼をむいた。

「おみごと、パヴルーシカ」とペレドーノフは大声を出した。「やつも思い知ったろう」

「たしかに、ほっといちゃいけませんよ」とワルワーラも賛成した。「お偉いわ、パーヴェル・ワシーリエヴィチ」

ヴォロージンは理由なくして侮辱された人間の面持で、こう続けた。

「するとやっこさん、急にぼくに向かってこう言ったんです――おのれの分を知るがいい。そしてくるりと向きを変えて出ていったんです。それだけのことなんです」

それでもやはりヴォロージンは、自分が英雄になったような気がしていた。ペレドーノフは彼にキャラメルをやって慰めた。

もう一人女の客がやってきた。ソフィヤ・エフィーモヴナ・プレポロヴェンスカヤ、林務官の細君で、よく太り、善良そうであると同時にこすそうな顔つきをした、身のこなしのなめらかな女だった。彼女も食卓につくようすすめられた。彼女は何食わぬ顔でヴォロージンに尋ねた。

「これはまたどういうこと、パーヴェル・ワシーリエヴィチ、こんなに足繁くワルワーラ・ドミトリエヴナのところへおいでとは?」

「ワルワーラ・ドミトリエヴナのところへ来たんじゃありません」とヴォロージンはつつましげに答えた。「アルダリオン・ボリースィチのところです」

「誰かさんに惚れてらっしゃるんじゃなくって?」とプレポロヴェンスカヤは笑いながら尋ねた。

ヴォロージンが持参金つきの嫁を探していること、随分当たってみたがどれも断わられたことは、誰でも知っていた。プレポロヴェンスカヤの軽口は、彼には場所柄をわきまえぬものと思えた。声を震わせ、怒った小羊にますますそっくりになって、彼は言った。

「たとえわたしが誰かに惚れたとしても、ソフィヤ・エフィーモヴナ、そりゃわたしとその相手以外の誰の知ったことでもありませんよ。したがってあなたも余計なおせっかいはしないで下さい」

だがプレポロヴェンスカヤはひき下らなかった。

「気をおつけなさいよ」と彼女は言った。「もしもあなたがワルワーラ・ドミトリエヴナの心を奪ったりしたら、その時は誰がアルダリオン・ボリースィチにピローグを焼いてあげたらいいの？」

ヴォロージンは唇を突き出し、眉を上げたばかりで、もう何と答えていいか分からなかった。

「あなた気遅れしちゃだめですよ、パーヴェル・ヴァシーリエヴィチ」とプレポロヴェンスカヤは続けた。「あなたみたいな婿がねはいないいじゃありませんか！　若くて、美男子で」

「おそらく、ワルワーラ・ドミトリエヴナの方で厭だとおっしゃるでしょうよ」とヴォロージンがくすくす笑いながら言った。

「なんで厭だと言うもんですか」とプレポロヴェンスカヤは言い返した。「あなたあんまり遠慮深すぎますわ」

「もっとも、わたしのほうで厭だって言うかもしれません」とヴォロージンは勿体ぶって言った。「他人のねえさんと結婚するのは厭だってこともありますからね。くにじゃあいとこの娘がいずれ年頃になるでしょうしね」

彼はもうワルワーラが彼との結婚を満更でもなく思っているのだと、信じこみかけていた。ワルワーラは腹を立てた。彼女はヴォロージンを馬鹿だと思っていた。それに給料はペレドーノフの四分の一しかとっていなかった。プレポロヴェンスカヤはペレドーノフを自分の妹である太った司祭の娘と結婚させたがっており、それでペレドーノフとワルワーラを仲違いさせようとしているのだった。

「あたしゃあんたに取持ちなぞ頼んじゃいませんよ」とワルワーラは口惜しげに言った。「それより、末の妹さんとパーヴェル・ワシーリエヴィチの仲を取り持ったらいいでしょ」

「あの人をあんたから取り上げたところで、仕方がないわよ！」とプレポロヴェンスカヤは冗談めかして言った。

プレポロヴェンスカヤの冗談はペレドーノフの思考に新たな屈折をもたらした。それまではイエルイの話が彼の頭にしみついていたのである。なぜまたヴォロージンはこんな食い物の話を思いついたのだろう？　ペレドーノフはあれこれ思案をめぐらすことを好まなかった。彼は人の言うことを、いつでものっけから信じこんだ。そこで彼はヴォロージンがワルワーラに惚れているという話も信じた。彼は考えた。連中はおれをワルワーラと結婚させておいて、おれたちがいよいよ視学官のポストを手に入れたら、おれをイエルイで毒殺してヴォロージンをあと釜にすえる。つまり、おれをヴォロージンと称して埋葬し、ヴォロージンが視学官になる、という寸法だな。うまく考えやがった。

突如玄関でざわめきが聞こえた。ペレドーノフとワルワーラはぎょっとした。ペレドーノフは細めた眼でドアをじっと見つめ、ワルワーラは客間のドアにそっと忍び寄ると、僅かに開けて外を盗み見、それからやはりこっそり、爪先立って、両手で体の平衡をとりながら、当惑した微笑を浮かべて食堂へ引き返してきた。取っ組み合いでもしているような金切声と騒ぎが、玄関から聞こえてきた。ワルワーラは囁き声で言った。

「エルシーハよ。べろんべろんに酔っ払って。ナターシカが入れまいとしてるんだけど、あの勢いじゃ客間へ入ってくるわよ」

「どうする？」とペレドーノフは怯え立って尋ねた。

「みんな客間へ行きましょう」とワルワーラは言った。「ここへ入れさせないようにしなきゃ」

一同客間へ移り、背後のドアをぴったり閉めた。ワルワーラはそれでも家主を引き留め、台所に坐らせることはできないものかというかすかな望みを抱いて、玄関の間へ出ていった。しかし図々しい老婆はやはり客間に押し入ってきた。彼女は敷居のところで立ち止まり、両手を腰に当てて身をそらすと、挨拶代わりに罵詈雑言を浴びせた。ペレドーノフとワルワーラは彼女のまわりをあたふたとび回り、なるべく玄関に近く、食堂からはできる限り遠い椅子に彼女を掛けさせようとした。ワルワーラは台所から、ウォッカとビールとピロシキを盆に載せて運んできた。しかし女家主は坐ろうとせず、何もつまず、ひたすら食堂へ闖入しようとしたが、ただどこにドアがあるのかどうしても見分けがつかなかった。顔を真っ赤にし、髪をふり乱し、全身不潔な上に、遠くからでもウォッカが臭った。彼女は叫んだ。

「いんや、おまえんところのテーブルに坐らせな。なんでまた盆などに載せてくるんだ！　あたしゃテーブル掛けの上で食べたいんだ。あたしゃ家主だよ。ちったあ敬ったらどうだ。あたしが酔ってるからって、おまえさんの知ったことかい。そのかわりあたしゃ正直者だよ。あたしゃ操《みさお》正しい女だよ」

ワルワーラはびくびくしながらも厚かましい薄笑いを浮かべて言った。

「そりゃもうみんな分かってますよ」

エルショーワはワルワーラに片目をつむって見せ、嗄《しゃが》れた笑い声を立てると、威勢よく指を鳴らした。彼女は図々しくなるいっぽうだった。

「ねえさんはよかったね！」と彼女は大きな声を出した。「あんたがどんな姉さんだか、みんな知ってるよ。なぜ校長の奥さんはあんたを訪ねてこないんだい？　え？　なぜだい？」

「大きな声を出すんじゃないったら」とワルワーラが言った。

だがエルショーワはいっそう大きな声を張り上げた。

「あたしに命令する気か！　あたしゃ自分の家にいるんだ。やりたいことはやるさ。その気になりゃ、今すぐにでもおまえさんをこっから追い出してやる。ここにおまえさんの影も形もないようにしてやる。ただわたしゃおまえさんには寛大なんだ。ずっとここにおいで。かまわないよ。ただあたしに逆らったら承知しないからね」

この間ヴォロージンとプレポロヴェンスカヤは大人しく窓際に腰を下し、沈黙を守っていた。プレポロヴェンスカヤは街路を眺めるようなふりをしつつ、かすかな薄笑いを浮かべてこのじゃじゃ馬を眺めていた。ヴォロージンは威厳をとり繕った面持で坐っていた。

エルショーワの機嫌は一時的によくなり、彼女はワルワーラに酔っ払いの陽気さでほほえみかけ、彼女の肩を叩いて親しげにこう言った。

「いや、おまえさん、あたしの言うことをよくお聴き。いいかい、あたしをおまえさんの食卓につかせて、あたしと上品にお話をするのさ。それからあたしに甘い糖蜜菓子を出すんだ。家主を敬わにゃだめだよ、いいかい、あたしの可愛い娘や！」

「これがあんたのピロシキですよ」とワルワーラが言った。

「ピロシキなんかいらない。上等の糖蜜菓子が欲しい」とエルショーワは両手を振り回し、悦に入ってほほえみながら、こう叫びだした。「旦那連中はおいしい糖蜜菓子を食べてるよ、おいしい糖蜜菓子を！」

「うちにゃあんたにあげる糖蜜菓子なんてありませんよ」家主がだんだん陽気になるにつれ厚かまし

くなってきたワルワーラはこう答えた。「あんたにはこのピロシキがあるでしょう。これをお食べなさい」

突然食堂のドアのあり場所を悟ったエルショーワは、狂暴な吼え声を立てた。

「通せ、この毒蛇！」

彼女はワルワーラを突きとばし、ドアに突進した。ひきとめる暇がなかった。頭を屈め、拳を握りしめた彼女は、ドアをたたき開けて食堂へ闖入した。敷居の近くで立ちどまった彼女は、すっかり汚された壁紙を見て鋭く口笛を吹き、腰に手を当てて反りかえると、片足を前に出し、猛々しくこう叫んだ。

「じゃあおまえたちはほんとうに出てゆくつもりだな！」

「なんですか、イリニヤ・スチェパーノヴナ」とワルワーラが震え声で言った。「そんなこと思ってもみませんよ。馬鹿な真似はもう沢山」

「ぼくらどこへも引っ越しやしません」とペレドーノフが請け合った。「ここは居心地がいいですから」

家主はそれにには耳傾けず、ぼうっとしたままのワルワーラに近寄ると、その面前で拳を振りまわした。ペレドーノフはワルワーラの背後に隠れた。彼はいっそ逃げ出したかったが、家主とワルワーラの取っ組み合いを見たくもあった。

「両脚摑んで引き裂いてやる。真っぷたつに裂いてやる！」とエルショーワは猛り狂った。

「なんですねえ、イリニヤ・スチェパーノヴナ」とワルワーラは言いきかせた。「やめて下さい、お客の目の前で」

「その客をここへ出せ！」とエルショーワは叫んだ。「おまえさんの客とやらに用がある！」

エルショーワはよろめきながら客間に駆け戻ると、急に言葉遣いも態度もがらりと変えて、やさしくプレポロヴェンスカヤに言葉をかけた。言葉をかけながら彼女は低くお辞儀をした。あんまり低くお辞儀をしたものだから、すんでのところ床に崩れ落ちそうになった。

「これは奥様、ソフィヤ・エフィーモヴナ、この酔っ払いの婆あめをお許し下さい。ただ、わたしめの申し上げることをお聴き下さいませ。奥様はこうやってやつらをお訪ねでございますが、やつらがあなたのお妹様のことを何と言ってるか、御存知でらっしゃいますか？　しかも誰に言っているか。わたくしめ、この酔いどれの靴屋の女房にでございますよ！　なんのためか？　わたしめが皆に言い広めるようにでございますよ！」

ワルワーラの顔は紫色になった。

「あたしゃおまえに何も言ったこたないよ」

「何も言ったことない？　おまえが？　このすべため」エルショーワは両の拳を握りしめてワルワーラにつめ寄ると、こう叫んだ。

「もうお黙りったら」とワルワーラは当惑して、しどろもどろに言った。

「いんや、黙らない」エルショーワは意地悪げにこう叫ぶと、ふたたびプレポロヴェンスカヤの方に向き直った。「妹さんがね、あんたの旦那といい仲だって。このすべたがあたしにそう言いましたよ」

ソフィヤは怒気を含んだこすそうな眼付でワルワーラを睨むと、椅子から立ち上がり、作り笑いを浮かべて言った。

「それはそれは、存じませんでしたわ」

「嘘をおつき！」ワルワーラがエルショーワに向かって憎々しげに叫んだ。

エルショーワは腹立たしげに咆《ほ》え、足を踏みならし、ワルワーラに向かって手を振り回すと、またもやプレポロヴェンスカヤの方に向き直った。

「それから、旦那の方はね、奥様、あなたのことをこう言いましたよ！　あなたがもとは街の女だったってね。それからお嫁にいったんだって！　こういうけがらわしい連中ですよ、奥様。こういう腹黒いやつらとおつき合いなさる理由はありませんよ」

プレポロヴェンスカヤは顔を赤らめると、黙って玄関へ出ていった。ペレドーノフは彼女に追いすがって釈明した。

「婆さん嘘をついてるんです。お信じになっちゃいけません。わたくし一度だけ彼女のいるところであなたが馬鹿な女だと言ったことがあります。それも腹が立ってついつい出ただけなんで。それ以外は、誓って、何も言いやしません。みんな自分の作りごとです」

プレポロヴェンスカヤは落ち着いて答えた。

「そりゃそうでしょう、アルダリオン・ボリースィチ！　あの人が酔っ払って、自分でも何を言っているのか分からないことぐらい知ってますわ。ただ、なぜ御自分の家でこんなことを許しておかれるんですか」

「そうおっしゃったって」とペレドーノフは答えた。「ありゃ手のつけようがありませんよ！」

プレポロヴェンスカヤは取り乱し腹を立てたまま外套を羽織った。ペレドーノフはそれを手伝ってやることにも思い至らなかった。彼はまだ何かもぐもぐ言っていたが、彼女はそれに耳を傾けようとしなかった。そこでペレドーノフは客間へとってかえした。エルショーワは金切声で彼をなじりだした。ワルワーラは表階段へ走り出て、プレポロヴェンスカヤを慰めた。

「あのとおり馬鹿な男ですから、自分で何を言っているのか分からないんですよ」

「分かってますよ。心配なさらないで」とプレポロヴェンスカヤは答えた。「酔っ払い女ってのは、いろいろ出まかせを口にするもんです」

家のまわり、表階段の張り出している庭のあたりに、いらくさが丈高く茂っていた。プレポロヴェンスカヤはかすかな微笑を浮かべた。憤懣の最後の陰が彼女の白い太った顔から滑り落ちた。彼女はワルワーラに対し以前どおり愛想よく、親切になった。受けた侮辱の仕返しはなされるであろう。しかもいがみ合いなしに。二人は家主の襲来が通り過ぎるのを待とうと庭へ出た。

プレポロヴェンスカヤはいらくさばかり眺めていた。庭にもいらくさは垣根のあたりに密生していた。とうとう彼女はこう言った。

「おたくには随分いらくさがありますのね。あなたお使いになりませんの?」

ワルワーラは笑って答えた。

「だって、使いようがありませんもの!」

「もしおさしつかえなかったら、おたくで摘ませていただけません? うちにはないんですの」

「いったい何にお使いになるの?」とワルワーラが驚いて尋ねた。

「要るんですの」とプレポロヴェンスカヤはほほえんで言った。

「ねえ、教えてちょうだい。何にお使いになるの？」とワルワーラは好奇心に駆られて懇願した。

プレポロヴェンスカヤはワルワーラの耳に口を寄せ、こう囁いた。

「いらくさを体に擦りこむと、痩せないのよ。うちのゲネチカがあんなに太ってるのは、いらくさのせいなのよ」

ペレドーノフが太った女を好み、痩せた女を貶《おとし》めているのは、周知の事実だった。ワルワーラは自分が痩せぎすなうえに、ますます痩せるいっぽうなのを気に病んでいた。どうやってもっと脂肪をつけるか――これが彼女の主要関心事のひとつだった。彼女は会う人毎に尋ねていた。何かいい方法御存知ない？　今やプレポロヴェンスカヤは、ワルワーラが彼女の言うとおりせっせといらくさを体に擦りこむであろうこと、それによって自ずと罰を受けるであろうことを、露疑わなかった。

三

ペレドーノフとエルショーワは中庭へ出た。彼はもぐもぐ呟いた。

「しょうのない人だ、あんたって人は」

彼女は声を限りに喚き続け、上機嫌だった。二人はこれから踊ろうというのだった。プレポロヴェンスカヤとワルワーラは台所を通って部屋へ通り、中庭で何が起こるか見ようと窓際に腰を下した。ペレドーノフとエルショーワは抱き合って梨の木のまわりの草むらを踊りだした。ペレドーノフの顔は相変わらず無表情なままで、そこには何のひらめきも見られなかった。生き物のものとは思えない彼の鼻の上で金縁眼鏡が、また頭の上では短い髪が、機械仕掛のように跳ねていた。エルショーワは金切声で叫び、怒鳴り、手を振り回し、全身でよろめいた。

彼女は窓辺のワルワーラによびかけた。

「おい、おまえさん、お嬢さま、出て来て踊りな！　それとも、あたしらと一緒じゃお嫌かい？」

ワルワーラはぷいとうしろを向いた。

「勝手にしやがれ！　ああくたびれた！」エルショーワはそう叫ぶと草の上に崩れ落ち、いっしょにペレドーノフもひきずり倒した。

二人はしばらく抱き合ったまま坐っていてから、また踊りだした。こんなことが何回か繰り返された。一踊りしては、梨の木の下のベンチか、地面へじかに腰を下すのだった。

二人の踊りを窓から眺めてすっかり浮き浮きしてきたヴォロージンは、大声で笑い、滑稽な顰《しか》め面をし、体をよじって膝を折り曲げ、こう叫んだ。

「お二人とも夢中だな！　いや面白い！」

「くそ婆あめ！」とワルワーラがぷりぷりして言った。

「くそ婆あだ」とヴォロージンは大笑いしながら合槌をうった。「ちょっと、ねえ奥さん、いいことがありますよ。客間の壁を汚させて下さい。今日はもうどうせ、彼女あの部屋へ戻りゃしませんよ。草の上で汗だくになったら、寝に行っちまいますよ」

彼は羊の鳴くような笑い声を立て、羊のように跳びはねてみせた。プレポロヴェンスカヤが焚きつけた。

「そうよ、汚しておやんなさい、パーヴェル・ワシーリエヴィチ。あんな女の言うこと、気にすることないわよ。もしあとでやって来たら、彼女が酔っ払って自分でやったんだって、言ってやればいいのよ」

ヴォロージンは跳び上がって笑いながら客間へ走ってゆき、靴底を壁紙にこすりつけはじめた。

「ワルワーラ・ドミトリエヴナ、細引きを下さい」と彼は叫んだ。

ワルワーラは鴨のようによちよち客間を横切って寝室へ行き、そこから擦《すり》切《き》れ縺《もつ》れた紐の切れ端を持って来た。ヴォロージンは輪を作り、客間の真ん中に椅子をもち出すと、ランプ用の鉤《かぎ》にこの輪をかけた。

「これは家主のため！」と彼は叫んだ。「あなた方が引っ越してしまった時、口惜しさのあまりこれで首を吊れるように」

二人の御婦人はきゃあきゃあ笑った。

「紙切れをくれませんか」とヴォロージンは叫んだ。「それから鉛筆」

ワルワーラはまた寝室をかきまわして、紙切れと鉛筆をもってきた。ヴォロージンは紙切れに『家主用』と書き、輪にとめた。この間中滑稽にも勿体ぶっていた彼は、再び壁際で猛烈な跳躍を開始し、全身を震わせながら靴底で壁を踏みにじった。彼の金切声と羊の鳴くような笑い声が家中に響き渡った。怯え立ち、耳をすくめた白猫は、寝室からこの有様をうかがっていたが、明らかにどこへ逃げたらいいか途方に暮れた様子だった。

ようやくエルショーワを厄介払いしたペレドーノフは、ひとり家へ戻ってきた。疲れはてたエルショーワは家へ寝に帰った。ヴォロージンは嬉しげな哄笑と叫び声でペレドーノフを迎えた。

「客間の壁も汚してたんですよ！　ウラー！」

「ウラー！」とペレドーノフも叫び、あたかも自分の笑いにむせたかのように、声高く、きれぎれに笑った。

御婦人方も『ウラー』を叫んだ。一同浮かれてきた。ペレドーノフは怒鳴った。

「パヴルーシカ、踊ろう！」

「よかろう、アルダリョーシャ」愚かしげに歯をむき出して笑いながら、ヴォロージンが答えた。

二人は輪の下で踊り、両脚を途方もなくはね上げた。ペレドーノフの重い足踏みの下で床が震えた。

「アルダリオン・ボリースイチったら、すっかり夢中になって」とプレポロヴェンスカヤが微笑を浮かべて言った。

「今に始まったこっちゃありません。気紛れ者で」とワルワーラはこぼしたが、その実ペレドーノフに見とれていた。

彼女は心底から、彼が美男子で快男児だと思っていた。彼のこの上なく愚かしげな振舞いも、彼女にはもっとももなものと思えた。彼女にとって、彼は滑稽でもいやらしくもなかった。

「家主の葬式！」とヴォロージンは叫んだ。「枕を下さい！」

「なにを考え出すことやら！」とワルワーラは笑いながら言った。

彼女は寝室から汚れた更紗のカバーに入った枕を投げて寄こした。枕を家主代わりに床に置いて、一同は乱暴な甲高い声で追善の供養をした。それからナタリヤを呼んで自動オルガンを回させ、自分ら四人は愚かしげに顔を顰め、足を蹴り上げてカドリールを踊った。

ひと踊りすると、ペレドーノフは気前がよくなった。彼のむくんだ顔がくすんだ陰気な輝きを帯びた。彼を捉えた殆ど機械的とも言える思い切りのよさは、おそらく、烈しい筋肉活動の結果であろう。財布をとり出すと、紙幣を幾枚か数え、それを傲慢な、自惚《うぬぼ》れきった面持でワルワーラめがけて投げつけた。

「そら、ワルワーラ！」と彼は怒鳴った。「これで結婚衣裳を縫え」

紙幣は床に散った。ワルワーラは素早くそれを拾い集めた。こうした施しの仕方にも、彼女は全然気を悪くはしなかった。プレポロヴェンスカヤはこれを憎々しい思いで見つめた。『ふん、誰が勝つか、今に見ろ』そして毒々しくほほえんだ。ヴォロージンは、もちろん、ワルワーラが金を拾い集める傍で、これを手伝うことすら思い至らなかった。

まもなくプレポロヴェンスカヤは帰って行った。玄関で彼女は新たな客、グルーシナに出会った。

マリヤ・オーシポヴナ・グルーシナは若い寡婦で、年よりも早く老《ふ》けこんだ外貌の持主だった。痩せこけて、その潤《うるお》いのない皮膚はいちめん埃の積もったような細かい皺で覆われていた。顔立は決して不愉快ではなかったが、歯はきたならしく、真っ黒だった。細い手、長い執念深そうな指、垢《あか》のたまった爪。一見したところ彼女の与える印象は不潔きわまるもので、少なくとも決して体を洗ったことはなく、いつも着物ごと体の埃をはたいてすましているかと見えた。彼女を棒で叩いたら、天までも埃の柱が立ちのぼるかと思われた。着ているものは皺だらけで、長いこと丸めて包みの中につっこんであったのを、今しがたひっぱり出してきたばかりのようだった。グルーシナは年金と、あれこれの僅かな手間賃と、不動産を抵当にとっての金貸しで生活していた。際どい話をことのほか好み、婿がねを見つけんものと男たちにつきまとい、彼女の家にはいつでも必ず誰か独身の官吏が部屋を借りていた。

ワルワーラはグルーシナに用があったので、喜んで彼女を迎えた。グルーシナとワルワーラはすぐさま女中のことを話しだし、声を低めた。好奇心の強いヴォロージンは二人の近くに座を占め、聴き耳を立てた。ペレドーノフはひとり憂鬱な面持でテーブルに向かい、両手でテーブル掛けの端を揉んでいた。

ワルワーラはグルーシナに女中のナタリヤのことをこぼした。グルーシナは新しい女中でクラヴジヤというのがいることを告げ、彼女のことを褒めちぎった。二人は即刻会いに行くことにした。クラヴジヤはサモロジナ区のある税務官吏のもとに住みこんでおり、この官吏は最近他の町へ転勤を命ぜられたのだった。ワルワーラはただその名前が気にかかった（クラヴジヤの名はただの百姓女には稀れで、より上流階級に多い）。彼女は躊躇《ためら》いがちに尋ねた。

「クラヴジヤ？　それじゃあたしなんて呼んだらいいかしら。クラーシカ、かしら」

グルーシナが忠告した。

「クラヴジューシカとお呼びなさいな」

これはワルワーラの気に入った。彼女は繰り返した。

「クラヴジューシカ、ジューシカ」そして軋《きし》るような笑い声を立てた。言っておかねばならないが、この町では豚のことをジューシカと呼んでいたのである。ヴォロージンが鼻を鳴らしてみせた。皆どっと笑った。

「ジューシカ、ジューシェンカ」と笑いの合間にヴォロージンは回らぬ舌で言い、愚かしい顔をひきつらせ、唇を突き出してみせた。

そうやって彼がいつまでも鼻を鳴らし、馬鹿げた真似をしているので、とうとう皆からもううんざりだと言われた。すると彼は侮辱された面持でひき下り、ペレドーノフと並んで腰を下すと、その突き出た額を羊のやり方で傾け、しみだらけのテーブル掛けにじっと視線を据えた。

サモロジナ地区へ行くついでに、ワルワーラは婚礼衣裳の材料も買うことにきめた。彼女は商店へはいつでもグルーシナと一緒に行った。グルーシナは彼女の見立てと値段のかけ合いを手伝った。

ペレドーノフには内緒で、ワルワーラはグルーシナの深いポケットに、子供たちのための食物、甘いピロシキなどの土産を詰めこんでやった。今日ワルワーラは何かよほどわたしの手助けを必要としているんだわ、とグルーシナは察した。

踵《かかと》の高い華奢な靴のため、ワルワーラは長い道のりを歩いてゆくことができなかった。彼女はじき疲れてくるのだった。それゆえ、この町ではどこへ行くにも大した道のりなぞありはしなかったが、彼女はしばしば辻馬車に乗った。最近彼女はとみに足繁くグルーシナを訪れていたから、馭者たちはもう彼女の行先を覚えてしまっていた。この町には辻馬車は全部で二十台ばかりしかなかったのである。だからワルワーラを乗せても、彼らは別段行先を尋ねようともしなかった。

二人は辻馬車を雇うと、クラヴジヤのことを問い合わせるべく、彼女が住込みで働いている家の主人に会いに行った。前日の夕方来雨はあがっていたが、街路は殆どいたるところぬかるんでいた。馬車はごくたまに石畳の上で身を震わせては、ふたたび舗装してない街路の泥濘《ぬかるみ》にはまりこむのだった。そのかわりワルワーラの声は、しばしばグルーシナの思いやり深げな呟きに伴われて、途切れることなく続いた。

「うちのひとったら、またマルフーシカ（マルタの蔑称）のところへ行ったのよ」とワルワーラは言った。

グルーシナは共感こもる憤慨の口調で言い返した。

「連中、彼をひっかけようとしてるんですよ。こんな申し分ないお婿さんを、あんなマルフーシカなんぞに。あんな女にゃ夢に見るさえもったいないですよ」

「もうほんとに、どうしていいか分からないのよ」とワルワーラはこぼした。「彼すっかり気むずかしくなっちゃって、こわいみたい。ねえ分かる？　あたし気が狂いそうだわ。あの人結婚して、あたしを追い出すわよ」

「なにをおっしゃるの、ワルワーラ・ドミトリエヴナ」とグルーシナは慰めた。「そんなこと考えちゃいけません。彼あなた以外の誰とも結婚しませんよ、彼あなたにすっかり慣れてしまってるから」

「日が暮れてから出掛けてくことなんかあるのよ。そうなるともうあたしまんじりともできないの」とワルワーラは言った。「どこかで誰かと式を挙げてるんじゃないか、なんて。みんな彼を狙ってるのよ。ルチロフんとこの三匹の牝馬も――だってあいつらどんな男の首にでもぶら下る女ですもん。それに、太った面相のジェーニカも」

こうしてワルワーラはまだ長いこと愚痴をこぼしたが、その話しぶりから推して、彼女にはまだ何か口に出さないこと、何か頼みごとがあるのをグルーシナは見てとり、またたんまり儲かるわい、と喜んだ。

クラヴジヤは申し分なかった。税務官吏の妻は彼女を褒めた。ワルワーラは雇うことにし、その晩からでも来るようにと言った。税務官吏はその日引っ越すことになっていたのである。

二人はようやくグルーシナの家に着いた。グルーシナは小さな一軒立ちのとりちらかした家に、三人の子供をかかえて住んでいた。ぼろをまとった、不潔で、愚鈍で、根性曲りの、火傷した犬の仔のような子供たちだった。ようやく打明け話が始まった。

「アルダリョーシカのお馬鹿さんたら」とワルワーラが口を切った。「あたしに、もういちど公爵夫人に手紙を書けっていうのよ。いったい書いてなんになるっていうの？　夫人は何も返事をくれないか、くれてもまずいことを書いてよこすだけよ。だってそれほどの知り合いじゃないんですもん」

ワルワーラが昔裁縫女として住みこんでいたことのあるヴォルチャンスカヤ公爵夫人が、ペレドーノフを引き立ててくれるかもしれなかった。彼女の娘が教育界の大御所、三等官のシチェプキンに嫁いでいたのである。去年すでに彼女はワルワーラの依頼に対し、彼女の婚約者のために口をきいてやることはできないが、彼女の夫のためとあらば問題は別であり、機あらば口をきいてあげられるかもしれない旨の返事をよこしていた。この手紙はペレドーノフを満足させなかった。つまり手紙は漠然たる望みを抱かせるだけで、公爵夫人がワルワーラの夫のために必ず視学官の地位を手に入れてやると、はっきり言い切ってはいなかったのである。この点に関する曖昧さを払拭しようと、二人はすぐさまペテルブルクへ行った。ワルワーラが先ず公爵夫人のとこへ行ってきて、しかるのちペレドーノフを連れていった。しかし彼女がこの訪問をわざと遅らせたため、二人は公爵夫人に会えなかった。ワルワーラには公爵夫人のしてくれることといっては、せいぜいのところ、なるべく早く式を挙げるよう忠告し、機会があったら口をきいてあげようという漠然たる約束——ペレドーノフにとってはまったく不十分な約束——をするだけだということが分かっていた。そこでワルワーラは公爵夫人にペレドーノフを会わせないことにきめたのだった。

「あたしあんたを大岩のように頼りにしてるのよ」とワルワーラは言った。「助けてちょうだい、ねえ、マリヤ・オーシポヴナ」

「助けるって、どうしたらいいんですか、ワルワーラ・ドミトリエヴナ?」とグルーシナは尋ねた。「御存知でしょう、あなたのためなら、いつでもできることはなんでもしますよ。占ってみましょうか?」

「ああ、あんたの占いなら結構よ」とワルワーラは笑って言った。「もっと別な風に助けてくれなくちゃ」

「どんな風に?」とグルーシナは嬉しげに、かつ気遣わしげに尋ねた。

「簡単なことよ」とワルワーラはにやにや笑って言った。「あなた公爵夫人の筆跡で手紙を書いてちょうだい。あたしそれをアルダリオン・ボリースィチに見せるから」

「おやまあ、あんたって方はまあ、なんてことを!」とグルーシナは怯えきった振りをして言った。「そんなことが露見したら、わたしはどうなることやら」

ワルワーラは相手の返答にも平然として、ポケットから皺くちゃになった手紙をとり出すと、こう言った。

「お手本に夫人の手紙を持ってきてあげたわ」

グルーシナは長いこと首を縦に振らなかった。ワルワーラにはグルーシナが結局は承知するに違いないこと、ただ報酬を少しでも余計にひき出そうとしていることがよく分かった。いっぽうワルワーラとしてはなるべく安く支払いたかったから、礼金を慎重につり上げてゆき、種々のこまごました品物や絹の古着もあげようと約束し、とうとうグルーシナはワルワーラがこれ以上はびた一文出さないことを見極めた。こうしている間も、ワルワーラはせっせと愚痴をこぼした。グルーシナは自分が承知するのもひとえにワルワーラが可哀そうだからだといった顔付で、手紙を受け取った。

〔翌日昼食後、ペレドーノフが昼寝をしている間に、ワルワーラはプレポロヴェンスカヤの家へ出掛けた。いらくさはすでにたっぷり一袋、新しい女中のクラヴジヤに届けさせてあった。ワルワーラはおそろしかったが、それでも出掛けた。

ワルワーラ、プレポロヴェンスカヤ、その妹ジェーニャの三人は、客間の楕円形のテーブルを囲んだ。ジェーニャは背の高い、よく太って動作の緩慢な、赤い頬をした娘で、一見いかにも悪意なげな眼をしていた。

「ね、ごらんなさいな」とソフィヤが言った。「この子ったらよく太って、頬も赤いでしょう。これもひとえに母親がいらくさで笞打ったからなのよ。あたしも笞打ってやるの」

ジェーニャは顔を真っ赤にして笑った。

「そうなんです」と彼女はものうげな低い声で言った。「痩せかけても、ちょっといらくさの刺でちくちくやられれば、また太りだすんですの」

「だけど痛いでしょう?」と驚いたワルワーラがこわごわ尋ねた。

「痛いくらいなんですの、体にいいんですもの」とジェーニャは答えた。「うちじゃみんなこれを信じてますの。姉も娘時代にはいらくさで打たれたんですのよ」

「だけどこわくない？」とワルワーラが尋ねた。

「そんなこときかれやしませんでしたわ」とジェーニャは落ち着き払って答えた。「ほんの暫くの辛抱ですもの。好き勝手は許されませんわ」

ソフィヤがいかにももっともらしく、悠然と言った。

「こわがることはありませんよ。ちっとも痛くないんですから。わたし自分でよく知ってますもの」

「で、よく効くの？」とワルワーラがもう一度尋ねた。

「あたりまえですよ」とソフィヤがじれったそうに言った。「目の前に生きた証拠がいるじゃありませんか。はじめはちょっと肉が落ちますけどね、次の日から太りだしますよ」

とうとう姉妹の説得はワルワーラの最後の疑念を追い払った。

「じゃあいいわ」と彼女は薄笑いを浮かべて言った。「やってちょうだい。どうなることやらね。だけど誰にも見られない？」

「誰にも。召使は用事にやりましたわ」とソフィヤが言った。

ワルワーラは寝室に導かれた。敷居のところで彼女は二の足を踏んだが、ジェーニャが彼女を突き入れて、ドアに鍵をかけた。この娘は腕力があった。

カーテンが引いてあり、寝室の中は薄暗かった。外部の物音はいっさい聞こえなかった。二脚の床几《しょうぎ》の上にいらくさが幾束か置いてあり、持っても手を刺されないよう茎にハンケチが巻いてあった。

ワルワーラは怖気をふるった。

「だけどねえ」と彼女は煮えきらない調子で言った。「あたしなんだか頭痛がするし、できたら明日のほうが……」

しかしソフィヤは怒鳴りつけた。

「さっさと着物をお脱ぎなさい。つべこべ言うんじゃないの」

ワルワーラはためらい、ドアの方へあとずさりした。姉妹は彼女にとびかかり、無理やり服を脱がせた。あっという間に彼女は下着一枚でベッドに寝かされた。ジェーニャはその強力な片手でワルワーラの両手を摑み、もう一方の手でソフィヤの差し出したいらくさの束をとると、ワルワーラを打ち始めた。ソフィヤはワルワーラの両脚をしっかり押えてこう繰り返した。

「じたばたするんじゃないの。じっとしといでったら！」

ワルワーラはじきに我慢できなくなって、金切声を上げた。ジェーニャは幾度か束を換えて、長いこと、力いっぱい打った。ワルワーラの金切声が遠くへ聞こえないよう、彼女はワルワーラの頭を肘で枕に圧《お》しつけていた。

ようやく二人はワルワーラを放した。彼女は痛みにおいおい泣きながら身を起こし、二人は慰めにかかった。ソフィヤが言った。

「なにも泣き喚くことありませんよ。なんでもないんですから。しばらくちくちくするだけですよ。これでもまだ足りないんです。何日かしたらまたやらなきゃ」

「勘弁してちょうだい！」とワルワーラは哀れっぽく叫んだ。「一度ですっかりこたえたわ」

「何がこたえたもんですか」とソフィヤが制した。「もちろん時々やらなきゃだめですよ。あたしらなんぞ子供の時からやってるんですからね。それもしょっちゅうですよ。そうしなきゃ効かないんです」

「こんなに体にいいものありませんわ！」と薄笑いを浮かべてジェーニャは言った。

昼食後一眠りしたペレドーノフは、夏公園（ロシヤに多い夏の間だけ開く公園。楽隊の演奏などがある。冬の間は用をなさない）のレストランへ球を撞《つ》きに行った。通りで彼はプレポロヴェンスカヤに出会った。彼女はワルワーラを送って行った帰り、親友のヴェルシーナを訪れ、今日のことをこっそり話してきたところだった。方角が同じだったので二人は並んで歩いた。ペレドーノフは晩に小銭を賭けてカルタをやるからくるよう彼女と彼女の夫を招待した。

ソフィヤは彼が結婚しない理由に話をもっていった。ペレドーノフは不機嫌に黙りこくっていた。ソフィヤは自分の妹のことをほのめかした。アルダリオン・ボリースィチはこういうよくふくれたのがお好きなのではないか。彼が同意したように彼女には思えた。彼はいつものとおりふさぎこんだまま、敢えて言い逆らおうとはしなかった。

「あなたの御趣味は分かっとりますのよ。神経のとんがらかったような女はお嫌いなんでしょう。似合いの人をお選びにならなくては。よく太った人を」

ペレドーノフは何か言うのがこわかった。揚足《あげあし》をとられるのではないか。彼は黙ったまま腹立たしげにソフィヤを睨みつけた。」

# 四

撞球室には煙草の煙が立ちこめていた。ペレドーノフ、ルチロフ、ファラストフ、ヴォロージン、ムーリン――このムーリンというのは見上げるばかりの背丈をした小地主で、外貌は間抜けていたが、抜目のない金満家だった――の五人が勝負を終えて、立ち去ろうとしていた。

日が暮れかかっていた。汚れた板張りのテーブルには、空になったビール壜が立ち並んでいた。一同ゲームの間に散々飲んだビールで真っ赤になり、酔っただみ声を張り上げていた。ルチロフだけがいつもの病弱らしい蒼白さを保持していた。彼は他の連中ほどには飲まなかったし、また浴びるほど飲んだところでますます蒼白くなるたちだった。

乱暴な言葉が空中を飛び交った。友だち同士のこととて、誰もそれに腹を立てはしなかった。

ペレドーノフは、殆どいつものことながら、負けた。撞球は下手だったのである。しかしその陰鬱な表情には何の変わりもなかった。彼はしぶしぶ金を払った。ムーリンが大声を出した。

「射て！」

そしてキューでペレドーノフに狙いをつけた。ペレドーノフは怯えた叫び声を上げるとうずくまった。馬鹿げた考えが彼の頭にひらめいた――ムーリンが自分を射ち殺そうとしている。一同わっと笑いだした。ペレドーノフはいまいましげに呟いた。

「こういうたちの冗談はたまらん」

ムーリンはもうペレドーノフを驚かせたことを後悔していた。彼の息子はギムナジウムに学んでおり、それゆえ彼はあらゆる手段を尽くしてギムナジウム教師の機嫌をとることは、自分の義務であると思っていた。いまや彼はペレドーノフに陳謝し、葡萄酒とゼルテル水をおごった。

ペレドーノフは陰気な口調で言った。

「おれはちょっと神経が参ってるんだ。校長のやつが気にくわないんで」

「未来の視学官殿がゲームに負けられたわけですな」とヴォロージンは羊の鳴くような声で言った。

「金を惜しむにはあたりますまい」

「勝負に弱きは恋に強し」とルチロフが言い、虫歯をむき出して笑った。

ペレドーノフはそれでなくとも、負けたことと驚かされたことで機嫌が悪かった。かてて加えて、一同はワルワーラのことで彼をからかいだした。

彼は声を張り上げて言った。

「おれは結婚する。ワーリカなんぞくそくらえ!」

友人たちは大声で笑い、さらに言いつのった。

「できやすまいよ」

「できるさ。明日にでも結婚を申込みに行く」

「よし賭けた! いいな?」とファラストフがもちかけた。「十ルーブル」

しかしペレドーノフは金が惜しかった。――負けたら払わねばならない。彼はそっぽを向いて返答を避けた。

門を出ると一同は別れを告げて、思い思いの方向へ散っていった。ペレドーノフとルチロフは連れ立って歩いた。ルチロフは今すぐ彼の妹たちの一人と式を挙げるよう、ペレドーノフを説き伏せにかかった。

「おれがすっかり手筈を整えた。心配するな」と彼は繰り返した。

「婚約公示をしてない」とペレドーノフは逃げを打った。

「おれがすっかり手筈を整えたって言ってるんだ」とルチロフは説きつけた。「坊主を一人見つけてある。あんたらが親戚同士でないことを知ってる坊主をな」

「付添人がいない」とペレドーノフは言った。

「いないさ。付添人なんぞ今すぐにでも呼びにやりゃあ、真っすぐ教会のほうへ来る。さもなきゃ、おれが自分で呼びに行くよ。ただ事前にきめちゃいけない。あんたのねえさんが知って、邪魔するだろう」

ペレドーノフは黙りこみ、憂鬱げにあたりを見回した。眠りこんだ庭とおぼつかなげな柵の向こうに、まばらな家々がむっつり黝《くろ》ずんでいた。

「あんた門のところで待ってりゃいいんだ」とルチロフが説きかすように言った。「誰でもあんたの好きなのを、おれが連れてきてやる。いいか、よく聴け。おれが証明してやる。二掛ける二は四、そうかそうでないか？」

「そうだ」とペレドーノフは答えた。

「よしそれなら、あんたがおれの妹と結婚しなくちゃならんということは、二掛ける二は四と同じだ」ペレドーノフはショックを受けた。

『たしかにそのとおりだ』と彼は考えた。『二掛ける二は四だ』そして彼は思慮深いルチロフを尊敬の念をもって眺めた。『式を挙げるよりてはない。こいつと言い争っても無駄だ』

この間に二人はルチロフの家に着き、門の傍に立ち止まった。

「無理矢理ってわけにはいかんよ」とペレドーノフがぷりぷりして言った。

「この変人め、それどころかみんな首を長くして待ってらあ」

「おれが厭だって言ったらどうする」

「そらまた。厭だってのか、この変わり者め！　一生一人ぼっちでいようってのか？」とルチロフが自信たっぷりな口調で言い返した。「それとも、修道院へでも入ろうってのか？　それとも、まだワーリャに未練があるってのか？　それより、あんたが若い細君を連れて帰った時あの女がどんな顰《しか》め面するか、ちょっと考えてみろよ」

ペレドーノフは切れ切れの笑い声を立てたが、次の瞬間にはもう眉をひそめてこう言った。

「だけど、彼女たちが厭がるかもしれない」

「なんでまた厭がることがある、この変わり者め？」とルチロフが言い返した。「おれが請け合ってるじゃないか」

「彼女ら、気位が高いぜ」とペレドーノフは思い出して言った。

「それがどうした？　尚更結構じゃないか」

「からかい好きだぜ」

「あんたのことからかっちゃいない」とルチロフが説ききかせた。

「へえ、そうかね！」

「おれを信用しろ。嘘は言わん。彼女らあんたを尊敬してる。あんたはパヴルーシカやなんぞとは違う。あんたを笑いものにするわけがない」

「信用しろったって……」とペレドーノフは半信半疑で言った。「いや、おれは自分で確かめたいね。彼女たちがおれを笑いものにしないかどうか」

「変わり者だな」とルチロフは呆れて言った。「いったい、あれたちがあんたを笑いものにするわけがなかろう？　それにしても、どうやって確かめようってんだ？」

ペレドーノフはちょっと考えて、言った。

「今すぐ彼女たちを表《おもて》へ出してくれ」

「そりゃいいとも」とルチロフは承諾した。

「三人ともだ」とペレドーノフは続けた。

「いいとも」

「で、ひとりひとりに、どうやっておれを喜ばすつもりか言わせるんだ」

「いったい何のためだい？」とルチロフが呆れて尋ねた。

「こうすれば彼女たちが何をしたがっているのか分かる。さもないと、あんたらのいいようにされちまう」とペレドーノフは説明した。

「誰もあんたをいいようにしやしないさ」

「彼女たちおそらくおれをからかおうとしてるんだ」とペレドーノフは文句を言った。「彼女らに出てこさせるがいい。そのあとでもしおれのことを笑いものにするようだったら、おれのほうで彼女らを笑いものにしてやる」

ルチロフは考えこみ、帽子を項《うなじ》へ押し上げ、それをまた額へ引き下げ、とうとうこう言った。

「よし、待ってろ、あれたちに話してくる。それにしても変わり者だな！　ただ、その間庭へ入ってろよ。誰か通りかかったら、見られるぞ」

「知ったことか」とペレドーノフは言ったが、それでもルチロフのあとから木戸をくぐった。

ルチロフは妹たちのいる家へ向かい、ペレドーノフは中庭に残って待った。

客間には四人の姉妹が顔を揃えていた。客間は門からいちばん近い家の隅にあった。四人とも同じ顔立ちで、揃って兄に似ていた。皆揃って器量がよく、バラ色で陽気だった。すでに人妻であるラリサは落ち着き払って愛想がよく、太っていた。動作の機敏な、一刻もじっとしていられぬダーリヤは、姉妹のうちでいちばん背が高く、痩せていた。リュドミラは笑い上戸で、ワレリヤは小柄で優しく、一見ひ弱そうだった。彼女らは胡桃《くるみ》と乾葡萄《ほしぶどう》に舌鼓をうち、明らかに何事かを待ちうける様子だった。それゆえ彼女らは普段よりもいっそう気を高ぶらせ、笑いさざめき、町の最新の噂を語り合い、知人であろうと未知の人であろうと手当たり次第笑いものにしていた。

すでに朝のうちから、彼女らはいつでも婚礼をする準備ができていた。あとは花嫁衣裳をまとい、長いヴェールと飾りの花をピンで留めさえすればよかった。ワルワーラのことを姉妹たちはその会話の中で一言も口にしなかった。あたかもそんな人物なぞこの世に存在しないかのように。しかし誰でも容赦なく槍玉にあげて陰口をたたくこのからかい好きの娘たちが、一日中ワルワーラのことを一言も口にしなかったという事実は、それだけでも、ワルワーラについての気まずい思いが姉妹たちひとりひとりの頭の中に根を下していることを証して余りあるものだった。

「来たぞ！」とルチロフは客間へ入るや告げた。「門のところで待ってる」

姉妹たちは不安げに立ち上がると、一勢に話しだし、笑いだした。

「ただちょっとひっかかりがあるんだ」とルチロフが笑いながら言った。

「いったいなによ、なに？」とダーリヤが尋ねた。

ワレリヤは腹立たしげにその美しい、濃い眉をひそめた。

「どうする、言おうか？」とルチロフが尋ねた。

「ねえ、早く早く！」とダーリヤが急き立てた。

ルチロフは幾分当惑しながら、ペレドーノフの希望を語ってきかせた。娘たちは声を張り上げ、競ってペレドーノフを罵りだした。しかし彼女らの憤激の声は少しずつ冗談と笑いにとって代わられていった。ダーリヤは陰鬱にも期待に満ちた顔付をしてみせて、言った。

「彼こうやって門のところで待ってるのよ」

真似は上出来だった。

娘たちは窓から門の方をうかがった。ダーリヤが窓をあけてよびかけた。

「アルダリオン・ボリースィチ、窓からお話してもいいかしら？」

気の滅入りそうな声が聞こえた。

「だめだ」

ダーリヤは窓をパタンとしめ、姉妹たちはけたたましい笑いの発作に抗しきれず、ペレドーノフに聞かれないよう客間から食堂へ逃げこんだ。この陽気な家族たちの間にあっては、この上ない不機嫌から笑いと冗談への移行も可能であり、しばしば陽気な一言が物事を左右するのだった。

ペレドーノフはじっと待っていた。彼は淋しく、おそろしかった。逃げ出そうかと思ったが、その決心もつきかねた。どこかとても遠くから、音楽が聞こえてきた。貴族団長の娘がピアノを弾いているに違いなかった。かすかな優しい音色が宵闇の静かな大気の中を流れ、憂愁を運び、甘い夢を生んだ。

最初ペレドーノフの空想はエロチックな方向へ向かった。彼はルチロフの娘たちをいちばん食指をそそりそうな姿で思い描いた。だがそうやって長いこと待てば待つほど、ペレドーノフは苛立《いらだ》ってきた。――なぜこんなに待たせるのか。音楽もまた彼の鈍感で粗雑な感覚を逆撫でしただけで、彼にとってはもう聞こえないも同然だった。

あたりには、不吉な摺《す》り足や囁きに満ちた、静かな夜が降りて来ていた。それにペレドーノフの立っているのが客間のランプに照らされた地点だったため、あたりはいっそう暗く見えた。二本の条《すじ》となって中庭に落ちたランプの光は次第に幅を拡げて隣家の柵に達し、柵の向こうには丸太造りの壁が黒々と見えていた。中庭の奥ではルチロフ家の樹々が鬱蒼と黝ずみ、胡散《うさん》臭げな囁きを交わし、街路の舗装の上、どこかほど遠からぬあたりに、誰かのゆっくりと重たげな足音がいつまでも聞こえていた。ペレドーノフはもう怖くなってきた。こうして立っている間に襲われて身ぐるみ剝がれたり、はては殺されたりしないか。彼は人目につかぬよう壁の暗がりにぴったり身を寄せ、びくびくしながら待った。だがそこへ、中庭に落ちた光の条を長い影が横切り、ドアを開けたてする音に続いて、玄関のドア越しに人声が響いた。ペレドーノフは活気づいた。『来た来た！』と彼は喜び、器量よしの姉妹たちをめぐる快い夢想——彼の乏しい想像力の醜悪な果実——が、ふたたび頭の中で懶《もの》げにうごめきだした。姉妹たちは玄関の間に佇《たたず》んでいた。ルチロフは中庭を門の方へやって来て、街路に誰もいないか、あたりを見回した。

人っ子一人見当たらず、静まりかえっていた。

「誰もいない」と彼は手をメガホンのように口に当て、高い囁き声で姉妹たちに言った。

彼はそのまま街路に残って張番をした。彼と一緒に、ペレドーノフも街路へ出て来た。

「さてと、これから彼女らあんたに答えるぜ」とルチロフが言った。

ペレドーノフは木戸のすぐ傍に立ち、木戸と門柱の隙間から中を窺っていた。その顔は憂鬱な、殆ど怯えた表情を浮かべ、夢や思いは悉《ことごと》く脳裏から消え失せ、重苦しくあてどない欲望がそれにとって代わった。

ダーリヤが最初に、あけ放った木戸へ近づいた。

「どうやってあなたを喜ばすかっておっしゃるの？」と彼女は尋ねた。

ペレドーノフは陰気な沈黙を守った。ダーリヤは言った。

「あたくしあなたに舌のとろけるような熱いプリンを焼いてさし上げますわ。ただ、咽喉にひっかけないようになさいませ」

リュドミラが姉の肩越しに叫んだ。

「あたしは毎朝町へ行って、噂を残らず聞き集めてきてあなたにお話してさし上げますわ。お腹の皮のよじれそうなのを」

二人の姉の陽気な顔の間に、ワレーロチカのやんちゃそうなほっそりした顔がちらりと現われた。彼女の細い声が聞こえた。

「わたくし、あなたを何で喜ばせるか決して申し上げません。御自分でおあてなさいまし」

姉妹たちは大声で笑いころげながら、駆けだした。彼女たちの笑い声がドアの背後に消えた。ペレドーノフは木戸から離れた。彼はあまり満足していなかった。娘たちがいいかげんなお喋りをして、行ってしまったと思ったのである。紙に書いて出させたほうがよかった。だがもう遅い。これ以上ここに突っ立って待つわけにはゆかない。

「どうだ、見たか?」とルチロフが尋ねた。「どれがいい?」

ペレドーノフは思案に暮れた。もちろん、と結局彼は考えた。いちばん若いのを選ぶべきだ。今更年増と結婚して何になろう!

「ワレリヤを連れてきてくれ」と彼はきっぱり言った。

ルチロフは家へとって返し、ペレドーノフはまた中庭へ入った。

リュドミラが窓からこっそり外をうかがい、二人の話に一生懸命耳を澄ましたがなにひとつ聴きとれずにいるところへ、中庭の敷石に足音が響いた。姉妹たちは鳴りをひそめ、落ち着かぬ、当惑した態《てい》で腰を下した。ルチロフが入って来て、こう告げた。

「ワレリヤがいいとさ。門のところで待ってる」

姉妹たちは笑いだし、囃《はや》したてた。ワレリヤは僅かに蒼ざめた。

「あらまあ、あらまあ」と彼女は繰り返した。「あたし困るわ。あたしどうしたらいいの？」

彼女の手は震えていた。一同は彼女に婚礼衣裳を着せにかかり、三人の姉が揃って世話を焼いた。彼女はいつものとおり勿体振り、ぐずぐずし、姉たちに急かされた。ルチロフは嬉しげな興奮した態で絶え間なく喋り続けた。彼は自分の鮮かな手際に満足していた。

「あんた馬車は用意した？」と心配性のダーリヤが尋ねた。

「そんなことできるか？　町中が駆け寄ってくるぜ。ワルワーラはやつの髪を摑んで、うちへしょっ引いてゆくだろう」

「じゃああたしたちはどうするの？」

「二人ずつ組んで広場まで行こう。あそこまで行けば馬車がある。むずかしいこたない。先ずおまえが花嫁と一緒に、それからラリサが花婿と一緒に行く——少し間を置いてな。さもないと町で誰かが眼をつけるぞ。おれとリュドミラはファラストフのところへ寄る。二人を先にやってから、おれはもういちどヴォロージンをつかまえに行く」

一人残ったペレドーノフは、甘い夢想に耽《ふけ》った。初夜の蠱惑《こわく》につつまれた裸の、はにかんだ、しかし陽気なワレリヤの姿、折れそうにか弱く繊細な姿を彼は夢見た。

夢見ながら、ポケットにつっこんであったキャラメルをとり出してしゃぶった。

やがて彼はふとワレリヤがコケットなことを思った。あの女は衣裳や家具を欲しがるな、と彼は考えた。そうなったら、毎月貯金するなどはとても無理だ。それどころか、今ある蓄えまでも使い果たしてしまうだろう。主婦となっても選り好みが激しく、台所の監督も行き届くまい。そうなったら、誰かが料理に毒を盛る。憎悪に狂ったワーリヤが料理女を買収する。『それにだいたい』とペレドーノフは考えた。『あんまり細っこすぎる、あのワレリヤというのは。どう扱ったもんだろう。叱りつけたり、小突いたり、唾を吐きかけたりできようか？　わあわあ泣いて、町中に恥をさらすに違いない。いや、あれをもらったりしようもんなら、とんでもないことになる。リュドミラがいい。あれのほうがずっとさっぱりしてる。どうしてあれにしないんだ？』

ペレドーノフは窓に近寄ると、ステッキで窓枠を叩いた。しばらくしてルチロフが窓から身をのり出した。

「なんだ」と彼は不安げに尋ねた。

「気が変わったんだ」とペレドーノフはもぐもぐ答えた。

「なんだって！」とルチロフが驚いて叫んだ。

「リュドミラを連れてきてくれ」とペレドーノフは言った。

ルチロフは窓を離れた。

「くそ野郎」と彼は呟くと、妹たちの方へとって返した。

ワレリヤは喜んだ。

「おめでとう、リュドミラ」と彼女は陽気に言った。

リュドミラは大声で笑いだした。肘掛椅子に倒れ、その背に身を投げかけて笑いに笑った。

「やつに何て言う?」とルチロフが尋ねた。「承知か、え?」

リュドミラは笑いにむせんで口がきけず、ただ手を振ってみせた。

「もちろん承知よね」と彼女に代わってダーリヤが言った。「早くそう言ってやりなさいよ。さもないとまたぷいと行っちまうわよ、待ちきれないで」

ルチロフは客間へ出て行くと、窓に向かって囁いた。

「待ってろ。すぐ支度ができる」

「急げよ」とペレドーノフがぷりぷりして言った。「なにをぐずぐずしてんだ!」

一同は手早くリュドミラに着付けをさせた。五分後にはすっかり用意ができた。

ペレドーノフは彼女のことを考えた。あれならほがらかで口あたりがいい。ただひどく笑い上戸だ。おれのことを笑うんじゃないか。こいつは弱った。ダーリヤなら威勢もいいが、いずれにせよもっとしっかりして、落ち着いている。それに負けず劣らずきれいだ。あれをもらったほうがいい。彼はもういちど窓を叩いた。

「また叩いてるわよ」とラリサが言った。「こんだあんたじゃない? ダーリヤ」

「あん畜生め!」とルチロフは罵り、窓へ駆けつけた。

「まだ何だ?」と彼は腹立たしげな囁き声で尋ねた。「また気が変わったのか、え?」

「ダーリヤを連れてきてくれ」とペレドーノフは答えた。

「ちょっと待ってろ」とルチロフは吐き捨てるように囁いた。

ペレドーノフはそこに突っ立ったまま、ダーリヤのことを考えた。そして今度もまた彼の想像裡では、彼女への束の間の恋慕がおそれにとって代わられた。あれはあんまり活発で、臆面がない。うるさすぎやしないか。そもそもこんなところで何を待ってるんだ？　風邪をひくぞ。往来のどぶの中、塀際の草むらの中に何者かがひそみ隠れ、突然おどりかかってぶすりとやるかもしれない。ペレドーノフはふさぎこんだ。とにかくあの娘たちときたら、持参金がない。教育関係のコネもない。ワルワーラは公爵夫人に告げ口をするだろう。校長もペレドーノフのことをこころよからず思うようになろう。

ペレドーノフは自分に腹を立てた。なぜまたルチロフの娘たちなぞにかかわり合うのだ？　まるでルチロフの魔法にかかったみたいだ。そう、きっとほんとうに魔法をかけたのだろう。すぐに魔除けのおまじないをとなえねばならぬ。

ペレドーノフはその場で回って、四方へ唾を吐くと呟いた。

「チチンプイプイ、チチンプイプイ、プイ、プイ、プイ、プイ、プイ」

彼の顔はあたかも重大な儀式をとり行なっているかのような真面目さ、入念さを帯びた。この是非とも必要な行為をすませるや、もはやルチロフの呪縛を懼《おそ》れる理由はないように彼には思えた。そこで思い切って窓をステッキで叩き、腹立たしげに呟いた。

「密告するぞ。人を罠にかけようとしたな。だめだ、今日は結婚したくない」彼は窓から身をのり出したルチロフに向かってこう言った。

「なんだって、アルダリオン・ボリースィチ。もう準備万端整ってるんだぜ」とルチロフは説き伏せにかかった。

「したくないんだ」とペレドーノフはきっぱり言った。「おれのうちへ行って、カルタをやろう」

「あん畜生！」とルチロフは罵った。「やつ式を挙げたがらない。怖気づきやがった。なに、そのうち口説き落としてやるさ。おれにカルタをやりに来いと言ってるんだ」

姉妹たちは一斉に喚きだし、ペレドーノフを罵った。

「で、あんたあのろくでなしのところへ行くの？」とワレリヤが忌々しげに尋ねた。

「ああ行くとも。行って罰金をとってやる。まだあいつを逃がしたときまったわけじゃない」ルチロフは自信ありげな口調を崩すまいと努めつつこう言ったが、しかしはなはだばつが悪かった。

ペレドーノフへの腹立ちには、じき笑いがとって代わった。ルチロフが出掛けると、姉妹たちは窓際に駆け寄った。

「アルダリオン・ボリースィチ！」とダーリヤは叫んだ。「どうしてそんなに煮えきらなくていらっしゃるの？　それじゃいけませんことよ」

「キスリャイ・キスリャエヴィチ！」（「キスルイ」は「酸っぱい、気づかい」の意を有する形容詞。これを名と父称に仕立てたもの）とリュドミラが笑いながら叫んだ。

ペレドーノフは口惜しかった。彼の考えによれば、姉妹たちは彼にふられて、悲しみのあまり泣く筈であった。

『平気な振りをしてやがる！』と思いながら、彼は黙って中庭を出た。娘たちは通りに面する窓へ駆け寄り、ペレドーノフの姿が暗闇に見えなくなるまで、背後から嘲笑を浴びせ続けた。

# 五

ペレドーノフは気が滅入った。ポケットにはもうキャラメルもなく、このことが彼をがっかりさせ、悲しませせた。ルチロフ一人が殆ど喋りづめに喋り、妹たちを褒めそやした。ペレドーノフは一度だけ口をはさんだ。彼はぷりぷりした口調で尋ねた。

「雄牛にゃ角があるか?」

「あるとも、それがどうした?」とルチロフは驚いて言った。

「なら、おれは雄牛にゃなりたくない」とペレドーノフは説明した。

ルチロフは憤慨した。

「あんたはな、アルダリオン・ボリースィチ、雄牛にゃ決してならんだろうよ。なぜって、あんたはそれこそほんとうの豚だからな」

ルチロフは大声で笑った。ペレドーノフは腹立たしげに、こわごわルチロフを見て言った。

「今日はおれをわざと毒の園へ連れてったな。おれをふらふらにして、妹たちとひっつけようってんだろう。おれにゃ魔女はひとりで沢山だぜ。三人も一度に嫁にもらうなんて!」

「馬鹿を言うな。いったいおれのほうはふらふらにならなかったとでも言うのか?」とルチロフが尋ねた。

「おまえはてを知ってる」とペレドーノフは言った。「きっと鼻から息を出さずに口から息するとか、何かおまじないを言うとかしてたんだろう。ところがおれときたら、どうやって魔法をふせいだらいいか、何も知らん。おれは魔法を知らん。さっき立っている間も、魔除けのおまじないを唱えるまでは、ふらふらだったんだ」

ルチロフは笑って尋ねた。

「なんておまじないを唱えたんだ?」

しかしペレドーノフはもう何も答えようとはしなかった。

「なぜあんたそんなにまでワルワーラにしがみついてんだ?」とルチロフは言った。「彼女のつてでポストが手に入ればいいと思ってるのか?　彼女あんたを尻に敷くぞ」

これはペレドーノフには理解できなかった。

彼女があくせくしているのも、所詮彼女自身のためではないか。——と彼は考えた——彼がえらくなって、たんまり金が入るようになったら、得をするのは彼女だろう。つまり、彼が彼女に感謝するのではなく、彼女が彼に感謝すべきだろう。それになんと言っても彼女となら、他の誰とよりも気兼ねしないですむ。

ペレドーノフはワルワーラに慣れきっていた。彼が彼女に惹かれていたのは、おそらく、彼女を愚弄するという彼にとって愉快な習慣のせいだったろう。こんな女は鉦《かね》太鼓で探しても見つかるまい。

もう遅かった。ペレドーノフの家にはランプがともり、窓々が街路の暗闇の中に明るく浮かび上がっていた。

客たちは茶のテーブルを囲んでいた。客とは、グルーシナー――彼女は今や毎日のようにワルワーラのところへやってきた――、ヴォロージン、プレポロヴェンスカヤ、彼女の夫コンスタンチン・ペトローヴィチ――背の高い四十歳ばかりの男で、髪は黒く、艶のない蒼ざめた顔色をし、並外れて無口だった。ワルワーラは盛装していた――つまり、白い服を着ていた。一同は茶を飲み、お喋りをした。ワルワーラはいつものとおり、ペレドーノフの帰りが遅いのを心配していた。ヴォロージンは羊が鳴くように騒々しく笑いながら、ペレドーノフがルチロフとどこかへ行ったと話した。これを聞いて、ワルワーラの心配は倍増した。

やっとペレドーノフがルチロフを連れて現われた。叫び声や笑い声、馬鹿げた無遠慮な冗談が二人を迎えた。

「ワルワーラ、ウォッカはどうした」とペレドーノフはぷりぷりして大きな声を出した。

ワルワーラは済まなそうな苦笑いを浮かべてテーブルから跳び上がると、ウォッカの入った粗いカットの大きなガラス壜を運んできた。

「飲もう」とペレドーノフが憂鬱な面持で皆を誘った。

「待って」とワルワーラが言った。「いまクラヴジューシカがザクースカを持ってくるわ。ぐず、お急ぎったら」と彼女は台所に向かって叫んだ。

しかしペレドーノフはもう盃にウォッカを注ぎ分け、こう唸った。

「なぜ待つんだ。時は待っちゃくれない」

一同はウォッカを飲み、黒すぐりのジャムの入ったピロシキをつまんだ。ペレドーノフのところには、客をもてなす用意とてはカルタとウォッカしかなかった。カルタを始めるわけにはいかなかったので――なぜならまだ茶を飲まねばならなかったから――、することといってはウォッカを飲む以外にはなかった。

そうこうするうちにザクースカ（前菜）が運ばれ、一同はまたひとしきり杯を傾けた。クラヴジヤは出て行きぎわに、ドアをぴったり閉めなかった。ペレドーノフは心配になった。

「いつだってドアが開けっ放しだ」と彼はこぼした。

彼は隙間風を懼《おそ》れた――風邪をひくかもしれない。そのため家の中にはいつだってむっとする悪臭がこもっていた。

プレポロヴェンスカヤが卵をつまんだ。

「いい卵だこと」と彼女は言った。「どこで手に入れられたの？」

ペレドーノフは言った。

「なに、そこらにあるのと同じ卵ですよ。もっとも、わたしの親父の領地には、一年中毎日二個ずつ見事な卵を生む牝鶏がいました」

「へえそうですか」とプレポロヴェンスカヤが言い返した。「驚くほどのことじゃありませんわ。わたしどもの村には、毎日卵を二個とバターを一匙分ずつ生む鶏がいましたわ」

「そうそう、うちの鶏もそうでした」とペレドーノフはからかわれていることも気づかずに言った。「ほかの鶏がバターを生むなら、うちの鶏だって生んだに違いありません。なにしろすばらしいやつでしたから」

ワルワーラは笑いだして言った。

「やめてよ、ばかばかしい」

「そんな馬鹿げたお話うかがうと、耳が萎《しお》れますわ」とグルーシナが言った。

ペレドーノフはかんかんになって彼女を睨みつけ、冷やかにこう言った。

「耳が萎れるなら、引きむしっちまわにゃならん」

グルーシナは当惑した。

「まあ、あなたときたら、アルダリオン・ボリースィチ、そんな言い方しかなさらないのね！」と彼女はこぼした。

一同は同情に堪えぬといった薄笑いを浮かべた。ヴォロージンは眼を細め、頭を揺すりながら、お道化た口調でこう説明した。

「あなたもし耳が萎れたら、こいつは引きむしっちまわなくちゃいけませんよ。さもないと萎れた耳が垂れ下って、こっちへぶらぶら、あっちへぶらぶら」

ヴォロージンは萎れた耳のぶらぶらするさまを指でやって見せた。グルーシナが彼を怒鳴りつけた。

「なによあんたときたら、人の真似ばっかりして。人の尻馬に乗ることしかできないのね！」

気を悪くしたヴォロージンは、勿体ぶって言った。

「わたしは自分からうまいことは言えませんよ、マリヤ・オーシポヴナ。しかしこうやって共に気持よく時を過ごしている時に、他人の冗談のあと押しをしていけないということはありますまい！　もしそれがお気に召さないなら、お好きなようになさいまし。ぼくの知ったこっちゃありません」

「ごもっとも、パーヴェル・ワシーリエヴィチ」とルチロフが笑いながら彼を励ました。

「あらパーヴェル・ワシーリエヴィチは立派に自己弁護なさいますわね」とプレポロヴェンスカヤが狡《ずる》そうな薄笑いを浮かべて言った。

パンを切っていたワルワーラは、ヴォロージンの滑稽な演説に耳傾けながらも、相変わらずナイフを握っていた。刃の先が光った。ペレドーノフはこわくなった——不意に咽喉をかっ切られやしないか。彼は叫んだ。

「ワルワーラ、ナイフを置け！」

ワルワーラは身震いした。

「なによ、大きな声だして。驚くじゃない！」と彼女は言い、ナイフを置いた。「とにかくあのとおり気紛れものですから」黙りがちのプレポロヴェンスキーが鬚を撫でながら何か言い出しそうにしているのを見て、彼女はこう話しかけた。

「よくあることです」と甘ったるいふさいだ声でプレポロヴェンスキーは始めた。「わたしの知人に針を怖がる男がいまして、針がささってそれが体内に入ってしまうのが、怖くて怖くて仕方なかったんですな。あんまり怖がるもんだから、まあどうでしょう、針を見ると……」

こうしてひとたび口をきると、彼はもうとめどがなくなり、同じひとつことを繰り返し繰り返し変奏するのだった。ようやく誰かが彼を遮り、話題を変えると、彼はまた沈黙の内に沈みこんでいった。

グルーシナは話をエロチックなテーマへと向けた。彼女は死んだ夫がどんなに嫉妬深かったか、彼女が彼をどんな風に裏切ってやったかを物語った。次いで首都の知人から聞いた話というのを披露した。

ある高い地位にある人物の囲いものが、ある日街を馬車で行くと、自分のパトロンに出会った。「彼女、彼にこう呼びかけたんですって——こんにちわ、イワンちゃん！　それが往来でよ！」とグルーシナは話した。

「そんなこと言うなら、あんたのことを訴えてやる」とペレドーノフがぷりぷりして言った。「高貴のお方について、そんな阿呆らしい冗談を言っていいものと思いますか？」

グルーシナは仰天して呟いた。

「だけどあたしなにも——そういう話を聞いただけのことですわ。聞いたことをそのまんま話したんですわ」

ペレドーノフはぷりぷりしたまま黙ってテーブルに肘をつくと、茶皿から茶を飲んだ。将来視学官になるべき人物の家で、高貴の人々の軽々しい噂話はふさわしくない、と彼は思い、グルーシナに腹を立てた。彼はまたヴォロージンのこともいまいましく思った。彼のことをあんまりしばしば未来の視学官呼ばわりするのが、なぜか胡散臭く思えたのである。いちどペレドーノフはヴォロージンにこう言いさえした。

「やいおっさん、おれのことを妬《ねた》んでるな！　視学官になるのがおまえじゃなくて、おれだもんだから」

これに対しヴォロージンは、真面目くさった表情でこう言い返した。

「十人十色ですよ、アルダリオン・ボリースィチ。あんたにはあんたの専門があり、ぼくにはぼくの専門があります」

「あのナターシャったら」とワルワーラが告げた。「うちをやめたらその足で憲兵の家へ入ったわ」

ペレドーノフはびくりとし、顔に恐怖の色を漲《みなぎ》らせた。

「ほんとか?」と彼はきき返した。

「ほんとですってば」とワルワーラは答えた。「嘘だと思ったら、自分で憲兵にきいてごらんなさいよ」

グルーシナも、このいやな知らせがほんとうだと言った。ペレドーノフは呆然とした。あることないこと告げ口するに違いない。憲兵のやつは何一つ忘れず本省へ報告するだろう。まずいことになった。

この時箪笥《たんす》の上の棚がペレドーノフの目に留った。そこには本が幾冊か並んでいた。ピーサレフの薄い著作、やや分厚な『祖国雑記』。ペレドーノフは蒼ざめて言った。

「あの本を隠さにゃならん。密告されるぞ」

以前彼がこれらの書物を手許に置いたのは、自分が自由思想の持主であることを誇示せんがためだった。そのくせ、実のところ彼は思想など全然持ち合わせてはいなかったし、そもそも考えることを好まなかった。これらの書物にしても並べておくだけで、読みはしなかった。時間がないことを口実に、もうよほど以前から一冊の本も読まなかった。新聞もとらず、ニュースはすべて口伝えで聞いた。もっとも、知らねばならぬこととては別段なかったのである。外界のことは何ひとつ彼の関心を惹かなかった。新聞をとっている人々を、彼は金と時間の無駄だといって嘲笑した。彼にはそれほどまでに自分の時間が貴重だったのである!

彼はぶつぶつ言いながら棚に近寄った。

「とにかくこういう町だからな。すぐと密告しやがる。手伝ってくれ、パーヴェル・ワシーリエヴィチ」と彼はヴォロージンに言った。

ヴォロージンは心得顔の真面目くさった表情で歩み寄ると、ペレドーノフの差し出す書物を注意深く受け取った。ペレドーノフは本の小さいほうの堆《やま》をかかえて客間へ行った。大きなほうの堆を持たされたヴォロージンがそのあとに続いた。

「どこに隠すんですか、アルダリオン・ボリースィチ」と彼は尋ねた。

「まあ見てろ」いつもの陰気な口調でペレドーノフは答えた。

「何を運んでらっしゃるの、アルダリオン・ボリースィチ」とプレポロヴェンスカヤが尋ねた。

「発禁の本です」とペレドーノフは立ち止まらずに答えた。「人に見られたら、密告される」

彼は客間の暖炉の前にしゃがみこむと、本を鉄板の上に投げ出した。ヴォロージンもそれに倣った。ペレドーノフは狭い隙間に本を次々と力一杯押しこみ始めた。ややうしろにひかえたヴォロージンが、彼に本を渡した。しかつめらしく突き出た唇、思考の重みに俯《うつむ》きがちなふくれた額をした彼の顔は、相変わらず真面目くさった、何もかも心得た表情を浮かべていた。ワルワーラがドア越しに二人を覗いた。彼女は笑って言った。

「また馬鹿なことを始めて!」

しかしグルーシナが彼女を遮った。

「いいえ、ワルワーラ・ドミトリエヴナ、馬鹿なことじゃありませんよ。もし知れ渡ったら、とても厄介なことになりかねません。とりわけ、先生の場合はね。教師が生徒たちに暴動を教唆しやしないかと、お上はびくびくもんですもの」

茶を飲み終えた一同はカルタを戦わせんものと、七人が七人とも客間のカルタ卓を囲んで腰を下した。ペレドーノフはその熱中ぶりのわりには下手くそだった。給料日には必ずゲームの相手に、たいていはプレポロヴェンスキーに、借金を払わねばならなかった。プレポロヴェンスキーは自分の分ばかりでなく妻の分も受け取った。勝つのは大抵プレポロヴェンスキー夫妻だったからである。彼らには一定の合図——ものを叩くとか、咳払いをするとか——があり、これによって自分のカードについての情報を交換するのだった。この日ペレドーノフはたちまち旗色が悪くなった。彼は負けをとり返そうとあせったが、ヴォロージンはなかなかカードを配ろうとせず、丹念に切ってばかりいた。

「パヴルーシカ（パーヴェルの親称ないし蔑称）、配れよ」とペレドーノフはもどかしげに大きな声を出した。

勝負の時には自分も他と同じ一人前のつもりでいたヴォロージンは、勿体ぶった顔付をして尋ねた。

「パヴルーシカとは、これはいったいどういうことですか？　今あんたがそう言ったのは、こりゃ親しさの表現ですか？　どうなんです？」

「もちろん親しさの表現さ」とペレドーノフはぞんざいに答えた。「いいから早く配れったら」

「ふむ、親しさの表現なら、ぼくは嬉しい、非常に嬉しい」ヴォロージンは嬉しげにも愚かしげな薄笑いを浮かべてこう言いながら、カードを配った。「あんたはいい人だ、アルダーシャ。ぼくはとってもあんたが好きだ。もし親しさの表現でなかったら、こりゃ話は別だ。もしも親しさの表現ならば、ぼかぁ嬉しい。お礼に一をあげましょう」そうヴォロージンは言って、切札を指定した。

ほんとうに一がペレドーノフのところに来ていたが、切札の一ではなかったので、負けて罰金をとられた。

「たしかに一はきたがね」とペレドーノフはぷりぷりして唸った。「一は一でもこれじゃない。余計なお喋りしやがって。切札の一じゃなきゃ駄目だってのに、いったい何をくれた？　ただの一がなんになる？」

ルチロフは絶え間なく喋り続け、噂話や、時として甚だ微妙な一口話を物語った。彼はペレドーノフをからかおうと、生徒たちの素行がよくないのは確かだと主張した。とりわけ下宿している連中がよくない。煙草は吸うし、ウォッカを飲むし、女の子の尻を追いかけ回す。ペレドーノフは信じた。グルーシナもほんとうだと言った。この話は彼女に特別の満足感をもたらした。彼女自身、夫の死後、ギムナジウムの生徒を三、四人置きたいと思ったが、ペレドーノフの口添えにもかかわらず、校長は彼女に認可を与えなかった。グルーシナについては芳しくない噂があったのである。生徒を下宿させている大家たちのことを、彼女はこれを機会に罵りだした。

「あの連中は校長に賄賂《わいろ》をやってるんですよ」と彼女は確言した。

「大家なんてのはみんな厭な奴ですよ」とヴォロージンが確信ありげに言った。「うちのだってそうです。ぼくが部屋を借りた時、毎晩牛乳をコップに三杯出すって約束だったんです。たしかに最初の月と、次の月は出ましたがね」

「そんなに飲んで大丈夫か？」とルチロフがにやにや笑いながら言った。

「大丈夫かとはどういうことですか！」とヴォロージンはむっとして言い返した。「牛乳ってのは体にいいんです。ぼくは寝る前に三杯飲む習慣がついちまいました。ところがどうでしょう、ある時二杯しか持ってこないんです。こりゃどういうわけだいってぼくは尋ねました。女中が言うには、アンナ・ミハイロヴナがどうかお許し下さいと申しております、なにしろうちの牝牛が乳を少ししか出さなくなりましたので。そんなことぼくの知ったこっちゃありませんよ！　契約は金《かね》より大切だ。彼女の牝牛が一滴も乳を出さなくなったところで、ぼくに乳を飲ませないって法はないでしょう？　そこでぼくは言ってやったんです、もし牛乳がないなら、アンナ・ミハイロヴナにこう伝えてくれたまえ、ぼくに水を一杯くれるようにって。ぼくは三杯飲む習慣がついちまったから、二杯じゃ足りないんだ」

「パヴルーシカの態度は見上げたもんだ」とペレドーノフは言った。「あんたが将軍といがみ合った顛末を話して聞かせろよ」

ヴォロージンは喜んで例の一部始終を繰り返したが、この度は皆から笑い草にされた。彼は気を悪くして下唇を突き出した。

夜食には皆へべれけになるまで飲んだ。女たちも飲んだ。ヴォロージンがもっと壁を汚そうと言い出した。一同大喜びで、夜食も終えぬうちすぐさま仕事にとりかかり、狂態を演じて楽しんだ。壁紙に唾を吐き、ビールを浴びせ、バターを塗りたくった紙飛行機を壁や天井に放ち、噛みつぶしたパンの塊で天井に悪魔の像をかたどった。次いで壁紙を帯のように破き剝がすのが流行った——誰がいちばん長く破きとれるか。このゲームでもやはりプレポロヴェンスキー夫妻が一ルーブル半勝った。

ヴォロージンは負けた。この負けと酔いのせいで彼は急に気が滅入り、母親のことをこぼしだした。彼は詰《なじ》るような顔付をし、憤慨した身振りで言った。

「なんでまたおふくろはおれを生んだんだ？　いったいどういうつもりだったんだろう？　ああ今の

おれの生活！　ありゃおれのおふくろじゃない。おれを生んだ女というだけにすぎん。ほんとの母親なら自分の子供の面倒を見るもんだ。ところがおれのおふくろときたら、おれを生んだだけで、あとは国の施設に任せっ放しだ」

「そのかわりあなた勉強なすって、世間を知ることがおできになったでしょう」とプレポロヴェンスカヤが言った。

ヴォロージンは俯いて頭を振った。そして言った。

「いやいや、まったくなんて生活だ。これ以上みじめな生活はない。おふくろはなぜまたおれを生んだんだ？　いったいどういうつもりだったんだ？」

前日の「イエルイ」のことがふとペレドーノフの記憶に蘇った。『やっこさん、おふくろのことをこぼしてるな。なぜおれを生んだかだと？　これ以上パヴルーシカでいたくないってんだ。どうやらおれを羨んでやがる。いや違いない。おそらく、どうしたらワルワーラと結婚しておれの後釜に坐れるか、もう策を練ってるんだろう』ペレドーノフはそう考え、沈鬱な思いでヴォロージンを眺めた。

もしもやつを誰かと結婚させることさえできたら。

夜、寝室で、ワルワーラはペレドーノフに言った。

「ねえ、あんたのあとを追っかけ回してるあの若い娘《こ》たち、そんなにきれいかしら？　みんな屑よ。あたし誰よりもきれいよ」

彼女は手早く着物を脱ぐと、臆面のない薄笑いを浮かべ、その僅かにほてった体、美しい、柔軟な、すらりとした体をペレドーノフの視線にさらした。

ワルワーラは酔ってふらつき、しなびた好色そうな顔は生きのいい人間なら一目見てぞっとせずにはいられぬほどだったが、その体はすばらしかった。何か卑しい魔力が色褪せた淫売婦の首を接ぎ足した、優美なニンフの体のようにすばらしかった。そしてこの華麗な肉体が二人の不潔な酔いどれにとっては、低劣な欲望の源にすぎなかった。これはよくあることである。たしかに、現代にあっては、美は罵られ、踏みにじられることになっているのだ。

ペレドーノフは裸の女友だちを眺めて、憂鬱な高笑いを上げた。

この夜じゅう彼は裸のや醜悪なのや、とにかくあらゆる毛色の女を夢に見た。

ワルワーラはプレポロヴェンスカヤの忠告に従って始めたいらくさのマッサージが、てっきり効いたのだと思った。自分がたちまち太りだしたように思えた彼女は、出会う人毎にこう尋ねるのだった。

「あたし太ったでしょう?」

そして考えた、ペレドーノフが彼女の太ってきたことを知り、そのうえ贋の手紙を受け取ったら、間違いなく彼女と結婚するだろう。

それに反してペレドーノフのほうの見通しは、とうてい楽観を許さなかった。彼はよほど以前から、校長が自分に敵意を抱いていることを露疑わなかったし、事実ギムナジウムの校長はペレドーノフをぐうたらで無能な教師と見做《みな》していた。ペレドーノフは校長が生徒たちに自分を敬わぬよう命じているのだと思っていたが、これはもちろんペレドーノフの馬鹿げた妄想だった。しかしこの想念は校長に対して身を守らねばならぬという確信をペレドーノフの内に植えつけた。校長への悪意から、彼は一度ならず上級のクラスでこれを散々こきおろした。多くの生徒たちはこうした話題を喜んだ。

視学官の地位を狙いだした今となっては、校長との敵意に満ちた関係はとりわけ耐え難いものとなった。もしも公爵夫人さえその気になれば、彼女の引立ては校長の陰謀に打ち勝つことだろうが、それでもやはり牙を全部抜きとることはできまい。

ほかにも町には、最近ペレドーノフの気づいたところでは、彼に敵意を抱き、彼を視学官に就任させまいとする人々がいた。例えばヴォロージンである。彼が「未来の視学官」という言葉をしょっちゅう口にするのには、それなりのわけがある。他人の名を騙ることで安楽な余生を送るというのは、よくあることではないか。なるほど、ほかならぬペレドーノフになり代わることは、ヴォロージンにとって容易ではなかろう。だがヴォロージンほどの阿呆なら、こんな馬鹿げた目論見を抱いてもおかしくない。まだいる。ルチロフ兄妹、ヴェルシーナとその腹心マルタ、嫉み深い同僚たち――皆彼の前途を駄目にして喜ぶ連中だ。どうやって駄目にするか？　知れたこと、彼を貶《おとし》め、彼が上司の目に望ましからぬ人物と映るよう工作することだ。

そういうわけで、ペレドーノフにとっては気がかりな、片付けねばならぬ用事が二つあった。自分の思想堅実ぶりを立証することと、ヴォロージンを誰か金持の女と結婚させ、彼による危険を取り除くこと。

そこである日、ペレドーノフはヴォロージンに尋ねた。

「おい、あんたとアダメンコの娘の縁をとりもってやろうと思うんだが、どうだ？　それとも、やっぱりマルタが忘れられないか？　ひと月たってもまだ悶々《もんもん》ってところか？」

「マルタが忘れられないなんて、馬鹿な！」とヴォロージンは答えた。「ぼくは彼女に公明正大な結婚申込みをしたんです。彼女がいやだというなら、それまでのこと、ほかのを見つけるまでですよ。ほかに花嫁候補がいない訳じゃないでしょう？　その気になりゃごろごろしてますよ」

「しかし、あんたはマルタにいいようにされたぜ」とペレドーノフはからかった。

「いったいどんな婿ならいいっていうんだろう」とヴォロージンは気を悪くして言った。「持参金でもうんとあるってんならともかく、一文も出せやしないくせに。ありゃあ、アルダリオン・ボリースィチ、あんたに首ったけなんじゃないですか」

　ペレドーノフは忠告した。

「おれがあんただったら、彼女の家の門にタールを塗ってやるね」（門にタールを塗る風習は、その家の娘が身持ち正しくなく、ふしだらであることへの非難と嘲笑をあらわすもの）

　ヴォロージンはくすくす笑いだしたが、すぐに笑いをひっこめて、言った。

「もしつかまったら、うるさいですよ」

「誰か雇ってやらせりゃいいんだ。自分でやるこたないさ」

「こいつはいいや。いやまったくだ」とヴォロージンは興に乗って言った。「これも彼女が正式な結婚を望まないで、若い男たちを窓から引き入れてるからだ。けしからん！　恥も良心もない女に違いない」

# 六

翌日ペレドーノフとヴォロージンはアダメンコ嬢のところへ出かけて行った。ヴォロージンは盛装していた。さっぱりと糊《のり》をきかせたシャツの上に新しいきっちりしたフロックコートを着こみ、頸には彩り鮮かな布を巻き、髪にはポマードを塗り、香水をたっぷりふりかけて、すっかり上機嫌だった。

ナジェージダ・ワシーリエヴナ・アダメンコは、市内の赤い煉瓦造りの持家に弟と一緒に住み、町からほど遠からぬところに地所を持っていて、これは人に賃貸ししていた。一昨年土地のギムナジウムを卒業し、今は専ら寝椅子に寝転がること、手当たり次第の本を読むこと、弟を叱りつけることが仕事であった。この弟というのは十一歳のギムナジストで、姉の厳しい躾《しつ》けをこぼしては、ふくれ面《つら》でこう言うのだった。

「ママのほうがよかったよ。ママなら隅に立たせるのは傘だけだったもん」

ナジェージダ・ワシーリエヴナのところには彼女の伯母というのが一緒に住んでいたが、これはもう耄碌《もうろく》した、いるのかいないのか分からないような人物で、家事には何の発言権も有してはいなかった。ナジェージダ・ワシーリエヴナはごくごく限られた範囲の人々としか交際しなかった。ペレドーノフは稀れに彼女を訪れるだけだったが、彼が彼女とあまりしげしげ会うのを避けたのは、どうやら、このお嬢さんがヴォロージンの嫁さんになるかもしれないと考えたためらしい。

さて、彼女は予期せぬ来訪に驚いたが、それでもこの押しかけ客を愛想よく迎えた。客が来れば相手をせねばならない。ロシヤ語の教師にとっていちばん気楽で手頃な話題とは、教育の現状、ギムナジウムの改革、子供の躾け、文学、象徴主義、ロシヤの雑誌等をめぐるものであろうとナジェージダ・ワシーリエヴナは思った。彼女はこれらのテーマに満遍なく触れてみたが、どう受けて立ったらよいか分からぬ突慳貪な答しか返っては来ず、二人の客人がこうした問題に関心を抱いていないことはじきにはっきりしてしまった。唯一の可能な話題は町のゴシップであることを彼女は見てとった。それでもナジェージダ・ワシーリエヴナはともかくもう一度やってみた。

「チェーホフの『ケースに入った男』をお読みになりまして？　うがった話ではございませんこと？」

彼女がこの質問を差し向けたのはヴォロージンであったから、彼はすっかり相好を崩してこう尋ね返した。

「そいつは何ですか？　評論ですか、それとも小説で？」

「短篇小説ですわ」とナジェージダ・ワシーリエヴナは説明した。

「チェーホフ氏、の作だとおっしゃいましたか？」とヴォロージンは確かめた。

「ええ、チェーホフです」とナジェージダ・ワシーリエヴナは言って、ちょっと笑った。

「どこに載ったんですか」とヴォロージンは穿鑿《せんさく》を続けた。

「『ロシヤ思想』ですわ」と若い女は愛想よく答えた。

「何月号ですか？」とヴォロージンはいろいろ知りたがった。

「さあ、よく憶えてませんけど、なんでも夏の号でしたわ」とやはり愛想よく、しかし幾分あっけにとられて、ナジェージダ・ワシーリエヴナは答えた。

幼いギムナジストがドアの陰から身をのり出した。

「あれが載ったのは五月号だよ」と彼は片手でドアにつかまり、ほがらかな青い眼で二人の客と姉を眺めて言った。

「君は小説を読むのはまだ早い」とペレドーノフはぷりぷりして言った。「勉強しなさい。いかがわしい話なんぞ読むんじゃない」

ナジェージダ・ワシーリエヴナは厳しく弟を睨《にら》んだ。

「ドアの陰で立ち聴きとは、感心だこと」彼女はそう言うと両手を挙げ、小指の先で直角を作って見せた。

ギムナジストは顔を顰《しか》め、姿を消した。彼は自分の部屋へ行くと、隅に立って時計を眺めた。二本の小指による直角、これは十分間部屋の隅に立てというしるしだった。『まったく』とうらめしい気持で彼は考えた。『ママのほうがよかったよ。ママが部屋の隅に立たせるのは雨傘だけだったもん』

そのあいだ客間では、ヴォロージンが『ロシヤ思想』の五月号を必ずや手に入れてチェーホフ氏の短篇を読みましょうと約束し、女主人を慰めていた。ペレドーノフは一目でそれと分かる退屈げな表情で会話に耳傾けていた。とうとう彼は言った。

「わたしも読んでないんで。わたしは下らんものは読みません。小説やロマンには馬鹿馬鹿しいことしか書いてませんから」

ナジェージダ・ワシーリエヴナは愛想よく微笑して言った。

「現代文学に対してたいそう手厳しくていらっしゃいますのね。だけど今ではいい本もございますわよ」

「よい本は以前にみんな読みました」とペレドーノフはきっぱり言った。「今出る本を読む気にはなれませんな」

ヴォロージンはペレドーノフを尊敬の眼差しで見た。ナジェージダ・ワシーリエヴナはかすかに溜息をつくと、ほかにどうしようもないまま、せいぜい無駄話と噂話にとりかかった。こうした話題は彼女にとって楽しいものではなかったが、はきはきした慎み深い娘らしい巧みさ、陽気さで、この会話が途絶えぬよう努めた。客は活気づいた。彼女はやりきれないほど退屈だったが、客の方では彼女が自分らに対して殊《こと》のほか愛想よいと思い、これをヴォロージンの魅力的な外貌のせいにした。

彼女のもとを辞して街路に出た時、ペレドーノフはヴォロージンに、うまくいっておめでとうと言った。ヴォロージンは嬉しそうに笑い、跳びはねた。彼はもう今までに自分をふった娘たちのことはみな忘れてしまった。

「そう跳ねるなよ」とペレドーノフは言った。「羊みたいに跳ねまわりやがって、いまに見ろ、またふられんのがおちだ」

しかしこれは冗談だった。彼自身自分の計画したとりもちがうまく行くものと信じきっていた。

グルーシナは殆ど毎日のように、ワルワーラのところへやってきたし、ワルワーラはそれよりもまた頻繁にグルーシナのところへ出掛けていったから、二人は殆ど離れることがなかった。ワルワーラは苛立ち、グルーシナはいつまでもぐずぐずし、手蹟をそっくり真似るのはとてもむずかしいのだと言い張った。

ペレドーノフは相変わらず婚礼の日どりをきめたがらないまま、またしても、先ずおれを視学官にしろと要求した。その気になれば相手の女なぞいくらでもいることを理由に、彼は去年の冬同様、一度ならずワルワーラを威《おど》した。

「今すぐ誰かと結婚しちまうぞ。明日の朝おれが女房と戻ってきたら、おまえはお払い箱さ。おまえがここで寝るのもこれが最後だ」

そう言い捨てると、球撞きをやりに出掛けてゆくのだった。晩のうちに家へ帰ることもあったが、たいていはどこか汚らしい巣窟でルチロフとヴォロージンを相手に酒盛りをしていた。そんな夜ワルワーラは寝つけず、そのため偏頭痛がするようになった。彼が夜中の一時か二時に戻ればまだよかった。そんな時彼女はほっと胸を撫で下すのだった。彼が朝にならねば戻らなかったような日は、ワルワーラは一日中気分がすぐれなかった。

ようやくグルーシナは手紙を仕上げ、ワルワーラに見せた。二人はそれを長いこと吟味し、公爵夫人の去年の手紙と比べてみた。こんなに似ていたら夫人自身だって贋物とは気づきません、とグルーシナは請け合った。実際はあまり似ていなかったのだが、ワルワーラは信じた。それに彼女は、偽造に気づくほど知人たちの手蹟をよく心に留めておくなぞ、ペレドーノフにとって無理な芸当であることを知っていた。

「ああ、やっとね」と彼女は嬉しげに言った。「あたしもう待って待って、待ちくたびれたわ。ただ、封筒をどうしようかしら。もし見せろって言ったら、あたし何て言ったらいい？」

「だけど、封筒は偽造できませんよ――消印がありますもの」とグルーシナは、左は大きめ右は小さめな左右不同の狡《ずる》そうな眼でワルワーラを見ながら、薄笑いを浮かべて言った。

「じゃどうしたらいいの？」

「ねえ、ワルワーラ・ドミトリエヴナ、彼にこうおっしゃい、封筒は暖炉に投げこんじゃったって。封筒なんて入用ありませんもの」

希望をとり戻したワルワーラは、グルーシナに言った。

「結婚さえしたら、あたしもう彼のことでこんなにじたばたしやしないわ。そうよ、あたしはもう坐ったきりで、彼にじたばたさせりゃいいのよ、あたしのことで」

土曜日の夕食後、ペレドーノフは球を撞きに行った。重苦しく沈んだ思いが彼を領していた。彼は考えた。

『妬み深い人々に交じって、敵意に囲まれて生きるのは、いやなものだ。しかしどうしようもない――皆が皆視学官になれるもんでもなし！　生存競争だからな！』

街角で彼は憲兵士官に出会った。まずいやつに出くわしたもんだ。

陸軍中佐ニコライ・ワジーモヴィチ・ルボフスキーは濃い髪、陽気な灰色の眼をした、小柄だが頑丈そうな体格の男で、跛だったため、歩くと拍車が大きな不揃いな音を立てた。すこぶる愛想がよく、そのため人気があった。町中の人間を一人残らず、彼らの仕事、彼ら同士の関係にいたるまで知っており、ゴシップに耳傾けるのを好んだが、自らは慎み深く、墓のように寡黙で、誰にも余計な厄介をかけることはしなかった。

二人は立ち止まり、挨拶を交わし、立ち話をはじめた。ペレドーノフは眉をひそめ、あたりに目を配ると、用心深げに言った。

「お宅にうちのナターシャが住み込んだと聞きましたが、あれがわたくしのことを何か言っても、お信じになってはいけません。嘘をついとるんです」

「わたしは女中の口から噂話を蒐集してはおりません」とルボフスキーは重々しく答えた。

「あれはとんでもない女です」とペレドーノフはルボフスキーの異議にはおかまいなく言いつのった。「あれには情夫がおりまして、ポーランド人ですが。あれがお宅に住みこんだのは、おそらく何か秘密文書でも抜きとろうって魂胆でしょう」

「そのことはどうか御心配なく」と中佐は素っ気なく言い返した。「うちには要塞の図面はありませんし」

要塞という言葉が出たことに、ペレドーノフはまごついた。彼を要塞に監禁することもできるのだと、ルボフスキーがほのめかしたように彼には思えた。

「なに、ことはまだ要塞にまでは及んでおらんのです」と彼はもぐもぐ言った。「ただ一般的に言って、わたくしのことであらゆる馬鹿げたことが言い触らされております。これもたいていは嫉みからです。決してお信じになってはいけません。これは連中が、自分こそ疑わしく見られまいと、わたしを密告しとるんです。しかしわたしだってその気になれば、いくらでも密告の材料は押えとります」

ルボフスキーは戸惑った。

「はっきり申し上げておきますが」と彼は肩をすくめ、拍車を鳴らして言った。「わたしは誰からもあなたに関する密告を受け取ってはおりません。誰かがあなたを冗談に威《おど》しとるのと違いますか。まあいろんなことを言う奴がおりますからな」

ペレドーノフは信用しなかった。彼は憲兵が隠しているのだと思い、おそろしくなった。

ペレドーノフがヴェルシーナの庭の前を通る度に、彼女は彼を呼びとめ、そのまじないめいた身振りと言葉で彼を庭へ誘った。そして彼は彼女のもの静かな呪術にわれ知らず誘われるまま、庭へ入ってしまうのだった。ことによったらルチロフ兄妹よりも、彼女のほうがうまく目的を達することもありえた。ペレドーノフは誰からも一様に遠ざかった生活をしていたし、彼がマルタと正式に結婚してならぬ理由はなかろう。しかし彼の這い込んでいた沼地はどうやらあんまり泥深かったから、どんな妖術も彼を他の泥沼へ移し換えたりはできなかった。

そして今も、ルボフスキーと別れたペレドーノフが前を通りかかるや、いつものとおり黒ずくめのなりをしたヴェルシーナが彼を誘った。

「マルタとウラージャが一晩泊りの里帰りですの」と彼女は自分の紙巻の煙越しに、褐色の眼でペレドーノフを穏かに見ながら言った。「あなたも御一緒に田舎へ遊びにいかれたらどうかしら。作男が荷馬車で迎えに来てるんですの」

「席がないでしょう」とペレドーノフはむっつりして言った。

「そりゃ窮屈ですけど」とヴェルシーナは言い返した。「じゅうぶん乗れますよ。それに、少しぐらい窮屈だって、たかが六露里ですもの、じきですわ」

この時家の中からマルタが、ヴェルシーナに何か尋ねようと駆け出して来た。出発前のどさくさがなまけ者の彼女を奮い立たせ、その顔付はいつもより生き生きと快活だった。今度は二人がかりでペレドーノフに、田舎行きを勧めだした。

「じゅうぶん乗れますよ」とヴェルシーナは請け合った。「あなたとマルタがうしろの席に坐って、ウラージャとイグナーチーが前に乗ればよろしいでしょう。ご覧なさい、荷馬車は中庭に止めてありますのよ」

ペレドーノフはヴェルシーナとマルタのあとについて中庭へ行った。荷馬車が止まっており、周りでウラージャが忙しげに立ち働き、何かを積みこんでいた。場所はゆったりしていた。しかしペレドーノフは憂鬱げにこれを眺め、吐き出すように言った。

「やめましょう。狭すぎる。四人も乗って、それに荷物もあるんじゃ」

「もしも狭すぎるとお思いなら」とヴェルシーナが言った。「ウラージャは歩いて行ってもいいんですよ」

「そうですよ」とウラージャは慎ましげな、穏かな微笑を浮かべて言った。「一時間半ぐらい歩いたって何でもありません。今すぐ発てば、あなた方より早く着きますよ」

そこでペレドーノフは、馬車は揺れることだろうが、自分は揺られるのを好かないのだと言った。一同は四阿《あずまや》へ戻った。出発準備はすっかり整ったが、作男のイグナーチーは台所でまだ食事をしていた。彼はゆっくり、じっくり、たらふく詰めこんでいた。

「ウラージャの成績はいかがでしょう?」とマルタが尋ねた。

彼女はペレドーノフを相手にこれ以外の話題を思いつけなかった。彼女はすでに一度ならずヴェルシーナから、ペレドーノフの話相手になれないことで叱られていた。

「悪いです」とペレドーノフは言った。「怠けもので、何ひとつ言うことを聞きません」

小言を言うのが大好きなヴェルシーナは、ウラージャを叱り始めた。ウラージャは赤くなり、寒けでもするように肩をすくめてほほえんで見せ、それからいつもの癖で片方の肩を他方より持ち上げた。

「だって、まだ始まったばかりだもの」と彼は言った。「これからとり返すさ」

「最初からちゃんと勉強しなきゃいけませんよ」と年嵩《としかさ》の口調で、しかしこのことでちょっと赤くなって、マルタが言った。

「それにいたずらで」とペレドーノフはこぼした。「昨日はそれこそそこらの餓鬼たちのような騒ぎをもち上げまして。それに礼儀を知りません。木曜日にはわたしに失敬な口をききました」

ウラージャは急に真っ赤になり、急《せ》き込んで喋り出したが、ほほ笑むことはやめなかった。

「失敬なことなんかなにもありませんよ。ほんとうのことを言っただけです。先生はほかの連中のノートには五つかそこらも間違いを見落としてるのに、ぼくのには全部チェックして二点をつけたんです。ところがぼくは三点をもらった連中よりよく出来てたんです」

「それからまだ失敬なことを言ったぞ」とペレドーノフは言い張った。

「失敬なことなんかなにもありませんよ。ただ、視学官に言ってやるって言っただけです」ウラージャは熱くなってまくし立てた。「ぼくの二点てのは不当で……」

「ウラージャ、なんだと思ってるの」とヴェルシーナが腹立たしげに言った。「あやまらなきゃいけないものを、おまえったらまた同じことを蒸し返して」

ウラージャはペレドーノフを怒らせてはいけないこと、彼がマルタのお婿さんになるかもしれないことを、突然思い出した。彼は真っ赤になり、どぎまぎして上衣の帯を締め直すと、こわごわ言った。

「ごめんなさい。ぼくただ、点をつけ直して下さるようお願いしたいと思って」

「お黙り、お黙りったら」とヴェルシーナが遮った。「あたしゃそんな理屈は大嫌いだ、大嫌いだよ」と彼女は繰り返し、その萎《しな》びた体全身で身震いをしてみせた。「人から注意された時は、黙っているもんだよ」

そしてヴェルシーナはたっぷりウラージャを叱りつけながら、やはり紙巻をくゆらし、苦笑を浮かべていた。彼女は何を口にしている時でも、微笑することはやめなかったのである。

「お父さんに言ってお仕置をしてもらわなくちゃいけないわね」と彼女は締めくくった。

「笞で打ってやらなくちゃいけません」とペレドーノフは宣告し、自分を侮辱したウラージャを腹立たしげに見つめた。

「もちろんです」とヴェルシーナが賛成した。「笞で打ってやらなくちゃ」

「笞で打ってやらなくちゃ」とマルタも言い、顔を赤らめた。

「それじゃ今日あんたらのお父さんに会いに行こう」とペレドーノフは言った。「わたしの眼の前でお仕置をしてくれるように言いましょう。存分に笞で打つように」

ウラージャは黙ったまま迫害者たちを眺めた。彼は身を縮め、涙を浮かべながらもほほえんでいた。父親は厳格だった。ウラージャは一生懸命これが威しにすぎないと思いこんでは、自らを慰めていた。まさかほんとうにぼくの休日を台無しにしようってつもりじゃないだろう。なぜって、休日とは、これは特別な日、特筆すべき日、喜ばしい日なのだ。学校のある平日とは何の共通点もない筈のものなのだ。

ペレドーノフにとって子供達が泣くのは、とりわけ彼のせいで泣くのは、快いことだった。子供達を泣かせて従わせるのは、快いことだった。ウラージャの困惑、眼から溢れそうになるのを必死に抑えている涙、臆病げな、済まなそうな微笑、これらはどれもペレドーノフを喜ばせた。彼は姉弟と一緒に行くことにした。

「よろしい、あんた方と一緒に行きましょう」と彼はマルタに言った。

マルタは喜んだが、同時に怯えた様子でもあった。もちろん彼女はペレドーノフに一緒に行ってもらいたいと思っていた——というより、ヴェルシーナがマルタのためにそうあれかしと願い、その素早い呪力によってこの願いを彼女にも吹き込んだのである。しかるにペレドーノフが行くと言い出した今となって、マルタにはウラージャのことが気にかかった。彼が可哀そうになった。

ウラージャもまた眼の前が真っ暗になった。ペレドーノフはわざわざぼくのために行くのだろうか。彼はペレドーノフの同情心を掻き立てようと思って、こう言った。

「もしあんまり窮屈だとお思いなら、アルダリオン・ボリースィチ、ぼくは歩いて行ってもいいんです」

ペレドーノフは疑わしげに彼を見て言った。

「もしおまえを一人で出してやったら、どこかへ逃げちまうだろう。いや、連れてってお父さんに引き渡したほうがいい。ちゃんとお仕置してもらうようにな」

ウラージャは顔を赤らめ、溜息をついた。彼は困惑しきってふさぎ込み、この残酷で陰鬱な人間を怨んだ。少しでもペレドーノフを宥《なだ》めようと、彼は座席をできる限り具合よくしつらえてやることにした。

「ぼくがちゃんと座席をつくってあげますから」と彼は言った。「乗り心地は上々ですよ」

そしてせかせかと荷馬車の方へ歩いて行った。ヴェルシーナは彼の後姿を見送り、苦笑して煙草をくゆらせながらそっとペレドーノフに言った。

「二人とも父親がこわくてしようがないんです。とっても厳格ですの」

マルタは顔を赤らめた。

ウラージャは倹約して買った新しいイギリス製の釣竿を田舎へ持ってゆくつもりだった。そのほかにもあれやこれや持って行こうと思っていたが、それではあんまり場所をとりすぎることだろう。そこで彼は自分の所持品を家の中へ運び戻した。

暑くはなかった。陽は傾き、朝の雨で湿りを帯びた道は埃も立てず、四人をのせた荷馬車は細かい砕石の道を一様な速さで進んで行った。肥えた灰色の小馬は曳いている荷物のことなど気にかけぬさまで駆け続け、ものうげな、口数の少ない作男イグナーチーは、熟練した目にのみそれと分かる僅かな手綱さばきで馬を操るのだった。

ペレドーノフはマルタと並んで腰かけていた。彼の座席のためにあまりゆったり場所をとったものだから、マルタのほうはひどく坐り心地が悪かった。しかし彼はこのことに気づかず、たとえ気づいたところで、それが当たり前だと思ったに違いない。なにしろ客なのだから。

ペレドーノフはすこぶる快適な気分だった。彼はマルタに愛想よく言葉をかけ、冗談を言って彼女の気を紛らせてやることにした。そこでこう切り出した。

「で、あなた方はまもなく蜂起するんですか？」

「蜂起って、なんのことですの？」とマルタは尋ねた。

「あんた方ポーランド人はいつだって蜂起したがってるでしょう。いつも失敗してるけど」

「わたくしそんなこと思ってもみませんわ」とマルタは言った。「それに、わたしたちのうちの誰も蜂起しようなんて思っちゃいませんわ」

「そりゃあんた口先だけだ。あんた方はロシヤ人を憎んでいる」

「いいえ、全然」と前の席にイグナーチーと並んでいたウラージャが、ペレドーノフの方を振りかえって言った。

「あんたらが何を考えてるか、われわれにはよく分かってる。ただ、あんたらにポーランドは渡せない。われわれはあんたらを征服したんだ。あんたらには随分恩を施した。だがどうやら、狼はいくら飼い馴らしても、森へ戻りたがるらしいな」

マルタは何も言い返そうとはしなかった。

ペレドーノフはちょっと黙ってから、不意に言いだした。

「ポーランド人は脳なしだ」

マルタは顔を赤らめて言った。

「ポーランド人にもいろいろありますわ、ロシヤ人の場合と同じに」

「いや、そうじゃない。これは確かだ」とペレドーノフは固執した。「ポーランド人は愚鈍だ。気取っているだけだ。ユダヤ人は、あれは頭がいい」

「ユダヤ人はこすいんですよ。頭がいいっていうのとは全然違いますよ」とウラージャが言った。

「いや、ユダヤ人てのは非常に頭のいい民族だ。ユダヤ人はいつだってロシヤ人を騙すが、ロシヤ人は決してユダヤ人を騙せない」

「だいいち、騙すのはいけないこってしょう」とウラージャが言った。「いったい、騙したりごまかしたりできれば、頭がいいんですか？」

ペレドーノフは腹立たしげにウラージャをちらりと見た。

「頭がいいとは、勉強ができるってことだ。君は勉強をしない」

ウラージャは溜息をつき、前方に向き直ると、ふたたび馬の滞《たゆ》みない歩みに視線を注いだ。ペレドーノフは言った。

「ユダヤ人は何をやっても頭がいい。学問をやっても、何をやっても。もしユダヤ人でも教授になれることにしたら、教授陣はユダヤ人ばかりになっちまうこったろう。ところがポーランド人とくると、こいつはやくざもんだ」

彼はマルタを眺めた。彼女が顔を真っ赤にしたことを満足の念をもって確認すると、愛想よくこう言った。

「あなたのことを言ってるなんて思わないで下さい。あなたが立派な主婦になることはよく分かってます」

「ポーランド人の女はみな立派な主婦です」とマルタは答えた。

「そう、主婦ね」とペレドーノフは言い返した。「うわべはこざっぱりしてるが、スカートはきたないですな。そう、その代わり、あんた方にゃミツケーヴィチがいる。彼はわれらがプーシキンより偉大だ。わたしの部屋の壁にかかってるがね。以前プーシキンのかかっていたところなんだが、こいつは便所にかけることにしたんだ。なにしろ、宮廷侍従だったですからな」

「先生はロシヤ人でしょう」とウラージャが言った。「ミツケーヴィチが先生にとって何だって言うんです？　プーシキンも立派だし、ミツケーヴィチも立派ですよ」

「ミツケーヴィチのほうがもっと立派だ」とペレドーノフは繰り返した。「ロシヤ人は馬鹿だ。サモワールを発明しただけで、あとはなんにもない」

ペレドーノフはマルタを眺め、眼を細めるとこう言った。

「あなた随分雀斑《そばかす》がありますね。これはみっともよくありません」

「どうしようもありませんわ」とマルタはほほえみながら呟いた。

「ぼくも雀斑がありますよ」とウラージャが窮屈な座席で体を回し、そのひょうしにむっつりしたイグナーチーにぶつかりながら言った。

「君は男の子だからかまわんさ」とペレドーノフは言った。「男は器量なんか悪くたっていい。だけどあんたにとっちゃよくない」と彼はマルタの方に向き直って続けた。「それじゃあ誰もお嫁にもらってくれませんよ。塩漬きゅうりで顔を洗わなくちゃいけません」

マルタはこの忠告を感謝して受けた。

ウラージャは笑いながらペレドーノフを見ていた。

「何がおかしいんだ？」とペレドーノフは言った。「今に見ろ、着いたらすてきなお仕置が待ってるんだぞ」

ウラージャはペレドーノフがふざけているのか本気で言っているのか見きわめようと、自分の席から体をよじって、彼をしげしげと見た。ところがペレドーノフはじっと見つめられることが我慢できないたちだった。

「なんでわたしに見とれとるんかね?」と彼は乱暴な口調で尋ねた。「わたしの体にゃ模様などついとりゃせんよ。それともわたしに呪いをかけようってのか?」

ウラージャはびっくりして眼を外らした。

「ごめんなさい」と彼はおずおずあやまった。「ぼく、ただ、なんとなく……」

「眼の呪いを信じとられますの?」とマルタが尋ねた。

「眼で呪いをかけるなんてできやしません。迷信ですよ」とペレドーノフはぷりぷりして答えた。「ただ、眼を据えてじろじろ見るってのは、こいつはおそろしく無作法なことです」

数分間気まずい沈黙が続いた。

「あんたがたは貧乏ですな」と突然ペレドーノフは言いだした。

「まあ、金持じゃありませんけど」とマルタは答えた。「でも、とにかく、ひどく貧乏ってわけでもありませんわ。わたくしたち、それでもみんな、何とかかんとか貯金しとりますもの」

ペレドーノフは信じられぬといった面持で彼女を眺め、こう言った。

「そうかね。あんたらが貧乏だってことはよく知ってますよ。普段家じゃ裸足で歩きまわってるでしょう」

「あれは貧乏だからじゃありませんよ」とウラージャがすかさず言った。

「じゃあ何だ？　金持だからか、え？」とペレドーノフはきき返し、千切れたような笑い声を立てた。

「貧乏だからじゃ全然ありませんよ」とウラージャが顔を赤くして言った。「こいつは健康にとってもいいんです。体を鍛えるし、夏は気持がいいし」

「そりゃ嘘だ」とペレドーノフはぞんざいに言い返した。「金のある人間は裸足じゃ歩かない。あんたらの親父さんは子沢山なくせに、収入は雀の涙だ。靴も買えないんだろう」

こんな話を交わしながら、三人は村に到着した。土地の賃借人であるマルタとウラージャの父親が住んでいる家は低く広く、屋根は高く灰色で、窓にはくり抜き模様のある鎧戸がついていた。新しくはないが頑丈で、立ち並ぶ白樺に隠れ、可愛らしく住心地よさそうだった。少なくともウラージャとマルタにはそう思えた。だがペレドーノフには家の前の白樺が気に入らなかった。彼ならみな伐り倒し、へし折ってしまうのだが。

裸足の子供が三人、歓声を上げて駆け寄ってきた。いずれも八——十歳ぐらい、青い眼をした雀斑のある一人の少女と二人の少年である。

家の敷居のところであるじ自ら客を迎えた。広い肩をした、力のありそうな大男のポーランド人で、半ば白くなった長い口髭を生やし、角ばった顔をしていた。この顔は同じような顔をいくつか一枚の原板に焼き重ねて作ったモンタージュ写真を思わせた。こうした写真にあっては個々人の特徴はいっさい失われ、どんな顔にあっても変わることのない共通点ばかりが残る。ナルタノーヴィチの顔も同様で、これといった特徴は何ひとつなく、どんなポーランド人にも共通するものばかりがそこにはあるかと見えた。それゆえ誰か町のひょうきん者がナルタノーヴィチに「四十四人前」という綽名《あだな》をつけた。ナルタノーヴィチはまたこれにふさわしく身を持していた。付き合いの上では慇懃《いんぎん》というより、慇懃すぎるくらいで、おまけにポーランド貴族としての自負心は決して捨てず、余計なことを口走って何か自分だけの秘事が洩れるのをおそれるかのように、必要最小限のことしか言わなかった。

彼は客の来訪を明らかに喜び、田舎風の大仰さで歓迎の言葉を述べた。彼が喋ると、風の音と張り合うかのような轟音が、それまで聞こえていたいっさいの音をかき消して響き渡り、それからふと途切れて、消える。だが一度この声を聞いたあとでは、他の人々の声はどれも弱々しい、哀れっぽいものとしか思えなくなるのだった。

あるじが手を伸せば容易に届くほど天井の低い薄暗い部屋に、手早く食卓が用意された。ひとりのすばしこい女がウォッカとつまむものを運んできた。

「どうか召し上がって下さい」と話し慣れぬあるじは、不正確なアクセントを響かせて言った。

ペレドーノフはせかせかとウォッカを空け、ザクースカをつまんでから、ウラージャのことをこぼしだした。ナルタノーヴィチは息子に猛々しい眼差しを投げ、言葉少なに、しかし言い出したらあとへは引かない調子で、ペレドーノフに皿をすすめた。だがペレドーノフはこれ以上何か食べることをきっぱり断わった。

「いや、わたしは用事でうかがいましたんで。先ず話をお聞き下さい」

「ああ、用事で来られた。それはごもっともで」

ペレドーノフはウラージャをあらゆる面からこきおろしにかかった。父親はますます猛り立った。

「ああ、ろくでなしめ！」と彼はゆっくり、重々しい口調で叫んだ。「たたきのめしてやらにゃいかん。今すぐたっぷりお仕置をしてやる。生きのいい笞を百だ」

ウラージャは泣きだした。

「わたしもそう約束したんで」とペレドーノフが言った。「家まで一緒に行って、目の前でお父さんにお仕置をしてもらわにゃいかんと」

「それはどうも御親切に」とナルタノーヴィチが言った。「この怠け者にしたたか笞をくらわせてやりますわい。そうすりゃ思い知るこってしょう、ろくでなしめが！」

ナルタノーヴィチはウラージャを睨みつけながら立ち上がった。その巨大な体軀が部屋中の空気をすっかり締め出してしまったように、ウラージャには思えた。父親はウラージャの肩を摑んで、台所へ引っ張っていった。子供たちはマルタにひしと寄り添い、しゃくり上げるウラージャを恐怖の眼差しで眺めていた。ペレドーノフはナルタノーヴィチについて行った。

「なにをぼんやりつっ立っとるんです」と彼はマルタに言った。「あんたも行って、よく見て手伝いなさい。あんたもいずれは母親になるんだ」

マルタは顔を真っ赤にし、両手で三人の幼い子供たちをかかえると、台所で始まることが耳に入らないよう、家からできる限り遠いところへ逃げ出していった。

ペレドーノフが台所へ入って行くと、ウラージャは服を脱いでいるところだった。父親はその前に立って、重々しく威し文句を口にしていた。

「ベンチに寝ろ」と彼はウラージャが服を脱ぎ終わると言った。

ウラージャはそのとおりにした。涙が眼からあふれ出たが、彼はそれをこらえようと努めた。父親はめそめそ泣いて許しを乞われるのが嫌いだった。大きな声を出したりしたら、もっと悪かろう。ペレドーノフはウラージャを眺め、父親を眺め、次いで台所中を見回したが、どこにも笞が見当たらないので心配になってきた。まさかナルタノーヴィチは芝居をしているわけではあるまい。つまり、息子を威した上で、罰せずに放してやろうというのではあるまい。それにしてもウラージャの挙動は、ペレドーノフの期待を全く裏切る奇妙なものだった。彼はじたばたせず、泣き喚かず、父親の足許にひれ伏さず（なぜってポーランド人というものはいつでも平身低頭するものだから）、許しを乞わず、ペレドーノフにすがって哀願もしなかった。ペレドーノフはお仕置のただの支度を見るために、わざわざここまで足を運んだのだろうか。

その間にナルタノーヴィチは悠揚迫らぬ態度で息子をベンチに縛りつけた。頭上に伸ばした両手を革紐で縛り、細紐を巻きつけた両の踵を離れ離れにベンチの両端に固定し、さらに胴の部分も縛りつけた。今やウラージャは身じろぎもできぬままおそれに身を震わせ、父親は彼を半殺しにするまで笞打つに違いないと考えた。なぜなら、以前にも些細な罪で笞打たれたことはあったが、縛られたのは今度がはじめてだったから。

準備が完了するとナルタノーヴィチは言った。

「さてと、笞を作って、ろくでなしを打ちすえるとするか。びしびしやるところを先生に見ていただかにゃならん」

ナルタノーヴィチはむっつりしたペレドーノフを横目で見ると、長い口髭を撫でてにやりと笑い、窓に近づいた。窓の外に白樺が生えていた。

「遠くまで行くことはない」ナルタノーヴィチは枝を折りながらこう言った。

ウラージャは眼を閉じた。彼には自分が今にも意識を失うかと思えた。

「いいか、怠け者め」と父親は息子の頭上でおそろしい声を張り上げた。「第一回目として二十回くらわせてやる。この次からはもっと容赦せんぞ」

ウラージャはほっとした。これは父親の宣告するうちでは最低の回数だったからである。このくらいのお仕置なら今に始まったことではなかった。

父親は長い丈夫な細枝で彼を打ち始めた。ウラージャは歯を食いしばって叫び声をこらえた。血が露のような細《こま》かい滴となって吹き出した。

「これでよし」と父親はお仕置を終えると言った。「よく我慢した！」

そして彼は息子の縛めを解いてやった。ペレドーノフにはウラージャがあまり痛がっていないように思えた。

「こんなことなら何も縛るまでもなかったんです」と彼はぷりぷりして言った。「これじゃ蛙の面に水です」

ナルタノーヴィチはその落ち着き払った青い眼でペレドーノフを見ると言った。

「この次にはもっとこらしめてやりますわい。今日のところはこれで十分で」

ウラージャはシャツを着ると、泣きながら父親の手に接吻した。

「笞に接吻しろ、いたずら者め」と父親は怒鳴った。「服を着ちまえ」

ウラージャは服を着ると、裸足のまま、思いきり泣くために庭へ駆け出して行った。

ナルタノーヴィチはペレドーノフを案内して母屋と付属の建物を見せて回ったが、こうしたことは一向にペレドーノフの関心をそそらなかった。かねてから、この家では金を貯めこんでおり、いずれは土地を買い取って自分のものにするのだろうなどと思ってはいたが、今こうして農場経営のさまをいろいろ見せられても、ただ不細工さを厭らしく思うばかりで、その底に流れる生命を感じとれず、それらが経営の内で果たす役割や意味なぞはとんと理解できなかった。

一時間半もすると一同夕食のテーブルについた。ウラージャも呼ばれた。ペレドーノフはひとつウラージャをからかってやろうと思った。冗談は慎みのない、馬鹿げたものだった。ウラージャは赤くなり、殆ど泣き出さんばかりだったが、皆は一向に笑わず、このことがペレドーノフを口惜しがらせた。それに先程ウラージャが泣き叫ばなかったことも癪の種だった。痛かった筈だ。とにかく血が出たんだから。それを黙ってやがる、あん畜生め。このポーランドの餓鬼ときたら、なんて強情なんだ。そう思うと彼はまたもや、なんのために来たのか分からなくなった。

翌朝ペレドーノフは早く起きて、すぐにも発つと言いだした。一日中いるようにすすめても頑として聞きいれなかった。

「わたしは用事があったからこそうかがったんで」と彼はむっつりして言った。

ナルタノーヴィチは長く白い口髭を撫でてかすかな薄笑いを浮かべながら、よく響く声で言った。

「いや腕白者のためにわざわざお越しいただきまして！」

ペレドーノフはまたもや幾度かウラージャをなぶってみた。だがウラージャはペレドーノフが発つというので嬉しかった。きのうあれだけ罰を受けたあとのこととて、今では家で好きなことをやっても父親が何も言わないことは分かっていた。ペレドーノフのしつこい冗談に何か辛辣な口答えをしてやってもよかったのである。だが最近ヴェルシーナは彼に、もしもマルタのためによかれと願うならペレドーノフを怒らせてはいけないと、繰り返し言いきかせていた。それゆえ彼はペレドーノフが昨日にもまして坐り心地よく乗ってゆけるよう、念入りに座席をしつらえてやった。

ペレドーノフは彼がせっせと立ち働くさまを玄関の階段から眺め、こう尋ねた。

「どうだ、きょうだい、殴られたな?」

「殴られました」とウラージャは気恥ずかしげな微笑を浮かべて答えた。

「むこう一年間は忘れんな?」

「忘れません」

「しっかりこたえたか?」

「こたえました」

荷馬車に馬を繋いでいる間中、会話はこんな調子で続いた。終始一貫愛想よく振る舞うことがいつも可能なわけではないとそろそろ思い始めていたウラージャは、ペレドーノフが出発してくれてほっと胸を撫でおろした。

父親は彼に対し昨日のことは何もなかったかのように振る舞った。ウラージャにとっては楽しい一日だった。

昼食の時ナルタノーヴィチはマルタに言った。

「馬鹿な教師だ。自分に子供がないもんで、ひとの子を笞打ちにやってきやがる。下劣なやつめ！」

「一回目にはぶたなくてもよかったでしょうに」とマルタが言った。

ナルタノーヴィチは彼女を厳しく見つめ、重々しく言った。

「おまえたちの年頃には、いくら打っても打ちすぎるということはないんだ。よく憶えておけ。ウラージャには笞をもらう理由があった」

マルタは赤くなった……ウラージャが控え目なほほえみを浮かべて言った。

「ちょっと辛抱すりゃいいんだ」

「これ、マルタ」とナルタノーヴィチが言った。「めしがすんだら笞だ。父親に説教するもんじゃない。骨身にしみるのを二十くれてやる」

# 七

ペレドーノフがどこへ行ったのか何も知らなかったワルワーラは、不安に苛《さいな》まれて一夜を明かした。だが翌朝町へ戻っても、ペレドーノフは家へ帰らず、馭者に教会へ行くよう命じた。ミサの始まる時刻だった。教会にあまりしばしば姿を見せないのは剣呑《けんのん》なように彼には思えた。やはり密告の理由になるだろう。

入口のところで、彼はまだ幼い、可愛らしいギムナジウムの生徒に出会った。罪のない青い眼をした、正直そうな紅顔の生徒だった。ペレドーノフは言った。

「やあ、マーシェンカ。こんちわ、お嬢さん」

ミーシャ・クドリャフツェフは苦々しげに顔を赤らめた。ペレドーノフはこれまでにも幾度かクドリャフツェフをマーシェンカという女名で呼んではからかっていたが、少年にはそれが何のためだか分からず、思い切って腹を立てることもできなかった。あたりに群がっていた仲間のいたずら小僧どもが、ペレドーノフの言葉を聞いて笑いだした。ミーシャをからかうのは彼らにとっても愉快なことだった。

予言者イリヤを記念するこの教会は、ミハイル皇帝の時代に建てられた古いもので、広場をはさんでギムナジウムと向かい合っていた。それゆえギムナジウムの生徒たちは休日の朝のミサと晩課にやって来て、左の隅、大受難者聖エカチェリーナの副高壇近くに並ばねばならなかった。彼らの背後にはクラス担任助手のひとりが位置し、監督をした。すぐ傍、聖所の中央近いところには、ギムナジウムの教師、視学官、校長らが、家族ともども立ちつくしていた。両親と一緒に行きつけの教会へ通う許可を得ていた少数の者を除いて、通常、正教信者のギムナジスト殆ど全員が集まった。

生徒たちによる聖歌隊は立派なもので、それを聞きに第一ギルドの商人たち、官吏、地主たちの家族も、この教会へやって来た。平民たちはそれほど多くなかった。ここのミサは校長の希望で他の教会のそれよりも遅かっただけになおさらである。

ペレドーノフはいつもの場所に立っていた。そこからは聖歌隊がすっかり見えた。彼は眼を細め、歌っている生徒たちを眺めた。そして、並び方がだらしない、もしも自分がギムナジウムの視学官だったら活を入れてやるんだが、と思った。例えば色の浅黒いクラマレンコ、まだ幼く、痩せっぽちで、一刻もじっとしていられないクラマレンコは、絶えずあちこちへ向きを変え、何事か囁いては笑っていたが、誰一人彼に注意を与えようとはしなかった。まるで誰にとっても、知ったことではないかのように。

『みっともない』とペレドーノフは思った。『聖歌隊の連中はいつだってろくでなしだ。あの色の浅黒い餓鬼はよく透るきれいなソプラノをしているってだけの理由で、教会だろうがどこだろうが、そこそこ話したり笑ったりできると思っとる』

そしてペレドーノフは顔を顰めた。

彼の隣りに、少し遅れてやって来た小学校の視学官セルゲイ・ポターポヴィチ・ボグダーノフが立った。褐色の愚かしげな顔をした老人で、その顔はいつでも誰かに何か説き明かしたい、だがその何かが彼自身にはどうしても分からない、といった表情を浮かべていた。ボグダーノフを驚かせたり、肝をつぶさせたりするほど容易なことはなかった。何か新奇なこと、不穏なことを耳にするや、彼の額には内部の病的な緊張から皺が寄り、口からは雑然たる感嘆の叫びがとりとめもなくとび出てくるのだった。

ペレドーノフは彼の方に身を屈めると、囁き声で言った。

「おたくの女教師で、一人赤いシャツを着ているのがいますよ」

ボグダーノフは肝をつぶした。白い尖った顎鬚が臆病げに慄《ふる》えはじめた。

「な、な、なんですと?」と彼は嗄《しやが》れ声で呟いた。「だ、だ、だれがです?」

「ほら、あの大きな声の、太った。名は知りませんがね」とペレドーノフは囁いた。

「声の大きな、というと」とボグダーノフはうろたえて記憶を探った。「そう、スコボチキナですな」

「それそれ」とペレドーノフは合槌を打った。

「いやまた何てことを！」とボグダーノフは囁き声で嘆じた。「スコボチキナが赤いシャツを！　あなた御覧になったんで？」

「見ましたとも。それにあの女は学校でも、そんなめかしたなりをしているということです。それどころか、もっとひどいこともあるそうで。袖なしの上衣を着て、まるでそこらの娘か何かのような恰好をしているとか」

「いやはや！　こりゃよく調べてみんにゃ。けしからんこった。けしからん。馘《くび》にせにゃいかん、馘にせにゃ」とボグダーノフはたどたどしく呟いた。「あの女はいつでもこんな調子だ」

ミサは終わった。人々は教会から出た。ペレドーノフはクラマレンコに言った。

「おまえ、なぜまた教会で笑ったんだ？　この黒ん坊め。待て待て、親父さんに言いつけてやる」

ペレドーノフは時として貴族出でない生徒に向かって「おまえ」呼ばわりすることがあった。貴族の生徒に向かってはいつでも「君」と言った。彼は誰がどういう社会層の出身であるか事務所で調べておき、この差別をちゃんと記憶に畳みこんでおいた。

クラマレンコは驚いてペレドーノフを見つめ、何も言わずに傍を滑り抜けて行った。彼はペレドーノフを粗野で愚かで不公平だと考え、それゆえ彼を憎み、軽蔑している生徒たちの一人だった。そしてこういう生徒が大多数だった。ペレドーノフは、これは校長が彼らを焚きつけているのだ、たとえ自分ではやらないにせよ、息子を通じて焚きつけているのだ、と思っていた。

柵の外で、ヴォロージンが嬉しそうに歯をむき出してペレドーノフに近寄って来た。名の日の御当人のような満足しきった顔をし、山高帽をうなじにつき上げ、ステッキを斜めにかまえていた。

「ねえねえニュースですよ、アルダリオン・ボリースィチ」と彼は嬉しそうに囁いた。「ぼくチェレプニンを説き伏せましたよ。彼数日中に、マルタんとこの門にタールを塗ります」

ペレドーノフは黙りこんで何事か思いめぐらし、それから突然陰気な高笑いを迸《ほとばし》らせた。ヴォロージンはたちまちむき出していた歯をひっこめ、優しげな顔付を整え、山高帽を直すと、天を仰ぎ、ステッキを振って言った。

「いい天気ですが、晩にはひと雨くるかもしれませんね。ひと雨来たら、未来の視学官のお宅にお邪魔いたしますかな」

「あんまり家にばかりもいられないんだ」とペレドーノフは言った。「用事があって、町へ行かなくちゃならん」

ヴォロージンは分かったような顔をしたが、もちろん、ペレドーノフにどんな急の用事があるのか知りはしなかった。ペレドーノフは是非とも何人かの人を訪ねなくてはならないと思っていた。前日たまたま憲兵士官と出会ったことは、彼に賢明かつ有益と思えるある計画を抱かせるに至った。すなわち、市のお偉方をひとり残らず回って、自分の思想堅実ぶりを彼らに納得させようというのである。もしもこれがうまくゆけば、もしもの時、この人々は彼の思想穏健ぶりについて証言してくれるであろう。

「どこへ行くんですか、アルダリオン・ボリースィチ?」とヴォロージンは、ペレドーノフがいつも辿る家路から外れるのを見て尋ねた。「家へ帰るんじゃないんですか?」

「いや、帰るさ」とペレドーノフは答えた。「ただ、今はあの道を通るのがこわいんだ」

「なぜ？」

「あそこにゃ朝鮮あさがおがうんと生えて、ひどく臭いやがる。おれはこいつに弱くって、ふらふらになっちまうんだ。近頃神経過敏でな。いやなことばかりだもんだから」

ヴォロージンはまたもや分かったような、同情に耐えないといった表情を浮かべた。

みちみちペレドーノフはあざみの球をいくつかむしってポケットに入れた。

「なんでそんなもの集めるんですか？」歯をむき出して笑いながら、ヴォロージンが尋ねた。

「猫のためさ」とペレドーノフがむっつり答えた。

「毛にくっつけてやるんですか？」とヴォロージンは大真面目で尋ねた。

「うん」

ヴォロージンはくすくす笑いだした。

「やる時は是非呼んで下さい。面白いでしょう」

ペレドーノフはちょっと寄ってゆくようヴォロージンを誘ったが、彼は用事があるからと断わった。いつも用事がないと言うのはなんとなく不体裁なような気が、急にしたのである。ペレドーノフの用事云々という言葉に唆《そその》かされて、彼はこんなことを思いめぐらした。今単身アダメンコ嬢のところに立ち寄り、額に入れて飾ったらいいようなデッサンがわたしのうちにあるんですが、御覧になりませんか、と声をかけてみるのも悪くはあるまい。それに、ナジェージダ・ワシーリエヴナは彼にコーヒーを振る舞ってくれることだろう。

ヴォロージンはそのとおりにした。さらにもうひとついい思いつきが浮かんだ。彼はナジェージダ・

ワシーリエヴナに向かって、弟さんに手工を教授しようと申し出た。ナジェージダ・ワシーリエヴナはヴォロージンが内職をしたがっているのだと思い、直ちに承諾した。週三度二時間ずつ教えて、月謝三十ルーブルということになった。ヴォロージンは有頂天だった。金も入るし、ナジェージダ・ワシーリエヴナともしょっちゅう会えるし。

ペレドーノフはいつものとおり鬱々たる気分で帰宅した。不眠の一夜のため蒼ざめたワルワーラが文句を言った。

「帰らないってひとこと言ってくれりゃいいのに」

ペレドーノフはマルタのところへ行ったのだと言って彼女をなぶった。ワルワーラは黙っていた。彼女は公爵夫人の手紙を手中にしていた。偽物には違いないが、それでもやっと……

昼食の時、彼女は薄笑いを浮かべて言った。

「あんたがマルフーシカにかまけて家を留守にしてる間に、あたし公爵夫人から返事をもらったわよ」

「じゃあ、おまえ手紙を書いたのか?」とペレドーノフは尋ねた。

彼の顔はほの暗い期待の照返しで活気を帯びた。

「なにを頓馬《とんま》なこと言ってるの」とワルワーラは笑って言った。「書けって言ったのは自分じゃない」

「で、なんて書いてある?」とペレドーノフは気遣わしげに尋ねた。

「そら、手紙よ。自分で読んでごらんなさい」

ワルワーラはいかにもどこかへ突っこんだ手紙を探すような振りでポケットの中を掻き回してから、とり出した手紙をペレドーノフに渡した。彼は食事をそっちのけにしてむさぼるように眼を通した。眼を通して、喜んだ。ようやくはっきりした約束。疑いの余地は何らないものと思えた。彼は昼食もそこそこにすませると、知人や友人に手紙を見せに出掛けた。

陰気に、しかし気を高ぶらせて、彼はヴェルシーナの家の庭へ入って行った。ヴェルシーナはいつものとおり木戸のところに佇《たたず》み、煙草をふかしていた。彼女は喜んだ。以前は彼を誘い込まねばならなかったものだが、今では自分から立ち寄ってくるのだ。ヴェルシーナは考えた。

『これこそ娘と遠出させた効果というものだわ。ちょっと一緒にいたかと思えば、もういそいそやって来る！　ひょっとしたら結婚の申込みをしたがってるんじゃないかしら』そう思うと彼女は嬉しさにわくわくした。

ペレドーノフはたちまち彼女の期待を裏切った。彼は手紙を見せた。

「あんたはいつも疑っていたが、ほら、公爵夫人が手紙をくれましたよ。読んでごらんなさい。そうすりゃ分かります」

ヴェルシーナは疑わしげに手紙を眺め、素早くそれに幾度か煙草の煙を吹きかけると、苦笑しながら低い声で、早口に尋ねた。

「封筒はどこ？」

ペレドーノフは愕然とした。彼は考えた、ワルワーラが手紙を使って彼を騙すこともありうる――自分で書いたのかもしれない。一刻も早く封筒を出せと言ってやらねば。

「さあ、知りません。きいてみないことには」

彼はあたふたとヴェルシーナに別れを告げ、急いで家へとって返した。少しも早くこの手紙の出所を確かめることが、絶対に必要だった。それほど彼は不意の疑惑に居たたまれない思いだった。

ヴェルシーナは木戸の傍に立ったまま、苦笑して彼を見送り、まるで既定の日課を一刻も早く片付けようとするかのように、せかせかと紙巻をふかし続けた。

〔ペレドーノフは殆ど走るように、足早に歩いていった。彼は巡査と行き会うたびに苛立ち、怯えた。連中いったい何の用だ。まるで探偵みたいにうろうろしおって。〕

ペレドーノフは怯え立ち絶望しきった顔付で家へ駆け戻ると、もう玄関から、心の動揺にかすれた声で叫んだ。

「ワルワーラ、封筒はどこだ?」

「なんの封筒?」とワルワーラは震え声でき返した。彼女は臆面もなくペレドーノフを見つめたが、もしも白粉を塗りたくっていなかったら、顔が赤くなったことであろう。

「封筒だ。公爵夫人の。今日着いた手紙の」とペレドーノフは、怯えた意地悪げな眼差しをワルワーラに注いで言った。

ワルワーラは無理に笑って見せた。

「ああ、あれ、燃やしちゃったわ。要らないじゃない? 集めたってしょうがないでしょう。封筒のコレクションなんて、聞いたこともないわ。封筒をもってったって、金に換えちゃくれないわよ。金を返してくれるのは、酒屋へ壜をもってった時だけよ」

ペレドーノフは沈みこんで、部屋から部屋へと歩き回りながら呟いた。

「公爵夫人といってもいろいろあらあ。分かってるんだ。その公爵夫人てのはおおかたここに住んでんだろう」

ワルワーラは彼のほのめかしが分からぬ振りをしていたが、それでもすっかり慄え上がった。

夕方、ペレドーノフがヴェルシーナの家の前を通りかかると、ヴェルシーナが彼を呼びとめた。

「封筒、ありましたの?」と彼女は尋ねた。

「ワーリャが言うには、燃やしちゃったそうです」とペレドーノフは答えた。

ヴェルシーナは笑いだし、彼女の前に立ちこめていた白く薄い煙草の煙が、静かな涼しい大気の中に揺らめいた。

「おかしいわね」と彼女は言った。「お姉さまって、なんて不注意なんでしょう。事務上の手紙が来たってのに、封筒をとっておかないなんて! 手紙がいつ、どこで出されたか、消印さえ見りゃ分かるのに」

ペレドーノフはひどく口惜しがった。ヴェルシーナが庭へ入るよう誘っても無駄だった。カードで占ってあげるからと約束しても無駄だった。ペレドーノフは立ち去った。

それでもやはり彼はこの手紙を友人たちに見せて自慢した。友人たちは信じた。

だがペレドーノフは信じていいのかわるいのか分からなかった。ともあれ彼は町のお偉方への弁明訪問を、火曜日から始めることにきめた。月曜日から始めるわけにはゆかない。これは憂鬱な日だ。

# 八

ペレドーノフが球撞きに出かけてゆくやいなや、ワルワーラはグルーシナのところへ駆けつけた。二人は長いこと話し合い、結局、もう一通手紙を書くことで事態を収拾することにきめた。ペテルブルクにグルーシナの知人がいることをワルワーラは知っていた。ここで書いた手紙を一度彼地へ送り、そこからまた送り返させることは、むずかしくはない。

グルーシナは最初の時同様いつまでも厭がる振りをした。

「ねえ、ワルワーラ・ドミトリエヴナ、あたしあの手紙のことだけでも恐くって、びくびくしてるんですよ。家の近くで警察署長を見れば、もうぞっとしちゃって、あたしをつかまえに来たんじゃないかって思うんですよ。あたしを監獄に入れるつもりじゃないかって」

まる一時間ワルワーラは彼女を説得し、贈物を約束し、なにがしかを前金として渡した。ようやくグルーシナは承知した。こういうことになった。先ずワルワーラが公爵夫人にお礼の返事を書いた旨ペレドーノフに告げる。数日後、いかにも夫人からといった具合に手紙が来る。その手紙には、心当たりのあるポストがいくつかあって、もしも近いうちに二人が式を挙げるようなら、今すぐにでもそれらポストのうちのひとつをペレドーノフに世話してやってもいい旨が、いっそうはっきりと記されている。この手紙は最初のもの同様グルーシナがここで書く。封緘《ふうかん》し七コペイカ切手を貼ったこの手紙を、ペテルブルクに住んでいるグルーシナの友人宛ての手紙に同封する。この友人がペテルブルクでそれを投函する。

そこでワルワーラとグルーシナは町のいちばん遠い端の店へ行って、色模様の裏地のついた幅の狭い封筒を一束と、便箋用の色紙を買った。紙も封筒も同じものが店には二つと見つからないものを選んだ——偽造が露見しないようにというグルーシナの用意周到さだった。幅の狭い封筒を選んだのは、偽造した手紙をもう一通の手紙に同封するとき、このほうが楽だったからである。

二人はグルーシナの家へ戻ると、公爵夫人からの手紙作成にとりかかった。二日後に手紙ができ上がると、これに香水をふりかけた。余った封筒と紙は、証拠が残らぬよう燃やしてしまった。

グルーシナは友人に手紙を書き、何日に投函すべきか指示してやった。日曜日にペレドーノフの眼前へ郵便配達夫が手紙を届けるよう仕組むつもりだった。そうすれば手紙の本物たることはいっそう強調されよう。

火曜日、ペレドーノフはいつもより早く授業を切り上げたいと思った。運よく、最後の授業をしていた教室の外の廊下には時計がかかり、威勢のよい予備の下士官が授業の開始終了に鐘を鳴らすべくひかえていた。ペレドーノフは彼に教員室へクラス日誌をとりに行かせ、その間に時計を十五分進めた。誰ひとりこれに気づかなかった。

ペレドーノフは家へ戻ると昼食はいらないと言い、夕食もいつもより遅く用意するよう言いつけた。用事で出掛けねばならんのだ、と。

「物事をこんがらかせやがって。尻拭いはおれがするんだ」と彼は敵どもの仕掛けた詭計のことを考えて呟いた。

　彼はあまり取り出したこともない燕尾服を着込んだが、これはもう窮屈だった。年と共に体は肥え、服の方は縮んでいたのである。勲章のないのが残念だった。他の連中は持ってる。小学校しか出てないファラストフさえ持ってる。ところが彼は持ってなかった。これもみな校長の細工である。一度として彼に勲章をやろうなどと思ったことはないのだ。官等は上がる。これだけは校長もいかんともし難い。だが誰もそれを知らなかったら、なんになろう。そうか、制服が新しくなれば、人はそれと知るだろう。担当クラスに応じてではなく、官等に応じて肩章をもらえるのは結構なことだ。さぞかし立派に見えよう——将軍と同じような肩章、大きな星付きのやつ。街を歩いても、五等官だってことは誰でもすぐ分かる。

『なるべく早く新しい制服を注文しなきゃならん』とペレドーノフは思った。

　通りへ出た彼は、その時初めて、誰から始めるべきか考えた。

　彼の置かれた立場から見て、いちばん大切なのは警察署長と地方裁判所検事であろう。この二人から始めるべきではなかろうか。それとも貴族団長からか。だがこうした連中から始めることは、ペレドーノフにとっておそろしかった。貴族団長のヴェリガは将軍で、県知事の地位を狙っており、署長と検事とくると、これは警察と裁判所を代表するおそるべき人物たちである。

『手始めに』とペレドーノフは考えた。『もう少し手近なのを選んで、雰囲気に慣れるようにしなくちゃいかん。そうすれば、彼らがおれに対してどんな態度をとるか、おれのことを何と言うか、分かろうというものだ』そこでペレドーノフは市長から始めるのがいちばん利口なやり方であると判断した。市長というのはただの商人にすぎず、教育と言えば小学校を出ただけだったが、それでもいたるところに出入りし、また彼を訪れない者とてはなく、町中の尊敬をかちえ、他の町々やはては首都にすらも知人を、しかもなかなか有力な知人を有していた。

ペレドーノフは思い定めた足どりで市長の家へ向かった。うっとうしい天気だった。樹々の葉は疲れ切って従順に項垂《うなだ》れていた。ペレドーノフは少し怖かった。市長の家では磨いたばかりの寄木細工の床が匂い、ほかにも何か、かすかにそれと分かる食物のよい匂いが漂っていた。静けさと倦怠が立ちこめ、二人の子供、ギムナジストの息子とまだ年端のゆかぬ娘――『うちの娘には家庭教師がついておりまして』と父親は言ったものである――は大人しく自分たちの部屋にひきこもっていた。何もかもが居心地よく、快適で、陽気だった。窓は庭に面し、家具は安楽で、室内にも戸外にもさまざまな玩具が散らばり、子供の声が響いていた。

通りに面した二階正面の部屋部屋、客を迎える部屋部屋では、全てが固苦しく突っ張っていた。マホガニーの家具はまるで拡大された玩具のようだった。普通の人間にとって、それに腰を下すことはまるで石の上に坐るようなもので、はなはだ工合が悪かったが、太っちょの主人はこれをものともせず、彼が腰を下すとひとりでに座席が整い、快適に掛けていられた。市長をしばしば訪れる近郊の修道院掌院は、この肘掛椅子と長椅子は魂の救済に役立つと言った。これに答えて市長は言った。

「さよう、わしはよその家にあるような女っぽい軟弱さを好みませんので。腰を下すや、バネが震え出すようなやつはな。自分も震え、バネも震え、いったい、何がいいんでしょうな。それに医者も柔かい家具というのは薦めませんわい」

市長のヤコフ・アニーキエヴィチ・スクチャーエフは客間の敷居のところでペレドーノフを迎えた。太った、背の高い、黒い髪を短く刈り込んだ男で、貫禄と愛想よさを漂わせていたが、そこには金のない連中をいささか軽んずる気配がないでもなかった。

広い肘掛椅子にぎごちなく腰を下し、先ずはあるじの慇懃《いんぎん》な問いかけに答えたあとで、ペレドーノフは言った。

「お話申し上げたいことがあって伺いました」

「それはそれは。どういう御用件でしょう?」と主人は愛想よく尋ねた。

その狡《ずる》そうな黒い眼に、蔑《さげす》みの火がちらりと燃えた。彼はペレドーノフが金を借りに来たものと思い、百五十ルーブル以上は貸すまいと心にきめた。町の役人たちでスクチャーエフに、額こそまちまちだがかなりの金を借りている者は沢山いた。スクチャーエフは決して貸した金の催促はしなかったが、その代わり返さない者には、もう貸さなかった。初回には、手持ちの金額と相手の負債能力に応じて、気前よく貸してやった。

「あなたは、ヤコフ・アニーキエヴィチ、市長として町の第一人者でいらっしゃいます」とペレドーノフは言った。「そこであなたにお話しなくてはならぬことがあるのです」

スクチャーエフは真面目な顔付をすると、肘掛椅子の中で僅かに身を乗り出した。

「わたくしのことで町中にあらぬ噂が広まっております」とペレドーノフは陰鬱げに言った。「根も葉もないでたらめにすぎません」

「他人の口に蓋はできませんからな」とあるじは言った。「もっとも、われらがこの僻遠の地では、御存知のとおり、女たちにとっても舌を研ぐ以外に、することといっては何もありませんが」

「わたくしが教会へ行かぬなどと言っておりますが、これは嘘です」とペレドーノフは続けた。「教会へは行っております。聖イリヤの日に行かなかったのは腹が痛んだからであって、普段は行っております」

「おおせのとおりです」とあるじは合槌を打った。「わたしも幾度かあなたをお見かけしておりますから。もっとも、わたしはいつもあなたの教会へ参るわけではありませんが。修道院へ行くことのほうが多いので。うちではそういう習慣でしてな」

「あらぬ噂が広まっております」とペレドーノフは言った。「わたくしが生徒たちに野卑なことを話して聞かせるとか。馬鹿げたことです。もちろん、時として授業で何か滑稽な話をすることはあります。それも授業に活気をもたせるためです。お宅の御子息もギムナジウムの生徒でいらっしゃる。御子息の口からわたくしのことでそんな噂を聞かれたことはおありでしょうか？」

「おおせのとおりです」とスクチャーエフは同意した。「そうした噂を耳にしたことは一度もありませんな。もっとも連中、つまり生徒たちというのは狡いですから、言ってならんことは決して口にしませんがな。無論うちのはまだ若いですし、うっかり口を滑らしそうなもんですが、それにしても何も聞いてはおりませんな」

「上級クラスの者は皆知っております」とペレドーノフは言った。「わたくしは下品な言葉遣いなぞ決していたしません」

「それは当然でしょう」とスクチャーエフは答えた。「御存知のとおり、ギムナジウムはお祭りの縁日ではありませんわい」

「ここの住民というのはひどいものです」とペレドーノフはこぼした。「あることないこと喋り散らしまして。そこでこちらへ伺ったわけです。あなたは、市長でいらっしゃる」

自分が当てにされているということで、スクチャーエフは甚だ自尊心をくすぐられた。問題が何であり、どういうことになるのか、彼はとんと見当がつかなかったが、そこはかけひき上、見当がつかないような素振りは見せなかった。

「ほかにもわたくしについてひどいことを言っております」とペレドーノフは続けた。「わたくしがワルワーラと住んでいるというので。あれがわたくしの姉ではなく、情婦だというのです。ところがあれはわたくしにとって遠い親類、つまり、またいとこに当たる親類でして、結婚することもできるのです。わたくし今度彼女と結婚いたします」

「いや、ごもっとも、ごもっとも。式をお挙げになれば、何もかも丸く納まりましょう」

「これ以上早く式を挙げるわけにはゆかなかったので。いろいろむずかしい問題がありまして。どうしても無理でした。わたくしとしましては、とっくに式を挙げたく思っとりましたが。どうかお信じ下さい」

スクチャーエフは勿体ぶった様子で顔を顰め、太った白い指で黒いテーブル掛けを叩き、こう言った。

「あなたを信用いたします。そういうことならば、問題は全く別ですからな。今ではあなたを信用しております。実を申しますと、あなたが、まあ失礼ながら、あなたのお友だちと、結婚されずに生活しておられるというのは、曖昧な感じがいたしました。曖昧と申しますのは、御存知のとおり、子供たちというものは、これは敏感な種族でして。悪いものなら何でも真似をいたします。連中によい事を教えるのは骨が折れますが、悪い事は自然におぼえてしまう。そういう訳で、たしかに曖昧でした。もっとも、誰がどうしようとこっちの知ったこっちゃない――わたしはこう思っとりますが。それにしても、おいでいただけて光栄です。と申しますのは、わたくしどもは無学者でして、小学校しか出ておりません。それでも皆さんから御信用いただきまして、市長の任期もこれで三度目でして、市民の方々もいささかわたくしの言葉に耳傾けて下さるようなわけで」

スクチャーエフは喋れば喋るほどますます考えがこんぐらかり、自分のだらだらした長広舌が永久に終わらないように思えてきた。そこで彼は言葉を切り、ふさぎ込んでこう考えた。

『それにしても、無駄口を叩いたところでしょうがない。こうした学のある連中というのは困ったもんだ。自分で自分が何を欲してるのか分かっとらん。学のある人間というのは、本の中でこそ何でも分かっとるが、本以外の世界に鼻をつっこむやいなやわけが分からなくなって、ひとのことまでひっ掻き回してしまう』

彼は物思わしげな当惑の面持でペレドーノフを見つめた。彼の鋭い眼差しは輝きを失い、肥満した体軀は肉がたるみ、もはや先程の精力的な活動家ではなく、ただの愚かしげな老人といった様子だった。

ペレドーノフのほうも、あるじの言葉に魅了されたように一瞬沈黙し、次いでこれといった理由もなく陰鬱な表情を浮かべると、片眼を細めてこう言った。

「あなたは市長でいらっしゃる。である以上、これがみなでたらめであることははっきりおっしゃれる筈です」

「これ——とは、なにがですか？」とスクチャーエフは慎重に尋ねた。

「つまり」とペレドーノフは説明した。「わたくしが教会へ行かないといったたぐいのことで、誰かがわたくしを教育区へ密告し、そのためこちらへ問合わせがくるような場合です」

「その点はどうかくれぐれも御安心下さい。何か事があった場合には、あなたの味方をいたします。立派な人間が困っているのを、黙って見てるわけにはゆきませんからな。もしその必要さえあれば、市会からあなたへの挨拶でも出させましょう。簡単なことです。あるいは、まあ、名誉市民の称号とか——なに、もし御必要とあらば、なんでもありません」

「それでわたくしも安心しておれます」とペレドーノフはまるで何か彼にとって不愉快なことに返答するような陰鬱な調子で答えた。「と申しますのは、校長が何かとわたしを目のかたきにいたしまして」

「これはまた意外な！」とスクチャーエフは思いやり深げに頭を振って言った。「誰かが中傷したとしか考えられませんな。ニコライ・ヴラシエヴィチはしっかりした人物で、徒《いたず》らに人を辱しめるようなことはしそうに見えませんがな。真面目で、厳格で、甘やかすこともしなければ、依怙《えこ》贔屓《ひいき》もしない。一口に言って、しっかりした人物でして。誰かの中傷としか考えられませんな。いざこざのもとはいったいどういうことで？」

「わたくしと彼とでは意見が合わんのです」とペレドーノフは説明した。「それとギムナジウムにはわたくしを嫉んどる者がいろいろ居りまして。みんな視学官になりたがっとるんですが、わたくしにはとくにヴォルチャンスカヤ公爵夫人が視学官のポストを世話すると約束して下さいまして、それで皆妬んで腹を立てております」

「なるほどなるほど」とスクチャーエフは慎重に合槌を打った。「それにしても、こうしてただ話ばかりしているというのはどんなものでしょうな。何か摘《つま》んで、喉を潤《うるお》さんことにゃ」

スクチャーエフは吊りランプの傍にある電気仕掛けの呼鈴を押した。

「便利なものが出来ましたな」と彼はペレドーノフに向かって言った。「あなたは勤めを換えられたらいかがでしょうな。あ、ダーシェンカ」と彼はベルに呼ばれて入って来たレスラーのような体格の器量のよい娘に向かって言った。「何か摘むものと、熱いコーヒーを持ってきてくれ。分かったね？」

「かしこまりました」とダーシェンカは微笑して答えると、その体つきに似合わぬ軽快な足どりで立ち去った。

「他の勤めへですな」とスクチャーエフは再びペレドーノフのほうへ向き直って言った。「例えば、宗教関係にでも。もしもあなたが僧職につかれたら、真面目なしっかりした司祭さんになられることでしょうし。お力添えできますがな。宗教関係にいいつてがありまして」

スクチャーエフは管区主教や副主教の名をいくつか挙げた。

「いや、坊主にはなりたくありません」とペレドーノフは答えた。「わたくし香恐怖症でして。香の匂いを嗅ぐと胸が悪くなって、頭痛がします」

「それじゃ警察でもいいでしょう」とスクチャーエフは薦めた。「例えば、署長におなりになったらよろしい。失礼ですが、あなた官等は何でらっしゃいますかな」

「わたくしは五等官です」とペレドーノフは勿体ぶって答えた。

「これはこれは！」とスクチャーエフは大きな声を出した。「結構な官等ですな。それも子供たちをお教えになっとられるからですかな？　これが学問というもので！　もっとも、今時では学問を攻撃する向きもあるようだが、なんと言っても学問なしではやっていけませんからな。わたし自身は小学校を出ただけですが、息子は大学へやるつもりでおります。御承知のとおり、ギムナジウムというところは、鞭をふるって、殆ど強制的に勉強させるところですが、大学へ行けば何もかも自分でするようになりましょうしな。わしはあの子を鞭で打ったことは一度もありません。怠けたり、あるいは何かつまらんことを仕出かしたりすると、肩を摑んで窓際へ連れて行くんで。庭に白樺が生えとりましてな（仕置の笞打ちには、普通葉をとり去った白樺の枝を使う）。あれが見えるか？　ときくんで。うん、お父さん、見える、もうしませんから、という具合でしてな。これで子供はすっかり素直になります。ほんとうに鞭でお仕置したのと同じ効果がありますわい。いやはや、子供というものは！」スクチャーエフはほっと溜息をついて話を締めくくった。

ペレドーノフはスクチャーエフのもとで二時間ばかり過ごした。用件が済むと、御馳走がふんだんに出た。

スクチャーエフが客をもてなすさまは――彼は何をするにもそうだったが――はなはだ真面目くさっていて、まるで何か重大な仕事をとり行なうかのようだった。その上彼はこれにいろいろ手のこんだトリックを盛り込もうと心がけた。熱い甘味酒はまるでコーヒーのように、大きなコップで供され、家の主はこれをコーヒーと呼んだ。ウォッカ用の盃はテーブルに置けないよう、脚が切り落としてあった。

「うちではこれを、『注いだら干せ』と呼んどります」主人はこう説明した。

もう一人、チシコフという商人が客に来た。髪は白く、小柄で、陽気で、年よりも若く見え、長いフロックコートを着込み、酒壜のような長靴を履いていた。彼はウォッカをぐいぐい空け、すこぶる陽気な早口で喋り、どんなつまらぬことを口にするにも韻を踏んだ。そしてどうやら自分自身すっかり満足しているらしかった。

ようやくペレドーノフは家へ帰る時刻だと思い、いとまを告げた。

「ごゆっくりなすって下さい」とあるじは言った。「もう少しよろしいでしょう」

「おかけ下され、おつき合い下され」とチシコフが言った。

「いや、遅くなりますので」とペレドーノフはそわそわして答えた。

「帰らにゃならん、姉さまが放さん」とチシコフは言うと、スクチャーエフに向かって片目をつむって見せた。

「用事がありますので」とペレドーノフは言った。

「用事があらっしゃるとは、御苦労でいらっしゃる」とチシコフがすかさず応じた。

スクチャーエフはペレドーノフを玄関まで送った。別れの挨拶に二人は抱擁し合い、接吻し合った。

ペレドーノフはこの訪問に満足だった。

『市長を味方につけた』と彼は自信たっぷりに考えた。

客間へ戻ると、スクチャーエフは言った。

「あの男のことで、つまらん噂が広まっとるんだ」

「つまらん噂が広まっとる、つまりは嘘を喋っとる」とチシコフは若者かと思える手つきで自分の盃にウォッカを注ぎながら、すかさずこう引き継いだ。

彼はまるで相手の言うことに耳傾けるのではなく、専ら押韻のためにだけ言葉を捕えてくるかのようだった。

「悪い男じゃない。情の厚い若者だ。酒のほうもなかなかいけるし」スクチャーエフは自分の盃に酒を注ぎながら、チシコフの押韻にはとんと注意を払わぬまま、こう言葉を続けた。

「酒も結構いけるとは、さても立派な若者じゃ」とチシコフは元気よく叫ぶと、盃を一気に干した。

「マドモワゼルとの関係のことだが、それがいったいどうしたというんだ！」とスクチャーエフは言った。

「どんなマドモワゼルにも、とんだ南京虫」とチシコフが応じた。

「神様の前で、誰が潔白だと言うんだ！　皇帝に対して、誰が罪がないと言うんだ！」

「誰しも罪を犯してる。誰しも愛したがってる」

「彼は式を挙げることで罪を償おうとしてるんだ」

「結婚すりゃ罪は消えるが、取っ組み合いの喧嘩が始まる」

自分自身の仕事の話でない限り、チシコフはいつもこうした調子で喋った。誰しもこれにには死ぬほどうんざりさせられたものだが、結局慣れてしまい、今では彼の威勢のいい早口に誰一人注意を払わなかった。ただ新顔が現われると、時として彼をけしかけてみるだけだった。しかしチシコフにとっては人々が聴いていようがいまいが、どうでもよかった。彼は他人の言葉の端を捉えきたって韻を踏まずにはいられず、巧妙に設計されたお喋り機械の几帳面さでこれをなした。彼の明瞭なはしっこい動作を長いこと眺めていると、これが生きた人間ではなく、すでに死んだか、それとも過去において一度も生きた経験のない人間であり、乾いた響きを立てる言葉のほかはこの世で何一つ耳にせず、眼にしない人間であると思えてくるのだった。

# 九

翌日ペレドーノフは検事のアヴィノヴィツキーを訪れた。

またもや鬱陶《うっとう》しい天気だった。突発的に吹きつける風が、街々に埃の渦を捲き上げていた。日は傾き、あたりを照らす光は雲のように濃い靄《もや》の篩《ふるい》をかけられ、太陽のそれとは思えぬほどもの悲しかった。街々の静けさは憂いを孕み、これら救い難く古ぼけた惨めな建物は意味もなく立ち現われ、その壁の内に秘めた貧しい退屈な生活をおずおずほのめかしているかと見えた。稀れに行き会う人々は、あたかも外界への関心を喪失したかのように、あたかも限りない安静へと彼らを誘うねむ気に辛うじて打ち克つかのように、ゆっくり歩いていた。ただ子供たちばかり——大地を統べる神の喜びの、倦むことなき永遠の器である子供たちばかりが、元気よく遊び、駆け回っていた。しかし彼らにもすでに沈滞のしるしは刻まれ、眼には見えない無個性の怪物がその背にうずくまり、時折威嚇に満ちた眼差しで、子供たちのふと痴呆のように凝固する顔を覗きこむのだった。

街路と家々の上に垂れこめるこの憂悶の中を、天から遠く隔った不潔にも無力なこの地上を、ペレドーノフは歩いていった。定かならぬおそれが彼の胸を締めつけ、天上の慰めも地上の喜びも彼にとっては存在しなかった。なぜなら、この時もまた彼はいつものとおり、陰鬱な孤独の内にあって怖れと悲哀に心苛まれるデーモンか何ぞのように、死人の眼で世界を眺めていたからである。

彼の感受性は鈍く、その意識は対象を犯し殺す装置にすぎなかった。意識にまで達してくるものは全てそこで醜悪と汚穢に変形をとげた。彼はよろずに欠陥ばかりを見て取って喜んだ。真っ直ぐに立ち並ぶ清潔な柱の傍を通れば、これを曲げるか汚すかしてやりたくなった。他人がものを汚すのを見ると、彼は嬉しがって笑った。こざっぱり洗い立てたギムナジストを軽蔑し、こういう生徒を甘ったれのねんねえと呼んで迫害した。彼には不潔な生徒のほうが親しみが持てたのである。愛する人間がいないのと同じに好きなものとてもなく、それゆえ自然は彼の感覚に一面的な作用を及ぼすばかり、つまり、感覚を圧しひしぐばかりだった。人との出会いも同様で、とりわけ乱暴な言葉を投げつけることのできない他人や未知の人と会う場合がそうだった。彼にとって幸福とは、何もしないこと、世界と隔絶して食うことにのみ専念することを意味した。

しかるに今、──と彼は考えた──こうして余儀なく釈明に出掛けてゆかねばならない。何たる重荷！　何たる責苦！　それも出掛けて行く先で何か下劣な真似でもできるというなら別だが、そんな慰めもありはしないのだ。

検事の家は、ペレドーノフの感覚の内に淀《よど》んでいた重苦しい悲しみと怖れの気分を煽り立て、研ぎすました。たしかに、この家は怒ったような、意地悪げな様子をしていた。高い屋根は不機嫌に窓の上へ落ちかかり、これを大地に圧しつけていた。板張りも屋根もかつては明るく陽気に塗られていたのが、時と雨にペンキは剝げ、灰色と化していた。敵の襲来に備えるかのような巨大な重々しい門は家そのものよりも高く、かつて開かれたことがなかった。中では鎖の音がし、人の通る度に犬が圧し殺したバスで吠えた。

周囲には空地や菜園が広がり、あちらこちらに掘立小屋がひん曲っていた。検事の家は細長い六角形の広場に面しており、広場は中央に向かって傾斜がつき、舗装はしてなく、一面草に覆われていた。家のすぐ近くに、この広場ただ一本の街燈がぽつんと立っていた。

四段から成る玄関の階段には、板葺《ぶ》きの切妻屋根がかかっていた。ペレドーノフはゆっくり、いやいやながら段を登り、呼鈴用の黒ずんだ銅の把手《とって》を引いた。呼鈴はどこかすぐ近くで鳴り、鋭い震音がいつまでも尾を曳いた。間もなくかすかな足音がし、誰かが忍び足で扉に近寄り、そっと立ち止まった。それと分からぬ隙間から覗いているに違いなかった。次いで鉄の鍵が音を立て、扉が開いた。敷居の上に現われたのは黒い髪をした、気むずかしげな、雀斑《そばかす》だらけの娘で、疑い深げな眼差しを絶えず脇へ外らせていた。

「どなたに御用?」と彼女は尋ねた。

ペレドーノフはアレクサンドル・アレクセーエヴィチに用事があって来たのだと告げた。少女は彼を通した。敷居を越えながら、ペレドーノフは密かにおまじないを唱えた。早速唱えておいてよかった。というのは、彼がまだ外套をとりもしないうちに、客間からアヴィノヴィツキーの甲高い怒ったような声が聞こえてきたからである。検事の声はいつでも威嚇的だった。それ以外のやり方では喋れなかったから。かくして今も怒った罵るような声で、ペレドーノフがまだ足も踏み入れない客間から、挨拶と、彼がようやく会いに来てくれて嬉しい旨を、がみがみ怒鳴りつけてきた。

アレクサンドル・アレクセーエヴィチ・アヴィノヴィツキーは、小言を言ったり叱りつけたりするために生まれてきたような、陰気な外貌の持主だった。鉄のように健康で、氷の張る期間を除けば一年中河で水浴びをし、青味がかった漆黒の毛が全身に密生しているせいで、むしろ瘦せぎすに見えた。彼は誰のうちにも、怖れではないにせよ、窮屈な感じを呼び起こした。というのは、絶えずシベリア送りと懲役でこっぴどく威したり、叱りつけたりしたからである。

〔彼は町の人々についておそろしくいろいろなことを知っており、事実、それらひとつひとつのごまかしがみな十分な証拠を添えて摘発され、法廷へもち出されるようなことがあったら、こんにち広く尊敬をかちえている種類の人々が被告席につくといった光景も見られるに違いない。裁判はさぞかし興味津々たるものとなろう！〕

「お話し申し上げたいことがありまして」とペレドーノフはどぎまぎして言った。

「自首ですかな？　人殺しですか？　放火ですか？　郵便でも強奪したんですか？」アヴィノヴィツキーはペレドーノフを客間へ通しながら、ぷりぷりした口調で叫んだ。「それとも御自身犯罪の被害者ですかな？　この町じゃ大いにありそうなこってすからな。こりゃひどい町です。おまけに警察はいっそうなっとらん。これこの広場に毎朝屍体のごろごろしとらんのが不思議なくらいですよ。まあ、どうかお掛け下さい。で、御用件とは？　罪を犯されたんですか、それとも被害者で？」

「いや」とペレドーノフは言った。「そういったことはわたくし何もしておりません。わたくしを訴えることができたら、校長はさぞかし喜ぶこってしょうが、わたくしは何もしておりません」

「それでは自首しに来られたのではないので？」とアヴィノヴィツキーは尋ねた。

「全然違います」とペレドーノフはびくびくして呟いた。

「全然違うということであれば」と検事は言葉に猛々しいアクセントを響かせて言った。「何かおもてなしをせにゃならん」

彼はテーブルから鈴をとって鳴らした。誰も来なかった。アヴィノヴィツキーは両手で鈴を摑み、猛烈に鳴らしてから床に放り出し、足で踏みにじると荒々しい声でわめきだした。

「マラニヤ！　マラニヤ！　デーモン！　悪魔！　化物！」

ゆっくりした足音が聞こえ、アヴィノヴィツキーの息子のギムナジストが入ってきた。年の頃十三歳ばかり、はなはだ自信ありげな、人の世話にはならないことを挙措《きよそ》に窺わせる、髪の黒い、ずんぐりした少年だった。彼はペレドーノフにお辞儀をし、鈴を拾い上げてテーブルの上に置き、しかるのちようやく落ち着いた声で言った。

「マラニヤは菜園へ行きました」

アヴィノヴィツキーはたちまち鎮まり、その髭だらけの怒ったような顔には甚だ似つかわしくない優しさで息子を眺めると、こう言った。

「それじゃおまえ、ひとっ走りして、飲物と何か摘《つま》むものを用意するよう、あれに言いなさい」

少年は落ち着いた足どりで客間から出ていった。父親は誇りと喜びの混ざり合った微笑を浮かべてそのうしろ姿を見送った。だが少年が庭へ出た頃、アヴィノヴィツキーは突如猛々しく顔を顰めると、恐ろしい声でこう怒鳴り、ペレドーノフを慄え上がらせた。

「急げ！」

ギムナジストは駆けだした。扉が威勢よくばたりと開き、次いでぴしゃりと締まるのが聞こえた。父親はこの物音に耳傾け、赤い厚ぼったい唇に嬉しげな微笑を浮かべ、次いでまたもやぷりぷりした口調に戻った。

「わしの跡継ぎです。しっかりもんでしょうが、え？　いったい何になりますかな？　どうお考えですか？　馬鹿ものになることはあっても、卑劣漢、臆病者、弱虫には決してなりますまい」

「おっしゃる通りで」とペレドーノフがもぐもぐ言った。

「現代人というのは、こいつは人間のパロディーにすぎませんわい」とアヴィノヴィツキーは吼えた。「健康というものを、下品なものだと思っとる。ドイツ人はセーターなんぞというものを考え出しましてな。わしだったらこのドイツ人を懲役送りにするでしょうな。うちのウラジーミルにセーターを着せる？　あれは夏中田舎へ行って、裸足で走り回っとります。それをセーターなんぞ！　寒中には風呂から出たら素裸のまま、雪の中を転げ回らせます。それをセーターなんぞ！　こんなろくでなしのドイツ野郎には、散々鞭をくらわせてやらにゃいけません」

セーターを発明したドイツ人に続いて、アヴィノヴィツキーは他の犯罪人たちを槍玉に上げた。

「死刑は、あなた、決して野蛮行為ではない！」と彼は叫んだ。「生まれつきの犯罪人というものがいることは、科学が認めております。これで、あなた、全ては明らかです。こういう連中は国の費用で養ってやるのではなく、根絶やしにしなくてはいかんです。ここに一人の悪人がいる。この悪人に生涯監獄の暖かい片隅を保証してやる。彼は人を殺し、火付けをやり、強姦した。ところが納税者は自分の財布をはたいて彼を扶養してやることで尻拭いをしなけりゃならない。いや、吊してしまうほうがはるかに正当で、安上がりですわい」

食堂の丸いテーブルには赤い縁のついた白い卓布が掛けられ、その上に脂っこいソーセージや、塩漬、燻製、マリネード漬等の食物を盛った皿、あらゆる種類のウォッカ、浸酒、果実酒の入ったさまざまな寸法、いろいろな形の酒壜が並べられた。すべてはペレドーノフの好みにぴったりだった。ここの調度に見られるある種のぞんざいさすら、彼にとっては快かった。

あるじの酷評は続いた。食物のことで食料品店主たちに襲いかかったあとで、なぜか世襲の問題について喋りだした。

「世襲制度とは大したもんです！」と彼は吼えるような大声で言った。「百姓を貴族の列に加えるなどは、馬鹿げた、滑稽な、先見の明のない、不道徳なことですわい。農村は貧困化し、町々には浮浪人があふれ、凶作、無学、自殺――あなたいったいこれをお望みか？　好きなだけ百姓を教育なされ。だがそのために官等を与えたりはしなさんな。そんなことをしたら、農民たちはその最良の成員を失って、滓《かす》ばかりが、賤民ばかりが残ることになり、貴族たちもまた非文化的分子の流入によって損害を蒙《こうむ》る。自分たちの村でこそ連中は他よりも優秀なんであって、貴族の間には粗野で下品で高貴ならざるものをもちこむばかりですわ。何かというと儲けることばかり考えましてな。食うのが先だというわけで。いや、あんた、カースト制度とは賢明な組織ですわい」

「まったく、現にうちのギムナジウムでも、校長はごろつきどもを片っ端から入学させておりまして」とペレドーノフは腹立たしげに言った。「百姓の子供たちさえおります。町人の子供にいたってはたいへんな数で。〔ギムナジウムの生徒は現在総勢百七十七名ですが、うち町人の子弟は二十八、百姓が八、貴族と官吏は百五名にすぎません〕」

「結構なこった。言うことありませんな！」とあるじは怒鳴った。

「ごろつきどもを手当たり次第入学させてはならんという回章が省から来ておるんですが」とペレドーノフはこぼした。「校長は独断で、殆ど全員入学させております。この町では生活は楽だ、それにしてはギムナジストが少ない、と言うんで。少ないからどうだと言うんです？　少なけりゃもっと少なくすりゃいいんで。さもないことには、ノートの添削だけでも一仕事です。本を読んでる暇なぞありはしません。生徒たちときたら、作文にわざとあやしげな言葉ばかり使うので、辞書と首っ引きで直さにゃなりません」

「この浸酒をおやりなさい」とアヴィノヴィツキーが勧めた。「で、わたしに御用とは？」

「わたくしには敵がおります」とペレドーノフは盃の中の黄色い酒を、飲み干す前に鬱々と眺めながら呟いた。

「敵のいないのは豚ばかりです」とアヴィノヴィツキーが応じた。「それでもやっぱり殺される。召し上がれ。上等の豚です」

ペレドーノフはハムを一切れ摘んで、言った。

「わたくしのことでありとある馬鹿げたことが言い触らされとります」

「いやたしかに、噂話に関する限り、これよりひどい町はありません！」あるじはおそろしい剣幕で怒鳴った。「全くこの町ときたら！　ちょっとでも馬鹿げたことをしようものなら、たちまち豚という豚どもがぶうぶう言いだしますわい」

「わたくしにはヴォルチャンソカヤ公爵夫人が視学官のポストを世話してやろうと約束して下すった

んですが、とたんに噂が立ちまして。悪い結果になりはしないかと。皆嫉んどるのです。校長にしてからが生徒たちを甘やかしておりまして。市内に下宿しとる連中ときたら、煙草は吸う、酒は飲む、女学生にちょっかいは出す。両親と住んどる者にも、こういうのがおります。校長自ら甘やかしとるんです。それでいてわたくしのことは何かと虐待しまして。おそらくわたくしに関する中傷が耳に入ったものに違いありません。中傷誹謗はまだまだ続きましょう。公爵夫人の耳にも入りかねません」

ペレドーノフは自分の危惧のことを長いこと支離滅裂に喋った。アヴィノヴィツキーは憤慨の面持で耳傾け、時折怒りをこめて叫んだ。

「卑劣な奴等め！　ぺてん師どもめ！　ろくでなしどもめ！」

「そもそもわたくしがニヒリストだなどとは、滑稽です」とペレドーノフは言った。「わたくしは徽章のついた学生帽を持っとりますが、いつもかぶっとるわけではありません。校長だって帽子はかぶっとります。わたくしがミツケーヴィチの肖像を壁に懸けておりますのも、彼の詩のためであって、彼が謀叛人だからではないので。それにわたくしは彼の『コロコル』も読んではおりません」

「いやあんた、そりゃ違いましょう」とアヴィノヴィツキーが遠慮なく言った。「『コロコル』を出しとったのはミツケーヴィチではなく、ゲルツェンですわい」

「それとは別の『コロコル』です」とペレドーノフは言った。「ミツケーヴィチも『コロコル』という新聞を出しとりましたんで」

「知りませんな。あなたそのことを何かにお書きなさい。学術上の新発見ということで、名が上がりますぞ」

「こんなこと発表はできません」とペレドーノフはぷりぷりして言った。「わたくしは禁書など読むわけにいきませんから。わたくしは愛国者です」

ペレドーノフの愚痴に長いこと耳傾けた結果、アヴィノヴィツキーは、これは誰かがペレドーノフを強請《ゆす》るつもりで、彼についての噂を撒き散らしているのだと考えた。こうやって彼を威しておいて、機が熟したら不意に金を要求して来るつもりであろう。これらの噂がアヴィノヴィツキーの耳にまで届いていないのは、強請者が巧みにペレドーノフの周辺にだけ働きかけているからに違いない。なぜなら、狙いはペレドーノフにほかならないのだから。アヴィノヴィツキーは尋ねた。

「誰が怪しいとお思いですか?」

ペレドーノフは考えこんだ。ふとグルーシナのことが記憶に浮かんできた。彼はつい先頃彼女と交わした会話のこと、自分が密告の威しで彼女の話を中断させた時のことをぼんやり思い出した。自分がグルーシナを密告するぞと言って威したことが、彼の頭の中で密告一般の漠然たる概念と絡み合った。自分が密告する方なのか、それともされる方なのか、分明でなかったが、ペレドーノフは物事を正確に思い出すだけの骨折りもする気はなかった。一つだけ明らかなのは、グルーシナが敵だということで、しかもいちばんまずいことに、あの女は彼がピーサレフを隠すところを見ている。隠れ場所を変えねばなるまい。

ペレドーノフは言った。

「グルーシナという女がおります」

「知っとります。第一級の悪党ですな」とアヴィノヴィツキーはきっぱり判決を下した。

「あの女はしょっちゅううちへ来ては、嗅ぎ回ってゆきます」とペレドーノフはこぼした。「欲張りなことといったら、欲しがらないものとてはありません。おそらく、金さえよこせば、わたくしのところにピーサレフがあることを密告しないでおいてやると言いたいんです。それからおそらく、わたくしと結婚したいんです。しかしわたくしは金を払う気はありませんし、わたくしには別に許婚者がいます。密告するならするがいい。わたくしは潔白です。ただこのことで何か問題が起こると困るのです。わたくしの任命に差し障るかもしれません」

「あれは札つきのいかさま師です」と検事は言った。「一時は占いをやると称しましてな、馬鹿者どもをかついでおりましたんで、わしが警察にやめさせるよう言ってやりました。この時は警察もおとなしく言うことをききましたわい」

「占いはいまだにやっております」とペレドーノフは言った。「わたくしのことをカルタで占いまして、長い旅行と公《おおやけ》の手紙がわたくしを待っていると言いました」

「あの女は誰に何を言うべきかよく心得とります。まあお待ちなさい。すっかり罠を張りめぐらせたところで、金を強請りに来るに違いありません。その時は直接わしのところへおいでなさい。そうすりゃわしが笞で百回打ちすえてやりますわい」これはアヴィノヴィツキーの得意の文句だった。

笞百回を文字どおりにとってはならなかった。これはただみっちり叱ってやるという意味だった。

こうしてアヴィノヴィツキーの庇護はとりつけたものの、ペレドーノフは定かならぬ怖れに心乱れてあるじのもとを辞した。アヴィノヴィツキーの威嚇的な大声のおかげで、彼の怖れの念はとりわけ確固たるものとなった。

こうして毎日ペレドーノフは夕食前に一つずつ訪問をした。それ以上はこなせなかった。というのは、どこでも事情をこと細かに説明せねばならなかったし、晩はいつものとおり撞球をやりに出かけたからである。

以前どおりヴェルシーナはその催眠的な呼びかけで彼を誘い、以前どおりルチロフは妹たちを讃め上げた。家ではワルワーラが一刻も早く式を挙げるよう彼を口説いた。だが彼はいつまでもぐずぐずしていた。『たしかに、ワルワーラと結婚するのがいちばん得かもしれない。だがもしも公爵夫人が急に前言を翻したらどうだ？　町中の笑いものになるだろう』そう考えて彼はいつも結婚を思い止まった。

しつこい許婚者、現実のものというよりは彼が自分で考え出した同僚たちの嫉み、自分がその対象であると彼が思いこんでいる奸計――こうしたことすべてが彼の生活を、数日来うっとうしく雲の垂れこめた空同様、もの憂く悲しげなものにした。時折天気が崩れて、長い冷たい雨がゆっくりもの憂げに降るのだった。生きるとは厭なもんだ、とペレドーノフは思った。しかし彼は自分がまもなく視学官になり、その時は何もかもうまく行くようになるだろうと考えていた。

# 十

木曜日にペレドーノフは貴族団長のところへ出掛けた。

貴族団長の家はパヴロフスクかあるいはツァールスコエ・セローかどこかの、冬も十分住めるようにしつらえた地主の別荘を思わせた。豪奢さがすぐ眼にとび込んでくるようなことはなかったが、細かな点ではひどくモダンすぎると見えるものが沢山あった。アレクサンドル・ミハイロヴィチ・ヴェリガは書斎でペレドーノフを迎えた。彼はいかにも急いで客を迎えに出ようと思ったのだが、たまたま間に合わず客に先に入って来られてしまったような振りをした。

ヴェリガは退役騎兵だったが、それにしてもその姿勢のよさは並外れていた。コルセットを着けているという噂だった。きれいに剃り上げた顔は、まるで化粧をしたように一様な赤味を帯びていた。髪はバリカンで短く刈り込まれ、これは禿を目立たせぬための方便だった。灰色の眼は慇懃《いんぎん》で冷たかった。人を遇するには誰に対しても愛想よかったが、口にする意見は果断で厳しいものだった。動作の隅々によき軍人的規律が窺え、時として未来の知事の癖が顔を出した。

ペレドーノフは彫刻を施した樫《かし》のテーブルを挟んで腰を下しながら、こう説明した。

「わたくしのことでいろいろ噂が流れておりまして、それでわたくし士族といたしまして、こちらへ参上いたしましたわけで。わたくしのことであれこれつまらんことを申しとりますが、閣下、みな根も葉もない話です」

「わたしは何も聞いておりませんが」とヴェリガは答え、落ち着いた愛想のよい微笑を浮かべると、灰色の注意深い視線をペレドーノフに注いだ。

ペレドーノフは頑なに部屋の一隅を見つめたまま続けた。

「わたくしは社会主義者だったことは一度もありません。時として、口を滑らすことはあったかもしれませんが、そもそも若い頃多少やりすぎなかった者がおりましょうか。今ではそうした考え方とはきっぱり縁を切っております」

「というと、やはり昔は大変なリベラリストでらっしゃったわけで?」とヴェリガは慇懃な笑みを浮かべて尋ねた。「憲法制定を望んどられた、違いますかな? われわれ皆若い頃には憲法を夢見たものです。いかがですかな?」とヴェリガは葉巻の箱をペレドーノフの方に押しやって言った。ペレドーノフは手を出す勇気がなく、断わった。ヴェリガは吸い始めた。

「もちろん、閣下、大学におりました頃はわたくしもそうでした」とペレドーノフは白状した。「しかしわたくしの考えていた憲法というのは、その頃からもう、全然別のものでして」

「というと?」そう問い返したヴェリガの口調には、かすかな不機嫌の徴《しるし》が響いた。

「つまり、憲法は憲法でも、議会なしの憲法でして」とペレドーノフは説明した。「議会なぞ作ったら、殴り合いをおっ始めることでしょう」

ヴェリガの灰色の眼に静かな感服の色が光った。

「議会なしの憲法とは!」と彼はうっとりして言った。「こいつは実用的ですな、どうでしょう」

「しかしこれはみな昔のことでして。今では全然関係ございません」

「というと、現在あなたは自由主義者ではなく、保守主義者だとおっしゃるんで」

「保守主義者であります、閣下」

そして彼は期待のこもった眼差しでヴェリガを見た。ヴェリガは口から薄い煙の帯を吐いて暫《しばら》く黙ってから、ゆっくりと口を切った。

「あなたは教育家でいらっしゃる。わたしの領地内にも小学校がいくつかありますんですがな。どうでしょう、あなたのお考えでは、どんな学校がよろしいですかな、教区所属の小学校でしょうか、それともいわゆる地方自治体所属の小学校でしょうか」

ヴェリガは葉巻の灰を払い落とすと、愛想よい、しかしあまりに注意深すぎる視線を真っ直ぐペレドーノフに注いだ。ペレドーノフは眉をひそめ、部屋のあちこちの隅に眼を走らせて言った。

「自治体所属の学校はたるんどります」

「たるんどる」とヴェリガは不確かな口調で繰り返した。「なるほど」

そして彼は長い説明を待つかのごとく、吸いかけの葉巻に視線を落とした。

「教師たちはニヒリストで、女教師たちは無神論者です。連中は教会で鼻をかみます」

ヴェリガはペレドーノフをちらりと見て、微笑すると言った。

「しかしそいつは時としてやらんわけにはゆかんでしょう」

「しかしあの女のはそれこそラッパを吹くみたいで。唱歌隊の子供たちが笑いだします」とペレドーノフは腹立たしげに言った。「わざとやっとるんです。スコボチキナとかいう女です」

「なるほど、それはよくない」とヴェリガは言った。「しかしスコボチキナの場合、これはむしろ育ちの悪さからきとります。一向に礼儀作法をわきまえん娘で。しかし子供の教育には熱心です。だがいずれにしろこれはよくない。言ってやらにゃいけません」

「それにあの女は赤いシャツを着て出歩いとります。時とすると、裸足で、サラファンをひっかけたなりで歩いとります。子供たちと小骨倒しをして遊びます。連中ときたら学校ではひどく放任主義でして、全く規律がありません。罰というものを加えたがりません。しかし百姓の子供たちを貴族の子供たちと同じに扱うのは不可能です。あいつらはひっぱたいてやらにゃなりません」
ヴェリガは落ち着き払ってペレドーノフを眺め、次いで、今しがた耳にした無作法な言葉ゆえに居心地が悪くなったかのごとく視線を落とし、素っ気ない、殆ど知事のような口調で言った。

「申し上げとかねばなりませんが、村の小学生たちの間にもわたしはいろいろよい素質を発見しとります。彼らの圧倒的大多数は、疑いもなく、すこぶる真面目に学業に対しとります。もちろん、子供というものはどこも同じで、よく誤ちもやらかしまして、粗野な環境のせいでこうした誤ちが乱暴な形をとることはありえます。ましてロシヤの農民たちの間にあっては、義務と名誉の感情、他人の所有物を尊重する気持は概して未発達ですからな。学校はこうした誤ちには慎重かつ厳格に対さねばなりません。もしもこれ以上叱りようがなかったり、誤ちがあまり甚しかったりしたら、子供を追い出さないで済ませるためには極端な処置にも訴えねばなりません。とはいえ、これはどんな子供たちにも言えることです。貴族の子供も含めて。もっとも、この種の小学校における教育が必ずしも満足すべき状態にあると言えない点では、わたしはほぼあなたと同意見です。スチーヴン夫人は例の甚だ興味深い著書の中で……あなたお読みになりましたろう？」

「いえ、閣下」とペレドーノフはどぎまぎして答えた。「時間がありませんで。ギムナジウムの仕事に追われとりまして。必ず読むようにいたします」

「なに、それほどどうしても読まにゃならんて本じゃありません」とヴェリガはペレドーノフに対しこの本を読む義務を免除するかのように、愛想よい笑みを浮かべて言った。「で、そのスチーヴン夫人がひどく憤慨して書いとるんですが、彼女の二人の生徒に対して、どちらも十七歳の少年ですが、郷の裁判所が笞刑の判決を下したというんですな。どうでしょう、得意がっとりましたよ、この少年たちは。ところがわれわれは、お分かりでしょう、この恥ずべき判決が彼らの上にのしかかっている間中というもの悩みましてな。結局判決は取り消されたそうですが。そこで申し上げたいんだが、もしもわたしがスチーヴン夫人の立場にあったら、この事件をロシヤ中に言い広めることはためらったでしょうな。まあ考えてもごらんなさい。少年たちの罪状は林檎《りんご》の窃盗だったんですよ。よろしいですか、窃盗ですよ！　ところが彼女はこれが自分のいちばんいい生徒たちだったと言っとる。それが林檎を盗んだ。結構な教育じゃありませんか！　これはもうわれわれが他人の所有権などは認めんと、はっきり言明しとるようなもんですわ」

ヴェリガは興奮して立ち上がり、二、三歩あたりを歩き回ったが、すぐに気をとり直して腰を下した。

「わたくしが視学官になったら、もっと別の風にいたします」とペレドーノフは言った。

「視学官におなりですか？」とヴェリガは尋ねた。

「はあ、ヴォルチャンスカヤ公爵夫人が約束して下さいまして」

ヴェリガは愛想のよい顔付をした。

「それはおめでとうございます。あなたがその任に当たられるなら、こりゃ絶対大丈夫で」

「ところが閣下、巷《ちまた》にはいろいろつまらん噂が広まっとりまして。さらには、当局の方へ密告する者があるかもしれません。わたくしの任命はむずかしくなります。しかしこれは全くの濡衣《ぬれぎぬ》でして」

「いったい誰がそうした噂を流布させとるとお考えですか？」とヴェリガは尋ねた。

ペレドーノフは途方に暮れ、口ごもりながら答えた。

「誰が、とお尋ねですか？　そいつは分かりかねます。そういう噂があるんで。わたくしはただこれがわたくしの勤めを妨げることになりはしないかと」

誰であるかを知る必要は自分にはない、とヴェリガは考えた。自分はまだ知事ではないのだ。彼はもういちど貴族団長の役に立ち帰り、一席弁じた。ペレドーノフは怖れと悲しみにうちひしがれてこれに耳傾けた。

「わたしに対しお示し下すった御信頼に感謝いたします。あなたはわたくしの（ここでヴェリガは「庇護」と言おうとしたが、我慢した）仲介を求めておいでになった。あなたと社会、おっしゃるところによれば、あなたにとって不都合な噂が流れているという社会との間の仲介を求めておいでになった。この噂はわたしのところへは未だ達しておりません。あなたをめぐる中傷誹謗とは市の下層社会より上へ這い登ることは敢えてせず、言うなれば、密かに闇の中を爬行《はこう》しておるわけでありまして、この点御安心なされてよろしかろうと存じます。とはいえ、あなたが官職にありながら、同時に世論の有する意義と、青少年の訓育に当たる者として御自身の社会的地位を、かくも重要視されておられることは、わたくしにとってまことに喜びに耐えません。われわれ親たちは、何ものにも増して貴重なわれわれの宝、すなわち子供たちを、あなた方の監督と教化にお委ねしておるわけでありますから。官吏としてのあなたの上司は尊敬すべき校長殿でいらっしゃいますが、社会の一員として、また貴族社会の一員として、あなたの名誉、あなたの人間として、貴族としての尊厳にかかわる問題につきましては、貴族団長の……執り成しをいつなん時でも当てにされておよろしいわけであります」

ヴェリガは喋りながら立ち上がり、右手の指をテーブルの端についてしなやかに身を支え、好意あふれる上司として大勢の前で喋る時の一様な愛想よさを漲らせた細心な表情で、ペレドーノフを眺めた。ペレドーノフも立ち上がり、手を腹の上に組んで、あるじの足許の絨氈に陰鬱な視線を注いでいた。ヴェリガは言った。

「わたくしのところへおいで下さったことを喜ばしく存じます。と申しますのは、指導的地位にある階級の各員が自らの貴族たることを想起し、自らがこの階級の一員であることを重んずる、つまり、貴族としての権利ばかりでなく、義務や名誉までも重んずることは、こんにちにありましてはとりわけ有益だからであります。ロシヤの貴族階級とは、もちろん今更申し上げるまでもないことですが、何よりも先ず公務に携わる階級であります。厳密に申すならば、国家のあらゆる職務は、いちばん卑しいものは言うまでもなく別として、すべて貴族がこれを手中にしておらねばなりません。雑階級出身者が公職につくようになったことは、言うまでもなく、こんにちあなたを不安へと追いやっているごとき好ましからぬ現象の生起する原因の一端をなしております。誹謗と中傷は、よき貴族的伝統にはぐくまれたことのない賤民たちの武器であります。しかしわたくしは、世論が声を大に断乎あなたの味方をするものと信じます。そしてこの点に関してあなたは、全面的にわたくしの支持を当てになすってよろしい」

「お言葉、心から痛み入ります」とペレドーノフは言った。「どうかよろしくお願いいたします」

ヴェリガは愛想よくほほえみ、そのまま立ち続けた。話は終わったというしるしだった。演説を終えた彼は、俄《にわか》にそれが場違いだったと感じ、ペレドーノフとは庇護を尋ね回って靴底を擦り減らしている意気地なしの官職探しにすぎないのだと思った。彼は冷やかな侮蔑の念を抱きながらペレドーノフを送り出した。ペレドーノフに対しては、そのふしだらな私生活ゆえに、いつかこの感情があたり前になってしまっていたのである。

玄関で召使に外套を着せかけてもらいながら、ペレドーノフはかすかに響いてくるピアノの音を耳にした。この家じゃ自信満々な人々が尊大にかまえて、殿様暮らしをしているな、と彼は思った。『なにしろ知事のポストを狙ってるんだからな』と彼は敬意と羨望の交じった驚きの気持で考えた。階段で彼は、家庭教師に伴われて散歩から戻った貴族団長の息子二人に出会った。ペレドーノフは陰気な好奇の眼差しで彼らを見つめた。

『なんて身ぎれいにしてるんだ』と彼は思った。『耳の中まで垢《あか》ひとつない。しかもあんなに潑剌として。よく仕込んであるな。聞き分けもいいんだろう。おそらく、鞭で打たれたことなんか一度もないに違いない』

そしてペレドーノフは、賑やかに言葉を交わしながらさっさと階段を昇ってゆく彼らの後姿を睨みつけた。また、つき添っている家庭教師が、あたかも彼らと同等の者のごとく、二人に対してこわい顔もせず、怒鳴りつけもしないことが、ペレドーノフには奇態に思えた。

ペレドーノフが家へ帰ると、珍しいことに、ワルワーラが食堂で本を手にしていた。読んでいたのは料理の本で、これは彼女が時として開くことのある唯一の本だった。

〔彼女は本を読んでも大したことは分からなかったが、それでもそこから読み取ったものは片端から実行に移してみた。しかしうまくいかなかった。それというのも彼女が材料の量をどうしても調整できなかったからで、本に書いてあるのは六人分から十二人分のことなのに、彼女に必要なのは二人分か三人分、それ以上ということは滅多になかったからである。それでも彼女は時として本を見ては料理を作った。」それは古いぼろぼろになった、黒い表紙の本だった。この黒い表紙がたちまちペレドーノフの眼にとまり、彼を憂鬱にした。

「何を読んでるんだ、ワルワーラ?」と彼はぷりぷりして尋ねた。

「何って、見りゃ分かるじゃない、料理の本よ。あたしゃ余計なものは読まないの」

「料理の本を、またなぜ?」とペレドーノフは怯え立って尋ねた。

「なぜってきまってるでしょ。あんたの料理を作るためよ。あんたいつだってうるさいんだから」ワルワーラは満足げな薄笑いを浮かべて、自慢げにこう説明した。

「黒い本の料理なぞおれは食わん!」ペレドーノフはきっぱりこう言ってのけると、ワルワーラの手から本をひったくり、寝室へ持って行ってしまった。

『黒い本! しかもこれで料理を作るなんて!』そう考えて彼は慄え上がった。『連中はおれを滅ぼすために、ついには公然黒魔術にまで訴えたのだ! こんな恐ろしい本はなきものにせにゃならん』ワルワーラの騒々しい文句も上の空で、彼はこう考えた。

〔だがどうやってなきものにするか? 焼くか? そんなことをしたら火事を起こすかもしれん。河に放りこむか? もちろん流れていって、誰の手に落ちるか分かったものではない! どこかへ仕舞いこむか? また出てくるだろう。いや、いちばんいいのは、ページを一枚一枚破り取って、そっと分からぬよういろんな用に使ってゆき、それがなくなったら黒い表紙を燃やしてしまうことだ。この問題はそれでよし。だがワルワーラはどうする? またぞろ魔術の本を持ちこんでくるに違いない。いや、ワルワーラをみっちり懲《こ》らしてやらねばならぬ。

ペレドーノフは庭へ行って白樺の枝を折り取り、沈鬱げに窓をうかがいながらそれを寝室へ運びこむと、台所へのドアをあけて怒鳴った。

「クラヴジヤ、奥さんに寝室へ来るように言ってくれ。おまえも来い」

まもなくワルワーラとクラヴジヤが入ってきた。クラヴジヤが先に白樺の笞を目にして、くすくす笑いだした。

「寝ろ、ワルワーラ！」とペレドーノフは命じた。

ワルワーラは金切声を上げるとドアにとびついた。

二人がかりでワルワーラをベッドにひき倒し、クラヴジヤが圧《おさ》えつけ、ペレドーノフが笞で打った。

ワルワーラは身も世もあらず泣き叫び、許しを乞うた。」

金曜日にペレドーノフは郡会議長宅を訪れた。

この家の中のものすべてが、質素に善良に生きよう、公共の福祉のために働こうという希《ねが》いの現われであった。先ず目につくのは、素朴な田園生活を偲《しの》ばせるさまざまの事物だった。弓形のもたれと斧の形をした肘掛のある椅子、蹄鉄形のインク壺、草鞋《わらじ》靴を模した灰皿。居間にはいろいろな穀粒の見本を入れた枡《ます》が——窓框《がまち》に、テーブルに、床に——やたらと置かれ、ここかしこに「飢饉《ききん》用パン」の泥炭にも似たきたならしい塊が散見した。客間には農業機械の図や模型が並んでいた。書斎には農業と教育に関する本のつまった棚がところ狭しと並び、テーブルの上には書類、印刷した報告書、大小さまざまなカードの入ったボール箱などが載っていた。夥しい埃。絵は一枚もかかっていなかった。

あるじのイワン・スチェパーノヴィチ・キリロフは、一面では愛想よくしよう、ヨーロッパ風に愛想よくしようと努めつつも、他面では郡のお偉方としての体面を傷つけまいとはなはだ心を砕いているかのようだった。あたかも相矛盾する半身同士をつき合わせてできたような、すこぶる風変わりな人物で、彼を取り巻く事物を見れば、この人物が大いに、しかも立派に働いていることは明らかだった。ところが彼自身を見てみると、こうした郡の仕事とはどれも彼にとって一時の気慰めにすぎず、ほんとうの関心事は遥か未来にあり、彼の機敏な、しかしどこか生気のない、白蠟の輝きを帯びた視線は、時としてこの未来に注がれているかのごとくだった。あたかも何者かの手によって彼の内から生きた魂が抜き取られ、代わりに、生きてはいないが何事にも器用な自動機械がはめこまれたかのように。

彼は小柄で、痩せて、若々しかった。あんまり若々しく艶々していたから、一見したところ顎鬚を貼りつけ、大人たちの癖を巧みに真似ている子供かと思えるくらいだった。動作はてきぱきと正確で、挨拶にあたっては素早く身を屈め、しゃれた短靴の底で床を撫でながら足をかち合わせた。子供の服を着ていると言ってもいいくらいだった。空色のジャケツ、糊《のり》のついてないバチスト布のワイシャツ、ダブル・カラー、青い紐状のネクタイ、細いズボン、空色の靴下。またいつでも重々しく丁重なその話しぶりも、どこか二重性を帯びていた。大真面目で話しているかと思うと、突然無邪気で明けっぴろげな微笑、子供じみた挙動が立ち現われる。だが一瞬後にはもう、もとどおりつつましげに落ち着いている。細君というのは、夫よりも老けて見える口数の少ない、真面目な女で、ペレドーノフの訪問中も幾度か書斎へ入って来ては、夫に郡の仕事について何か細かいことをあれこれと尋ねた。

町での彼らの生活は多忙をきわめ、人々がひっきりなしに用事をもってやって来ては、ひっきりなしに茶を飲んだ。ペレドーノフにも、腰を下すか下さないうちに、ややぬるくなった茶と、皿にのせた白パンが出た。

　先客があった。ペレドーノフの知っている人間だった——そもそもこの町で見知らぬ間柄というものがありえようか。ただ仲違いをした者たちだけが、会っても知らぬ振りをし合うばかりである。

　先客は郡の医師ゲオルギー・セミョーノヴィチ・トレペトフで、キリロフよりもまた一層小柄な、吹出物だらけの尖った小さな顔をした男だった。彼は青眼鏡をかけ、いつでも相手の視線を避けるかのように眼を伏せるか、横目で相手を見るかした。異常なほど清廉で、同時に他人のためには鐚《びた》一文費そうとしなかった。公職にある者たちをすべて、心底から軽蔑し、出会っても握手はせず、言葉を交わすことも頑なに避けた。このゆえに彼は知識も乏しく治療も下手だったくせに、キリロフ同様頭の切れる男で通っていた。常に生活の簡略化を心がけており、百姓たちの鼻のかみ方、うなじの掻き方、掌で唇を拭う拭い方などを観察し、一人きりのときなぞ時としてこの真似をしていたが、簡略化の実施はきまって次の年の夏まで延期された。

　ペレドーノフはここでも数日来繰り返してきた繰言、町の噂、彼が視学官の地位につくのを妨げようとしている妬み屋たちについての繰言を述べた。キリロフは自分が当てにされていることを知って、悪い気はしなかった。彼は大きな声で言った。

「さよう、地方の生活がどういうものか、今こそお分かりでしょうな。ものを考える人間にとって唯一の救いは結束することだというのが、わたしの持論です。あなたが同じ確信に到達されたことはまことに嬉しい」

　トレペトフは気を悪くした様子でいまいましげに鼻をフンと鳴らした。キリロフはこわごわ彼のほうを見た。トレペトフは蔑みをこめた調子で言った。

「ものを考える人間か！」そしてまた鼻を鳴らした。

それから暫く黙っていたあとで、細い忌々しげな声で言った。

「いったい、ものを考える人間が、黴《かび》の生えた尚古主義に仕えていられるもんですかな！」

キリロフはためらいがちに答えた。

「しかしゲオルギー・セミョーノヴィチ、人間誰でも好きなように自分の仕事を選べるってものではありませんよ」

トレペトフは蔑みをこめてフンと言い、これによって愛想よいキリロフを撃砕したのち、深い沈黙に沈みこんだ。

キリロフはペレドーノフのほうに向き直った。ペレドーノフの口から視学官の地位のことが洩れた時、彼は心配になった。彼はペレドーノフがこの郡の視学官になりたがっていると思ったのである。しかるに郡会では、視学官を自分のところで選び、教育当局の承認を得るという計画が熟していた。そうなれば、現在三つの郡の学校を受け持っている視学官ボグダーノフは他の町へ移り、この郡の学校は新しい視学官の管轄下に入ることとなろう。郡会議員たちは候補者として、近隣の町サファトの神学校教師をすでに考えていた。

「わたくしにはうしろだてがあります」とペレドーノフは言った。「ただここの校長が邪魔をしておりまして。またほかにもそういう手合いがおりまして。あらゆるでたらめを言いふらしております。つきましては、わたくしに関して何か照会がありました場合、巷《ちまた》に行なわれておりますのはみなたあいもない噂にすぎないことを、御承知おき願いたいと存じまして。あの連中の申すことを決してお信じになってはいけません」

キリロフは元気よくせきこんでこう答えた。

「わしゃ、アルダリオン・ボリースィチ、町での付き合いや噂話にかまっておる暇はありませんので。仕事が山積しとりましてな。もしも家内が手伝ってくれなんだら、わしゃどうしていいか分かりませんわい。わしゃどこへも行かず、誰にも会わず、何も聞きません。誓って申しますが、あなたについてのお噂といったものは、何ひとつ耳にしておりませんな。でたらめにきまっとりましょう。しかし視学官の地位は、わしひとりの意志にかかるものでもありませんので」

「御意見をおっしゃらねばならぬこともおありでしょう」とペレドーノフは言った。

キリロフは驚いた様子で彼を見つめ、こう答えた。

「そりゃもちろん意見を聞きにくるでしょうな。ただ問題は、われわれの予定しておるのが……」

この時キリロフ夫人がドアのところに現われて呼びかけた。

「イワン・スチェパーヌイチ、ちょっと」

夫が出てくると、彼女は案じ顔でこう囁いた。

「クラシリニコフが候補にのぼっていることは、あの男に言わないほうがいいと思いますよ。あの男どうも胡散臭いわ。クラシリニコフに何か卑劣な真似をしかねませんよ」

「そう思うか?」とキリロフは急きこんで問い返した。「いやいや、そうかもしれんな。まったく不愉快な話だ」

彼は頭をかかえた。妻はそれを冷静に、しかし気の毒そうに眺めて言った。

「このことについちゃ、彼に何も言わないほうがいいでしょう。ポストが空いてないってことで」

「そうそう、おまえの言う通りだ」とキリロフは囁いた。「だがもう行かにゃ。あんまり失礼だ」

彼は急いで書斎にとって返すと、せっせと足をかち合わせ、ペレドーノフに愛想よい言葉を浴びせた。

「そういうわけですので、もしも……」とペレドーノフは口を切った。

「御安心下さい、御安心下さい。考えておきますわい」とキリロフは畳みかけた。「なにぶんまだ決定を見ておりませんのでな、この問題は」

ペレドーノフはキリロフが何の問題のことを言っているのか分からず、もの憂いおそれを感じていた。

キリロフは言った。

「現在われわれは学校網の整備にとりかかっとりまして。ペテルブルクから専門家を招きましてな。夏中これにかかりきりでしたわい。九百ルーブルを投じとります。おそろしく厄介な仕事でして。あらゆる距離を計算して、学校設置の場所をきめてゆくわけで」

そしてキリロフは学校網のこと、つまり、郡を小区画に細分し、その各々に学校を設け、しかもその学校がどの村からもあまり遠くならないようにするという仕事のことを、長いこと詳しく物語った。ペレドーノフは何ひとつ理解できぬまま、キリロフが彼に向かっててきぱきと巧みに紡ぎかけてくる言葉の網に思考をからみとられ、にっちもさっちもいかなくなってしまった。

とうとう彼は別れを告げ、救い難く憂鬱な気持で立ち去った。この家の人々は彼の言うことを理解しなかったし、そもそも彼の言い分を最後まで聴こうともしなかった。トレペトフはなぜか鼻を鳴らし、主婦はやって来ても、お愛想ひとつ言わずに行ってしまった。奇妙な人たちだ、とペレドーノフは考えた。一日無駄にしたな！

## 十一

土曜日にペレドーノフは郡警察署長を訪ねることにしていた。もっともこいつは貴族団長ほどの大物じゃない、とペレドーノフは思った。とはいうものの、敵に回したら誰よりも危険だろうし、またもしもその気になったら、当局に対し有利な証言もしてくれようという大事な人間だ。警察というのは馬鹿にできない。

ペレドーノフはボール箱から記章のついた帽子をとり出し、今後これしかかぶらないことにきめた。校長はつば広帽子をかぶってうまくやっていた。当局のお覚えがめでたい証拠である。ところがペレドーノフはこれから視学官の地位を手に入れねばならないのだ。うしろ立てを当てにしてはいけない。自ら何事につけいちばんいいところを見せるようにしなければならぬ。これはすでに数日前、当局相手の奔走を始める以前から考えていたことだが、手許にはたまたまつば広帽子しかなかったのだ。今や事情は変わった。ペレドーノフはつば広帽子を暖炉の上にほうり上げた。こうすりゃもう出てこないに違いない。

ワルワーラは留守だった。クラヴジヤは部屋の床を洗っていた。ペレドーノフは手を洗いに台所へ入った。テーブルの上に彼は青い紙包みを見つけた。周りに乾葡萄《ほしぶどう》が幾粒かこぼれていた。これはお茶受けの白パンを焼くために買ってきた一フントの乾葡萄だった。白パンは家で焼いていたのである。ペレドーノフは乾葡萄をそのまま、洗いも埃を払いもしないでぱくつき、テーブルの傍に立ったまま、クラヴジヤが不意に入ってきはしまいかとドアのほうを窺いつつ、がつがつとせわしげに、一フントまるまる平らげてしまった。それから彼は青いごわごわした包み紙を丁寧に丸めると、これをフロックの下に隠して玄関へ出て行き、外套のポケットにつっこんだ。街路で捨ててしまえば、何の証拠も残らない。

彼は出かけた。まもなくクラヴジヤは乾葡萄の紛失に気づき、驚いて探したが見つからなかった。ワルワーラが帰ってきてこれを知り、クラヴジヤを罵った。彼女はてっきりクラヴジヤが乾葡萄を食べてしまったのだと考えた。

街路には風が吹いていた。物音はなかった。時折雲の切端が空を横切っていった。水溜りは干上がり、蒼ざめた空には喜びが漲っていた。しかしペレドーノフの心は悲しげにふさいでいた。

途中彼は仕立屋に立ち寄り、二日前に注文した制服を早く縫い上げるよう急き立てた。

教会の前を通りかかった時、彼は帽子を脱ぎ、熱心に、大きく、三度十字を切った。眼ある者は皆見るがいい。未来の視学官が教会の傍を通りかかっているのだ。彼は以前ならこんなことはしなかった。しかし今はくれぐれも言動に気をつけねばならぬ。スパイか何ぞがこっそりつけて来ているかもしれない。それとも樹の陰に隠れて、こちらをうかがっているのだろうか。

郡警察署長の住居は町外れ近い通りに面していた。大きく開け放ってある門を入ったところで、ペレドーノフは一人の巡査に行き会った。ここ数日来、彼は巡査に出会うと気が滅入るのだった。中庭には数人の百姓の姿が見られた。しかしそれはどこにでもいるような百姓ではなく、一種特別な、並外れておとなしい、寡黙な百姓たちだった。中庭は汚れていた。蓆《むしろ》をかぶせた荷馬車が数台とめてあった。

暗い玄関で、ペレドーノフはもう一人の巡査に出会った。小柄で痩せた、職務熱心そうな顔つきの巡査だったが、やはり気を滅入らせることには変わりなかった。彼は黒い革表紙の本を腋《わき》の下にはさんで、不動の姿勢をとっていた。粗末な身なりをした素足の少女が脇のドアから駆け出してきてペレドーノフの外套を脱がせ、客間へ招じ入れながらこう繰り返した。

「どうぞこちらへ。セミョーン・グリゴリエヴィチはすぐおいでになります」

客間の天井は低く、ペレドーノフを圧迫した。家具はぴったり壁に圧しつけられ、床には紐を編んだ茣蓙《ござ》が敷いてあった。右からも左からも、囁き声や足音が壁越しに洩れ聞こえてきた。ドアからは蒼ざめた女たちや、るいれきを病んだ少年たちの姿が見えた。誰もががつがつした、熱に浮かされたような眼差しをしていた。囁き声の中に、時折尋ねたり答えたりしている声がはっきりと聞きとれた。

「持ってきた……」

「どこへ持ってく?」

「どこへ置きましょう?」

「エルモシキン、シードル・ペトローヴィチからだ」

まもなく警察署長が出てきた。制服のボタンをかけながら、彼は甘ったるいほほえみを浮かべて見せた。

「お待たせして申し訳ありません」と彼は言い、大きな、いかにも欲の深そうな両手でペレドーノフの手を握りしめた。「なにしろいろんな人間がやって参りますもんで。これがわれわれの仕事でして。先に延ばすということができませんのでな」

セミョーン・グリゴリエヴィチ・ミニチュコフは丈高くがっしりした体格の、薄くなった髪を頭の真ん中で分けた猫背気味の男で、熊手のような指をした両手がだらりと垂れていた。彼はたった今何か禁断の美味を口にしたばかりのような表情でほほえむことがよくあり、今もやはり唇を舐めまわしていた。その唇は厚く真紅色をし、鼻は肉付きがよく、顔全体が肉感的で、勤勉そうで、愚かそうだった。

ここで見たこと聞いたこと全てがペレドーノフをまごつかせた。彼は辻褄の合わぬことをもぐもぐ呟き、肘掛椅子に腰を下すと、記章が署長の眼に入るよう手の中の帽子を按配《あんばい》した。ミニチュコフは彼の向かい合わせに、テーブルをはさんで腰を下した。その蜘蛛のような手は握ったりひらいたりしながら、静かに膝の上を這っていた。

「わたくしのことであらぬ噂が広まっております」とペレドーノフは言った。「だがわたくしだって密告しようと思えばできますんで。連中の言うことなぞ何ひとつ身に覚えはありませんが、連中のことはよく知っております。ただしたくないからしないだけのことで。連中は陰でありとあるたわごとを言いふらし、わたしに面と向かってはただ嘲笑っておるのです。わたくしの立場が微妙なものであることをお分かりいただきたい。わたくしにはうしろだてがありまして、連中はこれをだめにしようとしとります。連中はわたくしの跡を尾《つ》けまわしとりますが、これは全く無駄なことであって、わたしをうるさがらせて時間を浪費するばかりであります。このことはもう町中どこへ行こうと周知の事実です。そこでお願いがあるのですが、もしもの場合わたくしの肩をお持ちいただけますまいか」

「もちろんです、もちろんです。喜んでそういたしましょう」とミニチュコフはその広い掌を前方へ突き出しながら言った。「もちろん、われわれ警察といたしましては、誰が要注意人物であるかちゃんと知っとらねばなりません」

「わたくしといたしましては、もちろん屁とも思っとりません」とペレドーノフはぷりぷりして言った。「言いたいことを言わせときゃよろしいんで。ただ連中のお喋りがわたくしの官途を台なしにしはしないかと心配しとります。なにしろ狡猾な連中ですから。連中がいったい何を喋っとるか、御存知ないでしょう。例えば、ルチロフですが、彼が国庫金出納所の下にトンネルを掘っとることは、よもや御存知ありますまい。こうやって自分の罪を人に着せようとしとります」

はじめ、ミニチュコフはペレドーノフが一杯やってたあいもないことを言っているのかと思った。だがよく聴いてみると、ペレドーノフが誰かに誹謗されており、これに対し何らかの措置を要請しているらしく思われた。

「若い連中というのは、自負心の強いもんです」とペレドーノフはヴォロージンのことを念頭に浮かべて続けた。「他人のことをいろいろ責め立てますが、そのくせ自分たちの手だって汚れていないわけではないので。若いもんというのは、御存知のとおり、すぐ熱中いたしますから。中には警察に勤めとる者もおりますし、また警察の仕事に手を出す者もおります」

そして彼は長いこと若い者たちのことを喋ったが、なぜかヴォロージンを名ざす気にはなれなかった。彼が何かといえば警察の若い者のことを口にするものだから、ミニチュコフは彼が警察署の職員について何か芳《かんば》しからぬ情報を握っているのだと考え、ペレドーノフが仄《ほの》めかしているのは、てっきり署に勤めている二人の若い官吏のことに違いないと判断した。この騒々しい笑い上戸な二人は、娘たちの尻を追いかけ回してばかりいたのである。ペレドーノフの狼狽と明らさまな怯えは知らず知らずミニチュコフにも感染した。

「よく見張るようにいたしましょう」とミニチュコフは案じ顔で答え、ちょっと考えてから再び甘い微笑を浮かべた。「わたくしどものところに若いのが二人おります。まだほんの青二才でしてな。ひとりなんぞは未だにおふくろさんからお仕置を受けちゃ、隅に立たされとる始末ですわい」

ペレドーノフはけたたましい笑い声を立てた。

これと同じ頃ワルワーラはグルーシナを訪れ、彼女からショッキングな知らせを聞かされた。

「ねえねえ、ワルワーラ・ドミトリエヴナ」とグルーシナはワルワーラが家の敷居を越えるか越えないうちに、急きこんで話しかけた。「ほんとになんてニュースでしょう。目を回すことがあるのよ」

「なによ、いったい、ニュースって?」とワルワーラは笑いながら尋ねた。

「まったく、なんて下劣な連中がいるもんでしょう! 目的を達するためにゃ、どんなことでもやりかねないんだから!」

「だからどうしたってのよ」

「まあお待ちなさいな。いますっかり話したげますから」と言いながらも狡賢いグルーシナは先ずワルワーラにコーヒーをすすめ、次いで子供たちを皆外へ追い出したが、その際いちばん年嵩《としかさ》の女の子は強情を張って出て行こうとしなかった。

「このすべため!」とグルーシナは怒鳴りつけた。

「自分こそすべたじゃないか」と女の子は図々しく言い返し、母親に向かってじだんだを踏んで見せた。

グルーシナは女の子の髪をひっ摑んで中庭へ放り出し、ドアに鍵をかけた……

「悪たれったらありゃしない」と彼女はワルワーラにこぼした。「この子たちにゃほんとに手を焼いちまうわ。わたし一人じゃとても手に負えない。父親がいりゃいいんだけど」

「そのうちあんたが結婚したら、子供たちにもお父さんができるでしょう」とワルワーラは言った。

「どんな男が当たるか、分かったもんじゃありませんもの、ねえワルワーラ・ドミトリエヴナ。子供たちをいじめるかもしれないし」

この時街路から駆け寄ってきた女の子が、窓から砂を一握り投げこんだ。砂は二人の頭に、母親の服にかかった。グルーシナは窓から身を乗り出して怒鳴った。

「このすべため、ひっぱたいてやるから。帰ってきたらひっ摑まえてやるっ。疥癬《かいせん》かきのすべため！」

「おまえこそすべただ、この阿魔！」と少女は街路で片足跳びをしながら叫び、母親に向かって汚い拳をつき出して見せた。

グルーシナは娘に向かって怒鳴った。

「おぼえてやがれ！」

そして窓を閉めると、何事もなかったかのように静かに腰を下し、話しだした。

「このことは是非お話しなくちゃと思ってたんだけど、ほんとにお話したものかどうか、分からなくなっちまったわ。ねえワルワーラ・ドミトリエヴナ、心配なさることありませんのよ。連中に何ができるもんですか」

「いったいなあに？」とワルワーラは怯え立って尋ねた。彼女の手の中でコーヒーの下皿が慄えた。

「ギムナジウムの五年級にひとり編入生があったこと、御存知でしょう？　プイリニコフっていう子。ルバニから来たとかいう。なんでも伯母さんがこの郡に領地を買ったとかで」

「知ってるわよ」とワルワーラは答えた。「見たわ。伯母さんに連れられて来たの。まるで女の子みたいに可愛らしくって、すぐに赤くなるのよ」

「それそれワルワーラ・ドミトリエヴナ、女の子みたいなのは当たり前でしょう、だってあれは、男装した娘なんですもの」

「なんですって！」とワルワーラは大きな声を出した。

「これもアルダリオン・ボリースィチを釣ろうっていう、連中の計略なんですよ」とグルーシナはかくも重大な知らせを伝える喜びに胸をはずませ、大仰な手振りを交えながら急きこんで話した。「いいですか、あの娘には孤児の従弟がいて、ルバニのギムナジウムに通っていたってのはこの子のほうなんです。ところが娘の母親というのが男の子をギムナジウムから退学させて、その書類で娘をこのギムナジウムに入学させたんです。そういえば、あの子の下宿には、ほかに生徒は一人もいませんでしょう。ひとりっきりですよ。誰にも気づかれないようにって腹なんです」

「だけどあんたはどうして知ったの？」とワルワーラは半信半疑で尋ねた。

「あらまあワルワーラ・ドミトリエヴナ、どこ行ってもこの噂でもちきりですわ。それに、一目見りゃ誰だっておかしいと思いますよ。ほかの子はみんないかにも男の子らしいのに、あの子ときたらそりゃ大人しくって、臆病で。顔を見てごらんなさい。男の子はもっと男らしいもんですよ。あの子ときたら、頬が赤くて、胸が盛り上がっていて。あんまりはにかみやなもんだから、仲間たちゃ、あの子に顔を赤らめさせようと思ったら何か一こと言ってやりゃいいなんてね。みんなあの子のことをお嬢さんて呼んでからかってるんです。子供たちはただの冗談のつもりで、これがほんとうだってことは知らないんです。ほんとになんて狡賢い連中でしょう。だってこのことは部屋を貸してる女さえいっさい知らないんですからね」

「だからあんたはどうして知ったのよ?」とワルワーラは質問を繰り返した。

「あらまあワルワーラ・ドミトリエヴナ、わたしの知らないことがありますか! あたしゃ郡中の人をみんな知ってますよ。だいいち、あの子のうちにあれと同じ年頃の男の子がいることは誰だって知ってますよ。なぜ一緒にギムナジウムへ寄こさないかっていうと、その男の子が去年病気をして、一年休学しなくちゃならないってんです。だけど、こんなことはみんなでたらめですよ。あれこそほんとうのギムナジストなんですわ。それとほかに娘がいるってことも周知の事実です。連中は娘が結婚してコーカサスへ行ってるなんて言いふらしてるけど、これだって嘘ですよ。どこへも行っちゃいない。なにしろ男の子のなりでここに住んでるんですから」

「だけどそんなことして、いったい何の得になるの?」とワルワーラは尋ねた。

「なんの得になるかですって?」とグルーシナは勢いこんで言った。「教師たちのうちの誰かをうまく引っ掛けるためですよ。ここに独身の先生がいないわけじゃないでしょう。誰でもいいんです。男の子のなりで家まで押しかけて行って、何をするか分かったもんじゃない」

ワルワーラは怯え立って言った。

「可愛い子だしねえ」

「もちろんですよ。絵に描いたみたい」とグルーシナは合槌を打った。「今のところはまだ気兼ねしてますがね、見ててごらんなさい、そのうち慣れたら遠慮もへちまもあるもんですか。町中を悩殺にかかりますよ。とにかく狡賢いったらありゃしない。あたしゃこの話を聞いてすぐ、あの子の、というより、つまり、あの娘の家主に会いに行ったんですけどね、ほんとにまあなんて言ったらいいか」

「ふん、掛値なしの魔女よ！ 桑原桑原」とワルワーラが言った。

「わたしね、あの教区の晩課に行ったんですよ、聖パンテレイモンの教会へね。あの女信心深いでしよ。オリガ・ワシーリエヴナ、お宅は今ギムナジウムの生徒をどうして一人しか置いとられないのって、あたしきいたんですよ。一人だけじゃ大した収入にはなりませんでしょってね。すると彼女ね、これ以上置いて何になりますか、うるさいだけですわ、ですって。だけど去年はいつだって二、三人置いとられたじゃないのって言ってやりますとね、まあどうでしょう、ワルワーラ・ドミトリエヴナ、あの女が言うにはね、サーシェンカのほかには下宿人を置かないっていう約束なんですって。金に不自由する人たちじゃなし、それだけのものは払っているんですって。ただあの子がほかの男の子たちとつき合って、悪いことを覚えるのが心配なんですってさ。どうお？ 連中のやり方」

「古狸ねえ！」とワルワーラは憎らしげに言った。「であんた、あの女に言ってやったの？ あれが女の子だって？」

「言ってやりましたよ。ねえオリガ・ワシーリエヴナ、あなた男の子の代わりに、女の子を掴まされたのと違いますかってね」

「で、あの女何て言った？」

「わたしが冗談言ってると思って、笑ってるんですよ。それでわたしもっと真面目な顔して言ってやったんです。ねえオリガ・ワシーリエヴナ、あれが女の子だって専らの評判ですよってね。だけどあの女全然相手にしないの。女の子だなんて馬鹿馬鹿しい。わたし盲じゃありませんよ……」

この話はワルワーラにとって非常なショックだった。この話が全て真実であること、自分の許婚者が更に新たな側面からの攻撃に晒《さら》されていることを、すっかり信じこんでしまった。男装した娘の仮面をなんとかして少しも早く剝がねばならぬ。二人はどうしたらいいか長いこと相談したが、さしあたってうまい考えは何ひとつ浮かばなかった。

家では乾葡萄の紛失がさらにいっそうワルワーラを惑乱に陥れた。

帰ってきたペレドーノフに、急きこみ興奮したワルワーラは、クラヴジヤが一フントの乾葡萄をどこかへ隠してしまい、それを白状しようとしないのだと告げた。

「しかも何を言い出すかと思えば」とワルワーラは腹立たしげに言った。「きっと旦那様が召し上がったんでしょうだなんて。旦那様はわたしが床を洗っている間に何かの用で台所へ入っていかれて、長いことそこにおられましたから、ですって」

「長いことなもんか」とペレドーノフは顰《しか》め面をして言った。「ちょっと手を洗いに行っただけだ。そん時乾葡萄なんて見なかったぞ」

「クラヴジューシャ、クラヴジューシャ！」とワルワーラは大声で呼んだ。「旦那さんは乾葡萄なんて見なかったっておっしゃってるよ。おまえそん時はもうどっかへ隠しちまってたんだろう」

台所からクラヴジヤが赤く泣きはらした顔を見せた。

「お宅の乾葡萄なんかとりません」と彼女は咽《むせ》び泣きながら叫んだ。「買って返しゃいいんでしょう。ただわたしゃとりません！」

「買って返すのはあたり前よ！」とワルワーラはぷりぷりして怒鳴った。「おまえを乾葡萄で養う義務はあたしにゃないからね」

ペレドーノフは大声で笑って言った。

「ジューシカは乾葡萄一フントを平《たい》らげたり！」

「恥知らず！」とクラヴジヤは怒鳴り、ドアをたたきつけた。

昼食の際ワルワーラはこれ以上我慢できず、プイリニコフについての噂を話した。彼女はそうすることが自分にとって損か得か、またペレドーノフがこのことにどういう反応を示すかといったことまでは考えなかった。ただただ腹立ちまぎれに話したのである。

ペレドーノフはそのプイリニコフを思い出そうと努めたが、どうもうまくゆかなかった。それまで彼はこの編入生にあまり注意を向けたことがなく、その小ぎれいさ、清潔さゆえに、またいつもつつましくしていてよく勉強することや、五年級でいちばん年少なことゆえに、この生徒を軽蔑していたが、今やワルワーラの話は彼の内に淫靡な好奇心を掻き立てた。彼の弱い頭の中で、慎みのない諸々の思念が徐々に頭をもたげ出した……

『その男装した娘というのを見に、晩課に行ってみにゃならん』

突然クラヴジヤが駆けこんでくると、鬼の首でもとったように、丸めた青い包み紙をテーブルに投げ出し、こう怒鳴った。

「そら、わたしが乾葡萄を食ったと言ったたな。こりゃなんだい？　わたしがあんたらの乾葡萄をとらにゃならんとでもいうのかい？　どうだい」

ペレドーノフは事の次第を悟った。彼が往来で捨て忘れた包み紙を、クラヴジヤが外套のポケットに見つけたのだった。

「ああ、畜生！」と彼は大きな声を出した。

「アルダリオン・ボリースィチのポケットにあったんだ」とクラヴジヤは意地悪い喜びをこめて言い返した。「自分で食っといて、わたしのせいにしてるんだ。アルダリオン・ボリースィチが大の甘党だってこた誰だって知ってるけど、ただなんでひとのせいにしなくちゃいけないんだい。もし自分で……」

「また始めやがった」とペレドーノフはぷりぷりして言った。「嘘ばかりついてやがる。おまえがおれのポケットに入れたたな。おれはとったおぼえはない」

「なんでわたしが入れるもんか。馬鹿馬鹿しい」とクラヴジヤは面食らった。

「なんでまたひとのポケットを探るんだい！」とワルワーラが怒鳴った。「金《かね》でも探してたのかい？」

「ポケットなんか探っちゃいないよ」とクラヴジヤは突慳貪に言い返した。「綺麗にしようと思って外したんだ。泥だらけだったたんで」

「ならなんでポケットに手を入れたのさ？」

「ひとりでにポケットからおっこったんだ。なんでわたしがポケットに手を入れるもんか」とクラヴジヤは言い開きをした。

「嘘つけ、ジューシカ」とペレドーノフは言った。

「なんでわたしがジューシカなのさ。人を馬鹿にして！」とクラヴジヤは喚いた。「ちくしょう、乾葡萄は買って返してやる。たらふく詰めこむがいい。自分で平げといて、わたしに買って返させようってんだ。返してやるともさ。あんたら良心てものはないんだね。恥ってものを知らないんだ。それでいて旦那面してるんだから！」

クラヴジヤは泣いて悪態をつきながら台所へ出ていった。ペレドーノフは切れ切れな笑い声を立てて言った。

「怒った怒った」

「買って返すべきよ」とワルワーラは言った。「大目に見てようもんなら、何もかも平げかねないわよ、あの飢鬼どもときたら」

その後も二人は長いこと乾葡萄一フントをつまみ食いしたことでクラヴジヤをなぶりものにした。代金は彼女の給料から差し引かれ、来客の席に乾葡萄の一件が披露された。

猫は喚き声に魅されたように台所から姿を現わし、壁に添って歩み寄ってくると、ペレドーノフの近くに坐り、意地の悪い貪欲げな眼差しを彼に向けた。ペレドーノフは猫を捕えようと身を屈めた。猫は荒々しく鼻を鳴らすと、ペレドーノフの手に爪を立てて逃げだし、戸棚の下に這いこんで外をうかがった。細い緑色の瞳孔がきらめいていた。

『まったく、化けものそっくりだ』とペレドーノフは考えて怖気づいた。

いっぽう、相変わらずプイリニコフのことを考えていたワルワーラが言った。

「毎晩球撞きに行ったところでしょうがないでしょ。たまには生徒のうちを訪ねてみたらどうなの。先生はたまにしか回って来ないし、視学官ときたら一年中絶対に顔を出すおそれはないと知ってるもんだから、連中ふしだらをしでかすのよ。カルタをやったり、お酒を飲んだり。いっそあの男装した娘んとこへ行ってみたらどう？　遅くなって、そろそろ寝につく頃に行きなさいよ。うまくいったら化けの皮を剝がせるかもしれないわよ」

ペレドーノフは一瞬考えてから笑いだした。

『ワルワーラってのは食えない女だ』と彼は思った。『人に指図しようってつもりだな』

## 十二

ペレドーノフはギムナジウム付属教会の晩課に出かけた。彼は生徒たちのうしろに立って彼らの振舞いを注視した。数人の者たちが悪戯をし、突つき合い、囁き交わし、忍び笑いをしているように思えた。彼はそうした生徒たちに目をつけ、憶えておこうと努力したが、その数があまり多かったので、家を出る時紙と鉛筆を携えて来なかったことを悔んだ。生徒たちの態度がこんなに悪く、しかも誰ひとりこのことに注意を向けないのを見て、彼は憂鬱になった。しかも教会には校長も視学官も、妻と子供たちを連れて来ていたのである。

実を言えば、生徒たちはかしこまって、慎み深くたたずんでいた。ある者は何か教会とは関係のないことに思いを馳せながら機械的に十字を切り、またある者は熱心に祈っていた。ごく稀れに、誰かが隣りの者にふたことみこと、殆ど頭をめぐらしもしないで囁きかけると、相手は同様に言葉少なく、低い声で、あるいはほんの素早い身振り、眼差し、肩のすくめ、微笑で答えるのだった。だが付き添っているクラス担任助手の目にもとまらないこれらちょっとした動作が、ペレドーノフの鈍いくせに騒ぎ立った感覚には、大変な無秩序という錯覚をもたらした。平静な状態にあってすら、ペレドーノフは、粗野な人々の例にもれず、細かな現象を正確に評価することができなかった。そうした事柄を全然気づかないか、その意味をひどく誇張してとるかどちらかだった。期待とおそれに興奮した今、五感はますますなまくらと化し、いっさいの現実は彼の眼前で次第次第に、敵意と悪意に満ちた幻覚の煙幕に覆われていった。

そもそも以前から、ギムナジウムの生徒たちとはペレドーノフにとって何だったろうか？　紙の上にペンを走らせる装置、かつて人間の言葉によって話されていたことを干乾びた言葉で繰り返してみせる装置以外の何ものでもなかったのである。ペレドーノフはその教師としての仕事を通じて、生徒たちのことを誠心誠意大人と同じ人間として考え理解したことは一度もなかった。鬚が生えかけ、女性に関心を抱くようになった生徒たちだけが、彼の目には自分と同等の者と映るのだった。

暫く後方に佇《たたず》んで憂鬱な印象をたっぷり吸収したペレドーノフは、前方へ、中程の列へと進んだ。列の右端にサーシャ・プイリニコフが立っていた。彼はつつましげに祈り、しばしば跪《ひざまず》いた。ペレドーノフは彼を見つめた。ペレドーノフがとりわけ見惚れたのは、サーシャが罪人のように跪き、面にはおそれと願いの表情を、青いまでに黒く長いまつ毛が陰おとす漆黒の瞳には祈りと悲しみを漲らせて、前方の光り輝く聖障の門を見つめている姿だった。浅黒い肌、すらりとした体つき、それらは彼が何者かの厳しい眼差しに促されるかのように、静かに、姿勢を正して跪くとき、とりわけ目についた。高く広い胸をしたこの生徒は、ペレドーノフにはまるっきり女の子と見えた。

今やペレドーノフは、今晩にでもすぐ、晩課のあとで、この生徒の下宿を訪ねてやろうとかたく心にきめた。

人々は教会を立ち去りはじめた。皆はペレドーノフがいつものようにつば広帽子ではなく、記章つきのふち無し帽子をかぶっているのに気づいた。ルチロフが笑いながら尋ねた。

「これはこれは、アルダリオン・ボリースィチ、今度は記章をつけておめかしかい？ ということはほかでもない、狙いは視学官のポストなり、だ」

「兵隊さんなら捧げ銃《つつ》をしなきゃいけないの？」とワレリヤがとぼけて尋ねた。

「馬鹿なことを！」とペレドーノフは忌々しげに言った。

「あんた何言ってんのよ、ワレーロチカ、兵隊さんだなんて」とダーリヤが言った。「今後アルダリオン・ボリースィチに格段の敬意を払わなくちゃいけないのはギムナジウムの生徒たちじゃない」

リュドミラは大声で笑いだした。ペレドーノフは早々に別れを告げて彼女たちの嘲笑を免れた。

プイリニコフの下宿へ行くには早すぎたが、家へ戻る気にはなれなかった。ペレドーノフはどこで時間をつぶそうかと考えながら、暗い街路を歩いて行った。沢山の家が連なっていた。多くの窓には灯がともり、時として開け放った窓から人声が聞こえてきた。教会から帰る人々が街を歩いており、木戸やドアの開いたり締まったりする音がした。いたるところにペレドーノフとは無縁な、彼に敵意を抱く人々が住んでおり、そのうちのある者はおそらくこの瞬間にも彼に対して悪事を企んでいるのだった。すでに誰か、ペレドーノフがこんな遅い時刻になぜ、どこへ行くのかと、不審に思った者がいるかもしれない。ペレドーノフには誰かが自分のあとをこっそりつけているように思えた。彼はふさぎこんで、当てもなく、せかせかと歩いていった。

　彼はこれらの家々の一軒一軒がその故人たちを有していること、五十年前これら古い家々に住んでいた人々は皆死んだことを思った。それら故人たちのうちのある者を、彼はまだ憶えていた。

　人が死んだら、家も焼いちまうべきだ。――とペレドーノフは憂鬱な思いをめぐらせた――さもないことにゃ、あんまりおそろしい。

　サーシャ・プイリニコフを下宿させているオリガ・ワシーリエヴナ・ココフキナは、会計官の未亡人だった。夫は彼女に年金と大きからぬ家を残したが、その家は彼女ひとりには広すぎたから、二部屋か三部屋を貸す余裕があった。彼女は好んでギムナジウムの生徒を置いた。彼女のところへはいつでもいちばんおとなしい少年たち、ちゃんと勉強し、無事にギムナジウムを終えてゆく少年たちを下宿させるのがならわしだった。いっぽう、他に下宿している生徒たちの大部分は、さまざまな教育施設を転々としたあげく、何ひとつ覚えないで卒業してゆく連中だった。

　善良そうな顔に努めて厳格な表情を保とうとしている、痩せて背の高い、姿勢のよい老婦人であるオリガ・ワシーリエヴナと、伯母さんの厳しい躾《しつ》けを受けた栄養満点のサーシャ・プイリニコフは、お茶のテーブルに向かっていた。今日は田舎から送ってきたジャムをサーシャがテーブルに出す番で、それゆえ彼は自分が家のあるじになったような気持でもったいらしくオリガ・ワシーリエヴナに茶をすすめていた。彼の黒い眼は輝いた。

ベルが鳴り、次いでペレドーノフが食堂に現われた。ココフキナはかくも遅い訪問に驚いた。

「お宅の生徒さんを見に参りました。どうしているかと思いまして」

ココフキナはペレドーノフに茶をすすめたが、彼は断わった。二人が一刻も早く茶を飲み終えて、彼がサーシャと差し向かいになれたらいいと、彼は思った。茶が終わると三人はサーシャの部屋へ移ったが、ココフキナは立ち去ろうとせず、とめどもなく話し続けた。ペレドーノフは不機嫌そうにサーシャを見つめ、サーシャははにかんでただ黙っていた。

『折角来たがなんにもならなかったかな』そう思ってペレドーノフは忌々しく思った。

女中が何かの用事でココフキナを呼んだ。彼女が出て行くとき、サーシャは心細げにそのあとを見送った。彼の眼は曇り、睫毛《まつげ》が降りた。この睫毛はあんまり長かったので、俄《にわか》に蒼ざめたその浅黒い顔全体に、影を投げているかと見えた。彼にはこの陰気な人間と差し向かいになるのが気づまりだった。ペレドーノフは並んで腰を下すと、片手をぎごちなく相手の体にまわし、相変わらず無表情な顔つきでこう尋ねた。

「どうだい、サーシェンカ、神様にちゃんとお祈りしてるか?」

サーシャははにかみ怯えてペレドーノフをちらりと見、赤くなって黙り通した。

「え? どうだ? ちゃんとお祈りしてるか?」となおもペレドーノフは尋ねた。

「ちゃんとしてます」とようやくサーシャは言った。

「こんな赤い頬っぺたしおって」とペレドーノフは言った。「正直に言いなさい。あんたは女の子なんだろ？　あばずれの騙《かた》りめ！」

「ちがう、女の子じゃない」とサーシャは答えた。そして突然自分の臆病さに腹を立て、よく響く声で問い返した。「なんでぼくが女の子みたいなんですか？　ここの生徒たちがぼくをからかって言いだしたんだ。ぼくが下品なこと言うのを厭がるもんだから。絶対に言うもんか。なんで汚い言葉遣いしなくちゃいけないんですか」

「ママに叱られるか？」とペレドーノフは尋ねた。

「ぼくにはお母さんいません。ずっと前に死んで。だけど伯母さんがいます」

「じゃあ、伯母さんに叱られるのかい？」

「もちろん叱られます。下品な言葉遣いすればね。あたりまえでしょう？」

「だが伯母さんにどうして分かる？」

「ぼく自分でそんなことしたくないんですもん」とサーシャはこともなげに言った。「それにどうやって伯母さんに知れるか分かったもんじゃない。ぼくが自分で口を滑らすかもしれないし」

「で、君の友だちで下品な言葉遣いをするのは誰だ？」とペレドーノフは尋ねた。

サーシャはまた赤くなり、黙りこんだ。

「さあ、言いなさい」とペレドーノフは固執した。「言うのは君の義務だ。隠しだてはいかん」

「誰も下品な言葉遣いなぞしません」とサーシャはどぎまぎして言った。

「たった今自分でこぼしたばかりじゃないか」

「ぼく、こぼしゃしません」

「強情張る気か?」とペレドーノフは腹を立てた。

サーシャは自分が何かしら卑劣な穽《わな》にかかったことを知った。彼は言った。

「ぼくただ、なぜ何人かの友だちがぼくを女の子だと言ってからかうのか説明しただけです。だけど皆の告げ口はしたくありません」

「へえそうかね。なぜだい?」ペレドーノフは意地悪げに尋ねた。

「だってよくないことですもの」とサーシャは口惜しげな薄笑いを浮かべて言った。

「そんなら校長先生に言いつけるぞ。そしたらいやでも言わなきゃならなくなる」とペレドーノフはほくそ笑みながら言った。

サーシャは怒りに燃える眼差しでペレドーノフを見つめた。

「だめ! 言わないで下さい、アルダリオン・ボリースィチ」と彼は懇願した。

その声の嗄《しゃが》れた響きは、この懇願が努力してなされたものであること、ほんとうは無遠慮な威し文句をぶちまけたくてならないことを物語っていた。

「だめだ。言いつけてやる。そうすれば、悪事の隠しだてがどんなものか分かるだろう。自分からすぐに言うべきだったんだ。どんな目にあうか、まあ見ていろ」

サーシャは立ち上がると、当惑しきってバンドをやけに引っ張った。ココフキナが入って来た。

「お宅の坊やはたしかにおりこうさんです」とペレドーノフは憎らしげに言った。

ココフキナは仰天した。サーシャのそばへ駆け寄ると、その傍に腰を下し（興奮すると彼女はいつでも足がすくんで立っていられなくなった）、おそるおそる尋ねた。

「なにごとですか、アルダリオン・ボリースィチ？　この子が何をしたんですか？」

「本人におききなさい」陰鬱な悪意をこめてペレドーノフは答えた。

「どうしたの、サーシェンカ、何をしでかしたんだい？」とココフキナはサーシャの肘に手をかけて尋ねた。

「知らない」とサーシャは言って泣きだした。

「いったいどうしたっての？　なぜ泣くの？」とココフキナは繰り返し尋ねた。

彼女は片手を少年の肩にかけ、彼の体を自分のほうへ折り曲げ、それが彼にとって窮屈な姿勢であることにも気づかなかった。彼は身を曲げて立ったまま、ハンケチを眼に当てていた。ペレドーノフはこう説明した。

「彼にギムナジウムで悪い言葉を教えた者がいるんですが、それが誰だか言おうとしないんです。隠し立てはしちゃいかんのです。しかるに彼は悪い言葉を覚え、そういう友だちを庇《かば》っとる」

「ああ、サーシェンカ、サーシェンカ、いったいなんてことを！　ほんとうかい！　よく平気でいられるね！」とココフキナはサーシャの体を放すと、取り乱して言った。

「ぼくなにも」とサーシャはしゃくり上げながら答えた。「ぼくなにも悪いことはしてません。みんなはぼくが汚い言葉遣いをしないからって、いじめるんです」

「誰が汚い言葉遣いをするんだ？」とペレドーノフはまた尋ねた。

「誰もしやしません」とサーシャはやけになって大きな声を出した。

「ごらんなさい、なんて嘘つきだ」とペレドーノフは言った。「よくよくお仕置をしてやらなくちゃいかん。誰が下品な言葉遣いをしたのか言わせないことにゃ、ギムナジウムが非難を招くことになりましょう。そうなったら手遅れです」

「許してやって下さい、アルダリオン・ボリースィチ！」とココフキナは言った。「どうしてこの子に友だちの告げ口ができましょう。あとでひどい目にあうにきまっています」

「言わなくちゃいかん」とペレドーノフはぷりぷりして言った。「悪い結果になるわけはない。われわれは連中を矯正するための処置をとります」

「だけどこの子皆からぶたれますでしょう？」とココフキナはためらいがちに言い返した。

「できるもんですか。もしそれがこわいなら、彼が言ったことは内緒にしておきましょう」

「さあ、サーシェンカ、内緒でおっしゃい。あんたが言ったとは誰も思わないよ」

サーシャは黙ったまま泣いていた。ココフキナは彼を引き寄せ抱きかかえると、耳に口寄せて長いこと何ごとか囁きかけた。サーシャは拒否のしるしに首を振った。

「いやだそうです」とココフキナは言った。

「そういうことなら笞で懲らしてやらにゃならん。そうすりゃ言うだろう」とペレドーノフはいきまいた。「笞をもって来て下さい。わたしが言わせてやる」

「オリガ・ワシーリエヴナ、いったいなぜ？」とサーシャは大きな声を出した。

ココフキナは立ち上がると、サーシャを抱いた。

「もう泣くのはおよし」と彼女は優しく、しかしきっぱりと言った。「誰にも指一本触れさせやしないから」

「好きなようになさい」とペレドーノフは言った。「ただしそういうことなら校長に言わなくちゃならん。家庭的な次元で問題を処理したほうが彼にとってもいいと思ったんだが。どうやらお宅のサーシェンカは札付の不良らしい。それに皆がなぜ彼を女の子だと言ってなぶるのかも分からない。おそらく、全く別の理由があるんでしょうな。あるいは皆が彼に悪いことを教えこんでいるんじゃなくって、彼が皆を堕落させているのかもしれん」

ペレドーノフは憤然と部屋を出ていった。ココフキナもあとを追った。彼女は詰《なじ》るように言った。

「アルダリオン・ボリースィチ、なぜまたわけもなくあの子をまごつかせたりなさるんですか？　あの子にはまだあなたのおっしゃる意味が分からないからいいようなものの」

「さよなら」とペレドーノフはふてくされて言った。「ただし校長には言いますよ。こいつははっきりさせなきゃいかん」

彼は立ち去った。ココフキナはサーシャを慰めにいった。サーシャは沈みこんで窓辺に腰を下し、星空を眺めていた。彼の黒い眼はもう静けさをとり戻し、妙に悲しげだった。ココフキナは黙って彼の頭を撫でた。

「ぼくが悪いんです」と彼は言った。「皆がぼくをいじめるってうっかり言っちゃったら、彼からんできたんです。彼とっても下品な男です。彼を好いてる生徒なんて一人もいやしません」

翌日ペレドーノフとワルワーラはとうとう引っ越しをした。エルショーワは門のところに立って、ワルワーラと猛烈に罵り合った。ペレドーノフは荷車のうしろに隠れていた。

新居では直ちに祈禱が行なわれた。ペレドーノフの考えでは、彼が信心深い人間であることを是非とも見せつけておかねばならなかった。祈禱の間、彼は香の匂いに頭がくらくらし、なんとなく祈っているような気分になった。

ある奇妙な事情が彼を不安にした。形のはっきりしない小さな生きもの——ちっぽけで、灰色で、すばしこいネドトゥイコムカ（強いて意味をつければ、不恰好なもの、つかまえどころのないもの）が、どこからか駆け寄ってきた。それはかすかな笑い声を立て、身を震わせ、ペレドーノフの周りを回った。彼が手を伸ばすと素早くすり抜け、ドアや戸棚の背後に逃げこんだが、一瞬後には再び灰色の、つかみどころのない、すばしこい姿を現わし、身をそよがせながらあざ笑いを浴びせるのだった。

祈禱も終わりに近づいた頃ようやくペレドーノフは思いついて、魔除けのまじないを呟いた。ネドトゥイコムカはかすかにしゅうしゅうという音を立てながら、縮まって小さな玉になり、ドアの背後へ転がりこんだ。ペレドーノフはほっと溜息をついた。

『もう二度と戻って来なきゃいいんだが。だがおそらくこの家のどこか床下にでも住んでいて、またやって来ちゃ人をからかうつもりだろう』

ペレドーノフはもの憂い、寒々した気分になった。

『それにしても世の中には、なぜまたこんな悪魔がいるんだろう』

祈禱が終わり、客たちが帰ったあと、ペレドーノフは長いこと、ネドトゥイコムカの隠れ場所といったらどこだろうかと考えた。ワルワーラはグルーシナのところへ出かけた。ペレドーノフは捜索にとりかかり、彼女の荷物をひっかきまわした。

『ワルワーラがポケットに入れて持って行っちまったんではなかろうか。大した場所をとるもんじゃなし、ポケットに隠れて、じっと時をうかがっているんだろう』

ワルワーラの衣裳のうちの一枚がペレドーノフの注意を惹いた。それには襞《ひだ》やリボンや飾り紐がふんだんに附いていて、ちょうど誰かが隠れるのに都合よく仕立てられたかと見えた。ペレドーノフはこの衣裳を長いこと調べてから、力をこめて、時にはナイフも使って、ポケットを破りとり、暖炉に投げこんだ。次いで衣裳そのものをきれぎれに引き裂き、切り裂きはじめた。彼の頭の中にはおぼろげにも奇妙な思念が醗酵《はっこう》し、心の中は救い難くやるせなかった。

まもなくワルワーラが帰ってきた。ペレドーノフはまだ衣裳を寸断しているところだった。彼女は彼が酔っ払っているのだと思い、罵りだした。ペレドーノフはこれに長いこと耳傾け、最後に言った。

「なにを吠えてやがんだ、馬鹿！　悪魔をポケットに入れて持ちまわってやがる。こんなことまで見張らにゃならんとは迷惑だ」

ワルワーラはあっけにとられた。この文句の効き目に満足したペレドーノフは、急いで帽子をとると撞球に出かけていった。ワルワーラは玄関へ駆け出し、外套を着ているペレドーノフに向かって怒鳴った。

「悪魔をポケットに入れて持ちまわってるのはあんたじゃないか。あたしにゃ悪魔なんかいないよ。どっから悪魔をもってくるってんだい。地獄にでも注文するかい！」

ヴェルシーナの話に出てきた若い官吏チェレプニン、窓から覗いていたというチェレプニンは、ヴェルシーナが未亡人になって以来彼女に言い寄っていた。ヴェルシーナは再婚の意志が満更ないわけでもなかったが、チェレプニンではあまりとるに足らぬ相手のように思えた。これを恨んだチェレプニンは、ヴェルシーナの家の門にタールを塗るというヴォロージンの勧めに二つ返事で応じた。

応じはしたものの、考えこんでしまった。捕まったらどうする？　うまくない。なんと言っても公職にある身だ。彼はこの仕事を他人にやらせることにし、二十五コペイカ出して二人の腕白小僧を雇い、うまくやったらさらに十五コペイカずつやると約束した。ある闇夜、ことは実行に移された。

もしもヴェルシーナの家で誰かが夜半過ぎに窓を開けてみたら、さぞかし街路の方角に、舗装の上を行く素足のかすかな足音、低い囁き声、さらには塀を掃くにも似た柔らかい物音を耳にしたことであろう。次いでかすかに器のがらがらいう音、次第次第に速くなる同じ足音、すでに遠ざかった笑い声、不安げな犬の吠え声。

だが誰も窓を開ける者はなかった。朝になった……木戸と、菜園および中庭付近の塀は、黄褐色のタールで縞《しま》に塗られ、門にはタールで野卑な言葉が書きつけてあった。通りかかる人々は目を見張り、にやにや笑った。噂が広まり、弥次馬が集まってきた。

ヴェルシーナはせかせかと庭を歩き回り、煙草をふかし、普段よりはいっそう苦々しげな薄ら笑いを浮かべ、口の中で何事か罵っていた。マルタは家から一歩も出ないで泣きに泣いていた。女中のマリヤがタールを洗いにかかっており、笑ったり騒いだりしている弥次馬と罵り合っていた。

チェレプニンはその日のうちにこれが誰の仕業かをヴォロージンに話し、ヴォロージンは直ちにこれをペレドーノフに伝えた。二人ともその少年たちを知っていた。彼らはその厚かましい悪戯で有名だったから。

ペレドーノフは撞球に行く途中ヴェルシーナの家へ寄った。どんよりした天気だった。ヴェルシーナとマルタは客間に腰を下していた。

「お宅の門にタールを塗りましたね」とペレドーノフは言った。

マルタは赤くなった。ヴェルシーナは急きこんで、朝起きてみると皆が塀の前で大笑いし、マリヤが塀を洗っていたという話をした。ペレドーノフは言った。

「誰がやったか知っています」

ヴェルシーナは疑わしげにペレドーノフを見た。

「どうして御存知なの？」と彼女は尋ねた。

「とにかく知ってるんです」

「誰なの？　おっしゃって」とマルタが怒って言った。

眼を恨めしげに泣き腫《は》らし、頬を赤く腫らした彼女は、すっかりみっともなくなっていた。ペレドーノフは答えた。

「もちろん、そのためにうかがったんで。あの卑劣漢どもに思い知らせてやらなくちゃ。ただ、誰から聞いたか決して言わないと約束して下さらんことには」

「だけどまたなぜですの、アルダリオン・ボリースィチ?」とヴェルシーナは驚いて尋ねた。

ペレドーノフは暫く意味ありげに黙ってから、こう説明した。

「なにしろ手に負えない連中ですから、もしも誰が告げ口したか知ったら、頭を叩き割るこってしょう」

ヴェルシーナは決して言わないと約束した。

「あんたも、わたしが教えたことは言っちゃいけませんよ」とペレドーノフはマルタに向かって言った。

「はい、言いません」とマルタは急いで請け合った。彼女は一刻も早く犯人の名を知りたくてうずうずしていた。

こんなことをする人間は、おそろしい屈辱的な刑罰に処してやらねばならぬように彼女には思えた。

「いや、それより神にかけて誓いなさい」と用心深いペレドーノフは言った。

「じゃあ、神かけて、誰にも言いません」とマルタは誓った。「ですからすぐおっしゃって下さいな」

ドアの背後ではウラージャが聴き耳を立てていた。彼は客間へ入ってゆかないでよかったと思った。おかげで何ひとつ誓わずにすみ、それゆえ誰にでも他言できたからである。彼はこれこそペレドーノフに復讐する機会だと思い、ほくそえんだ。

「ゆうべ十二時過ぎに、家へ帰る途中お宅の前を通ると」とペレドーノフは物語った。「ふと誰かお宅の門のところで何かやってる音がしました。はじめ泥棒かと思いましてね、どうしようかと思ってるうちに、突然こっちへ向かって駆けてくる気配なんで、壁にぴったり身を寄せました。むこうではわたしに気づきませんでしたが、わたしには連中が誰だか分かりました。ひとりは刷毛を、もうひとりはバケツを持ってました。錠前屋のアヴジェーエフの息子たち、名うてのごろつきです。走ってゆきながら、ひとりがもうひとりにこう言ってましたよ。一晩無駄にしなかったわけだ、五十五コペイカ稼いだからなってね。ひとりだけでも捕えてやりたかったんですが、顔にタールを塗られやしないかと思ってね。それに新しい服を着てたんで」

ペレドーノフが立ち去るや、ヴェルシーナは警察署長のところへ訴えに行った。

署長のミニチュコフは巡査をやってアヴジェーエフと息子たちを連れて来させた。

少年たちは平気な顔でやって来た。彼らは何か旧悪のことで嫌疑をかけられているのだろうと思っていた。反対に、背の高い陰気なアヴジェーエフ老人のほうは、息子たちがまた何か悪事をしでかしたに違いないと確信していた。署長は彼に、息子たちがいかなる罪に問われているのかを説明した。アヴジェーエフは言った。

「あっしの手にゃとても負えねえんで。お好きなようになすって下せえ。あっしゃもう手の痛くなるくれえひっぱたいてるんで」

「おれたちがやったんじゃねえよ」と年上の、赤い巻毛の少年ニルがきっぱり言ってのけた。

「なんかってえと、すぐおれたちのせいにするんだから」とやはり巻毛だが金髪をした年下のイリヤが、泣きそうな声で言った。「いちどわるさをしたからって、なにもかも責任とれってのかい」

ミニチュコフは甘ったるい微笑を浮かべ、頭を振ると言った。

「正直に白状したほうがいいぞ」

「白状することなんかねえよ」とニルが乱暴な口調で言った。

「なにもないだと？　じゃ駄賃に五十五コペイカくれたのは誰だ、え？」

少年たちの一瞬の動揺から二人の仕業に違いないことを見てとったミニチュコフは、ヴェルシーナに言った。

「そう、こいつらに違いありません」

少年たちはまたもやしらをきりだした。物置へ連れてゆかれて笞打たれた。二人は、痛みに耐えかねて罪を認めた。だが自分たちがやったと白状しながらも、誰から金を受け取ったかは言いたがらなかった。

「おれたちで思いついたんだ」

二人はかわるがわるじっくり笞打たれ、とうとうチェレプニンに買収されたと吐いた。少年たちは父親に引き取られた。署長はヴェルシーナに言った。

「というわけで、お仕置はすみました。つまり、父親に代わってお仕置をしてやったわけで。いっぽうあなたは真犯人の名がお分かりになったし」

「わたくしチェレプニンをこのままほっとくわけにはいきません」とヴェルシーナは言った。「告訴してやります」

「おすすめしませんな、ナタリヤ・アファナーシエヴナ」穏やかにミニチュコフが言った。「なにもなさらないほうがいいですよ」

「あんな悪党どもを放っておくんですか？　とんでもない！」とヴェルシーナは大きな声を出した。

「何よりも先ず、証拠がありません」と署長は落ち着き払って言った。

「どうしてないんです？　あの腕白どもが白状しましたでしょう？」

「大した証拠にゃなりゃしません。法廷じゃまた犯行を否認するでしょうしな。その時はもう誰も笞打ちはしませんから」

「どうして否認できますか？　巡査たちが証人ですわ」とヴェルシーナは言い返したが、もうあまり自信たっぷりではなかった。

「証人がなんになります？　誰だって皮をひんむかれれば、やらないことだってやったって言いますわい。あの二人はたしかに卑劣漢です。それだけの罰は受けました。だが法廷に持ち出したところで、なにも引き出せやしませんよ」

ミニチュコフは甘ったるい微笑を浮かべ、落ち着き払ってヴェルシーナを見た。

ヴェルシーナは憤懣やる方ない思いで署長のもとを辞した。しかしよく考えてみれば、たしかにチェレプニンを訴えることは困難であり、またそんなことをしたところで恥を表沙汰にするばかりだ、と思った。

## 十三

夕方ペレドーノフは校長を訪ね、お話したいことがある旨を告げた。

校長のニコライ・ワシーリエヴィチ・フリパーチは守るべきいくつかの規則を立てており、それらの規則はすこぶるうまく生活に添っていたので、これを守ることは何の負担にもならなかった。務めの上では、法律ないし上司の意向が要求するところのものを、また、穏和な自由主義の一般通念が要求するところのものを、落ち着き払って遂行した。それゆえ上司も、親たちも、教師たちも、皆一様にこの校長に満足していた。彼は曖昧な事柄、不決断、躊躇を知らなかった。だいいち、そんなものが何になろう。いつだって教育委員会の決定か、上司の指令かに基づいて行動すればいいのだ。彼は私的な交際の上でも同様に公正で、落ち着き払っていた。彼の外貌自体善意と揺るぎなさの現われに外ならず、小柄で、頑丈で、活発で、そのすばしこい眼と自信に満ちた話しぶりは、すでに生活の中に根を下した人間、さらにはもっとよく根を下そうとしている人間という感じを与えた。彼の書斎の棚には本がぎっしり並び、その内の幾冊かから彼は抜書きを作った。抜書きが溜まるとそれを整理し、自分の言葉で書き直し、こうして教科書ができるのだった。教科書は印刷され、ウシンスキーやエフトゥシェフスキーの本ほどではないが、やはりよく売れた。時折彼は主として外国の書物をもとに、尊ばるべきではあるが誰にも用のない選文集を編み、これをやはり尊ばるべきではあるが誰にも用のない雑誌に載せた。子沢山で、しかもその子供たちが男女の別なく皆早くもさまざまな才能の芽をあらわしていた。詩を書く者あり、絵を描く者あり、音楽にたちまち上達する者あり、といったふうに。

ペレドーノフはぶすっとして言った。

「あなたはしょっちゅうわたくしに文句をおっしゃいますな、ニコライ・ワシーリエヴィチ。誰かがわたくしのことをあなたに中傷したものでしょうが、わたくしは何もやってはおりませんので」

「失礼ですが」と校長は遮った。「どういう中傷のことをおっしゃっとられるのか、理解いたしかねます。わたしに任されたギムナジウムの運営を、わたしはわたし自身の観察に基づいて行なっておりまして、また、自分が見聞きすることをしかるべく公正に評価しうるだけの職務上の経験は持ち合わせているものと、自負しております。とりわけ、物事に注意深く対処するという点にかけてはですな。わたしはこれを不易の原則として自らに課しておるわけで」とフリパーチは歯切れのよい早口で言った。彼の声は亜鉛の細棒を折り曲げた時発する音にも似た、澄んだ素っ気ない響きを立てた。「あなたに関するわたしの個人的な意見はと言えば、わたしは今もって、あなたのお勤めぶりには遺憾な点がいくつかあると思っております」

「さよう」とペレドーノフは相変わらずむっつりして言った。「あなたはわたくしを役立たずときめてかかっとられますが、わたくしはいつでもギムナジウムのことで心を砕いておるのです」

フリパーチは驚いて眉を上げ、もの問いたげにペレドーノフをちらりと見た。

「お気づきになっておられませんが」とペレドーノフは続けた。「われわれのギムナジウムにスキャンダルがもち上がるやもしれません。このことは誰ひとり気づいておらず、わたくしだけが眼にとめておりますんで」

「スキャンダル、といいますと？」フリパーチは素っ気ない薄笑いを浮かべて尋ね、書斎中を足早に歩き回りはじめた。「あなたはわたしの気を引こうとなさっとられるが、はっきり申し上げて、われわれのギムナジウムに何らかのスキャンダルが出来《しゅったい》しうるとは、まずまず思えませんな」

「さよう、あなたは今年どういう生徒が入って来たか御存知ありますまい」そう言うペレドーノフの言葉にはあまりに明らかな意地悪い喜びがこもっていたので、フリパーチは立ち止まり、相手を注意深く見つめた。

「どういう生徒が入ってきたかはみなよく知っとります」と彼は素っ気なく言った。「それに、一年級に入ってきた者たちが他校から追われてきたということはありえませんし、一人だけ五年級に編入した生徒も、立派な推薦つきで送られてきたもので、芳しからぬ推測の対象たりうるものは何ひとつありません」

「さよう、しかしあの子を入学させるべきはここではなく、もっと別の施設の筈です」とペレドーノフはむっつり、気がすすまぬかのように言った。

「それはいったいどういうことですかな、アルダリオン・ボリースィチ」とフリパーチは言った。「プイリニコフを少年感化院に送るべきだとおっしゃるんではありますまいな」

「いや、あいつは、古典語のない寄宿学校へ入れなくてはならんのです」（女学校のこと。革命前女子教育にあってはギリシャ語・ラテン語の知識は要求されなかった）とペレドーノフは憎々しげに言った。彼の眼は悪意に輝いた。

フリパーチは丈の短い普段着のポケットに両手を突っ込み、常になく驚いてペレドーノフを見た。

「どういう寄宿学校ですと?」と彼はきき返した。「どういう施設がその名で呼ばれとるか、御存知ですかな? もし御存知なら、かかる恥ずべき言及は、いかなるおつもりですかな?」

フリパーチは真っ赤になり、その声はいっそう歯切れよく、素っ気なく響いた。これが他の場合だったら、校長のこうした憤怒のしるしにペレドーノフは狼狽したことであろう。しかし今は平気だった。

「あなたはあれが男の子だと思っていらっしゃる」と彼は皮肉たっぷりに眼を細めて言った。「ところがあれは男じゃありません。女の子なんで。しかもまあなんという女の子ですかな!」

フリパーチは短い乾いた笑い声を立てた。それは無理に押し出したような、よく響く、はっきりした笑い声で、彼はいつもこういう笑い方をした。

「ハッ、ハッ、ハッ!」と彼ははっきり笑いを響かせてから黙りこみ、肘掛椅子に腰をおろすと、あたかも笑いを抑えきれぬかのように頭をうしろへ投げた。「いやあこいつは驚きました、アルダリオン・ボリースィチ! ハッ、ハッ、ハッ! あなたの御推定がいかなる論拠に基づくものか、お聞かせ願えませんかな。あなたをしてかかる結論へと到達せしめた諸前提が、もしも秘密事項に属するものでないとしたらですな! ハッ、ハッ、ハッ!」

ペレドーノフはワルワーラから聞いたことをすっかり話し、ついでにココフキナが性悪であることについて長々と述べ立てた。フリパーチは時々吹き出しては、乾いた、はっきりした笑い声を立てながら聴いていた。

「いやあ、なかなか想像力が逞しくていらっしゃいますな、アルダリオン・ボリースィチ」と彼は言って立ち上がり、ペレドーノフの腕を軽く叩いた。「わが尊敬する同僚たちの多くは、わたし同様に子持ちですし、また昨日や今日生まれてきたんでもありませんわい。そのわれわれが、男装した少女を男と取り違えたりしうるとお思いですかな?」

「そんな呑気なことおっしゃって、もし何か起きたら、誰が責任をとりますか?」とペレドーノフは尋ねた。

「ハッ、ハッ、ハッ!」とフリパーチは笑いだした。「いったいどんな結果を懼《おそ》れとられるんで?」

「ギムナジウムの風紀が乱れます」

フリパーチは眉をひそめて言った。

「その結論はあまり性急すぎましょう。お話をうかがった限りでは、あなたと疑念を共にせにゃならん理由はなにもないようですがな」


その晩ペレドーノフは大急ぎで、視学官からクラス担任助手にいたる同僚全部のところに立ち寄り、プイリニコフが男装した娘である旨を話してまわった。皆笑って本気にしなかったが、それでもかなりの者はペレドーノフが立ち去ったあとで、これが満更ありえぬことではないような気がしだした。教師の細君たちは殆ど皆が皆一も二もなく信じた。

翌朝教師たちの多くは、ペレドーノフの言うことがほんとうかもしれないと思いながら授業にやって来た。口に出してこそ言わなかったが、もうペレドーノフに反対する者はなく、ただ曖昧な、どっちともとれる答えをしてすませていた。誰もが懼れていたのは、今男だと言い立てて、もしもほんとうに女であることが判明したら、赤恥をかくだろうということだった。多くの者はこれについて校長が何と言うか聞きたがった。だがその校長は、この日に限って一向に自分のアパルトマンから出て来ようとせず、彼にとってその日唯一の六年級の授業にひどく遅れて出かけて行き、五分余計に坐りこみ、しかるのち、誰にも会わずさっさと家へ引き上げてしまった。

とうとう四時限目の始まる前、白髪の神学教師がさらに二人の教師をひき連れて、何かの用事を口実に校長の書斎へ出かけて行った。老人は用心深くプイリニコフのことに触れた。しかし校長がいかにも自信ありげに、屈託なく笑いだしたので、三人ともすぐさまこれが根も葉もない噂にすぎぬことを確信した。校長はすぐに話題を変え、町の最新のニュースを物語り、ひどく頭痛がするとこぼし、校医のエヴゲニー・イワーノヴィチに来てもらわねばなるまいと言い、次いでいかにも人のいい口調で、今日の授業は隣りがペレドーノフのクラスだったが、その生徒たちがなぜかしばしばとてつもない笑い声を立てるので、いっそう頭痛がひどくなりましたわいとつけ加えた。独特の乾いた笑い声を立てて、フリパーチは言った。

「今年はついとらんのです。週に三回アルダリオン・ボリースィチのクラスと隣り合わせるんですからな。考えてもごらんなさい。絶え間なしの爆笑ですわい。しかもその爆笑たるや。アルダリオン・ボリースィチは陽気な人物とは見えんが、あれほど絶え間なく人を笑わせるというのは、どういうわけですかな！」

そしてこれについて何か言う隙を誰にも与えず、フリパーチはさっさと次の話題に移った。

もっとも、最近ペレドーノフの授業で生徒たちがよく笑うのは事実だった。しかもそれはペレドーノフがそうしむけているからではなく、それどころか、生徒たちの笑いに彼は苛立っていた。それでも何かしら余計な、下品なことをうっかり口にするのだった。馬鹿げた一口噺《ばなし》を物語るとか、誰かおとなしい生徒をいじめにかかるとか。クラスにはいつだって騒ぎがもち上がるのを手ぐすね引いて待ちかまえているのが幾人かおり、ペレドーノフが何か馬鹿なことを言う度に、すさまじい哄笑をまき起こした。

その日の授業も終わりに近い頃、フリパーチは医者を迎えにやり、自分は帽子をかぶって、ギムナジウムと河岸にはさまれた校庭へ出かけて行った。広々とした校庭には、樹木が豊かな陰を落としていた。低学年の生徒たちはこの庭が大好きで、休み時間にはここを縦横に駆け回った。それゆえクラス担任助手たちはこの庭を好まなかった。生徒たちに何が起こるか分からなかったからである。だがフリパーチは生徒たちを休み時間にはそこへ行かせた。これなくして彼の報告書ははるかに彩り乏しいものとなったことだろう。

回廊を歩いて行ったフリパーチは、体育室の開いたドアのところで立ち止まり、暫く佇んでいてから、頭を垂れて中へ入った。不機嫌な顔つき、緩慢な歩きぶりから見て、彼が頭痛をこらえていることは明らかだった。

五年級の生徒たちが体操をしに集まっていた。整列した生徒たちに、土地の陸軍予備隊中尉である体操教師が何事か号令をかけようとしていたが、校長の姿を見て歩み寄ってきた。校長は彼の手を握り、生徒たちに上の空な視線を投げるとこう尋ねた。

「いかがですかな？　彼らよくやっとりますか？　すぐ疲れたりしませんかな？」

陸軍中尉は内心ギムナジウムの生徒たちをすこぶる軽蔑していた。彼に言わせれば、この連中には軍人らしい規律正しさがなかったし、またありえなかったのである。もしもこれが陸軍幼年学校の生徒たちだったら、思っていることをずけずけ口にしたことだろう。しかし彼の授業を左右しうるこの人間に、これら薄のろどもについての苦い真実を言ってやるには及ばなかった。

そこで彼は薄い唇に気持のよい微笑を浮かべ、優しい陽気な眼差しを校長に向けるとこう言った。

「もちろんですとも。立派な子供たちです」

校長は列の前を数歩あるいてみてから出口へ向かったが、急に何か思い出したように立ち止まった。

「で、例の新しい生徒はどうですかな？　よくやりますか？　すぐ疲れたりはしませんか？」と彼はものうげに、顔をしかめたまま尋ねると、また、額に手を持っていった。

中尉は答が単調にならないように、また、どうせ新入りのことだからと思い、こう答えた。

「いささか軟弱であります。すぐ疲れまして」

しかし校長はもうそれには耳傾けず、部屋から出て行った。

外気もフリパーチの気分をさして爽快にはしなかったらしい。半時間後に彼はまた戻ってきて、半分間ばかりドアのところに佇んでから、授業の行なわれている室内へ入って行った。器具体操をやっているところだった。手の空いている二、三人の生徒が、校長が入ってきたのにも気づかず、中尉が彼らのほうを見ていないのをいいことに、壁に寄りかかって休んでいた。フリパーチは彼らに近づいて行った。

「これ、プイリニコフ」と彼は言った。「なぜ壁に寄りかかっとるんだ？」

サーシャは真っ赤になり、直立不動の姿勢をとり、ただ黙っていた。

「君がそんなに疲れるところを見ると、体操はどうやら君の健康によくないのではないかね？」とフリパーチは厳しく尋ねた。

「すみません。ぼく疲れちゃいません」とサーシャはおどおどして言った。

「どっちかにせにゃいかん」とフリパーチは続けた。「体操の授業に出るのをやめるか、それとも……とにかく、放課後わたしのところへ来なさい」

彼はそそくさと立ち去った。サーシャは面くらい、茫然と立ちつくした。

「お目玉くったな！」と級友たちが彼に言った。「晩までみっちりしぼられるぞ」

フリパーチは長い小言を言うのが好きだった。生徒たちは彼に呼ばれることを何よりも懼れていた。放課後サーシャはおずおず校長のもとに出頭した。フリパーチは直ちに彼を通した。校長はその短い脚で転がるように、足早にサーシャに近寄ると、身近から、注意深く、まともにサーシャの眼を覗きこんで尋ねた。

「君は、プイリニコフ、ほんとうに体操の授業が負担なのかね？　見たところは健康そうだが、『外見は時として欺く』と言うからな。君はどこか悪いのと違うか？　体操が体にさわるんじゃないかね？」

「いいえ、ニコライ・ワシーリエヴィチ、ぼく健康です」とサーシャは当惑のあまり真っ赤になって答えた。

「しかし」とフリパーチは言い返した。「アレクセイ・アレクセーエヴィチも君が軟弱で、すぐ疲れるとこぼしとられたぞ。わしも今日体操の授業で、君が疲れた顔付をしていると思った。それともわしの思い違いかな？」

サーシャはどこへ眼を外らしたらフリパーチの突き刺すような視線を逃れることができるか分からず、

どぎまぎしてこう呟いた。

「ごめんなさい。もうしません。ぼくただ、立っているのが嫌になっただけなんです。ぼくほんとにどこも悪くないんです。こんどから一生懸命体操やりますから」

そして突然、自分でも予期しなかったことだが、わっと泣き出してしまった。

「それ見なさい。君はたしかに疲れとる。君の泣きようときたら、まるでわしがひどい小言を言ったみたいだ。落ち着きなさい」

彼は手をサーシャの肩に置いて言った。

「きょう呼んだのはお説教するためじゃない。はっきりさせておきたいことがあってな……とにかくかけなさい。プイリニコフ、君は疲れとるようだ」

サーシャはハンケチをとり出し、急いで涙を拭くと、言った。

「ぼく、ちっとも疲れてやしません」

「いいからかけなさい」とフリパーチは繰り返し、椅子をサーシャの方に押しやった。

「ほんとうに疲れてないんです、ニコライ・ワシーリエヴィチ」とサーシャは言い張った。

フリパーチは彼の肩を摑んで坐らせ、自分も向かい合わせに腰を下して言った。

「落ち着いて話し合おう、プイリニコフ。君は自分の健康状態が自分でも分かっとらんのだ。君はあらゆる点で勤勉な、よい少年だ。それゆえ、君が体操の授業を諦めたがらない気持は、わしにはよく分かる。ところで、きょうわしは気分がすぐれなかったもんで、エヴゲニー・イワーノヴィチに来て下さるようお願いしておいた。先生がついでに君も診て下さると思うんだが、別段不都合なことはあるまいね？」

　フリパーチは時計を見ると、相手の返事も待たずに、サーシャが夏の間何をしていたか尋ねだした。まもなく校医のエヴゲニー・イワーノヴィチ・スーロフツェフが現われた。黒い髪をしたすばしこそうな、小柄な男で、政治談義と噂話の愛好者だった。該博な知識の持主というのではなかったが、患者を注意深く扱い、薬品よりは食餌療法や衛生法に訴えることにより、好成績を上げていた。

　スーロフツェフはサーシャに服を脱がせ、注意深く診察したが、どこも悪いところはなかった。いっぽうフリパーチは、サーシャがいささかも娘ではないことを確認しえた。以前からそう思ってはいたのだが、あとになってたまたま教育区からの質問に答えねばならぬような場合、校医が余計な調査なぞしなくとも証言できるようにしておくのが便利だと思ったのである。

　サーシャを送り出しながら、フリパーチは優しく言った。

「これで君が健康だってことは分かった。アレクセイ・アレクセーエヴィチにびしびしやるよう言っておこう」


　ペレドーノフは自分が男装した娘の化けの皮を剥いだことで上司の目にとまり、昇進はもちろん、叙勲も間違いないと思っていた。これに勢いを得た彼は、生徒たちの行状を警戒おさおさ怠りなく見張るようになった。その上数日間ぶっ通しに雨模様の寒い陽気が続いたせいで、球撞きに人が集まらず、することといっては町を歩き回って、下宿している生徒や、さらには両親と住んでいる生徒たちを訪ねるぐらいのものであった。

ペレドーノフはなるべく質素な家庭を選んだ。出向いて行っては子供のことをこぼす。そして子供が笞打たれると満足した。こうして彼は先ずヨシフ・クラマレンコのことを、教会でふざけていたと父親に告げ口した。町のビール工場経営者である父親はこれを信じ、息子を罰した。同じ運命がさらに数人の生徒たちを見舞った。ペレドーノフが息子の弁護に回りそうだと見た親のところへ行かなかったのは、教育区のほうへ訴えられる懼れがあったからである。

毎日彼は少なくも一人の生徒を訪ねた。訪問先で彼は上司然と振る舞い、小言を言い、指図し、威しつけた。だが家庭では生徒たちも学校でよりはこわがらず、時としてペレドーノフを揶揄することもあった。とはいえ、丈高く、よく響く声をした、いかにも精力的な婦人フラヴィツカヤは、ペレドーノフの望みどおり、その幼い下宿人ウラジーミル・ブリチャコフを手ひどく笞打った。

翌日ペレドーノフは教室で前日の手柄話をした。名ざしこそしなかったが、犠牲者たちはその狼狽ぶりですぐそれと分かるのだった。

## 十四

プイリニコフが男装した娘だという噂はたちまち町中に広まり、ルチロフ家の人々もいち早くこれを聞きこんだ。好奇心が強く、新しいものはなんでも自分の眼で見ることにしていたリュドミラは、プイリニコフを一目見たく、居ても立ってもいられなかった。もちろん、変装した尻軽女を見たかったのである。彼女はココフキナとは知合いだった。そこである晩、リュドミラは姉妹たちに言った。

「あの娘を見に行ってくるわ」

「もの好きだこと！」とダーリヤは腹立たしげに大きな声を出した。

「なによおめかしして」とワレリヤがかすかな薄笑いを浮かべて言った。

二人は自分たちがなぜこれを思いつかなかったかと口惜しがった。かといって三人揃って出かけてゆくのはいかにも不躾《ぶしつ》けだった。

リュドミラは何のためか自分でも分からないが、普段よりは幾分着飾っていた。もっとも、彼女は着飾るのが大好きで、いつでも他の姉妹たちよりは露《あら》わななりをしていた。肩まで露わした腕、短かめのスカート、軽い靴、薄目の、すき透った、膚《はだ》色の靴下。家では好んでスカート一枚に素足のままで過ごし、その素足に靴をひっかけていた。彼女の肌着やスカートはいつでも飾りが多すぎた。

陽気は寒く、風があり、落葉が斑《まだら》な水溜りを漂っていた。リュドミラは足早に歩いていった。薄いマントにくるまった彼女は、殆ど寒さを感じなかった。

ココフキナとサーシャは茶を飲んでいた。リュドミラは二人をまじまじと見つめた。変わったことは何もない。彼らはつつましく腰を下し、茶を飲み、白パンを齧《かじ》り、話をしていた。リュドミラは女主人と接吻を交わして言った。

「用があって伺いましたの、オリガ・ワシーリエヴナ。だけどそれはあとにして、先ずお茶を一杯御馳走して下さいな。冷えきっちまいましたわ。あら、そちらのお若い方は？」

サーシャは赤くなり、不器用にお辞儀をした。ココフキナが彼を紹介した。リュドミラはテーブルにつくと、新しい噂のかずかずを生き生きと話しだした。彼女は何でも知っていて、しかもそれを愛らしく、要領よく物語るすべを心得ていたから、町の人々は皆彼女を客に迎えるのを好んだ。めったに外出しないココフキナは、彼女に会うことを心から喜び、愛想よくもてなした。リュドミラは陽気に喋り、笑い、椅子から跳び上がって誰かの仕草を滑稽に真似て見せ、サーシャをからかった。彼女は言った。

「おさびしいでしょうに、こんな気むずかしい生徒さんとしょっちゅう家にいらっしゃるんじゃ。せめてたまにうちへでもいらっしゃればよろしいのに」

「今さらねえ」とココフキナは答えた。「よそへお客に行くには年をとりすぎましたわ」

「うちならお客なもんですか！」とリュドミラは優しく言い返した。「いらして、ただ自分のおうちみたいに坐ってらっしゃればいいんですわ。それだけのこと。なにもこの坊っちゃんのおむつを換えてやらにゃならないってわけじゃなし」

サーシャは侮辱された面持で赤くなった。

「あら可愛いわね！」とリュドミラは熱っぽく言い、サーシャをからかいだした。「あなた少し客のお相手をなさいな」

「まだほんの子供ですよ」とココフキナが言った。「とても遠慮深いんですの」

リュドミラはかすかに悪戯っぽく笑いながらココフキナを見て、言った。

「わたしだって遠慮深いですわ」

サーシャは笑いだし、打ち解けた調子でこう言い返した。

「へえェ、あなたが遠慮深い？」

リュドミラは大声で笑った。その笑いにはいつでも甘美で陽気な情熱が綯《な》い混ざっているかと見えた。彼女は笑うと真っ赤になり、眼は悪戯っぽく茶目気を帯び、視線は相手の上に定まらなくなった。サーシャはうろたえ、自分の失策に気づき、弁解しだした。

「いえ、ぼくはただ、あなたがはきはきしていて遠慮深くはないって言いたかったんです。無遠慮だって言うつもりじゃなかったんです」

だが彼はこのことが口から言われたのでは、文字にしたほどにははっきり伝わらないことを感じてまごつき、顔を赤くした。

「なんて厚かましいことを言う子でしょう！」と哄笑に顔を赤く染めながらリュドミラが言った。「ほんとに可愛いいったらありゃしない！」

「あなたこの子をすっかり困らせておしまいになって」とココフキナが、リュドミラとサーシャを同じように優しく見比べながら言った。

リュドミラは猫のようにしなやかに身を屈めると、サーシャの頭を撫でた。彼ははにかんだよく響く笑い声を立て、彼女の腕をすり抜けると自分の部屋へ逃げこんだ。

「ねえおばさま、わたしにお婿さんを探して下さいな」次の瞬間リュドミラは、何の前置きもなしに、こうココフキナに話しかけた。

「おやまあ、わたしが仲人って柄かしらね！」とココフキナはほほえみながら答えたが、彼女が喜んでとりもち役を務めるであろうことは、その顔を見れば明らかだった。

「あらいったいなぜ仲人役はおできにならないの？」とリュドミラは言い返した。「それに、わたしがなぜ花嫁じゃいけませんか？　わたしなら大威張りでおすすめになれてよ」

リュドミラは腰に両手を当てがい、女主人の前で踊って見せた。

「この人ったら！」とココフキナは言った。「なんて蓮っ葉《はすっぱ》なんでしょ」

リュドミラは笑って言った。

「せめて退屈しのぎにでも、お婿さん探しをして下さいな」

「いったいどんなお婿さんがいいの？」とココフキナがほほえみながら尋ねた。

「そうねえ、髪は黒、ねえ、黒でなくちゃいけないわ」とリュドミラはまくし立てた。「闇のような漆黒。例を挙げればね、お宅の生徒さんみたい。ちょうどあんなように、眉も、うるんだ眼も黒くて、髪も、濃い捷毛も、青味を帯びるくらいに真っ黒なの。あの子美少年ね、ほんとうに美少年だわ！　あの子みたいなのをわたしに探し出して下さいな」

まもなくリュドミラは帰り支度を始めた。日が暮れていた。サーシャが送っていった。

「せめて馬車のところまででも！」とリュドミラは優しい声で頼み、まるで悪いことをしたみたいに顔を赤らめ、優しい眼差しでサーシャを見た。

街路でリュドミラはまた大胆になり、サーシャにあれこれ質問を浴びせだした。

「で、あなたいつも勉強してるの？　何か本でも読んでるの？」

「本も読みます。ぼく本読むの好きです」

「アンデルセンの童話？」

「童話なんかじゃありませんけど、どんな本でも。ぼく歴史が好きです。それから詩も」

「あら詩を読むの。好きな詩人はだあれ？」とリュドミラは詰問した。

「もちろんナードソン」サーシャは、これ以外の答はありえないという深い確信をこめて言った。

「それそれ」とリュドミラは励ますような口調で言った。「わたしもナードソンが好きよ。だけど朝のうちだけ。晩にはね、綺麗な着物を着るのが好き。で、あなたは何をするのが好き？」

サーシャは優しい黒い眼で彼女をちらりと見たが、その眼はふと潤《うる》んだ。低い声で彼は言った。

「ぼく甘えるのが好き」

「あらあんたったら、甘ったれなのねえ」とリュドミラは言い、彼の肩を抱いた。「甘えるのが好きだなんて。じゃあ、お風呂でぼちゃぼちゃやるのは好き？」

サーシャはくすくす笑った。リュドミラはなおも問い質《ただ》した。

「あったかいお湯で？」

「あったかいお湯でも、冷たい水でも」と少年ははにかみながら言った。

「じゃあ石ケンはどんなのが好き？」

「グリセリンの」

「じゃあ葡萄は好き？」

サーシャは笑いだした。

「なにを言ってんの！　それとこれと関係ないじゃない。ぼくの揚げ足をとろうってんでしょう」

「あんたの揚げ足をとってなんになるっていうのよ」と笑いながらリュドミラが言った。

「あなたがからかい好きだってことはよく分かってるんだ」

「どうしてそんなこと分かるの？」

「だってみんなそう言うもの」

「この子ったら、なんて金棒引きだろう！」とリュドミラはわざとこわい顔をして言った。

サーシャは顔を赤らめた。

「あら、馬車よ。辻馬車！」とリュドミラは叫んだ。

「辻馬車！」とサーシャも叫んだ。

不細工な一頭立ての馬車が、がたぴしいいながら近づいてきた。リュドミラは行先を告げた。駁者はちょっと考え、四十コペイカ要求した。リュドミラは言った。

「なに言ってんのよ、すぐそこでしょう？　あんた道を知らないのね」

「じゃあいくら出す気かね？」と駁者は尋ねた。

「半分に分けて、どちらでもいいほうをお取りよ」

サーシャは笑いだした。

「愉快なお嬢さんだ」と駁者は歯をむいて笑いながら言った。「せめてあと五コペイカつけて下せえ」

「送っていただいてありがとう」とリュドミラは言い、サーシャの手を固く握ると、馬車に乗りこんだ。

サーシャは陽気な少女のことを愉しく思いめぐらせながら、家へ駆け戻って行った。

リュドミラは何か可笑しなことを思い描き、浮き浮きと微笑に顔をほころばせながら家へ帰り着いた。姉妹たちが待っていた。彼女らは吊りランプに照らされた食堂の円テーブルを囲んで腰を下していた。コペンハーゲンから来たシェリー・ブランデーの褐色の罎が白いテーブル掛けに陽気に映え、細い頸の縁にびっしりはり着いた襞《ひだ》は明るくきらめき、林檎、くるみ、ハルワなどの皿がそれをとりまいていた。

ダーリヤはほろ酔い機嫌だった。赤くなり、髪をふり乱した半裸姿の彼女は、大声で歌っていた。馴染の歌の終わりから二番目の節が、リュドミラの耳にも達した。

衣はいずこ　葦笛はいずこ！
牧童は全裸の少女を浅瀬へひき上げた
おそれは恥じらいの前に　恥じらいはおそれの前に消え失せる
少女はさめざめと泣いて言った
いま見たことを忘れておくれ！

ラリサも来ていた。綺麗に着飾り、落ち着き払って愉しげに、林檎をナイフで薄く切っては食べながら、含み笑いをしていた。

「どうだった？」と彼女は尋ねた。「会えたの？」

ダーリヤは歌をやめてリュドミラを見た。ワレリヤは小指を離した恰好で片肘をつき、ラリサの微笑を真似て頭をかしげていたが、その体つきはほっそりと華奢で、微笑には落着きがなかった。リュドミラはグラスに赤い桜んぼのリキュールを注いで言った。

「馬鹿馬鹿しい！　正真正銘の男の子よ、それもとっても気持のいい子なの。すごいブリュネットでね。眼に張りがあって、まだほんの子供で、ういういしいったらないわよ」

そして突然彼女は大声で笑いだした。その彼女を見て、姉妹たちも笑った。

「もちろんみんなペレドーノフの嘘っぱちよ」とダーリヤは手を一振りして言うと、テーブルに両肘をつき、頭をかしげてちょっと考えてから言った。「歌うほうがいいわね」そして金切声を張り上げて歌いだした。

彼女の金切声には、張りつめた沈鬱な熱気がこもっていた。もしも常時歌い続けるという約束で死者を墓から出してやったら、その歌声は必ずやこのようなものであったろう。だが姉妹たちはダーリヤの酔っ払った喚《わめ》き声にはとっくに慣れっこになっていて、時にはわざと自分たちも金切声で、これに声を合わせるのだった。

「なんてまあよく吠えること」とリュドミラが薄笑いを浮かべて言った。

歌が気に入らないわけではなかったが、それより彼女はもっと話して聞かせたく、また姉妹たちに聞いてもらいたかったのである。ダーリヤは歌を途中でぷつりとやめ、怒って叫んだ。

「あんたに何の関係があるの。あたしあんたの邪魔はしてないわよ！」

そして直ちに、中断した個所から先を続けた。ラリサは優しく言った。

「歌わせときなさいよ」

——わたしは淋しい娘っ子
どこにもあたしの場所はない——

とダーリヤは金切声で、流しの歌手たちがいっそうの効果を狙ってよくやるように、音を歪め、余計な音節を挿《はさ》みこんで歌った。

そうすると、力点のない音がとりわけ耳障りにひき延ばされるのだった。その惹き起こす効果たるや絶大で、誰でも一度この歌を聞いたら、死ぬほど気が滅入ってしまうことであろう……

おお、野に、村々に、渺茫《びょうぼう》たるふるさとに響き渡る死の憂愁よ！　荒々しい人声となって迸《ほとばし》る憂愁、忌まわしい炎となって生ける言葉を食いつくし、かつて命ありし歌を狂人のわめきにまでひきずりおろす憂愁！　おお、死の憂愁よ！　おお、古き優しきロシヤの歌よ。おまえはほんとうに死んだのか？

……

不意にダーリヤは跳び起きると、手を腰にあて、指を鳴らして踊りながら、陽気な俗謡を声高く歌いだした。

いっちまいなよ　お若いの
あたしゃ盗賊の娘だよ
あんたが男前だからどうだっていうのさ

どてっ腹を一突きといこうか
あたしゃ百姓にゃ用はない
あたしが好きなのはごろつきさ

ダーリヤは歌いながら踊った。死んだ月の輪のように動かないその眼は、体の回転と共に回った。リュドミラは大声で笑った。彼女はなんだか胸の締めつけられる思いだった。それは陽気な喜びのせいでも、甘くおそろしいシェリー・ブランデーのせいでもなかった。ワレリヤはひっそりと、ガラスをかち合わせるような笑いを響かせながら、羨ましげに姉たちを見ていた。彼女も皆と同じに騒ぎたかったが、なぜかできないのだった。自分が末っ子で「みそっかす」であり、それゆえ無力で不幸なのだと思っていた彼女は、今にも泣きたい気持で笑っていた。

ラリサが彼女にちらり視線を投げ、ウインクをして見せた。ワレリヤは急に楽しく、愉快になった。ラリサが立ち上がり、肩で合図をすると、次の瞬間四人の姉妹は不意の狂気に憑かれ、一心不乱に回りはじめた。皆はダーリヤのあとについて俗謡の馬鹿馬鹿しい文句を喉いっぱいに喚き、その歌は次々と新しく、ますます意味のない騒々しいものとなっていった。姉妹たちは若く、美しく、その声は甲高く、猛々しく響き渡った——禿山の魔女たちもさぞかしこの輪舞を羨んだことだろう。

一晩中リュドミラは焼きつけるように暑い、アフリカにいるような夢に魘《うな》された。彼女はむしむしと暑苦しい部屋に横たわっており、毛布はずり落ちて、彼女の燃えるような体を露わしている。するとそこへ、鱗《うろこ》におおわれた蛇が螺旋《らせん》のように身をくねらせながら寝室へ這いこんできて、身をもたげ、彼女の美しい裸の脚の、幹へ、枝へと這い登ってくる……

次いで彼女の夢に現われたのは、暑い夏の夕べ、重々しく動いてゆく夕立雲の下なる湖水だった。彼女は額になめらかな金の冠をいただいて、裸のまま岸辺に横たわっていた。ぬるい淀《よど》んだ水と泥、炎暑に痛めつけられた草の匂いがたちこめ、暗く不気味にも静まりかえった水辺には、白く逞《たくま》しい、王侯のように堂々とした白鳥が泳いでいた。白鳥は騒々しく羽搏《はばた》きをして水をうち、声高く鳴きながら近づいてくると、彼女を抱いた。薄気味悪い闇があたりを領した……

そして蛇も白鳥も、リュドミラをのぞきこんだその顔はサーシャだった。色蒼ざめ、暗く謎めいた、悲しげな眼をしたサーシャだった。青いまでに漆黒の睫毛がその眼の上に重く、おそろしげに落ちかかり、魅するような眼差しを嫉妬深く隠すのだった……

次いで、低くどっしりした丸天井のある宏壮な広間が、リュドミラの夢に現われた。そこには裸の、健康そうな、美しい少年が群れ集っていた。中でもいちばん美しいのがサーシャだった。リュドミラは高いところに座を占め、彼女の目の前では裸の少年たちが代わるがわる互いに鞭で打ち合うのだった。サーシャが顔をリュドミラの方へ向けて床に寝かされ、鞭打たれた彼が甲高く笑い、泣いた時、彼女は人がよく夢の中で、急に動悸が烈しくなって笑いだすように、どうにも我慢しきれず、大声で、長いこと、死にそうになるまで、われを忘れて笑った……

こうした夢の一夜が明けた翌朝、リュドミラはサーシャにぞっこん惚れこんでしまっていた。彼女はサーシャに無性に会いたくなった。しかし会えるのは服を着たサーシャにすぎないと思うと口惜しかった。男の子たちがいつも裸でいないとは、なんて馬鹿げた話だろう！　せめて夏街路をかけ回っている子供たちのように、素足でいればいいのに。リュドミラがそうした子供たちの姿を好んだのは、彼らが裸足で、時として脚をずっと上の方までむき出していたからだった。

男の子たちでさえ体を隠すなんて、——とリュドミラは考えた——まるで体を恥じているみたい。

## 十五

ヴォロージンはきちょうめんにアダメンコ家へ通い、個人教授をしていた。娘がコーヒーをふるまってくれるのではないかという彼の夢は、いつまでも夢のままだった。毎回彼は真っすぐ手工室へ通された。ミーシャは通常麻の前掛をつけ、課業に必要なものはすっかり整え、仕事台の傍で待っていた。彼はヴォロージンに言われたことを従順に、しかし熱意なく実行した。課業をなるべく短くしようと、ミーシャはヴォロージンを会話に釣りこむよう努めた。ヴォロージンは良心的たらんとしていたから、譲ろうとしなかった。彼は言うのだった。

「ねえ君、ミーシェンカ、先ず二時間勉強しようじゃないか。そのあとで、もしよかったらお喋りしよう。その時はいくらお喋りしてもかまわないけど、今はいけない。なによりも先ず勉強だからね」

ミーシャは軽い溜息をついて仕事にかかる。しかし課業が終わるや、もうお喋りする気はいささかもなかった。宿題がどっさりあって忙しいので、と彼は言う。時として、ナジェージダがミーシャの仕事ぶりを見に来ることもあった。ミーシャは姉の前ではヴォロージンがいつもよりは会話に乗ってくることに気づき、これにつけこんだ。ところがナジェージダはミーシャが怠けていることに気づくや、すぐさまこう注意するのだった。

「ミーシャ、怠けちゃだめ！」

そして出て行きがけに、こうヴォロージンに言う。

「お邪魔してすみません。この子ったらとにかくものぐさで、ほっといたらいくらでも怠けかねないんですの」

はじめのうちヴォロージンはナジェージダのこうした振舞に面食らったが、やがて、噂を立てられるのがこわくて、コーヒーをふるまうのは遠慮しているのだろうと思った。さらには、彼女が課業に顔を出さねばならぬ理由なぞ何もない筈だが、それなのにやって来るというのは、あるいは自分に会いたいためではあるまいかと思ってみた。個人教授をしたいと言った時、ナジェージダが一も二もなく承知し、月謝のことをとやかく言ったりしなかったことも、ヴォロージンにはこれを裏書きするものと思えた。

ペレドーノフとワルワーラもそうに違いないと言った。

「彼女が君に惚れてることは確かだ」とペレドーノフは言った。

「彼女あなたと結婚できたら本望でしょうよ！」とワルワーラがつけ加えた。

ヴォロージンは慎ましやかな面持で自らの成功を楽しんでいた。

ある日ペレドーノフはヴォロージンに言った。

「花婿のくせに、擦り切れたネクタイ締めてやがって」

「ぼかぁまだ花婿じゃありませんよ、アルダーシャ」とヴォロージンは真面目くさって答えたが、全身は喜びに震えた。「だがネクタイなら、新しいのを買ってもいい」

「模様入りのを買えよ」とペレドーノフがすすめた。「目下恋愛中ってことが分かるようにな」

「赤いのがいいわよ、なるたけ派手なの」とワルワーラが言った。「それからネクタイ・ピン。ピンなんて安いもんよ。石つきのもあるし。ぐんとシックになるわよ」

ペレドーノフはヴォロージンが金を十分持っていないのではないかと思った。それとも倹約して、ありきたりの黒いやつを買うかもしれない。そうなったら何もかも台無しだ。アダメンコは良家のお嬢さんである。下手なネクタイを締めて結婚の申込みに行ったら、気を悪くして断わられるかもしれない。彼は言った。

「なぜまた安いのを買うんだ？　ネクタイの代くらいカルタで稼いだろう。おれあんたにいくら借りてる？　一ルーブル四十コペイカか？」

「四十コペイカは四十コペイカだけど」とヴォロージンはむっとして顰め面をしながら言った。「ただ、一ルーブルじゃなくって、二ルーブルです」

ペレドーノフは二ルーブルだということは自分でも知っていたが、一ルーブルで済ませればそのほうが有難かった。彼は言った。

「嘘つけ、二ルーブルだなんて！」

「ならワルワーラ・ドミトリエヴナが証人だ」とヴォロージンは請け合った。

ワルワーラはにやにや笑って言った。

「お払いなさいよ、アルダリオン・ボリースィチ、負けた以上は。あたし憶えてるわよ。二ルーブル四十コペイカよ」

ワルワーラがヴォロージンの肩を持つ以上、彼女はヴォロージン側に寝返ったのだ、とペレドーノフは考えた。彼は眉をひそめ、財布から金をとり出して言った。

「まあそれなら二ルーブル四十でもいい。別段破産はせんさ。あんたは貧乏だしな、パヴルーシカ。そら、とっとけ」

ヴォロージンは金を受け取って数えると、いかにも侮辱されたという顔付で突き出た額をかしげ、下唇を突き出し、羊の鳴くような震え声で言った。

「あんたはぼくに借りがある以上、払うのは当然でしょう、アルダリオン・ボリースィチ。ぼくが貧乏だってことは、この際何の関係もありませんよ。それにぼかぁ今まで誰にもパンを乞うたことはありませんし、御存知のとおり、貧乏なのはパンを食べない悪魔だけ、と言いますからね。ぼくがとにかくパンを、しかもバタつきのパンを食べている以上、ぼくは貧乏じゃないわけでしょう」

そしてうまく答えた嬉しさですっかり機嫌を直し、顔を赤らめると、相好を崩して笑いだした。

結局ペレドーノフとヴォロージンは結婚を申込みに行くことにした。二人ともたいそうめかし立て、真面目くさって、いつもよりいっそう愚かしげに見えた。ペレドーノフは白い首巻を、ヴォロージンは雑色の、つまり、緑の縞《しま》のついた赤い首巻を巻いた。

ペレドーノフはこう説いて聞かせた。

「おれは結婚のとりもちに行くんだ。こりゃ責任重大だし、滅多にあることっちゃない。白いネクタイを締めにゃいかん。ところでおまえは花婿なんだから、恋いこがれているところを見せなきゃだめだぞ」

ペレドーノフは長椅子に、ヴォロージンは肘掛椅子に、しゃちほこばって坐を占めた。ナジェージダは驚いて二人の客を見つめた。デリケートな用事でやって来たが、それをどう切り出してよいか分からない客といった様子で、二人は天気や最近の噂についてあれこれお喋りをした。とうとうペレドーノフが咳払いをして言った。

「ナジェージダ・ワシーリエヴナ、実はお話したいことがあって伺いました」

「お話したいことがあって」とヴォロージンも勿体ぶった顔付をし、唇を突き出して言った。

「ほかでもない、この男のことで」とペレドーノフは言い、親指でヴォロージンを指し示した。

「ほかでもない、わたしのことで」とヴォロージンは繰り返し、やはり親指で自分の胸を指し示した。

ナジェージダは微笑して言った。

「どうぞ。なんでしょうか」

「彼に代わって申し上げます」とペレドーノフは言った。「なにしろ遠慮深くて、自分からはとても言い出せない男ですから。しかし彼は立派な男です。酒はやらんし、気立てがいい。稼ぎは少ないが、これは大したことじゃありません。いったい人間何が肝腎かと言うに、その人間の収入を見る者もいれば、人柄を見る者もいるわけで。おい、なぜ黙ってるんだ」と彼はヴォロージンを振り返って言った。「何とか言えよ」

ヴォロージンは頭をかしげ、羊の鳴くような震え声で言った。

「たしかに、ぼくは大した給料をとっちゃいません。しかし食いっぱぐれることは絶対ありません。

たしかに、ぼくは大学を出ていませんが、どうやら人並みの生活はしとります。自分を責めにゃならん理由はなにもないつもりです。まあ、人それぞれの見方はありましょうが。とにかく、ぼくは自分に満足しとるです」

彼は両手を拡げ、ちょうど角で突きかかるような恰好で額を下げ、黙りこんだ。

「つきましては」とペレドーノフが言った。「彼も若いんですから、いつまでもこのままでいるわけにはいきません。結婚しないことには。なんといっても、結婚したほうが何かと好都合で」

「似合いの女性と結婚できたら、願ったりかなったりで」とヴォロージンがつけ加えた。

「ところであなたもお若い」とペレドーノフは続けた。「あなただって結婚なさらなくちゃいけませんん」

ドアの背後からかすかな衣《きぬ》ずれと、誰かが口をあけずに溜息をつくか笑うかしているような短い圧し殺した人声が聞こえた。ナジェージダはきっとドアを見つめてから、素っ気なく言った。

「たいへん御心配いただきまして」たいへんという言葉を彼女はいまいましげに強調した。

「あなたには金持の夫は必要ない」とペレドーノフは言った。「あなた自身お金持ですから。あなたに必要なのは、あなたを愛し、あらゆる点であなたを喜ばせてくれる人間です。あなた彼を御存知でしょう。御存知の筈です。彼はあなたを憎からず思っとります。あなたもおそらく彼をお嫌いではありますまい。というわけで、わたしには買い手がおり、あなたには商品がある。すなわち、商品とはあなた自身です」

ナジェージダは顔を赤らめ、唇を噛んで笑いをこらえた。ドアの背後では相変わらず同じもの音が続いていた。ヴォロージンは慎ましげに眼を伏せていた。彼には万事が順調に進んでいるように思えた。

「どういう商品ですの？」とナジェージダは慎重に尋ねた。「ごめんなさい、よく分かりませんわ」

「これがお分かりにならないなんて！」信じられないといった調子でペレドーノフは言った。「じゃあはっきり言います。パーヴェル・ワシーリエヴィチはあなたに結婚を申し込んどります。わたしは彼に代わってお願いしとるわけで」

ドアの背後で何かが倒れ、くすくす笑ったり息を喘《あえ》がせたりしながら床を転げ回っていた。笑いをこらえて真っ赤になったナジェージダは、客たちを見つめた。ヴォロージンの結婚申込みは彼女にとって滑稽にも厚かましいものと思えた。

「そうです、ナジェージダ・ワシーリエヴナ」とヴォロージンは言った。「わたくしと結婚していただけますまいか」

彼は赤くなって立ち上がると、絨毯の上で威勢よく踵をかち合わせ、一礼して、素早く腰を下した。それからもう一度立ち上がると、手を胸に当て、陶然と彼女に見入りながら言った。

「ナジェージダ・ワシーリエヴナ、どうかお聞き下さい。わたくしがこれほどまでにあなたを愛している以上、よもやわたくしの申込みをむげにお斥けにはなりますまいね」

彼は急いで進み出ると、ナジェージダの前に片膝をつき、彼女の手に接吻した。

「ナジェージダ・ワシーリエヴナ、信じて下さい！　誓います！」彼はそう叫ぶと片手を挙げ、これを大きく振って自分の胸を叩いたから、鈍い音が遠くまで響き渡った。

「なにをなさるんです？　どうかお立ちになって！」とナジェージダはまごついて言った。「いったいこれはどういうことですの？」

ヴォロージンは立ち上がると、恨めしげな顔つきで自分の席へ戻ったが、そこで両手を胸に押し当てて、また喚きだした。

「ナジェージダ・ワシーリエヴナ、どうかわたしを信じて下さい！　死ぬまで、心から愛します」

「ごめんなさい」とナジェージダは言った。「わたくしほんとうにお受けできませんの。わたくし弟を養育しなくてはいけません――それ、あの子ドアの背後で泣いとりますでしょう」

「弟さんの養育ですって！」恨めしげに唇を突き出してヴォロージンが言った。「それは別段障害にはならんように思いますが」

「いいえ、何と言っても、これはあの子にかかわることですわ」とナジェージダはそそくさと立ち上がりながら言った。「あの子にきいてみなくちゃいけません。お待ちになって」

彼女は明るい黄色の服をさらさら言わせて素早く客間を出ると、ドアの陰でミーシャの肩を摑み、彼を連れて子供部屋へ駆け戻った。ドアの前まで来ると、走ったためと、こらえてきた笑いのために息を喘がせながら、彼女は途切れがちな声で言った。

「立ち聴きをするんじゃないって、あれだけ言ってまだ分からないのね。もっとこわいお仕置をしようか？」

ミーシャは彼女のバンドに抱きつき、頭を圧しつけて、笑いと、それを抑えようとする努力に身を震わせながら、大声で笑った。姉はミーシャを押して子供部屋へ入ると、ドア近くの椅子に腰を下して笑いだした。

「聞いたかい、おまえのパーヴェル・ワシーリエヴィチが何を思いついたか？　あたしと客間へ行くのよ。笑っちゃだめよ。二人の前であたしが訊くからね、おまえは厭だって言うの。分かった？」

「うん」とミーシャは呻《うめ》き、笑わないようにハンケチの端を口に押しこんだ。だがそれもあまり役には立たなかった。

「笑いたくなったら、ハンケチで眼をお隠し」と姉は忠告し、弟の肩を抱いて客間へ戻った。

彼女は弟を肘掛椅子に坐らせ、自分は傍の床几《しょうぎ》にかけた。ヴォロージンは小羊のように頭をかしげ、恨めしげにこれを見ていた。

「御覧下さい、ようやっと泣きやませたんですの。可哀そうに！」とナジェージダは弟を指して言った。「わたくしこの子にとって親代わりなんです。それを突然わたしに捨てられるんじゃないかと思って」

ミーシャはハンケチで顔を隠した。彼は全身で震えていた。笑いを隠すために、彼は長く引っ張った呻き声を出した。

「ウーウーウー！」

ナジェージダは彼を抱くと、そっと腕を抓《つね》って言った。

「さあ、泣くんじゃないの、ね、泣くんじゃないの」

ミーシャは思いがけなくもあんまり痛かったものだから、眼に涙を浮かべた。彼はハンケチをおろし、怒った眼差しで姉を見た。

『この子は急に腹を立てて嚙みつくぞ』ペレドーノフはふと考えた。『人間の唾液には毒があるという話だが』

ペレドーノフはいざという時ヴォロージンのうしろに隠れられるよう、彼の方へにじり寄った。ナジェージダは弟に向かって言った。

「パーヴェル・ワシーリエヴィチはわたしに結婚を申し込んどられるのよ」

「それも愛しているからこそで」とペレドーノフが補った。

「愛しているからこそです」と慎ましげに、しかし威厳をもって、ヴォロージンが言った。

ミーシャはハンケチで顔を覆った。笑いをこらえて泣きじゃくりながら、彼は言った。

「だめ、お嫁に行かないで。ぼくはどうなるのさ」

ヴォロージンは忌々しさと興奮に声を震わせて言った。

「あなたが弟さんの許可を乞われるとは、こいつは驚きましたな、ナジェージダ・ワシーリエヴナ。しかも弟さんはまだほんの子供でらっしゃる。たとえ弟さんが一人前の青年だとしたところで、こうした場合あなたは御自分の考えだけで事を運ばれてもよろしい筈ではありますまいか。それを今こうしてあなたが弟さんの許可を乞われるのを見て、ナジェージダ・ワシーリエヴナ、わたくしはすこぶる驚きました。ショックを受けたと言ってもよろしいくらいで」

「子供に許可を乞うとは、わたしには滑稽に思えますな」とペレドーノフが陰気な調子で言った。

「じゃあ誰に許可を乞えとおっしゃるんですか？　叔母ならばわたしがどうしようとかまわないでしょうが、この子はわたしが育てなきゃならないんです。どうしてあなたと結婚できましょう。あなたはこの子にむごい仕打ちをなさるかもしれませんもの。そうでしょう、ミシカ、この人にむごくされるのがこわいんでしょう?」

「ちがうよ、ナージャ」とミーシャはハンケチから片目だけ覗かせて言った。「むごくされるのがこわいんじゃない。そんな筈ないじゃないの!　パーヴェル・ワシーリエヴィチがぼくを甘やかすのがこわいんだよ。姉さんがぼくを隅に立たせようとしても、パーヴェル・ワシーリエヴィチが立たせてくれなくなるのがこわいんだよ」

「信じて下さい、ナジェージダ・ワシーリエヴナ」とヴォロージンは両手を胸に押し当てて言った。「わたくしミーシャ君を甘やかしたりはしません。わたくしは子供を甘やかしてもなんにもならないと思っとります!　子供には腹一杯食わせ、着せて履かせてやらにゃなりません。しかし甘やかすとはもっての外です。わたくしだって彼を隅に立たせることでしょう。甘やかすなどとんでもない。わたしは隅に立たせる以外に、もっとほかのこともできます。あなたは女だから、つまり、娘さんでいらっしゃるからなさりにくいでしょうが、わたしには笞で打つことだってできます」

「二人揃ってぼくを隅に立たせるなんて、そんなのないやい」とミーシャは再度ハンケチで顔を隠し、めそめそして言った。「おまけに笞だなんて。ぼくそんなの厭だい。だめだよ、ねえナージャ、お嫁に行かないでよ」

「お聞きになりまして?　あたくしどうしてもできませんわ」とナジェージダは言った。

「わたくしには、ナジェージダ・ワシーリエヴナ、あなたのなさることが一向に分かりかねますが」とヴォロージンは言った。「わたくしは心からあなたにお願いしているんです。燃える心をもって、と言ってもよろしい。ところがあなたは弟さんを引合いに出される。あなたが弟さんゆえに駄目だとおっしゃるなら、ある者は妹がいるから駄目だと言えるでしょうし、また、甥がいるのでと言い出す者だっているでしょう。そのほか親戚のうちの誰を引合いに出したっていいわけです。こうして誰一人お嫁に行かないことになれば、そのうち人類は滅びてしまいます」

「その点は御安心下さいまし、パーヴェル・ワシーリエヴィチ。さしあたって世界はまだそうした危険に脅かされてはおりません。あたくしミーシャの同意なしに結婚するつもりはございませんが、そのミーシャはお聞きのとおりいやだと言っております。それもそうですわ、なにしろのっけから笞で打ってやるなんてお約束なさるんですもの。きっとあたくしのこともおぶちになるんでしょう」

「そいつはあんまりです、ナジェージダ・ワシーリエヴナ。わたしにそんな野蛮なことができるとお思いですか！」とヴォロージンは絶望の極《きわみ》、大きな声で言った。

ナジェージダはほほえんだ。

「あたくし自身結婚したいとも思いませんの」と彼女は言った。

「というと、修道院にでも入られるんですか？」と恨めしげな声でヴォロージンが尋ねた。

「いや、トルストイ主義者の団体に入って、土地を耕すんでしょう」とペレドーノフが訂正した。

「なぜ他所へ行かなくちゃいけませんの？」とナジェージダは立ち上がりながらきっぱりと言い返した。「あたくしにはここで十分ですわ」

ヴォロージンも立ち上がり、恨めしげに唇を突き出して言った。

「ミーシャ君がわたしに対してそのような感情を抱いとられて、しかもあなたがいちいち彼の意見をきかねばならないようでは、当然のことながら、お宅の個人教授は辞退いたさねばなりません。ミーシャ君がわたしに対してそのような態度をとられる以上、どうしてお宅へうかがえましょう」

「あら、なぜですの？」とナジェージダは問い返した。「それとこれとは関係ありませんわ」

ペレドーノフはもっと説得してみるべきだと考えた。やがては承知するかもしれない。彼は陰気な調子で言った。

「ナジェージダ・ワシーリエヴナ、よく考えて下さい。そう頭ごなしにおっしゃらないで。彼はいい男です。わたしの友人です」

「いいえ、考える余地はありませんわ！　パーヴェル・ワシーリエヴィチには感謝いたしております。しかしお受けすることはできませんの」

ペレドーノフは腹立たしげにヴォロージンを見ると、立ち上がった。彼はヴォロージンをまぬけだと思った。娘を自分に惚れこませることができなかったからである。

ヴォロージンは頭を垂れて自分の肘掛椅子の傍に立っていた。彼は恨めしげに尋ねた。

「それでは、どうしても駄目だとおっしゃるんですか、ナジェージダ・ワシーリエヴナ。そういうことならば」と彼は大きく手を一振りして言った。「いたしかたありません。どうかお達者で、ナジェージダ・ワシーリエヴナ。これがわたしの苦い運命なのでしょう。やれやれ！　若いもんが娘に惚れたが、娘は惚れなかった。やれやれ！　わたしがちょっと涙を流せば、それで万事終わりです」

「立派な男をお斥けになった。将来どんなのに出くわされることやら」とペレドーノフは諭《さと》すような調子で言った。

「やれやれ！」とヴォロージンはもう一度大きく溜息をついてドアの方へ向かったが、急に寛大たらんと思い直して引き返し、娘と、さらには自分を侮辱したミーシャとさえ、別れの握手を交わした。

外へ出ると、ペレドーノフは毒づいた。ヴォロージンは道中ずっと、羊の鳴くような恨めしげな軋《きし》り声であれこれ理窟を言い続けた。

「なぜ個人教授を断わったんだ?」とペレドーノフは文句を言った。「金もないくせに!」

「ぼくはただ、そういうことならお断わりしなきゃならんて言っただけですよ、アルダリオン・ボリースィチ。だけど彼女はその必要はないって言ったし、ぼくはそれに対して何も答えなかったわけだから、彼女がぼくを説き伏せたかたちになってるんです。今となっちゃぼく次第ですよ。いやならやめるし、行きたけりゃ行く」

「やめるこたなかろう?」とペレドーノフは言った。「何もなかったような顔して行けよ」

『ここで少しでも甘い汁を吸わせてやったほうがいい』とペレドーノフは考えた。『その分だけおれを羨まなくなるだろう』

ペレドーノフは索漠たる気分だった。ヴォロージンは相変わらず片付かなかった——彼がワルワーラとくっつかぬよう、よくよく警戒せねばならない。さらにはアダメンコも、ヴォロージンなどをとりもったことで彼に恨みを抱くかもしれない。彼女はペテルブルクに親類がいる。彼にとってためにならぬ手紙を書くであろう。

それにいやな天気だった。空は曇り、烏《からす》が鳴きながら飛び回っていた。烏どもはペレドーノフの真上で鳴いた。彼を揶揄し、さらに新たな、いっそうの不快事を告げ知らせるかのように。ペレドーノフは頸をマフラーで巻き、こういう天気にはたやすく風邪をひきかねないと考えた。

「この花はなんだい、パヴルーシカ?」と彼はヴォロージンに、どこかの庭の中、垣根のあたりに咲いている黄色い花を指して尋ねた。

「こりゃきんぽうげですよ、アルダーシャ」とヴォロージンは悲しげに答えた。

ペレドーノフは自分のうちの庭にもこの花が沢山あったことを思い出した。それになんとおそろしい名の花だろう!（きんぽうげのロシヤ名「リューチク」は「暴虐な、残忍な」を意味する形容詞「リュートゥイ」に近似する）おそらく有毒に違いない。もしもワルワーラがこれを一束も摘んで、茶の代わりに煎じて彼を毒殺しようとしたらどうなる? 視学官任命の通知が来たあとで、ヴォロージンとすり換えるために、彼に毒を盛ったら。きっともう打合わせができているに違いない。やつがこの花の名を知っているのもそのためだ。

その間ずっとヴォロージンは話し続けた。

「ああ彼女の罰あたりめ! なぜまたぼくを侮辱したんだ? 彼女には貴族じゃなきゃいけないんだ。だけど貴族にだってピンからキリまであることを知らないんだ。一緒になったら泣かなきゃならない貴族だっているんだ。平凡な真面目な男なら彼女を幸福にできるのになあ。ぼかぁこれから教会へ行って、彼女の健康のために蠟燭を立てて祈ってやるんだ。どうか神様、彼女に酔いどれの夫をお与え下さい。そいつが彼女を殴り、財産を食い尽くし、彼女が物乞いをして回らなきゃならなくなりますように。その時彼女はぼくのことを思い出すだろう。だがもう遅い。手で涙を拭いてこう言うんだ。あたしはなんて馬鹿だったんでしょう。パーヴェル・ワシーリエヴィチの申込みを断わるなんて。あの時は誰ひとりあたしに道理を教え込んでくれる人がいなかったのよ。いい人だったのに」

自分の言葉に感きわまったヴォロージンは、その羊のようなとび出た眼にあふれる涙を、手でぬぐった。

「彼女のうちのガラスをぶち割ってやれよ。夜の間にな」とペレドーノフがすすめた。

「なに、それには及びませんよ」とヴォロージンは悲しげに言った。「いずれ思い知るでしょう。だけどそれにしてもなんて子だろう。いったい全体、ぼくがあの子に何をしたろう、あんなひどいことをするなんて？　ぼかぁあの子のために随分つくしたじゃありませんか。それをどうでしょう、あんな悪知恵を働かすなんて。まったくなんて子だ。末おそろしいと思いませんか、え？」

「たしかに」とペレドーノフはぷりぷりして言った。「おまえあの餓鬼に太刀打ちできなかったわけだ。ええおい、大した婿《むこ》がねだな！」

「それがどうだってんです」とヴォロージンは言い返した。「また別の娘《こ》を探しますよ。彼女、ぼくがふられてめそめそしてるなんて思ったら大間違いだ」

「ええおい、大した婿がねだな！」となおもペレドーノフはからかった。「おまけにネクタイまで締めやがって。身分不相応なことをするからだぜ、お婿さんよ」

「ぼくが婿なら、アルダーシャ、あんたは仲人でしょう」とヴォロージンは分別ありげに言った。「自分でけしかけといて、ろくにとりもちもできやしなかったじゃないですか。ええ、大した仲人ですよ！」

そして二人はせっせと罵り合いを始め、まるで大事な仕事の話でもしているように長いこと言い争っていた。

ナジェージダは客を送り出して客間へ戻った。ミーシャは長椅子に倒れて笑い転げていた。姉は弟の肩を摑み、長椅子からひきずり下して言った。

「立ち聴きしちゃいけないって何度言ったら分かるの？」

彼女は両手を挙げて小指の先を合わせようとしたが、突然噴き出してしまい、小指は合わなかった。

ミーシャは姉にとびつき、二人は抱き合ったまま長いこと笑った。

「だけどやっぱり、立ち聴きした以上は隅に立ちなさい」

「そんなのないよ。ぼく姉さんをお婿さんから救ったげたんじゃないか。お礼言われたっていいくらいだ」

「どっちがどっちを救ったのよ！　連中おまえを笞で打つつもりだったのよ。隅にお立ち」

「ならいっそここにこうしてたほうがいいや」

ミーシャはそう言うと、姉の足許に両膝をつき、彼女の膝に頭を載せた。彼女は彼を愛撫し、擽《くすぐ》った。

ミーシャは笑いながら膝で床を這いまわった。突然姉は彼から離れると、長椅子に坐り直した。ひとり取り残されたミーシャは、もの問いたげに姉を見ながら、しばらく跪いたままでいた。姉は姿勢を楽にして本を手にとり、読む振りをしていたが、実は弟を見張っていた。

「ねえ、もう疲れたよ」と彼は哀れっぽく言った。

「わたし知らないわよ。おまえが自分でそうしたんでしょ」と姉は本のかげで微笑しながら答えた。

「だってぼくお仕置されててんだもの。もういいでしょ？」とミーシャは懇願した。

「あたしおまえに跪けって言った？」とナジェージダはわざと素っ気ない声で尋ねた。「なぜうるさく付き纏《まと》うのよ！」

「許してくれない限り起きないから」

ナジェージダは笑いだし、本を脇へ置くと、ミーシャの肩を摑んで引き寄せた。彼は金切声を挙げて彼女に抱きつくと、こう叫んだ。

「パヴルーシカのお嫁さん！」

十六

黒い髪の少年はリュドミラの思いを占め尽くした。彼女はしばしば家族や知人たちを相手に、時として何の理由もなく、彼のことを口にした。彼が夢に現われない夜といっては殆どなかった。慎ましげな、当たりまえの姿で現われることもあったが、大抵は原始生活の、あるいはお伽噺《とぎばなし》の道具立てに囲まれていた。彼女の物語るこれら夢の話はすっかりあたりまえになってしまい、姉妹たちは毎朝自分たちのほうから、昨夜はサーシャがどんな風に夢に現われたか、彼女に尋ねるのだった。なにもしないでいる時、彼女は彼のことばかり思い描いていた。

日曜日のミサの帰りにココフキナを誘い長時間引き留めておくよう、リュドミラは姉妹たちを説き伏せた。彼女はサーシャがひとりきりのところを訪ねたかったのである。自分は教会へ行かず、姉妹たちにこう吹き込んだ。

「彼女にはあたしが寝坊したって言っといてよ」

姉妹たちは彼女の目論見を笑ったが、もちろん承知した。彼女らはとても仲よしだった。それに、このことは彼女らにとって好都合でもあった。リュドミラがその男の子にかかり合っている限り、彼女たちは安心してほんとうの婿がねを探すことができた。そこで彼女たちは約束どおり、ミサのあとココフキナを招いた。

その間にリュドミラはすっかり身仕度を整え、美しく陽気に着飾り、柔かく穏やかなアトキンソンのリラ香水をふりかけ、ビーズ玉をちりばめた白い手提げ袋に封を切ってない香水の壜と小さな噴霧器を入れると、客間の窓掛けの陰に隠れ、果たしてココフキナが来るかどうかうかがっていた。香水を持ってゆくことはずっと以前から考えていたのである。ギムナジストの臭い、そのいやなラテン語とインクの臭いや男の子くささを消すこと。リュドミラは香水が大好きで、ペテルブルクから取り寄せてはどっさり使った。リュドミラはまた香りの強い花が大好きだった。彼女の部屋にはいつも何かの芳香がたちこめていた。花々、香水、松、春毎に新たな白樺の枝。

姉妹たちが帰って来た。ココフキナも一緒だった。リュドミラはわくわくしながら、ココフキナに出会わないよう台所から菜園を抜けて木戸をくぐると、小路へ駆けこんだ。彼女は陽気にほほえみ、白い手提げと白い傘をいたずらっぽく振りながら、ココフキナの家めざして足早に歩いていった。暖かい秋の日が彼女の心を浮き立たせた。彼女はあたかも彼女にしかない陽気さの霊を携えており、歩きながらこれを周囲に撒き散らしているかと見えた。

ココフキナの家では女中が、奥様はお留守ですと告げた。リュドミラは騒々しい笑い声を立て、ドアを開けた頰の赤い少女をからかった。

「あんたきっとあたしに嘘ついてんでしょう。奥様はきっと居留守を使ってるんだわ」

「ホッホッ、なんで居留守を使わにゃならないんです?」と女中は笑いながら答えた。「御自分で部屋へいらして御覧なさいまし、もし嘘だとお思いなら」

リュドミラは客間を覗いて、いたずらっぽく叫んだ。

「ちょっと、誰かいる? あら、学生さん!」

サーシャは自分の部屋から首を出し、リュドミラを見ると顔に喜びの色を漲らせた。彼の嬉しげな眼差しはリュドミラをいっそう陽気にした。彼女は尋ねた。

「オリガ・ワシーリエヴナは?」

「留守です。まだ帰って来ないんです。ミサのあとでどこかへ寄ったんでしょう。ぼくはとっくに帰ってきたんですけど」

リュドミラは驚いた振りをした。彼女は傘を振って、いまいましげに言った。

「なんですって? ミサはとっくに済んでるのよ。みんなうちに帰ってるってのに、なんてこってしょう。あなたがあんまり騒ぐんで、お婆さん我慢できなくてとび出しちゃったのと違う、学生さん?」

サーシャは黙って微笑した。リュドミラの話し声、リュドミラのよく響く笑い声を耳にするのが彼には嬉しかった。彼はどうしたら少しでも自然に彼女を送ってゆくよう申し出ることができるか、それによってたとえ数分間でも彼女と一緒にいて、彼女の姿を見、彼女の声を聞いていられるか、あれこれ考えをめぐらせていた。

だがリュドミラは立ち去るつもりはなかった。彼女はいたずらっぽい笑いを浮かべてサーシャを見ると言った。

「なぜあたしにお坐り下さいと、おっしゃっては下さいませんの、お若い方？　ねえ、あたし疲れちゃったのよ！　ちょっと休ませてちょうだい」

そして彼女は笑いながら、素早い優しい眼差しでサーシャを愛撫しながら、客間へ入っていった。サーシャはどぎまぎし、顔を赤くし、嬉しがった――彼女がしばらく一緒にいてくれるのだ。

「香水をかけたげましょうか？」とリュドミラは快活に尋ねた。「どう？」

「なんですって？　急にまた息をつまらせるなんて！　なんて残酷な人だろう」（この箇所翻訳不可能。ロシヤ語の動詞「ドゥシーチ」には「香水をかける」と「窒息させる」の両義がある）

リュドミラは椅子の背に身を投げてけたたましく笑いだした。

「息をつまらせる！」と彼女は大きな声で言った。「おばかさん！　何も分かっちゃいないのね。あんたを手で締め殺そうってんじゃないのよ。香水のことよ」

サーシャも笑いを抑えきれぬ態《てい》で言った。

「ああ、香水か！　そんならいいけど」

リュドミラは手提げから噴霧器を取り出し、金色の模様のある、美しい暗赤色のガラス容器をサーシャの目の前で回して見せた。それにはグッタペルカの球と青銅の金具がついていた。彼女は言った。

「ほら、あたしきのう新しい噴霧器を買って、そのまま手提げの中に入れっ放しにしちゃったの」

次いで彼女は黒ずんだ雑色のラベルのある大きな香水の壜をとり出した——パリはギルラン商会のパオ・ローザだった。サーシャは言った。

「あなたの手提げったら、底無しだな！」

リュドミラは陽気に答えた。

「だけどもうなんにもないわよ。あんたの糖蜜菓子は持って来なかったわ」

「糖蜜菓子だなんて！」とサーシャはおかしそうに繰り返した。

彼はリュドミラが栓を抜くさまをもの珍しげに見ていて、こう尋ねた。

「漏斗《ろうと》なしでどうやって注ぐんですか？」

リュドミラは愉快そうに言った。

「漏斗はあんたが貸してくれるのよ」

「ぼく持ってません」

「持ってないなら持ってないでいいけど、とにかくあたしに漏斗を探してよ」と笑いながらリュドミラは言い張った。

「ぼくマラニヤから借りてきましょうか。あれはケロシン用のやつだけど」

リュドミラはおかしげに声を立てて笑った。

「あんたって、なんて気がきかないの？　もしかまわなかったら、何か紙の切れっぱしをちょうだい。

漏斗代わりになるわよ」

「ああそうか！」とサーシャは嬉しげに叫んだ。「紙を巻けばいいんだ。今持ってきます」

サーシャは自分の部屋へ駆けて行った。

「ノートの紙でいいですか？」と彼はそこから大きな声で尋ねた。

「なんだっていいわよ」とリュドミラは陽気に言い返した。「ラテン文法の教科書を破いたって、あたしはちっとも構わないのよ」

サーシャは笑いだして言った。

「いや、ぼくはノートを破いたほうがいいです」

彼はきれいなノートを探し出し、真ん中あたりのページを破り取ると、客間へ駆けてゆこうとした。だがすでにリュドミラが敷居のところに立っていた。

「お邪魔してもよろしゅうございますか、御主人様？」と彼女はいたずらっぽく尋ねた。

「どうぞどうぞ、お入り下さい！」サーシャは浮き浮きして言った。

リュドミラは椅子にかけ、紙を巻いて漏斗を作ると、真面目くさった顔付で、ガラス壜の香水を噴霧器に注いだ。紙の漏斗は香水の流れる下部と側面が湿り、黒ずんできた。香り高い液体は漏斗の中にたまり、ゆっくり流れ落ちていった。つんとくるアルコールの匂いと交じり合った、バラの暖かくも甘い芳香があたりに立ちこめた。リュドミラはガラス壜の半ばを噴霧器に注いで言った。

「これでたくさん」

そして噴霧器の蓋を締めると、濡れた紙片を丸め、両手で揉んだ。

「嗅いでごらん」と彼女は片方の掌をサーシャの顔に近づけて言った。

サーシャは身を屈め、眼を閉じて嗅いだ。リュドミラは笑いだし、掌で彼の唇を軽く叩き、そのまま手を彼の口に押し当てた。サーシャは顔を赤らめ、彼女の暖かい、よい匂いのする掌に、震える唇で、そっとかすかに接吻した。リュドミラは溜息をついた。彼女の愛らしい顔が一瞬和らぎ、再びいつもの陽気で屈託なげな表情に戻った。

「さあ、ちゃんと立って。香水かけたげるから」

そして彼女はグッタペルカの球を圧した。芳香ある滴は迸り出ると、砕け散って細かな霧となり、大気中に、サーシャの上衣に拡がった。サーシャは笑い、リュドミラの突つくままにおとなしく体を回した。

「いい匂いでしょ?」と彼女は尋ねた。

「とってもいい匂い」とサーシャは嬉しげに答えた。「なんていう香水?」

「あら赤ん坊ね！　ラベルを読みゃ分かるでしょ」と彼女はからかうような口調で言った。

サーシャはラベルを読んで言った。

「ははあ、バラの油の匂いなんだな」

「油だなんて！」とリュドミラはなじるように言うと、軽くサーシャの背を叩いた。

サーシャは笑いだし、悲鳴を上げると、舌を丸めて見せた。リュドミラは立ち上がると、サーシャの教科書とノートをいじりだした。

「見てもいい?」と彼女は尋ねた。

「どうぞ御覧下さい」

「あんたの一点や零点はどこ？　見せなさいよ」

「そういう結構な点はまだとったことないんです」とサーシャは気を悪くして言い返した。

「嘘おっしゃい」とリュドミラはきっぱりと言った。「零点をとるのがあんたたちの商売じゃないの。隠してんのね、きっと」

サーシャは黙ったまま微笑した。

「ラテン語とギリシャ語には参ってるんでしょ」とリュドミラは言った。

「いいえ、どうして？」とサーシャは答えたが、どうやら教科書の話だけでもういつもの倦怠に引き戻された様子だった。「丸暗記ばかりしてんのはあまり面白くないけど」と彼は白状した。「だけどぼくは記憶力がいいから平気です。問題を解くのだけは、これは大好き」

「明日夕御飯のあとでうちへいらっしゃい」とリュドミラは言った。

「ありがとう、行きます」とサーシャは赤くなって言った。

彼にはリュドミラが自分を招待してくれたことが嬉しかった。

リュドミラは尋ねた。

「あたしんち知ってる？　あんた来られる？」

「知ってます。大丈夫、行けます」とサーシャは浮き浮きして言った。

「じゃあきっと来るのよ」とリュドミラは厳しく繰り返した。「待ってますからね、分かった？」

「もし宿題が沢山あったら？」とサーシャはほんとうに宿題のことを心配してというより、これが真面目な態度だと考えて言った。

「なに世迷いごと言ってんのよ。とにかくいらっしゃい」とリュドミラは言い張った。「まさか串刺しにされやしまいし」

「いったい何ですか?」と笑いだしながらサーシャが尋ねた。

「とにかく来ればいいの。あんたに話があるのよ。見せたいものもあるし」とリュドミラは言いながら鼻歌をうたい、ちょっと踊ってスカートをつまみ、バラ色の指を拡げて見せた。「おいでおいで、優しい人、わたしのしろがね、わたしのこがね」

サーシャは笑いだした。

「言うことがあるなら、今言えばいいのに」

「今はだめ。だいいち、今言っちゃったらどうなる? あんたもう明日来ないでしょう。行ってもしようがないからって」

「ならいいです。きっと行きます。うちで出してさえくれたら」

「またそんなこと。もちろん出してくれるわよ! あんたを鎖につなぎゃしまいし」

別れぎわにリュドミラはサーシャの額に接吻し、片手を彼の唇へ持っていった——接吻しないわけにゆかない。だがサーシャには白い優しい手にもう一度接吻できるのが快く、また幾分気恥ずかしい思いだった。どうして赤くならずにいられよう! リュドミラは優しく、いたずらっぽく笑いながら立ち去っていった。彼女は幾度か振り返った。

『なんて可愛い人だろう!』とサーシャは思った。

ひとりぼっちになった。

『すぐいっちゃうんだな！　急に身仕度したと思ったら、あっという間にもういやしない。あとちょっとでいいからいてくれたらなあ！』サーシャはそう考え、彼女に送って行きましょうと言うのを忘れたことを恥じた。

『あの人ともうしばらく一緒に行けたらなあ！』とサーシャは夢想した。『追いかけようか？　まだ遠くまで行っちゃいまい？　走ってゆけばじき追いつくさ』

『だけど笑われるだろうな』とサーシャは考えた。『それに、ひょっとしたら迷惑かもしれない』

結局あとを追いかける決心はつかなかった。彼はなぜか分からぬが気が滅入り、晴れ晴れしない気持だった。唇にはまだ接吻の柔かい感触が焼きつき、額には彼女の接吻の跡が燃えていた。

『なんて優しく接吻してくれたことだろう！』とサーシャはうっとりして思い出に耽《ふけ》った。『まるで可愛い姉さんみたいだ』

彼の両頬は燃え立った。甘美であると同時に気恥ずかしい思いが彼を捉えた。いろいろな夢がぼんやり立ち現われてきた。

『もしもあの人がぼくの姉さんだったらなあ！』この夢想に彼の心は和《なご》んだ。『あの人のところへ行って抱き締め、優しい言葉を言えたらなあ。あの人を、ぼくのリュドミーロチカって呼ぶんだ！　それともなにか、全然別の名をつけたげるんだ、ブーバとか、とんぼさんとか。ぼくがその名で呼ぶと、あの人が答える。そしたらどんなにすてきだろう』

『だけど』とサーシャは思い直して悲しくなった。『あの人は他人なんだ。可愛い人だけど、他人なんだ。やって来ても行っちまう。もうぼくのことなんか考えてくれちゃいないんだろう。残ってるのは、ライラックとバラの甘い匂いに、二つの接吻の感触だけだ――それと、ちょうど波がアフロディテを生んだように、心の中に甘い夢をかき立てる、とらえどころのない惑乱だ』

まもなくココフキナが帰ってきた。

「プフー、まあなんてにおい！」と彼女は言った。

サーシャは赤くなった。

「リュドミーロチカが来たんです。あなたがいなかったんで、一休みして、ぼくに香水をかけて帰っていきました」

「いやに馴れ馴れしいんだね！」と老婆は驚いて言った。「もうリュドミーロチカ呼ばわりかい」

サーシャはどぎまぎして笑いだし、自分の部屋に駆けこんだ。ココフキナは考えた。つまり、ルチロフ家の姉妹たちはあんなに陽気で心優しい娘たちだから、老若の別なくその優しさのとりこになるのも無理はない、と。

翌日サーシャは自分が招待されていることを思うと、朝から気が浮き立った。家にいれば夕食を待ちかねた。夕食後当惑のあまり真っ赤になって、ココフキナに七時までルチロフ家へ行かせてくれるよう頼んだ。ココフキナは驚いたが許してやった。サーシャは髪を入念にとかし、ポマードさえつけて、浮き浮きしながら駆けていった。彼は嬉しく、また何かしら重要でもあれば楽しくもあることをひかえているかのように、かすかに気が高ぶっていた。今自分はリュドミラのところへ行ってその手に接吻し、彼女は彼の額に接吻するのだと思うと、気持がよかった。――そして帰る時にも、また同じように接吻したりされたりするのだ。彼はうっとりとリュドミラの白い優しい手を思い描いた。

サーシャは早くも玄関の間で三人の姉妹たちに迎えられた。彼女たちは窓辺に腰を下しては通りを眺めるのが大好きだったから、彼の姿も遠くから目にとめていたのだった。派手に着飾り高い声で囀《さえず》りまくる快活な彼女たちは、陽気な吹雪の中にサーシャを巻きこみ、彼はたちまち快く気安い気分になった。

「さあ、これがかの神秘なるお若い方よ！」とリュドミラが嬉しげに大きな声で言った。

サーシャは彼女の手に接吻した。彼はこれを大変手ぎわよく、また大いなる満足をもってやってのけた。この機会をとらえて、彼は同時にダーリヤとワレリヤの手にも接吻した。そしてこちらのほうもまた格別だと思った。三人が揃って彼の頬に接吻してくれただけになおさらである。ダーリヤの接吻は音高く、まるで木の板にでもするように冷淡だったが、ワレリヤはそのいたずらっぽい眼を優しく伏せて、かすかに含み笑いをしながら、かろやかにも喜ばしげな唇でそっと触れた。まるで優しくもよい匂いのする林檎の花が頬に落ちたみたいだった。リュドミラは陽気に、嬉しげに、力をこめて接吻した。

「これはあたしのお客さんよ」彼女はきっぱりそう言うと、サーシャの肩を抱いて自分の方に引き寄せた。

ダーリヤがたちまち怒りだした。

「あんたのお客なら、好きなだけ接吻するがいいわ！」と彼女はぷりぷりして叫んだ。「結構な宝物だこと！　誰もとりゃしないわよ」

ワレリヤは何も言わないで、ただ薄笑いを浮かべていた——彼女は少年とお喋りがしてみたくてならなかった！　いったいこの子には何が分かるんだろう？

リュドミラの部屋は広々としており、庭に面した二つの大きな窓のおかげで明るく、華やかだった。窓には黄色っぽいチュールのカーテンが引かれ、甘い匂いが立ちこめていた。家具はどれも洒落た明るい感じのもので、椅子と肘掛を張った黄金色《こがね》の布には、辛うじて見分けうる程度の白い模様があった。香水や化粧水の入ったさまざまな形のガラス壜、ガラスの鉢、小箱、扇、ロシヤ語とフランス語の本が数冊。

「ゆうべあんたの夢を見たわ」とリュドミラが高笑いしながら話しだした。「あんたが町の橋の下を泳いでてね、あたしは橋の上にかけて、あんたを竿で釣り上げたわ」

「そして鉢に入れた？」とサーシャがおかしそうに尋ねた。

「なぜ鉢に入れるのよ」

「じゃなかったらどこ？」

「どこって、耳を摑んでまた河の中へ放りこんだわ」

そう言うとリュドミラは、よく響く声で長いこと笑った。

「なんて人だろう！」とサーシャは言った。「で、今日の話ってなんですか？」

リュドミラは笑って答えなかった。

「ぼくを騙《だま》したんでしょう。分かってる」とサーシャは思い当たって言い、なじるようにつけ加えた。

「それに、なにか見せてくれるって約束したけど」

「ええ見せたげるわよ！　なにか食べたい？」とリュドミラは尋ねた。

「ぼく夕食すませました。あなたって何て嘘つきなんだ！」

「あたしがどうしてあんたに嘘をつかなきゃいけないのよ。あんたポマードの臭いがするみたいね」

と突然リュドミラは尋ねた。サーシャは赤くなった。

「あたしポマードって大嫌い！」とリュドミラは忌々しげに言った。「ポマードをつけたお嬢さんなんて！」

彼女は片手で彼の髪をかきまわし、油のついた掌で彼の頰を軽く叩いた。

「いい？　こんどからつけちゃだめよ！」

サーシャはどぎまぎした。

「ええ、もうつけません。なんてこわいんだろ！　香水かけてよ！」

「香水よ、ポマードじゃないわよ、お馬鹿さん！　比べものにゃなんないわよ」とリュドミラは説きつけるような口調で言った。「あたしポマードつけたことなんて一度だってないわ。なぜ髪をべったり撫でつけなきゃいけないの！　香水とは大違い。さああたしに香水かけさせなさい。あんたかけてもらいたい？　ライラックの香水、かけてもらいたい？」

「かけてもらいたい」とサーシャはほほえみながら言った。

芳香を漂わせたまま家へ帰ったら、またもやココフキナが驚くだろうと思うと、ぞくぞくした。

「かけてもらいたいのは誰？」とリュドミラは問い返すと、ガラス壜を手にとり、狡そうな、もの問いたげな眼差しでサーシャを見た。

「もらいたいのはぼく」とサーシャは答えた。

「あんたもらいたいの？　もらいたいの？　それならちんちんなさいな！」とリュドミラは陽気にからかった。

二人は声を揃えて笑った。

「もうあたしに締め殺されるのはこわくないの？」とリュドミラは尋ねた。「きのうは慄え上がってたじゃない？」

「慄え上がっちゃいませんよ」と顔を真っ赤にしたサーシャは急きこんで言い返した。

リュドミラは笑って少年をからかいながら、彼に香水をかけはじめた。サーシャは礼を言い、もう一度彼女の手に接吻した。

「それからね、お願いだから髪を短くして！」とリュドミラは厳しく言った。「巻毛をひけらかして何になるっていうの？　馬が驚くだけよ」

「いいですよ、短くつめます」とサーシャは同意した。「なんて厳しいんだろう！　これでも随分短いんだけどな、半インチしかないんだから。視学官だってぼくに髪のことはなにも言わなかった」

「あたし若い人は短く刈りこんでんのが好きなの。このことを忘れないで」とリュドミラは鹿爪らしく言い、指で彼を威した。「それから、あたしは視学官じゃないんだから、あたしの言うことはきかなくちゃだめよ」

この時以来、リュドミラはサーシャに会うためココフキナのところへ出かけてゆくことがだんだん頻繁になった。彼女はとりわけはじめのうち、ココフキナの留守を見はからっては出かけて行った。時として奸計を弄し、老婆を家からおびき出した。ある時ダーリヤが彼女に言った。

「なによ腰抜け！　婆さんがこわいんでしょ。お婆さんのいる時に行って、あの子を連れ出してごらんよ、散歩に行くからって」

リュドミラは言われたとおり、時を選ばず出かけて行くようになり、もしもココフキナが在宅なら、ちょっと腰を下してからサーシャを散歩に連れ出したが、そうした場合には彼を長いこと引き留めなかった。

リュドミラとサーシャは優しい、しかし不安な友情で急速に結ばれていった。サーシャは気づかなかったが、リュドミラは彼の内に、年に似合わぬ、未だ朧気《おぼろげ》な衝動と欲望を目覚ませていた。サーシャはしばしばリュドミラの手に接吻した。ほっそりとしなやかな掌骨は柔かく弾力ある皮膚に覆われ、その黄味を帯びた薄桃色の組織をとおして、曲りくねった細く青い静脈が透いて見えた。そしてさらに上の方には長くすらりとした腕があり、たっぷりした袖を持ち上げれば肘まで接吻できた。

サーシャは時とするとココフキナに、リュドミラの来たことを隠した。嘘をついたわけではない。ただ黙っていたのである。だいいち、どうして嘘がつけたろう。女中が言うかもしれないのに。だがリュドミラの来訪について黙っていることは、サーシャにとって容易ではなかった。リュドミラの笑い声は相変わらず耳に響いていた。彼は彼女のことを話したくて仕方がなかったが、口に出すのはなぜかしら気まずかった。

サーシャは他の姉妹たちともじきに仲よくなった。彼は皆の手に接吻し、ほどなく娘たちをダーシェンカ、リュドミーロチカ、ワレーロチカと呼ぶようにすらなった。

# 十七

ある日リュドミラは街でサーシャに出会って言った。

「あしたね、校長先生の上の娘さんが、名の日の祝いなのよ。あんたんとこのお婆さん、それに行くんでしょ?」

「さあ、どうだか」とサーシャは言った。

だがもう楽しい期待の念が彼の心の内に目覚めた。期待の念というよりは、むしろ欲望だった。ココフキナが外出する。ちょうどその間リュドミラがやって来て、彼と共に過ごす。晩に彼は翌日の名の日の祝いのことをココフキナに思い出させた。

「もう少しで忘れるところだったわ」とココフキナは言った。「行ってあげなくちゃ。可愛らしいお嬢さんでね」

事実、サーシャがギムナジウムから戻ると、ココフキナはフリパーチの家へ出かけて行った。サーシャはうまくココフキナを外出させたと思うと嬉しかった。彼はリュドミラが頃合を見はからってやって来ることをつゆ疑わなかった。

そして事実、リュドミラはやって来た。彼女はサーシャの頬に接吻し、自分の手に接吻させて、陽気に笑った。彼は顔を赤らめた。リュドミラの衣服から湿った甘い花の香りが漂ってきた――ロジリスの香水、夢見るような甘いバラに溶けこんだ、官能的ないいちはつの香り。リュドミラは薄い紙に包んだ幅の狭い小箱を携えてきた。包み紙をとおして、黄色っぽい模様が透いて見えた。彼女は腰を下すと小箱を膝に載せ、ずるそうな眼差しをサーシャに投げた。

「棗椰子《なつめやし》好き?」と彼女は尋ねた。

「目がない」とサーシャはおどけた顰《しか》め面をして言った。

「じゃあ御馳走してあげましょう」とリュドミラは勿体ぶって言った。

彼女は箱を開けて言った。

「お食べ!」

そして自らひとつずつ棗椰子の実をとってサーシャの口へ入れ、その度に手に接吻させた。サーシャは言った。

「唇がべたべたしてきちゃった!」

「べたべたしたからどうだっていうのよ。ちゃんと接吻しなさい」とリュドミラは陽気に言い返した。

「あたし怒りゃしないわ」

「いっそ一度にまとめて接吻するからさ」とサーシャは笑いながら言い、自分で棗椰子に手を伸ばした。

「インチキ、インチキ!」とリュドミラは叫ぶと、手早く箱に蓋をし、サーシャの指を叩いた。

「またそんなこと。嘘つかない。絶対インチキしないから」とサーシャは確言した。

「だめだめ、そんなこと言ったたって」とリュドミラは言い張った。

「そんなら先に接吻しようか?」とサーシャは提案した。

「その取引は悪くないわね」とリュドミラは愉しげに言った。「接吻おし」

彼女はサーシャに手を差し出した。サーシャは彼女の細く長い指をとると、一度口づけしてから、そのまま手は放さず、ずるそうに笑って尋ねた。

「あなたはインチキしない、リュドミーロチカ?」

「あたしが嘘つくもんですか!」とリュドミラは答えた。「大丈夫、安心してやんなさい」

サーシャは彼女の手に屈みこみ、素早く接吻しだした。彼は大きく開いた唇で、手一面を満遍なく音高い接吻で覆った。こんなにどっさり思う存分接吻できることが、彼には快かった。リュドミラは注意深く接吻をかぞえていた。十まで数えると、彼女は言った。

「あんた立ったまんまじゃ窮屈でしょ。跪かなきゃだめよ」

「そう、そのほうが姿勢が楽だ」とサーシャは言った。

彼は膝をつくと、せっせと接吻を続けた。

サーシャは食いしんぼうだった。リュドミラが甘いものを御馳走してくれたことは、彼の気に入った。

それゆえ、彼はますます優しく彼女を愛した。

リュドミラは甘ったるい匂いの香水をサーシャにふりかけた。その匂いはサーシャを驚かした。甘いが奇妙な、くらくらさせる、ちょうど靄をとおして見た金色の、しかし罪深い朝焼けのように、おぼろげな光を放つ匂いだった。サーシャは言った。

「なんて妙な香水だろう！」

「手につけてみなさいよ」とリュドミラが勧めた。

そして彼にへりの丸くなった、四角い不恰好な壜を渡した。サーシャは光にすかして見た。鮮かな黄色い液体だった。大きな雑色のラベルには、フランス語でピヴェールのシクラメンとあった。サーシャは平べったいガラス栓をつまんで抜き出し、香水を嗅いでみた。それからリュドミラが好んでやるように、壜の口に掌を当て、素早く壜をひっくり返してからもとに戻し、掌についたシクラメンの滴をこすり拡げ、そっと匂いを嗅いだ。アルコール分は揮発してしまい、芳香だけが残っていた。リュドミラは待ちきれない思いで彼を見ていた。サーシャは決しかねた調子で言った。

「なんだか、南京虫を砂糖で煮たみたいなにおい」

「いったいまあ何言ってんのよ」とリュドミラはいまいましげに言った。

彼女も香水を手につけて、嗅いでみた。サーシャは繰り返した。

「たしかに、南京虫だ」

リュドミラは不意にかっとなった。眼に涙が浮かんだほどである。彼女はサーシャの頬を打って叫んだ。

「ああ、なんて意地の悪い子だろう！　南京虫のお返しよ！」

「すごい平手打ちだなあ！」とサーシャは笑いながら言うと、リュドミラの手に接吻した。「何をいったい怒ってんの、ねえリュドミーロチカ？　なんの匂いだって言いたいのさ」

彼はぶたれたことで腹を立てなかったばかりか、そうしたリュドミラにすっかり魅されてしまった。

「なんの匂いですって？」リュドミラはそうきき返すと、サーシャの耳を摑んだ。「何の匂いだか今教えたげるわ。ただその前に耳を引っ張ってやんなきゃ」

「アイタ、タ、タ、リュドミーロチカ、お願い、もうしませんよう！」サーシャは痛みに顔を顰め、身をくねらせて言った。

リュドミラは赤くなった耳を放すと、優しくサーシャを引き寄せ、膝に坐らせて言った。

「いい？　シクラメンには三つの霊が住んでいるのよ。つつましい花は甘い香りがするの──これは働き蜂たちのためのもの。ロシヤ語でシクラメンの花をドリャークワって言うことは知ってるでしょう」

「ドリャークワ」とサーシャは笑って繰り返した。「へんな名前だな」

「笑うんじゃないの。お行儀悪いとこれよ」リュドミラはそう言うとサーシャのもう一方の耳をつまんで、話し続けた。「で、甘い香りでしょ、そのまわりを蜜蜂がうなりながら飛び回る──これがシクラメンの喜びなのよ。それからまた、優しいヴァニラの匂いがするの。そしてこれはもう蜜蜂たちのためじゃなくて、夢見る人たちのためのもの──これがシクラメンの欲望なのよ──花とその上に輝く金色の太陽。それから三番目の霊はね、甘く優しい体の匂いがして、これは恋する人のためのもの。これがシクラメンの愛なのよ──ちっぽけな花と真昼の焼きつけるような炎暑。蜜蜂、太陽、炎暑──ねえ、あなた分かる?」

サーシャは黙ったまま頷いた。彼の浅黒い顔は燃え立ち、長い黒い睫毛が震えていた。リュドミラは夢見るような眼差しで遠くを見ていた。彼女は顔を真っ赤にして言った。

「優しいシクラメンは太陽に照らされて大喜びなの。シクラメンは欲望に惹かれて血が騒ぐ。これはうっとりするようでもあれば、恥ずかしいことのようでもあるの。分かる? あたしの大事な坊や。うっとりした時ってね、喜びと痛みが混り合って、ふと泣きたくなるものなのよ。分かる? シクラメンはちょうどこんな気持なのよ」

彼女は長い接吻でサーシャの唇を吸った。


リュドミラは物思わしげな眼差しを前方に据えていた。不意に狡そうな微笑が彼女の唇をよぎった。彼女はサーシャを軽く突き放すと尋ねた。

「あんたバラは好き?」

サーシャは大きく息をして眼を開き、うっとりとほほえんで囁いた。

「好き」

「大きいのが?」とリュドミラは尋ねた。

「どんなのでも。大きいのも、小さいのも」サーシャは元気よくそう言うと、子供らしい身軽さで彼女の膝から身を起こした。

「ローゾチカも好き?」とリュドミラは優しく尋ねたが、その声は圧し殺した笑いで震えた。

「好き」とサーシャは早口に答えた。

リュドミラはわっと笑いだし、顔をほてらせた。

「おばかさん、ローゾチカが好きだなんて。笞で打ってやんなくちゃ」と彼女は大きな声で言った。

二人とも赤くなって大笑いした。

こうした無償の刺戟が、リュドミラにとっては二人の関係の主たる魅惑をなしていた。それは心騒がせるものではあったが、粗野な、胸の悪くなるような快楽からはほど遠かった。


どっちが強いかで言い争いになった。リュドミラは言った。

「力はまああんたのほうが強いかもしれないけど、それがどうだっていうの? 問題は器用さよ」

「ぼく器用ですよ」とサーシャは威張った。

「呆れた、器用だと思ってる!」リュドミラはからかうような調子で叫んだ。

長いこと言い争った挙句、リュドミラが提案した。

「じゃあかかっといで」

サーシャは笑いだし、挑戦的な口調で言った。

「ぼくにかなうと思ってんの?」

リュドミラは彼を擽《くすぐ》りだした。

「アハ、くすぐったい！」彼は吹き出しながらこう叫ぶと、身をひねって彼女の胴に抱きついた。取っ組み合いになった。リュドミラはじきにサーシャのほうが力はあることを見てとった。腕力ではかなわぬと見た彼女は、隙を見てサーシャの脚を払った。彼は倒れた。リュドミラも引きずり倒されそうになったが、巧みに身をかわしてサーシャを床に押えつけた。サーシャはやけになって叫んだ。

「ずるいよ！」

リュドミラは彼の上に馬乗りになり、両手で彼を床に押えつけた。サーシャは身をもぎ放そうとじたばたした。リュドミラはまた彼を擽った。サーシャのよく響く笑い声が彼女のそれに混った。彼女はあまり笑ったもので、サーシャを放してしまった。彼女は笑いながら床に崩れ落ちた。サーシャはとび起きた。口惜しさに顔を赤くしていた。

「このルサルカ（水の妖精）め！」と彼は叫んだ。

だがルサルカは横たわったまま笑い続けた。

リュドミラはサーシャを膝に坐らせた。取っ組み合いで疲れきった二人は、浮き浮きと真近く互いの眼を見つめてほほえんだ。

「ぼくあなたには重すぎる。膝が痛いでしょ。下りようか」

「ちっとも痛かないわよ。坐ってらっしゃい」とリュドミラは優しく答えた。「甘えるのが好きだって、あんた自分でそう言ったじゃない」

彼女は彼の頭を撫でた。彼は優しく彼女に身を寄せた。彼女は言った。

「あんたってほんとうに綺麗ね、サーシャ」

サーシャは顔を赤らめて笑いだした。

「こんだまた何を言いだすのさ！」

自分の美しさのことを口にされたり、ほのめかされたりすると、彼ははにかんだ。他人の目に自分が美しく映るか醜く映るか、彼は一度も知りたいと思ったことはなかった。

リュドミラはサーシャの頬を抓《つね》った。サーシャは微笑した。頬に赤い斑点ができた。それは美しかった。リュドミラはもう一方の頬も抓った。サーシャは逆らわなかった。ただ彼女の手をとると、接吻して言った。

「もうたくさんでしょ。ぼくは痛いし、あなたは指にまめができるし」

「へーえ、痛いだって。随分お世辞がうまくなったのね」

「ぼく忙しいんだ。宿題が沢山あるんですもん。おまじないにもうちょっと撫でてよ、ギリシャ語で満点とれるように」

「あたしを追い返そうってのね！」とリュドミラは言い、彼の手をとると、袖を肘の上までまくり上げた。

「ぶつの？」とサーシャは、なにか悪いことでもしたようにどぎまぎし、赤くなって尋ねた。

リュドミラは彼の手に見惚れ、あれこれひっくり返してはためつすがめつ眺めた。

「なんて綺麗な手をしてるんでしょう！」彼女は浮き浮きしてこう叫ぶと、突然肘のあたりに接吻した。

サーシャは赤くなって手を引っこめようとしたが、リュドミラはそうはさせず、さらに幾つか接吻した。サーシャはおとなしくなって眼を伏せた。彼の鮮かな、半ばほほえんでいる唇が、奇妙な表情を帯び——濃い睫毛の陰落ちる火照《ほて》った頰が蒼ざめていった。

二人はお別れを言い合った。サーシャはリュドミラを木戸まで送っていった。彼はもっとついて行きたかったが、彼女が許さなかった。彼は木戸のところに立ち止まって言った。

「もっとしょっちゅうおいでよ、ねえ君。甘い糖蜜菓子を持ってきてよ」

この初めて口にされた「君」は、リュドミラにとって優しい愛撫のように響いた。彼女は烈しくサーシャを抱き締め、接吻すると駆け去った。サーシャはまるで気が遠くなったように立ちつくした。

サーシャは来ると約束した。約束の時間は過ぎたが、サーシャは現われなかった。リュドミラは待ちきれぬ思いであがき、苛立ち、窓から外をうかがった。街路に足音が聞こえる度に身をのり出して見た。姉妹たちはくすくす笑った。彼女は気を高ぶらせ、腹立たしげに言った。

「なによ！　ほっといてったら」

それから、なぜ笑うのかといって姉妹たちに食ってかかった。サーシャが来ないことはもうはっきりした。リュドミラは口惜しさと怨めしさで泣きだした。

リュドミラは悲しみのあまり、自分をからかう姉妹たちに腹を立てることも忘れ、啜《すす》り泣きながら小さな声で言った。

「あのいまいましい鬼婆が放さないのよ。手もとに縛りつけて、ギリシャ語の勉強をさせようってんだわ」

ダーリヤがやや荒削りな同情をこめて言った。

「だけどあの子ものろまね、抜け出せないなんて」

「それにしてもまあ、赤ん坊に手を出したもんね」とワレリヤが蔑むように言った。

二人の姉妹はひやかしながらもリュドミラに同情していた。三人は互いに熱烈にではないが、優しく愛し合っていた。優しい愛情とは皮相なものである！　ダーリヤは言った。

「乳臭い青二才のことで眼を泣きつぶすことないわよ。それこそ悪魔が子供と馴染みになったってもんじゃないの」

「悪魔って誰のことよ」とリュドミラはヒステリックに叫び、顔を赤紫色にした。

「もちろんあんたよ、おあねえさん」とダーリヤは落ち着き払って答えた。「まだ若いんだから……」

ダーリヤはしまいまで言わずに鋭く口笛を吹いた。

「ばかばかしい！」とリュドミラは奇妙に震える声で言った。

降り疲れた長雨の最後の滴をとおして明るく燃え上がる空焼けのように、得体の知れぬ残忍な微笑が、涙に濡れた彼女の顔を輝かせた。

ダーリヤがいまいましげに尋ねた。

「それにしても、あの子のいったいどこがいいのよ、ねえ」

リュドミラは相変わらず謎めいた微笑を浮かべたまま、考え考え、ゆっくり答えた。

「あの子美少年だわ！　それになんて可能性を秘めていることかしら！」

「そんなこと、たいしたこっちゃないわよ」とダーリヤが言下に言った。「男の子ならみんなそうじゃない？」

「いいえ、大したことなのよ」とリュドミラが口惜しげに言い返した。「いやらしい子だっているわ」

「で、あの子は純粋？」とワレリヤが、「純粋」という言葉を蔑むように長く引っ張って尋ねた。

「あんたには分かんないのよ！」とリュドミラは大きな声を出したが、今度は低い声で、夢見るようにつけ加えた。「あの子は清浄よ」

「そりゃそうでしょうとも！」とダーリヤが嘲るように言った。

「男の子にとっていちばんいい年頃なのよ、十四、五歳ってのはね」とリュドミラは言った。「まだほんとうには何一つできもしないし知りもしないいんだけど、もう何もかも感じとっているの。何から何まですっかり。それでいて厭な顎鬚はまだない」

「お楽しみだこと！」と蔑むように顔を顰めてワレリヤが言った。

彼女は憂鬱だった。彼女には自分が小さくか弱く頼りなく思われ、それゆえ姉たちを羨《うらや》んでいた——ダーリヤの快活な笑いを、はてはリュドミラの涙をさえも羨んでいた。リュドミラは続けた。

「あんたたちには分からないのよ。あたしはあんたたちが考えてんのとは全然違った風にあの子を愛してんのよ。あたしの愛には一点の汚れもないの。あたしあの子に何も求めない」

「なにも求めないなら、なぜしょっちゅう引きつけておこうとすんのさ」とダーリヤが遠慮なく言い返した。

リュドミラは赤くなった。恥じ入るような表情が重苦しくその顔を覆った。可哀そうになったダーリヤはリュドミラに近づき、彼女を抱いて言った。

「さあ機嫌を直しなさいな。あたしたちだって意地悪で言ったんじゃないのよ」

リュドミラはダーリヤの肩にもたれてまた泣きだし、悲しげに言った。

「何ひとつ期待しちゃいけないことは分かってるの。ただあの子にほんのちょっと優しくしてもらいたいだけなのよ。ほんのちょっとでいいから」

「淋しいお話だこと！」ダーリヤはいまいましげにそう言うとリュドミラから離れ、両手を腰にあてるとよく通る声で歌いだした。

きのうあたしはいとしい人を
一晩中引きとめた

ワレリヤは細いよく響く声で笑い転げた。リュドミラの眼は陽気でいたずらっぽい表情をとり戻した。彼女は自分の部屋にとんで帰ると、からだにコリロプシスのオーデコロンをふりかけた。甘いぴりっとした肉感的な芳香が彼女を誘った。着飾り、心を弾ませて、慎しみのない誘いと蠱惑《こわく》をばら撒きながら、彼女は街路へ出た。

『ひょっとしたら、出会うかもしれない』

そして事実出会った。

「まあようこそ！」と彼女は怨めしさと喜びをこめて叫んだ。

サーシャはまごつき、かつ喜んだ。

「忙しくって」と彼は当惑して言った。「勉強が沢山あって、ほんと、時間がなかったもんだから」

「嘘おっしゃい、この子ったら。すぐ行きましょう」

彼は笑って断わったが、明らかに、リュドミラに拐《さら》われるのを喜んでもいた。リュドミラは彼を連れて家へ戻った。

「連れて来たわよ！」彼女は勝ち誇って姉妹たちにこう叫び、サーシャの肩を抱いて自分の部屋へ連れこんだ。

「お待ち、いまお仕置をしたげる」彼女はそう威すとドアにかんぬきをさした。「これでもう誰もあんたを庇《かば》っちゃくれないわよ」

サーシャは両手をバンドに挟み、部屋の真ん中に立ってもじもじしていた。彼はおそろしくもあり、嬉しくもあった。何か新しい香水の華やかな甘い匂いがした。しかしこの匂いの内には、元気ですばしこい子蛇の肌のざらざらした感触にも似た、何かしら神経を刺戟し逆撫でするものがあった。

## 十八

ペレドーノフはある生徒宅を訪問しての帰り道突然小雨に見舞われ、新しい絹張りの傘をだめにしないで済むにはどこへ立ち寄ったものかと思いをめぐらせた。道をへだてた石造りの二階建てに、彼はこういう看板を読んだ。「公証人グダエフスキー事務所」。公証人の息子はギムナジウムの二年級だった。ペレドーノフは立ち寄ることにした。ついでに子供の告げ口をしてやればいい。

両親とも在宅だった。二人はあたふたと彼を迎えた。ここでは万事がそういう調子だった。

ニコライ・ミハイロヴィチ・グダエフスキーは中背のがっしりした体格で、黒い髪は禿げ上がり、顎鬚を長く伸ばしていた。彼の動作はいつだって急激で、思いがけなかった。歩きぶりは、歩くというより、むしろ雀のように小刻みにはねるのだった。その顔付、身振りから、彼が次の瞬間何をするか予見することは絶対に不可能だった。仕事の話の真っ最中に彼は突然突っ拍子もない動作をし、それをせねばならぬ理由が全くないことによって、相手をおかしがらせるよりはむしろ当惑させた。家で、あるいは客に行って腰を下している。と、不意に跳び上がって、これといった理由は何らないのに、部屋中を歩き回り、大声を出したり家具を一突きしたりする。街路を歩いている。急に立ち止まってしゃがみこんだり、拳を突き出したり、その他体操の真似をして、また何事もなかったように道を続けるのだった。自分が作成したり確認したりする書類に、グダエフスキーは好んで滑稽な書きこみをした。例えば、モスクワ広場エルミーロワの持家に居住するイワン・イワーヌイチ・イワーノフと書く代わりに、マーケット広場の臭くて息もできないアパルトマンに居住するイワン・イワーノヌイチ・イワーノフなどと書くのだった。時として、署名を確証すべき人物の所有する鶏と鵞鳥の数を書きこむこともあった。

細君のユーリヤ・グダエフスカヤはすぐ熱中するたちの、おそろしくセンチメンタルな、背の高い、痩せて干乾びた女で、容姿の上では夫とまるで反対だったが、挙止《きょし》の上では奇妙に似通っていた。動作は同じように突発的で、他人のそれと釣合いがとれなかった。いつも色ものの服を着て年の割には若い身なりをし、彼女がせかせかと体を動かすたびに、服や髪にふんだんに着けている色とりどりの長いリボンが、絶えず四方八方へはためいた。

息子のアントーシャはほっそりした敏捷な少年で、来客に丁寧なお辞儀をした。ペレドーノフは客間の椅子をすすめられるや、直ちにアントーシャのことをこぼしだした。怠慢である、注意散漫、教室ではよく聴いていない、話をする、笑う、休み時間にはわるさをする。アントーシャは驚いた。彼はそんな悪いことをした覚えはなかったから、熱くなって弁解した。

「失礼ですが」と父親は大きな声をだした。「この子のしたわるさとはそもそも何のことか、おっしゃって下さい」

「ニカ（ニコライの親称）、この子の肩をもちなさんなよ」と母親が叫んだ。「この子がわるさをする筈ありませんよ」

「いったいどんなわるさをしますんで？」と父親は短い脚で転がるように歩き回りながら問いつのった。

「いろいろとやります。騒いだり、殴り合いをしたり」とペレドーノフはむっつりして言った。「しょっちゅうわるさをしとります」

「ぼく殴り合いしません」とアントーシャは哀れっぽく叫んだ。「誰にでもきいてみて。ぼく誰とも一度も殴り合いしたことないもん」

「誰にでもうるさくつき纏《まと》いまして」とペレドーノフは言った。

「よろしい。わたしが自分でギムナジウムへ行って、視学官にきいてみます」とグダエフスキーはきっぱり言った。

「ニカ、ニカ、なぜあんた信じないの！」とユーリヤが叫んだ。「アントーシャをろくでなしにしたいの？　笞でぶってやんなきゃいけないのよ」

「馬鹿なことを言うな！」と父親は叫んだ。

「ぶってやります、きっとぶってやりますから！」母親はそう叫ぶと、息子の肩を掴んで台所へ引っぱっていった。「アントーシャ」と彼女は言った。「おいで、いい子だから。笞で打ったげるよ」

「そうはさせん！」と父親は息子を奪い取ろうとしながら怒鳴った。

母親は譲らず、両親は互いに小突き合った。

「加勢して下さい、アントーシャ、アルダリオン・ボリースィチ」とユーリヤは喚いた。「わたしがアントーシャの片を付ける間、この人でなしを抑えていて下さいまし」

ペレドーノフは手をかそうと近づいた。だがグダエフスキーは息子をもぎ取ると、妻を力一杯突き放し、ペレドーノフのところへ跳び寄って来て怒鳴った。

「ひっこんでなさい！　他人の喧嘩に手を出すもんじゃない！　ただじゃおきませんぞ！」

彼は顔を真っ赤にし、髪をふり乱し、汗をしたたらせて拳を虚空に振り回した。ペレドーノフは訳の分からない言葉をもぐもぐ呟きながらあとずさりした。ユーリヤは夫のまわりを駆け回り、アントーシャをつかまえようとした。父親は息子を背後に庇い、腕を掴んで右や左に引っ張った。ユーリヤは眼をきらきらさせて叫んだ。

「強盗に育てようってのかい！　牢屋に入れようってのかい！　懲役にやろうってのかい！」

「いい加減にしろ！」とグダエフスキーは怒鳴った「黙れ、鬼婆あ！」

「暴君！」とユーリヤは金切声を張り上げると夫のそばに跳び寄り、拳固で背中に一発くらわせるや、客間からとび出て行った。グダエフスキーは拳を固めてペレドーノフのところへ駆け寄った。

「あんたは不和の種を播《ま》きに来たんだな！」と彼は叫んだ。「アントーシャがわるさをする？　でためもほどほどになさい。あの子はわるさはせん。もしあの子がわるさをすれば、わしにはあんたに言われなくとも分かる。あんたとは口もききたくないわい。あんたは町を駆け回っちゃ、馬鹿者どもをたぶらかしては子供たちを笞打って、笞打ち教師の免状でももらいたいんだろう。だがうちへ来たのは見当違いでしたな。どうかおひきとりいただけませんですかな！」

そう言いながら彼はペレドーノフに詰め寄り、部屋の隅に追いつめた。ペレドーノフはすくみ上がり、いつでも喜んで退散したかったのだが、逆上したグダエフスキーは自分が出口を塞《ふさ》いでいることに気づかなかった。アントーシャは父親の背後からフロックの裾を掴んで引っ張った。父親は息子を怒鳴りつけ蹴とばした。アントーシャは機敏に脇へ跳び退いたがフロックの裾は手放さなかった。

「どいてろ！」とグダエフスキーは叫んだ。「アントーシャ、いい加減にせんと」

「お父さん」とアントーシャは相変わらずうしろから父親を引っ張りながら叫んだ。「お父さん、アルダリオン・ボリースィチの道を塞いでるよ」

グダエフスキーはさっとうしろへ跳び退いた。アントーシャは危く身をかわした。

「失礼」とグダエフスキーは言ってドアを指し示した。「出口はこちらで。お引き留めいたしません」

ペレドーノフは急いで客間から退散した。グダエフスキーは彼の背後から長い鼻に長い指を拡げた手を重ね、あたかも客を蹴り出すかのように膝を空中に一曲げして見せた。アントーシャはくすくす笑った。グダエフスキーはぷりぷりして怒鳴りつけた。

「アントーシャ、よく憶えとけ！　明日わしはギムナジウムへききに行くからな。もし本当だったら、そん時は母さんに引き渡してお仕置させるぞ」

「ぼくわるさしたことなんかないよ。あれ嘘言ってるんだよ」アントーシャは哀れっぽくめそめそ泣きながら言った。

「アントーシャ、忘れちゃいかん！」と父親は怒鳴った。「ひとのことを嘘ついてると言ってはいかん。間違ってると言うんだ。嘘をつくのは子供だけだ。大人は間違えるんだ」

その間に薄暗い玄関へ免れ出たペレドーノフはどうやら外套を探し出し、これを着ようとしたが、おそれと興奮のせいでなかなか袖が通らなかった。誰も着つけを手伝いに来てはくれなかった。突如どこか脇のドアからユーリヤがリボンをさらさらはためかせながら駆け出して来ると、手を振り爪先で跳びはねつつ、何ごとか熱心に囁きかけた。ペレドーノフには彼女の言っていることがすぐには分からなかった。

「なんとお礼申し上げてよいやら」ようやく聞きとれた彼女の言葉はこうだった。「なんてご親切なお心ざしでしょう。ほんとうに、なんてご親切な。誰もかも知らんぷりしている中で、あなた様だけが哀れな母親の立場を分かって下さいました。子供を育てるのは苦労の要ることでございます。それは御想像もつかないくらい苦労の要ることなんでございます。わたくし二人も子供をかかえまして、それこそ気も狂いそうなんでございます。主人は暴君で、それはそれは恐ろしい人間でございますの。そうじゃございませんこと？　先程ご覧になりましたでしょう」

「ええ」とペレドーノフはもぐもぐ口の中で言った。「たしかに御主人は……なぜああなんでしょうな。困ります。わたしはためを思って申し上げとるんですが、御主人ときたら……」

「ああ、そのことはもうおっしゃらないで」とユーリヤは囁いた。「恐ろしい人間ですわ。あれはわたくしを棺の中に追いこんでしまえば満足なんでございましょう。そしてわたしの子供たちを堕落させるんでございます。わたしの可愛いアントーシャを。しかしわたくしは母親です。黙って引き下ってはおりません。何としてでも笞で打ってやります」

「そうはさせんでしょう」とペレドーノフは言い、居間の方角に顎をしゃくって見せた。

「主人がクラブへ行きました時に。まさかアントーシャを連れては参りませんでしょう！　主人は出掛けます。わたくしそれまでは何も言わずに黙って言うとおりにしております。主人が出掛けるやいなや、笞でお仕置をしてやります。あなた手伝って下さいまし。手伝って下さいますわね？」

ペレドーノフはちょっと考えて言った。

「よろしい。しかし、いつ来たらいいですか？」

「わたしがお知らせします。お知らせしますわ」とユーリヤは大喜びで囁いた。「お宅でお待ちになってて。主人が出掛けたらすぐにお知らせしますから」

晩になってグダエフスカヤからペレドーノフ宛て書きつけが届いた。

アルダリオン・ボリースィチ様！

主人はクラブへ出掛け、わたくしは夜中の一時まで彼の蛮行を免れております。どうか一刻も早くお越し下さって、罪深い息子の矯正にお当たり下さいませ。悪徳をささやかなうちに追い出さないことには、必ずや手遅れになるものと存じます。

ユーリヤ・グダエフスカヤ拝

追伸、どうか一刻も早くおいで下さい。さもないとアントーシャは床についてしまいますし、わざわざ起こさなければなりません。

ペレドーノフは急いで外套をまとい、マフラーで首を巻くと家を出た。

「こんなに夜遅く、いったいどこへ行くの、アルダリオン・ボリースィチ？」とワルワーラが尋ねた。

「用事だ」ペレドーノフは陰鬱げにそう答えると、足早に歩み去った。

ワルワーラはうら寂しい思いで、今夜もまた長いこと眠れないだろうと考えた。少しも早く彼に結婚させなくちゃ！　そうすれば夜でも昼でも思う存分眠れよう。それこそ至福と言うべきであろう。

街路で疑念がペレドーノフを捉えた。もしも罠だったら？　グダエフスキーが家にいて、彼をつかまえ、殴ったら？　引き返したほうがよくはないか？

『いや、家まで行ってみにゃいかん。そうすれば分かるだろう』

物音ひとつしない静かな暗い夜が四方から彼を取りまき、いやでも足どりをゆるめさせた。遠からぬ野原から清々しい息吹きが漂って来た。垣に添って生えた草がかすかにさらさらざわめき、周囲のものいっさいが奇態にも胡散《うさん》臭いものに思えた——ひょっとしたら、何者かにそっと跡をつけられているのかもしれなかった。あらゆる物象は、あたかもその内に人間の理解及ばぬ、人間に敵意を抱く別の生命、夜の生命が目覚めたかのように、奇妙にも、思いがけず、闇の背後に姿を隠してしまった。

ペレドーノフはひっそり街路を行きながら呟いた。

『跡をつけたって何にもならんぞ。おれはな、きょうだい、悪いことをしに行くんじゃない。教師としての義務を果たしに行くんだ。分かったか』

ようやくグダエフスキーの住居に辿り着いた。通りに面した窓のうちひとつだけに灯がともり、残りの四つは暗いままだった。ペレドーノフはそっと入口の階段を登ると、暫くそこに佇《たたず》んでから、ドアにぴったり寄り添って聴き耳を立てた——ことりともしなかった。彼は呼鈴の銅の把手を軽く引いた——遠くでかすかに鈴が鳴った。かすかな鳴り方には違いなかったが、それでもペレドーノフは肝をつぶした。あたかも自分を目の敵にしている諸力がこの力によって目を覚まし、ドアをめがけて突進して来るように思えたのである。彼は階段を転がりおりると、柱で身を庇いつつ壁にぴったりはりついた。

数瞬が過ぎた。ペレドーノフの心臓は今にもとまりそうに重い動悸をうった。

かすかな足音に続いてドアの開く音がした——ユーリヤが外を覗いた。彼女の黒く熱っぽい眼が闇の中に光った。

「どなた?」と彼女はよくとおる囁き声で尋ねた。

ペレドーノフは壁から少し身を離し、暗く音もない僅かなドアの隙間を見上げて、やはり囁き声で問い返した。彼の声は震えていた。

「ニコライ・ミハイロヴィチは出掛けましたか?」

「出掛けました、出掛けました」とユーリヤは嬉しげに囁いて頷いた。

こわごわあたりを窺いながら、ペレドーノフは彼女について暗い玄関へ入った。

「あかりをつけないで御免なさい」とユーリヤは囁いた。「人に見られるといけませんから。何かと噂をするでしょうし」

彼女はペレドーノフの先に立って階段を登った。階段に続く廊下には小さなランプが下り、上方の段あたりに淡い光を投げていた。ユーリヤは静かに、嬉しそうに笑っていた。彼女の笑うたびにリボンがゆらゆらと震えた。

「主人は出掛けましたわ」彼女は浮き浮きしてそう囁くと、振り返って、熱い燃えるような眼差しをペレドーノフに投げた。「今日は出掛けないんじゃないかと心配しましたの。あんなに暴れたあとですから。だけどやはりヴィントなしじゃいられなかったと見えますわ。召使たちも外出させました。うちにはリーザの乳母がいるだけですわ。さもないことには邪魔になりましょうから。なにしろ今時の連中というのはあのとおりでございますから」

ユーリヤの体から熱気が吹きつけて来た。彼女の全身が松明《たいまつ》のように乾ききり、燃え立っていた。彼女は時折ペレドーノフの袖を摑んだが、この素早い乾いた接触からやはり目にもとまらぬ乾いた火が発して、彼の全身を駆けめぐるかのようだった。抜き足さし足で二人は廊下を進んだ。締まったドアを幾つか通りすぎ、最後のドアの前で立ち止まった——子供部屋だった……

〔ドアの背後に低い子供の声が響き、銀の鈴のようなリーザの笑い声が聞こえた。

グダエフスカヤは囁いた。

「ドアの外でお待ちになって下さいまし。あの子に知られませんように」

ペレドーノフは廊下の隅にひっこみ、壁に身を寄せた。グダエフスカヤはさっとドアをあけ、子供部屋へ入っていった。ペレドーノフは框《かまち》の細い隙間から、ドアを背に、白い服の小さな女の子と並んでテーブルに向かっているアントーシャを見た。女の子の巻毛は彼の頰に触れ、その巻毛はペレドーノフには陰になった部分しか目に入らなかったので、ブリュネットに見えた。少女の片手はアントーシャの肩に置かれ、アントーシャは彼女に何か紙を切り抜いてやっているところだった。リーザは嬉しげに笑った。ここで笑い声を耳にすることがペレドーノフには忌々しかった。この餓鬼は笞打たれてしかるべきなのだ。しかるにこの子は非を悔いて涙を流す代わりに、妹を笑わせている。次いで意地悪い喜びがペレドーノフを捉えた。今じきにおまえは泣き喚くのだ。そう考えると彼は心和《なご》んだ。

アントーシャとリーザはドアのあく音に振り向いた。ペレドーノフはその隠れ場所から、リーザの赤い頰、長く滑らせた髪の下から覗いている短い鼻、それに無邪気な驚きを浮かべたアントーシャの顔を見た。

母親はせかせかとアントーシャに近づき、優しくその肩を抱いてきっぱりこう言った。

「アントーシャ、いい子だから、おいで。マリューシカ、あんたしばらくリーザと一緒にいてね」と彼女は、ペレドーノフには姿の見えない乳母に呼びかけた。

アントーシャはいやいや立ち上がった。リーザは切り抜きはまだ終わっていないと駄々をこねた。

「あとで。あとでお兄ちゃんが切り抜いてくれますよ」母親は娘にそう言うと、息子の肩をしっかり抱いたまま部屋から連れ出した。

アントーシャは何事なのかまだ分からなかったが、すでに母親の思いつめた顔付は彼を怯え上がらせ、何かおそろしいことの気配を感じとらせていた。

二人が廊下へ出て、グダエフスカヤがドアを閉めた時、アントーシャはペレドーノフの姿を認め、びっくりして身をもぎ放そうとした。しかし母親はしっかり彼の手を掴み、こう言い聞かせながらさっさと廊下を引っ張っていった。

「おいで、いい子だからおいで。おまえを笞で打ってやるよ。暴君の父さんがいないうちに、おまえを笞で懲らしてやるよ。いい子だね、それがおまえのためなんだよ」

アントーシャは泣きだして叫んだ。

「ぼくわるさなんかしなかったって言ってるのに。なんでお仕置するのさ！」

「お黙り、お黙り、いい子だから！」と母親は言い、彼のうなじを掌でぴしゃりと叩いて寝室へ突き入れた。

ペレドーノフは二人のあとについて行きながら、何事か低く腹立たしげに呟いていた。

寝室には細枝の笞が用意してあった。ペレドーノフにはその枝のまばらで短いのが気に入らなかった。『御婦人用だな』と彼はぷりぷりして考えた。

母親は素早く椅子にかけるとアントーシャを引き寄せ、その服のボタンを外しにかかった。アントーシャは真っ赤になった顔を涙にしとど濡らし、母親の腕の中で身をもがき、脚を蹴り上げながら叫んだ。

「かあさん、かあさん、ごめんなさい、もう絶対にしませんよう！」

「なんでもないの、なんでもないの」と母親は言い返した。「早く服をお脱ぎ。とってもおまえのためになることなんだよ。なんでもないから、こわがるんじゃないの。じき癒《なお》るんだから」彼女はそう慰めながら、手早く息子を裸にした。

半ば服を剝がれながらもアントーシャは抵抗し、脚を蹴り上げては叫び立てた。

「手伝って下さい、アルダリオン・ボリースィチ」とユーリヤ・ペトローヴナは騒々しい囁き声で言った。「このとおりの腕白で、あたくしひとりじゃ手に負えないことは分かってましたんです」

ペレドーノフはアントーシャの両脚を摑み、ユーリヤ・ペトローヴナは笞で打ち始めた。

「怠けるんじゃない、怠けるんじゃない！」と彼女は言い聞かせた。

「じたばたするんじゃない、じたばたするんじゃない！」と彼女に続いてペレドーノフが繰り返した。

「もうしませんよう、もうしませんよう！」とアントーシャが叫んだ。

グダエフスカヤはあまり精出して笞を振るったので、じきに疲れてしまった。

「もういいでしょう、ねえおまえ」と彼女は言い、アントーシャを放した。「十分だわ。あたしゃもうだめ。疲れちゃった」

「お疲れなら、わたしがもっと打ってもよろしい」とペレドーノフが言った。

「アントーシャ、お礼をおっしゃい」とグダエフスカヤは言った。「お礼をおっしゃい、踵《かかと》を合わせて。アルダリオン・ボリースィチがもっと打って下さるそうだよ。あたしの方を向いて跪きなさい、いい子だから」

彼女はペレドーノフに細枝の束を渡すと、再びアントーシャを引き寄せ、その顔を自分の膝に埋めさせた。ペレドーノフは突然怖気づいた。アントーシャが身をふりほどいて、嚙みついてくるのではないかと思ったのである。

「まあ、今回はこれで十分でしょう」と彼は言った。

「アントーシャ、聞いたかい?」とグダエフスカヤはアントーシャの耳を引っ張って身を起こさせながら尋ねた。「アルダリオン・ボリースィチはおまえをお許しになったよ。お礼をおっしゃい。踵を合わせて、踵を。お辞儀をしたら服を着なさい」

アントーシャはしゃくり上げながら踵を合わせてお辞儀をし、服を着た。母親は彼の手をとって廊下へ連れ出した。

「お待ちになって下さい」と彼女はペレドーノフに囁いた。「まだお話したいことがございます」

彼女はアントーシャを子供部屋へ連れ戻し、ベッドに入るように命じた。乳母はすでにリーザを寝かしつけていた。それから彼女は寝室へとって返した。ペレドーノフは部屋の真ん中の椅子にむっつり腰を下していた。グダエフスカヤは言った。

「ほんとうになんとお礼申し上げてよいやら、とても言葉には尽くせませんわ。それは気高いお振舞いでしたわ、ほんとうに気高いお振舞いで。こういうことは本来主人がやるべきことでございますが、あなたは主人の代わりを務めて下さいました。うちの主人なぞわたくしに裏切られて当然でございます。義務の遂行を他人に任せる以上、権利も他人に譲らなくてはなりませんもの」

彼女は烈しい勢いでペレドーノフの首にとりすがって囁いた。

「抱いて下さいまし、あなた！」

それからなおも言うに言われぬ言葉を口にした。ペレドーノフはあっけにとられたが、それでも彼女の胴に手を回し、その唇に接吻した。彼女は長いがつがつした接吻で彼の唇を吸った。次いで彼の手から身を振りほどくと、ドアにとびついて鍵をかけ、さっさと服を脱ぎだした。」

ペレドーノフがユーリヤのもとを去ったのは真夜中だった。そろそろ夫の戻る時刻だったのである。ペレドーノフは陰気なうら悲しい気分で暗い街路を歩いていった。彼にはいつでも誰かが家の前で待ち伏せしていて、今も自分のあとをつけているように思えた。彼は呟いた。

「おれは義務を果たしに行ったんだ。おれが悪いんじゃない。彼女の望んだことだ。おれの尻尾を摑もうたって、そうはいかんぞ」

彼が戻ると、ワルワーラはまだ起きていた。彼女の前にはカルタが並べてあった。

ペレドーノフには自分が部屋へ入った時、誰かが同時に入りこんだように思えた。おそらくワルワーラ自ら敵をひっぱりこんだものであろう。ペレドーノフは言った。

「おれが眠ってる間に、カルタで魔法をかける気だな。カルタをよこせ。まじないをかけようったってそうはいかん」

彼はカルタを奪い取り、自分の枕の下に隠した。ワルワーラはにやにや笑いながら言った。

「あほらしいこと言わないでよ。あたしゃまだそれほどの魔女じゃありませんよ。そんな必要ありませんしね」

彼女の薄笑いが彼に口惜しさと恐怖を吹きこんだ。彼女はカルタなしでもまじないをかけることができるのだ、と彼は考えた。ベッドの下では猫が身を縮め、緑色の眼が光っていた。この毛皮でだってまじないはかけられるのだ。闇の中でそれを撫でて火花を散らせればいい。箪笥の下でまたもや灰色のネドトゥイコムカがちらちらした――ワルワーラは夜毎鼾《いびき》にも似た静かな口笛でこれを呼んでいるのではなかろうか？

ペレドーノフはいまわしくもおそろしい夢を見た。プイリニコフがやって来て敷居のところに立ち、彼を誘い、笑いかけた。何者かがペレドーノフを彼の方へ引き寄せたかのごとく、プイリニコフはペレドーノフを導いて暗い汚い街路を行った。猫は緑色の瞳孔を光らせながら、並んで走っていった……

〔父親がクラブから戻った時、アントーシャはもう眠っていた。翌朝アントーシャがギムナジウムに出掛ける時、父親はまだ眠っていた。アントーシャは昼になってようやく父親に会えた。彼は母親に内緒で父親の書斎へ忍んで行き、笞打たれた旨を愁訴した。グダエフスキーは猛り狂い、部屋中を駆け回り、テーブルから幾冊かの本をとって床に投げつけ、おそろしい声で怒鳴った。

「卑怯者、卑劣漢、下司《げす》、けがらわしい奴らめ、悪魔の角に突かれて死んじまえ！　猫にひっ掻かれろ！　一大事だ！」

次いでアントーシャにとびかかると、半ズボンを下させ、笞の細い縞がいっぱいに刻まれた細っこい体を点検し、甲走った声で叫んだ。

「まるでヨーロッパ地図だ。第十七版！」

彼はアントーシャの手を摑み、妻のところへ駆けつけた。アントーシャは気まずくもあり、恥ずかしくもあって、ひいひい哀れっぽく泣いた。

ユーリヤ・グダエフスカヤは小説を読み耽《ふけ》っていたが、遠くから聞こえてくる夫の叫び声で事の何たるかを悟り、跳び上がると本を床に投げ出し、色とりどりのリボンを翻し、干涸《ひから》びた拳を握りしめ、部屋中を駆け回りだした。

グダエフスキーはドアを蹴り開けて、荒々しく闖入《ちんにゅう》した。

「これは何だ！」彼はアントーシャを床に据え、そのむき出しの体を彼女に見せて言った。「この地図はなにごとだ！」

ユーリヤ・グダエフスカヤは悪意に身を震わせ、地団駄を踏んで喚いた。

「笞で打ってやったんだ、打ってやったんだ！　ざまを見ろ、打ってやったんだ！」

「卑怯者め！　この卑怯者め！　神に呪われた卑怯者め！　よくもおれの許可なしでやりおったな！」

「またこれからも打ってやる。あんたへの面《つら》当てに打ってやる。毎日でも打ってやる」

アントーシャは身をふりほどくと、服のボタンをかけながら逃げだした。父親と母親だけがあとに残って罵り合った。グダエフスキーは妻のそばに駆け寄って平手打ちをくわせた。ユーリヤ・グダエフスカヤは金切声を上げ、泣き叫んだ。

「冷血漢！　悪党！　あたしを墓に追いこみたいんだろう！」

彼女は素早く夫に近寄ると、その横面を張った。

「謀叛だ！　裏切りだ！　一大事だ！」とグダエフスキーは叫んだ。

こうして二人は長いこといがみ合い、摑み合い、最後には疲れ果てた。グダエフスカヤは床にぺったり坐りこんで、泣きだした。

「悪党！　あたしの青春を台無しにしといて」と彼女は一語一語のろのろと哀れっぽげに泣きわめいた。

グダエフスキーは彼女の前に立ち、相手の頬を張る機会をうかがっていたが、ふと思い直して彼女の向かい合わせに坐りこみ、喚きだした。

「じゃじゃ馬！　根性曲り！　尾のない猿！　おれの人生を食い尽くしやがって！」

「あたし実家へ帰るわ」とグダエフスカヤがめそめそ泣きながら言った。

「とっとと帰れ」グダエフスキーがぷりぷりして言い返した。「せいせいするわ。フライパンを叩いて送ってやる。口笛で行進曲を吹いてやる」

グダエフスキーはラッパを握る心持で拳を口許にかざし、甲高い威勢のいいメロディーを吹いてみせた。

「子供は連れて行くわよ！」

「子供はやらん！」

二人は同時に立ち上がり、手を振り回して怒鳴り合った。

「アントーシャは連れて行きます」

「アントーシャはやらん」

「連れて行きます」

「やらん」

「好きなように甘やかして、駄目にしなさい！」

「虐待はさせん！」

二人は拳を握りしめ、威嚇の文句を投げつけ合い、妻は寝室へ、夫は書斎へと駆けこんだ。二つのドアを叩きつける音が家中に鳴り響いた。

アントーシャは父親の書斎に籠っていた。彼にはここがいちばん安全な、居心地よい場所に思えた。

グダエフスキーは書斎中を駆け回り、こう繰り返した。

「アントーシャ、おれはおまえを母さんにはやらん。絶対にやらん」

「母さんにはリーゾチカをあげたらいいよ」とアントーシャは助言した。

グダエフスキーは立ち止まり、掌で額をぽんと叩くと言った。

「そいつは名案だ！」

そして書斎から駆け出していった。アントーシャがこわごわ廊下を覗いてみると、父親は子供部屋へ駆けこんでゆき、そこからリーザの泣声と、仰天した乳母の声が聞こえてきた。グダエフスキーは肝をつぶしておいおい泣いているリーザの手を引いて子供部屋から引きずり出すと、寝室へ引っ張っていって母親に投げつけ、こう叫んだ。

「そら、阿魔っ子をやるからとっとけ。その代わり息子は民法第七篇第七条に基づいておれのもとに残す」

そして彼はみちみちこう叫びながら書斎へ逃げ帰った。

「ざまあみろ！　それで我慢しとけ。せいぜい笞で打ってやれ！　へっへっへ！」

グダエフスカヤは少女をかかえて膝に乗せ、慰めにかかった。それから突然跳び上がり、リーザの手をひっ摑むと父親のところへひっ立ててきた。リーザはまた泣きだした。

書斎の父親と息子は廊下を近づいてくるリーザの泣き声を耳にした。二人はぎょっとして顔を見合わせた。

「あの女め！」と父親は囁いた。「いらんとみえる！　おまえをさらいに来るぞ」

アントーシャは書きもの机の下に這いこんだ。だがこの時すでにグダエフスカヤが書斎に駆けこんできて、リーザを父親に投げつけ、息子を机の下から引っぱり出して頰打ちを食わすと、腕を摑んで引きずって行きながら、こう叫んだ。

「おいで、いい子だから。おまえの父さんは暴君だよ」

だがここで父親もわれに返り、少年のもう一方の腕を摑むと、もう一方の頰を張って叫んだ。

「よしよし、こわがるんじゃない。おれはおまえを誰にも渡しゃせんぞ」

父親と母親はアントーシャを両側から引っ張り、ぐるぐる輪を描いて回った。アントーシャは二人の間にあって独楽《こま》のように回りながら、必死の叫び声を上げた。

「放して、放して、腕がちぎれるう」

どうやらこうやら彼は腕をもぎ放した。その結果父親と母親の手中には、ジャケツの袖ばかりが残った。しかし二人はこれに気づかず、相変わらず猛り狂ってアントーシャの周りを回り続けた。彼はやけになって声を張り上げた。

「もぎ取っちゃうよ！　肩がぽきぽきいってる！　イタタタタ、とれちゃう、とれちゃう！　とうとうもいじゃった！」

そして事実、父親と母親はアントーシャのジャケツの袖を片方ずつ手中に、突如両側へ尻もちをついた。アントーシャは絶望の極、こう叫びながら逃げだした。

「とうとうもいじゃった。いったいなんてことを！」

父親と母親は二人ともアントーシャの腕をもぎり取ってしまったのだと思い、床に腰を据えたまま、おそろしさのあまりおいおい泣きだした。

「アントーシャがもぎれちゃった！」

それから跳び起きると、互いに空《から》の袖をうち振って、われ先にこう叫びだした。

「医者を呼んで！　逃げちまった！　あの子の手はどこ！　手はどうした！」

床を這い回って探したが手は見つからず、二人は向かい合って坐りこむと、おそれとアントーシャへの憐れみにおいおい泣きながら、空の袖を振って互いに打ち合い、次には取っ組み合って床の上を転げ回った。小間使と乳母が駆けつけてきて、旦那様と奥様を引き離した。」

## 十九

ペレドーノフの奇行はフリパーチの不安を日増しにつのらせた。彼はペレドーノフが発狂したのではないかと校医に尋ねてみた。校医は笑って、ペレドーノフには今更狂う正気なぞありはしない、彼が馬鹿げたことをするのは要するに馬鹿だからだ、と言った。苦情が殺到した。一番のりはアダメンコで、彼女が校長のもとに送りつけてきた弟のノートには、よくできている宿題に一点がついていた。

校長はある時休み時間にペレドーノフを呼び寄せた。

『たしかに、狂人の相だ』ペレドーノフのどんよりした鈍そうな顔に刻まれた惑乱と恐怖の跡を見て、フリパーチは思った。

「あなたにひとつ苦情を申し上げにゃならんのですが」とフリパーチは素っ気ない早口ではじめた。「あなたの隣りで授業せにゃならん時、わたしゃそれこそ頭がはじけそうですわい。あなたのクラスはまたなんとよく笑うこってしょうな。授業内容をもうちょっと陽気でなくしていただけませんかな。『冗談、また冗談、いったいいつまでもつことやら?』」

「わたしのせいじゃありません」とペレドーノフはぷりぷりして言った。「連中が勝手に笑うんです。だいいち年がら年中 ѣ《ヤッチ》の正字法とカンテミールの諷刺詩のことばかり喋ってるわけにはいきません。

時々何かほかのことを言おうもんなら、連中すぐさま歯をむき出して笑いだす。はなはだたるんどるです。ひき締めてやらにゃいけません」

「教室での学習は真面目な性格のものであることが望ましい、というより、必ずやそうでなくてはいけません」とフリパーチは素っ気なく言った。「それからもうひとつ」

フリパーチはペレドーノフに二冊のノートを見せて言った。

「これはあなたの課目のノートで、二人とも同じクラスの生徒です。アダメンコとうちの息子です。たまたまこれを比較しまして、わたしはあなたが十分注意深く職務に当たっておられないと結論しないわけにゆかんので。アダメンコの最近の宿題は非常によくできておりますが、一点がついとります。いっぽうそれほどでないうちの息子の宿題には四点がついとります。もちろんお間違えになったのでしょう。二人の生徒の点数を逆につけられたわけで。人間なら誰でも間違いはするものですが、やはりこういうたぐいの間違いは今後なさらないようお願いします。両親や生徒自身たちの間に、すこぶるもっともな不満を生んでおりますからな」

ペレドーノフは何かはっきりしないことをもぐもぐ呟いた。

かんかんになって教室へ戻った彼は、ここ数日来自分が親に言いつけて笞打たせた子供たちをせっせとなぶりだした。とりわけクラマレンコが槍玉に上がった。少年はおし黙ったまま、黒く日焼けした顔を蒼白にして、眼をぎらつかせていた。

その日の放課後、クラマレンコはすぐに家へ帰らず、門のところに佇んで玄関の階段を見上げていた。ペレドーノフが出てくると、クラマレンコは通行人のすっかりいなくなる地点まで、少し離れて彼のあとをつけて行った。

ペレドーノフはゆっくり歩いた。うっとうしい天気が彼を憂鬱にした。彼の顔付はこのところますますなまくらな表情を帯び、眼差しは、ある時はどこか遠くに釘づけになり、ある時はわけもなくあたりをさ迷った。彼はあたかも絶えず事物の背後を覗きこんでいるかのようだった。ために事物は彼の眼の前で二重になり、ぼやけ、崩壊していった。

何を彼は探していたのか？　密告者たちである。彼らはあらゆる事物の背後に隠れ、囁き交わし、笑い合っていた。敵どもはペレドーノフに雲霞《うんか》のような密告者をさし向けたのだ。時としてペレドーノフは彼らを一気にひっ捕えようとしたが、彼らはいつだって、まるで地にもぐったように、うまく逃げうせてしまうのだった……

ペレドーノフは背後の舗装に誰憚《はばか》らぬ小刻みな足音を聞き、おびえ立って振り向いた――クラマレンコが彼に追いつき、思いつめた敵意に燃える眼差しで彼を睨みつけた。瘦せて蒼ざめた少年は、今にも敵にとびかかろうとする小さな蛮人のようだった。その眼差しにペレドーノフは度胆を抜かれた。

『もし咬みついてきたらどうする？』と彼は考えた。

彼は足を早めた――クラマレンコは執拗に追ってきた。ペレドーノフは立ち止まると、腹立たしげに言った。

「どこをうろついとるんだ、罰あたりの餓鬼め！　ひっつかまえて親父んところへ引っ張ってくぞ」

クラマレンコも立ち止まったが、ペレドーノフを見つめることはやめなかった。今や二人は人気ない街路のぐらぐらする敷板の上、生きとし生けるものには一切無関心な灰色の塀の傍に向かい合って立った。クラマレンコは全身を震わせ、かすれた声で言った。

「下司《げす》！」

少年は鼻の先で笑い、くるりと背を向けて歩き出した。三歩ほど行って立ち止まると、振りむいて、前より声高に繰り返した。

「この下司！　悪党！」

そしてペッと唾を吐いて立ち去った。ペレドーノフは気の滅入る思いでそのうしろ姿を見送ってから、自分も家路を辿った。小心な落ち着かぬ思念が交わる交わる彼の脳裏を去来した。

ヴェルシーナが彼を呼びとめた。彼女は大きな黒い肩掛けにくるまり、庭柵の中、木戸の傍に立って、煙草をふかしていた。ペレドーノフにはそれがヴェルシーナだとすぐには分からなかった。彼女の姿をとって何か不吉なものが幻のように立ち現われたかと思えた。黒衣の女妖術師が魔法の煙を吐きながら、まじないをかけていた。彼は唾を吐いて、魔除けのまじないを呟いた。ヴェルシーナは笑いだし、こう尋ねた。

「どうなすったの、アルダリオン・ボリースィチ？」

ペレドーノフは鈍麻した視線を彼女に注ぎ、ようやく言った。

「ああ、あんたですか！　分からなかった」

「それはあたしにとっちゃ吉兆ね。近いうちにお金のころがりこむしるしだわ」

これはペレドーノフには気に入らなかった。金のころがりこむのは彼のところであって欲しかったから。

「なんですって」と彼はぷりぷりして言った。「お宅に金がころがりこむこたないでしょう！　今あるだけだって十分なんだから」

「あたくしきっと二十万ルーブルの富籤《とみくじ》が当たるんですわ」とヴェルシーナは苦笑して言った。

「いや、二十万当たるのはわたしだ」とペレドーノフは言い逆った。

「最初の抽籤ではあたくしが当たって、あなたはその次でしょう」とヴェルシーナは言った。

「でたらめ言いなさい」とペレドーノフは突慳貪に言った。「一つの町に二つ当たり籤はない。当たるのはわたしだと言ってるんだ」

ヴェルシーナはペレドーノフが本気で腹を立てているのに気づき、言い返すのをやめた。彼女は木戸を開き、ペレドーノフを誘った。

「こうしていたってしようがありませんわ。お入りになりません？　ムーリンが来ています」

ムーリンの名はペレドーノフの耳に快く響いた——何かつまんで一杯やれるかもしれない。彼は木戸をくぐった。

木の茂みのせいで薄暗い客間に、赤いプラトークを首のまわりで蝶結びにし、眼を陽気に輝かせたマルタと、いつもより髪をふり乱し、なぜか浮かれ気味のムーリンと、ギムナジウムの最年長級に通っているヴィトケーヴィチが腰を下していた。ヴィトケーヴィチはヴェルシーナに言い寄っており、彼女が自分に惚れていると信じ、ギムナジウムをやめて彼女と結婚し、その所有地の管理に携りたいものだと考えていた。

ペレドーノフが入ってゆくとムーリンは腰を上げ、大仰な喜びの声を発して駆け寄ってきた。顔付は一段と甘ったるくなり、眼はうるみ、こうしたことはどれもその頑健そうな体軀と、ところどころ乾草の屑さえ散見する蓬髪に似合わなかった。

「用事でうかがったんだがね」と彼は大きなしゃがれ声で話しだした。「忙しくてしょうがないんだが、こちらの御婦人方がお茶をすすめて下すってね」

「ふん、用事か」とペレドーノフはぷりぷりして言った。「どんな用事だってんだ！　あんたは勤めちゃいないが、それでいて溜めこんでる。用事で駆け回らにゃならんのはおれのほうだ」

「いや、用事とは他人の金を頂戴することでね」とムーリンは言い返して高笑いした。

ヴェルシーナは苦笑し、ペレドーノフをテーブルにつかせた。長椅子の前の円いテーブルには、コップ、茶碗、ラム酒、黒苺《いちご》のジャムなどがところ狭しと並び、ナプキンをかぶせた透し模様入りの銀の籠には、巴旦杏《はたんきょう》入りの糖蜜菓子が盛ってあった。

ムーリンのコップからはラム酒の強い香りが立ち昇り、ヴィトケーヴィチは貝殻を模した自分の皿にジャムを山ほど盛り分けていた。マルタは見るからに満足しきって、白パンの小さなかけらを齧《かじ》っていた。ヴェルシーナはペレドーノフにも茶をすすめたが、彼は断わった。

『毒を盛られるかもしれない』と彼は考えた。『人に毒を盛るほど簡単なことはない。盛られた当人は気づかないような、口あたりのいい毒もある。ところがうちへ帰ってからまいっちまう』

また彼には、ムーリンにジャムを出しておきながら、自分が来た時それより上等なジャムの壜に手をつけなかったことが口惜しかった。この家のジャムは黒苺ばかりじゃない——ありとある種類を煮ている筈だ。

ところでヴェルシーナは、ほんとうにムーリンの歓心を買おうとしていたのである。ペレドーノフを望み薄と見た彼女は、マルタのためにほかの婿がねを物色しだし、今やムーリンをひっかけようとしていた。なかなか身を任せようとしない金儲けに手を焼いていたこの田舎地主は、この種の餌には簡単にひっかかった。彼はマルタが気に入った。

マルタは満足だった。適当な男を見つけて嫁に行き、裕福な家庭をかまえて家事をとりしきる――これが彼女の変わることない夢だった。そして今彼女は恋する者のうっとりした眼差しをムーリンに注いでいた。がさつな声と屈託なげな顔つきの、山のような四十男。その動作のひとつひとつが彼女には男性の力と勇気と美と善意の見本のように思えた。

ムーリンとマルタの交わす惚れた者同士の眼差しに、ペレドーノフはいやでも気づいた。なぜなら彼はほかならぬ自分こそがマルタの跪拝の対象たることを期待していたから。彼はぷりぷりしてムーリンに言った。

「まるで花婿だな。満面光り輝いとるぞ」

「いいことがあったんでね」とムーリンは高ぶった快活な口調で答えた。「仕事がうまくいったんだ」

彼は女たちに眼くばせをし、こちらは二人とも嬉しげにほほえんだ。ペレドーノフは蔑むように眼を細め、むかむかしながら言った。

「花嫁でも見つけたってのか？　持参金のたっぷりあるのを？」

ムーリンはこの質問が聞こえなかったふりをして言った。

「ナターリヤ・アファナーシエヴナがですな、有難いことに、うちのワーニャを手もとに置いて下さることになったんで。こちらならやつも何不自由なく暮らせますしな。わたしも大船に乗った気持です。甘やかされて駄目になる心配もなし」

「ウラージャと一緒になってわるさをするこったろうよ」とペレドーノフはむっつりして言った。「家に火をつけるかもしれん」

「とんでもない！」とムーリンは断言した。「ねえ奥さん、ナターリヤ・アファナーシエヴナ、そんな御心配は全く御無用ですよ。あの子はお宅じゃ猫みたいにおとなしくしてるこってしょう」

ヴェルシーナはこの会話を打ち切らせようと、苦笑しながら言った。

「何か酸っぱいものが飲みたくなったわ」

「林檎とこけもものジュースを召し上がりません？　わたくしとって来ますわ」とマルタは言うと、急いで座を立った。

「そうしてちょうだい」

マルタは小走りに部屋を出て行った。ヴェルシーナはそのほうに目をやろうともしなかった。彼女はマルタの奉仕を何かしら当然のこととして、黙って受けることに慣れきっていた。彼女は悠然と長椅子に深く身を沈め、青い煙の環を吐きながら、喋っている男たちを見比べた。ペレドーノフは腹立たしげにしまりなく、ムーリンは陽気に生き生きと喋っていた。

彼女にはムーリンのほうがはるかに気に入った。彼の顔付はいかにも善良そうだったが、いっぽうペレドーノフは微笑することさえ知らない。どう見てもムーリンのほうがよかった。背が高く、太っていて、魅力的で、声は気持のいい低音で、彼女に対する態度は慇懃をきわめている。ヴェルシーナは時として、ムーリンをマルタにとりもつのではなく、自分がムーリンと結婚するようとりはからおうかと考えることすらあった。しかし彼女はいつでも彼を鷹揚にマルタに譲ることで、こうした思案に決着をつけた。

『あたしなら相手にはこと欠かない』と彼女は思った。『お金があるんだから。選りどり見取りだわ。例えばこの子にしたっていいのよ』彼女はそう考え、満更でもない気持で、蒼白い、小生意気な、とはいえたしかに美しいヴィトケーヴィチの顔に視線を据えた。ヴィトケーヴィチはあまり喋らず大いに食べ、時々ヴェルシーナを見ては、臆面もなく微笑してみせた。

マルタは焼物の鉢に林檎とこけもものジュースを入れて運んでくると、昨夜見た夢の話を始めた。結婚式の介添を務めて、パイナップルと蜜入りプリンを食べていたところ、あるプリンの中に百ルーブル紙幣を見つけた。彼女はこの金をとり上げられて泣きだし、かくして涙でびしょびしょになって目を覚ましたというのである。

「そういうことはそっと隠して誰にも言わないどくもんだ」とペレドーノフは腹立たしげに言った。「夢の中でさえ金をちゃんと持っていられないなんて、立派な主婦になるこったろう！」

「そんなお金惜しむにはあたらないわよ」とヴェルシーナが言った。「所詮夢の中のこっちゃないの」

「だけどあたしそのお金が惜しくて惜しくて」とマルタは無邪気に言った。「なんと言っても百ルーブルですもの！」

彼女は涙ぐみ、泣きださないよう無理に笑いだした。ムーリンはせかせかとポケットをさぐりながら、大きな声で言った。

「お嬢さん、マルタ・スタニスラーヴォヴナ、そう口惜しがらないで。今すぐ元通りにしてあげましょう」

彼は財布から百ルーブル紙幣を抜き出すと、マルタの前のテーブルに置き、掌でそれを叩いて叫んだ。

「どうぞ！　これなら誰もとりやしません」

マルタは一瞬叫ぼうとしたが、次の瞬間顔を真っ赤にし、どぎまぎして言った。

「あら、何をいったい、ウラジーミル・イワーノヴィチ、わたくしそんなつもりじゃございませんわ！　いただけませんわ、ほんとうに、いったいまあ！」

「いや、わたしに恥をかかせないで下さい」とムーリンは笑いながら、金をひっこめようとはしないで言った。「つまり、夢がほんとになったというわけで」

「いけませんわ、どうしてまた、あたし恥ずかしいわ、絶対いただけませんわ」とマルタは百ルーブル紙幣に貪欲な眼差しを投げながら断わった。

「くれるってものを、なぜ遠慮するんですか」とヴィトケーヴィチが言った。「棚からぼた餅ってなこのことだなあ」そう言って彼は羨しそうに溜息をついた。

ムーリンはマルタの前に立って、言いきかすような大声で言った。

「お嬢さん、マルタ・スタニスラーヴォヴナ、ほんとうに、心底から申し上げるんです。どうか取って下さい！　もしもただもらうのは厭だとおっしゃるなら、ワーニャが御厄介になるお礼としてもよろしい。さきほどのナターリヤ・アファナーシエヴナとのとりきめどおり、あの子はこちらにお世話になるわけですから。つまり、これはあなたへの監督料ということになるわけだ」

「それにしても、あんまり多すぎますわ」とマルタは煮えきらない様子で言った。

「最初の半年分です」とムーリンは言うと、上半身を深く折ってお辞儀をした。「どうかわたしに恥をかかせないで下さい。お納め下さい。そしてうちのワーニャにとって姉さん代わりになってやって下さい」

「さあ、いいからマルタ、いただきなさい」とヴェルシーナが言った。「ウラジーミル・イワーヌイチにお礼申し上げるんですよ」

マルタは恥ずかしさと嬉しさで赤くなり、金をとった。ムーリンは熱心に礼を言った。

「今すぐ結婚を申し込めよ。安くつくぜ」と向かっ腹を立ててペレドーノフは言った。「でれでれしやがって」

ヴィトケーヴィチが吹きだした。他の者は聞こえなかった振りをした。ヴェルシーナが自分の夢の話を始めた。ペレドーノフは最後まで聞かずに別れを告げた。ムーリンは晩に自分のところへ来ないかと言った。

「晩課に行かにゃならん」とペレドーノフは答えた。

「またなぜそんなせっせと教会へいらっしゃるようになったの、アルダリオン・ボリースィチ?」と素っ気なく素早い薄笑いを浮かべてヴェルシーナが言った。

「今に始まったこっちゃない」と彼は言い返した。「わたしは神を信じてます。他の連中とは違うんだ。ギムナジウムじゃおそらくわたし一人でしょう。だからわたしは迫害されている。校長は無神論者です」

「いつでも都合のいい日を言ってくれたまえ」とムーリンが催促した。

ペレドーノフは腹立ちまぎれに帽子を丸めながら言った。

「わたしはひとの家を訪ねてる暇はない」

だがすぐに、ムーリンのところの食事と酒はすばらしいことを思い出して言った。

「ふむ、日曜日なら行ける」

有頂天になったムーリンは、ヴェルシーナとマルタも招待しようとした。しかしペレドーノフは言った。

「いや、御婦人はいかん。酔ってくると、検閲を通さないでうっかり何を言うか分からん。御婦人がいちゃ窮屈だ」

ペレドーノフが立ち去ると、ヴェルシーナはあざ笑って言った。

「変わった人だこと、アルダリオン・ボリースィチって。とにかくもう視学官になりたい一心なんだけど、あれはきっとワルワーラがいいように操ってるんだわ。醜態ばかり演じてんのはそのせいよ」

ペレドーノフのいる間姿を隠していたウラージャは、出てくると、意地悪いほくそ笑みを浮かべて言った。

「錠前屋の息子たちがね、自分たちを密告したのはペレドーノフだって、誰かから聞きこんできたよ」

「連中、やつんとこのガラスを壊しに行くぞ！」と嬉しげに大声で笑いながら、ヴィトケーヴィチが言った。

街路ではなにもかもがペレドーノフに対し敵意と悪意をはぐくんでいるかのようだった。四辻にいた羊が鈍い視線をペレドーノフに向けた。この羊があんまりヴォロージンに似ていたのでペレドーノフは仰天し、これはヴォロージンが羊に化けてあとを尾けてきたものに違いないと思った。

『たしかに、ありえないこっちゃない。科学はまだそこまで行っちゃいないんだ。しかしたぶん、もうこれを心得ている人間がいるんだろう。例えば、フランス人、これは学のある国民だから。魔術師や魔法使の家元はパリなんだ』そう思うと彼はおそろしくなった。『この羊、後脚で蹴りつけてくるかもしれんぞ』

羊は鳴いた。その鳴き声は、ヴォロージンの突きさすように鋭い、いやな笑い声そっくりだった。

またもや憲兵士官に出くわした。ペレドーノフは近づいて行って囁いた。

「アダメンコを監視なさい。あの女、社会主義者たちと文通しとります。あの女自身社会主義者ですぞ」

ルポフスキーは驚いて、黙ったまま彼を見つめた。ペレドーノフはさらに道を続けながら、うすら寒い思いで考えた。

『なんでまた、しょっちゅうやつと出くわすんだ？　おれをつけてやがる。いたるところ巡査を配置しおって』

不潔な街路、うっとうしい天候、みじめな家々、ぼろをまとった活気のない子供たち――これらすべてから憂鬱と荒廃と耐え難い悲哀が吹きつけてきた。

『いやな町だ』とペレドーノフは考えた。『住民は邪悪で下劣だ。少しも早く他の町へ移らにゃならん。視学官が通れば教師たちは深々と頭を下げ、生徒たちはおそれおののいてひそひそ囁き合う、そういう町、上に立つ者がまるきり別様の扱いを受ける町へ行かにゃならん』

「ルバニ県第二地区視学官五等文官ペレドーノフ閣下」と彼は口許で呟いてみた。「どうだ！　分かったか！　ルバニ県国民学校教育長四等文官ペレドーノフ閣下。脱帽！　退職を命ずる！　馘《くび》だ！　わしが活を入れてやる！」

ペレドーノフの顔付が尊大になった。彼はその乏しい想像力ですでに権力の幾分かを手中にしていた。

家へ帰ったペレドーノフが外套を脱いでいると、食堂から甲高い声が聞こえてきた——ヴォロージンの笑い声だった。ペレドーノフは胆をつぶした。

『もう先回りしとる。どうやっておれを誑《たぶら》かすか、ワルワーラとしめし合わせてるんだろう。ああ笑ってるところをみると、ワルワーラとぐるになれたのがよほど嬉しいんだな』

不機嫌にふさぎこんで、彼は食堂へ入っていった。夕食の仕度ができていた。ワルワーラは何事か案じ顔でペレドーノフを迎えた。

「アルダリオン・ボリースィチ！」と彼女は大きな声を出した。「まあなんてこってしょう！　猫がいなくなったのよ」

「畜生」とペレドーノフは怯え立った表情で叫んだ。「なぜまた放しちまったんだ？」

「そんなこと言ったたって、猫の尻尾をスカートに縫いつけとけとでもいうの？」とワルワーラは口惜しげに問い返した。

ヴォロージンがくすりと笑った。ペレドーノフは考えた。猫はきっと憲兵のところへ行って、ペレドーノフについて知っていることを洗い浚《ざら》い、そのごろごろいう猫撫で声で告げ口することだろう。また夜毎ペレドーノフがどこへ、何のために出掛けて行くか逐一話した上に、ありもせぬことまでにゃあにゃあ鳴き喚くに違いない。なんたる災難！　ペレドーノフはテーブルの傍の椅子にかけ、うなだれて、テーブル・クロスの端を丸めながら、陰気な物思いに沈みこんだ。

「猫ってものはね、いつだってもとの巣へ帰りたがるもんなんですよ」とヴォロージンが言った。「なぜって、猫は飼い主にじゃなく、場所になつくんですからね。引っ越しをする時にゃ、猫を独楽みたいに回して、方角を分からなくしてやればいいんです。それから道を教えないこと、そうすりゃ絶対に逃げ出しません」

ペレドーノフはこれを聴いてほっとした。

「じゃあパヴルーシカ、猫はもとの家へ逃げ帰ったたって言うんだな」

「間違いありませんよ、アルダーシャ」

ペレドーノフは立ち上がって叫んだ。

「そういうことなら一杯やろうぜ、パヴルーシカ！」

ヴォロージンはひひと笑った。

「結構ですな、アルダーシャ。いつだってお相伴《しょうばん》いたしますよ」

「猫は是非連れ戻さにゃいかん！」とペレドーノフは断固たる調子で言った。

「まるで宝物ね！」とワルワーラがにやにやして言い返した。「食事が済んだらクラヴジヤにとりにやるわよ」

三人はテーブルについた。ヴォロージンは浮き浮きとよく喋り、よく笑った。ペレドーノフにはその笑い声が先程街路で見かけた羊の鳴声そっくりに思えた。

『やつは何を企んでるんだ？　たいしたものはいらん筈じゃないか』

そしてペレドーノフはことによったらヴォロージンを買収できるかもしれないと考えた。

「おい、パヴルーシカ」と彼は言った。「もしおまえがおれに危害を加えないなら、飴玉を一週間に一フントずつ買ってやろう。いちばん上等のやつをな。それを舐めておとなしくしてろよ」

ヴォロージンは笑いだしたが、すぐに恨めしげな顔をして言った。

「ぼくはですね、アルダリオン・ボリースィチ、あんたに危害を加える気はありませんよ。飴玉なんぞいりません。好きじゃないです」

ペレドーノフはがっかりした。ワルワーラは薄笑いを浮かべて言った。

「いいかげんになさいよ、アルダリオン・ボリースィチ。この人がなんであんたに危害を加えるってのよ」

「馬鹿はいつだって害をなすもんだ」とペレドーノフはもの憂い調子で言った。

ヴォロージンは気を悪くした様子で唇をつき出し、頭を振って言った。

「あなたが、アルダリオン・ボリースィチ、ぼくのことをそんな風に思っとられるんだとしたら、ぼくとしたら謹んで感謝の意を表するよりほかありませんよ。もしそんな風に思っとられるんだとしたら、ぼくとしちゃいったいどうしたらいいんですか。どう考えたら、どう解釈したらいいんですか」

「一杯やれよ、パヴルーシカ。おれにも注いでくれ」とペレドーノフは言った。

「こんな人の言うこと気にしなさんなよ、パーヴェル・ワシーリエヴィチ」とワルワーラがヴォロージンを慰めた。「この人ったら、自分の舌が何を囀《さえず》ってるか、分かっちゃいないんだから」

ヴォロージンは口をつぐみ、やはり侮辱された顔付のまま、ウォッカの壜をとって杯に注ぎ始めた。

ワルワーラはにやにやして言った。

「どうしたの、アルダリオン・ボリースィチ、あの人の注いでくれたウォッカを飲むのこわくないの？　だってまじないでもかけたかもしれないじゃない。ほら、何か唇動かしてる」

ペレドーノフの顔に恐怖の色が走った。彼はヴォロージンの注いだ杯をとると、ウォッカを床に空け、大声で言った。

「チチンプイプイ！　まじないにはまじない。腹黒い舌は干上がってしまえ。意地悪い眼はつぶれてしまえ。あんなやつはくたばってしまえ。チチンプイプイ」

それから腹立たしげな面持でヴォロージンの方に向き直ると、馬鹿握り（馬鹿握りは拳をかため、親指の先を人差指と中指の間から覗かせたもの。これを相手につき出すのは嘲笑のしるし）をして見せて言った。

「そのては食わんぞ。悪賢いことにかけちゃ、おれのほうが一枚上だ」

ワルワーラは大声で笑った。ヴォロージンは羊の鳴くような声を怒りに震わせて言った。

「あなたこそ、アルダリオン・ボリースィチ、いろんな呪文を知っていて、それでまじないをかけてるじゃありませんか。ぼくは魔術を手がけようなんて気起こしたことは一度もありませんよ。ぼくはウォッカにだって、なんかほかのもんにだって、呪文を言ったことなんかありゃしません。きっとあんたこそいつも呪文でぼくから嫁さんを引き離しているんでしょう」

「勝手なことを言う！」とペレドーノフは腹立たしげに言った。「おまえの嫁さんなんぞに用はない。おれはもっとましなのを見つける」

「あなたぼくの眼がつぶれればいいって言いましたね」とヴォロージンは続けた。「その前に自分の眼鏡がこわれないように気をつけなさいよ」

ペレドーノフは怯え立って眼鏡をおさえた。

「何をぬかす！」と彼は唸った。「口のへらないやつだ」

ワルワーラは剣呑そうにヴォロージンを見つめ、腹立たしげに言った。

「嫌味は結構、パーヴェル・ワシーリエヴィチ。スープを召し上がれ。さめますよ。ほんとに、まあ、お口の達者なこと！」

彼女はアルダリオン・ボリースィチが魔除けのまじないを口にしたのも、ことによったら時宜を得ていたのかもしれないと思った。ヴォロージンはスープにとりかかった。暫く三人とも黙りこんだあとで、ヴォロージンが恨めしげな声で言った。

「どうも変だと思った。ゆうべ体中に蜜を塗りたくられる夢を見たんですよ。あなたも手伝ってましたよ、アルダリオン・ボリースィチ」

「もっともっと塗ってやんなきゃいけないようね」とワルワーラがぷりぷりして言った。

「なぜですか、いったい？　なにもしたおぼえがないけど」とヴォロージン。
「いやらしい舌をしてるからよ」とワルワーラは説明した。「思いつくことを片端から口にしていいってもんじゃないのよ。時と場所を心得なさい」

昼食後ペレドーノフは、球撞きに行かない時いつもそうするとおり、昼寝をした。夢には羊と猫ばかりが現われ、彼の周囲をうろつき回っては、はっきりした声でめえめえにゃあにゃあ鳴いて見せたが、その口にする言葉はどれもいまわしく、その行為はすべて破廉恥きわまるものであった。

一眠りした彼は、二人のギムナジストの父親である商人トゥヴォロシコフのところへ、息子たちの告げ口に出掛けて行った。それまでの家庭訪問が首尾よく運んで気をよくしていた彼は、今度もまたうまくゆくのではないかと思っていた。トゥヴォロシコフは正規の教育は殆ど受けていない、ひとりでこつこつ築き上げたタイプの人間で、いかにも厳格らしい風采をし、口数は少なく、挙止動作は重々しげだった。二人の息子ワーシャとヴォロージャは父親を火のようにおそれていた。もちろん、その笞打ちぶりはものすごかった。

そういうわけで、ペレドーノフはトゥヴォロシコフが自分の苦情に厳しく黙りこくって耳傾けるのを見て、ますます上首尾は間違いないと思った。二人の少年、十四歳のワーシャと十二歳のヴォロージャは、父親の前で兵隊のように直立不動の姿勢をとっていたが、その落ち着き払った眼差しが一向に恐怖の色を表わさないことにペレドーノフは一驚し、忌々しくなった。ペレドーノフが話し終えて口をつぐむと、トゥヴォロシコフは息子たちをじろりと見た。二人はますます体を伸ばして、父親をまともに見返した。

「行け」とトゥヴォロシコフは言った。

少年たちがペレドーノフにお辞儀をして出て行くと、トゥヴォロシコフはペレドーノフの方に向き直って言った。

「倅《せがれ》どものことで御心配いただきまして、まことにかたじけなく存じます。ただ、先生はほかにもいろいろ家庭を訪問されて、やはり親たちに子供を笞打たせておられるということを聞いておりますがな。それにしても子供たちが、まるで規則も何もないように、急にわるさをするようになったとは、これはどういうことですかな？　これまでは何もかも丸く納まっていたのが、俄《にわか》にびしびし笞を振るわにゃならなくなったとはな」

「ほんとにわるさをするんで」とペレドーノフはどぎまぎして言った。

「そりゃわるさもいたしますでしょうな」とトゥヴォロシコフは合槌を打った。「今に始まったことではありませんわい。連中はわるさをする。われわれはそれを罰する。ただわたしが不思議に思うのは、真っ平御免こうむって申し上げるなら、先生方のうちであなたおひとりだけがこうしてあくせくしておられることですわい。しかも、敢えて申し上げるなら、これほど似つかわしからぬお仕事にですな。自分の息子が何かわるさをしたら、これを笞打つのは親の勝手ですわい。しかし他人の子供のシャツまでまくって見るというのは、これは先生にとってやりすぎというもんではありませんかな」

「子供たちのためを思ってこそです」とペレドーノフが腹立たしげに言った。

「こういうやり方ならよく分かりますわい」とトゥヴォロシコフはそれ以上相手に口をきかせず、すぐさま言い返した。「生徒が誤ちを犯す。ギムナジウムでこれを校則にのっとってしかるべく罰する。もしも生徒が改めない時は、親にその旨を通知するか、ギムナジウムへ呼んで話をする。クラス担任教師か視学官が、生徒の誤ちを説明してやる。家で子供たちをどう扱うかについては、これは親たちがよく知っとりますわい。子供に応じて、わるさに応じてですな。ところが、先生自ら家庭を回って、子供たちを笞打たせて歩くなどという話は、聞いたこともありませんわい。今日あなたがいらっしゃれば、あすは別の先生がいらっしゃる。あさってはまた別の方がみえる。こうしてわたしは毎日息子たちを殴っとらにゃなりますまい？　いや、あなた、これは間違っとる。こんな下らんことに手を染められるのは、恥ずべきことですわい。恥ずべきことで！」

トゥヴォロシコフは立ち上がって言った。

「これ以上お話する理由はないと存じますな」

「ではそういう御意見で？」とペレドーノフはうろたえて肘掛椅子から腰を浮かしながら、憂鬱そうに言った。

「そのとおり」とトゥヴォロシコフは答えた。「失礼の段はどうぞお許しを」

「ニヒリストを養成しようっておつもりですか」とペレドーノフはドアの方へ不器用にあとずさりしながら、毒々しげに言った。「あなたを訴えにゃならん」

「わしらだって訴えようと思えばできる」とトゥヴォロシコフは泰然自若として答えた。

この言葉にペレドーノフは慄え上がった。トゥヴォロシコフは何を密告するつもりだろう？　おそらくおれは話していて何か食言したのだろう。余計なことを口走ったのだろう。やつはそれを握ってるに違いない。ことによったら長椅子の下に、危険な言葉を残らず記録するような機械が備えつけてあるのではないか。怯え立ったペレドーノフは長椅子の下に視線を投げた――そこに何か小さな、灰色の、定かならぬものが、嘲笑に身を震わせてうごめいているように、彼には思えた。ペレドーノフは慄えだした。尻尾を摑まれてはならぬという思いが、一瞬彼の脳裏をよぎった。

「おれを罠にかけようったって、そうはいかん！」彼はトゥヴォロシコフに向かってこう怒鳴ると、足早に部屋を出た。」

## 二十

晩にペレドーノフはクラブへ行った。人々は彼をカルタに誘った。公証人のグダエフスキーもいた。ペレドーノフは彼を見てぎょっとしたが、相手の振舞いの穏やかなのを見てほっとした。人々は長いことカルタを戦わせ、大いに飲んだ。夜も更けた頃、バーで、グダエフスキーは突然ペレドーノフにとびかかると、何の前置きもなしに数発横面を張り、眼鏡をこわし、さっさとクラブから立ち去った。ペレドーノフは手向かいひとつせず、酔っ払った振りをして床に崩れ落ちると、鼾をかきだした。人々は彼を突ついて起こし、家へ連れ帰った。

翌日は町中いたるところこの喧嘩の話でもちきりだった。

その晩ワルワーラは最初の偽手紙をまんまとペレドーノフから盗み取った。二通の偽手紙を比べられ違いが分かったら困るというグルーシナのたっての願いで、彼女は是非ともこれを取り戻さねばならなかった。ペレドーノフは手紙を肌身離さず持ち歩いていたが、この日はなぜか家に置きっ放しにした。制服からフロックに着替える時、彼は手紙をポケットからとり出し、簞笥の上の教科書に挿みこみ、そのまま忘れてしまったのである。ワルワーラはこれをもってグルーシナの家へ行き、蠟燭の火で焼いた。

夜遅くペレドーノフは帰ってきた。眼鏡がこわれていた。彼はひとりでにこわれたのだとワルワーラに告げた。彼女はそれを信じ、ヴォロージンの邪まなまじないのせいに違いないと考えた。ペレドーノフ自身、まじないのせいだと思いこんだ。しかし翌日にはグルーシナが、クラブでの喧嘩のことを細大漏らさずワルワーラに話して聞かせた。

朝、服を着ていたペレドーノフは、手紙がなくなっているのに気づいてぞっとした。どこを探してもない。彼は蛮声を張り上げた。

「ワルワーラ、手紙はどこだ?」

ワルワーラはうろたえた。

「手紙って、何の手紙?」と彼女は怯えた意地悪い眼でペレドーノフを見返しながら尋ねた。

「公爵夫人の!」とペレドーノフは叫んだ。

ワルワーラはどうにか気をとり直し、臆面のない薄笑いを浮かべると言った。

「あたしが知ってるわけないでしょう! きっとあんたが反故《ほご》と一緒にしといたのを、クラヴジューシカが燃やしちゃったのよ。ひょっとしたらまだ無事かもしれない。探してごらんなさいよ」

ペレドーノフは暗澹たる気分のままギムナジウムへ出掛けた。前日の不愉快なことどもが記憶に蘇ってきた。彼はクラマレンコのことを考えた。このいやらしい餓鬼はまたどうして彼を下司呼ばわりしえたのだろう。これはとりも直さず少年がペレドーノフを恐れていないということだ。彼はペレドーノフについて何事か知っているのではなかろうか。知っていて、密告しようとしているのではなかろうか。教室でクラマレンコはペレドーノフをじっと見据えて薄笑いした。このことにペレドーノフはいっそう恐れをなした。

三時限目の休み時間に、ペレドーノフは再度校長室へ呼ばれた。彼は何かしら不愉快なことを漠然と予期しながら出掛けて行った。

ペレドーノフのいさおしをめぐる噂が四方八方からフリパーチの耳に達した。前夜のクラブでの出来事を、彼はその日の朝耳にしていた。また前日にはワロージャ・ブリチャコフが、最近ペレドーノフの讒誣《ざんぶ》により下宿の主婦からお仕置を受けた旨告げにきた。また同じことがあってはたまらないと、少年は校長に訴えてきたのだった。

フリパーチは確かな筋から耳にした噂のことを厳しく素っ気ない声でペレドーノフに告げ、こうつけ加えた。ペレドーノフが生徒の住居を回って歩き、両親や養育者に子供たちの成績や素行について不正確な情報を提供し、それによって生徒たちを笞打たせていることから、時として両親たちとの間に甚しい不祥事がもち上がっている。例えば、昨夜のクラブにおけるグダエフスキーとの一件がそれである、と。

ペレドーノフは怨みを内に秘めながら、びくびくして耳傾けていた。フリパーチは口を噤《つぐ》んだ。

「それがどうだとおっしゃるんで」とペレドーノフはぷりぷりして言った。「むこうが殴りかかってきたんです。いったいこれが許せますか？　彼にはわたしの横面を張る権利などありゃしません。あの男は教会へは行かずに猿を信仰しとって、息子も同じ宗派に引きこんどります。これは告発してやらにゃいけません。やつは社会主義者です」

フリパーチはペレドーノフをしげしげと眺め、威厳をこめて言った。

「それはわれわれの知ったことではない。そもそもわたしは、あなたがその『猿を信仰する』という一風変わった表現で何を言おうとしとられるのか、皆目見当がつきませんな。わたしの考えでは、新しい信仰を発明することで宗教史をこれ以上こんがらかすべきではありますまい。あなたの受けた侮辱について言えば、これは法廷へ持ち出されたらよろしいでしょう。ところであなたにとっていちばん賢明なやり方は、このギムナジウムを辞められることってしょうな。これがあなた御自身にとっても、またギムナジウムにとっても、最良の解決策ではないですか」

「わたしは視学官になる筈です」とペレドーノフは腹立たしげに言い返した。

「ではその時まで、この奇妙な家庭訪問は慎んでいただきたい」とフリパーチは続けた。「こうした行動は教育者にふさわしくなく、生徒たちの目に教師の威信を失わせるばかりであることを、お分かりいただきたい。家庭を回って子供たちを笞打って歩くとは──どうかお分かりいただきたい……」

フリパーチはしまいまで言い終わらずに肩をすくめた。

「それがどうだとおっしゃるんで」とペレドーノフはまた言い返した。「わたくしは彼らのためを思ってやっとるんで」

「これ以上議論してもしょうがありませんわい」とフリパーチは厳しく遮った。「とにかくもう二度となさらんでいただきたいと、はっきり申し上げときます」

ペレドーノフは校長を睨みつけた。


その日の晩は新宅開きをすることになっており、知人たちを皆呼んであった。ペレドーノフは部屋という部屋を往ったり来たりして、何もかも片付いているか、密告されそうなものはないか、見て回った。彼は考えた。

『どうやら完璧なようだ。発禁の本は見当たらないし、聖像の灯明はついているし、両陛下の御真影はちゃんと正面の壁にかかっとる』

不意にミツケーヴィチが壁からペレドーノフに目くばせをした。

『こりゃまずい』胆をつぶしたペレドーノフは肖像を外すと便所に隠し、代わりにプーシキンをかけることにした。

『プーシキンなら、なんと言っても宮廷人だからな』と彼は肖像を食堂の壁にかけながら考えた。

次いで、晩にはカルタをやることになろうと考え、カードを点検しておくことにした。彼は封を切って一度使ったばかりのカードをとり出してくると、あたかもそこから何かを探し出そうとするかのごとく調べ始めた。絵札の顔が彼には気に食わなかった。なんて眼をしてやがる。

最近彼は勝負をしていると、いつでもカードたちがワルワーラと同じ薄笑いを浮かべているように思えた。ただのスペードの六といったカードさえもが厚かましい顔をして、無遠慮にごそごそ動くのだった。

ペレドーノフはある限りのカードを集めてくると、それらがもはや盗み見をしないよう、鋏《はさみ》の先で絵札の眼をくり抜いた。はじめ彼はこれを既に使ったカードを相手に行ない、次いでまだ手をつけていないカードの封も片っ端から切っていった。その間彼は不意を襲われはせぬかと懼《おそ》れるごとく、絶えずあたりをうかがっていたが、幸いワルワーラは台所仕事に忙殺されて、居間には顔を出さなかった。——これだけ夥しい食料品からどうして眼を離すことができよう。クラヴジヤが何かちょろまかすに違いない。居間へ何かをとりに行かねばならぬ時は、クラヴジヤをやった。クラヴジヤが入ってくる度に、ペレドーノフはびくりとして鋏をポケットに隠し、一人占いをしている振りをした。

こうしてペレドーノフがキングとクイーンから彼を監視する能力を剝奪している間に、さらに別の不快事が彼の身に迫ってきていた。以前の住居でペレドーノフが二度と目につかぬよう暖炉の上に放り上げた帽子を、エルショーワが見つけた。この帽子はただ置き忘れられていったのではないと彼女は考えた。引っ越していった敵どもは、二度とこのアパルトマンの借手がないようにと、何か邪悪なまじないをかけたものに違いない。おそれと口惜しさでいっぱいになった彼女は、帽子を女まじない師のところへ持って行った。まじない師は帽子を調べ、そっと大真面目で何ごとか呟き、四方へ唾を吐くと、エルショーワに言った。

「連中はおまえに呪いをかけた。呪いをかけ返してやるがいい。強力な魔法使が呪いをかけているが、わたしのほうが一枚上だ。わたしがおまえのために、やつの体中が痛みだすよう、まじないをかけてやろう」

そして彼女は長いこと帽子にまじないを呟きかけ、エルショーワからたっぷり謝礼を受け取り、こう命じた。赤毛の少年にこの帽子をペレドーノフの家へ持って行かせる。少年は誰でもいいから出て来た人間にこれを手渡して、跡も見ずに駆け出す。

エルショーワが最初に出会った赤毛の少年は、たまたま、かの夜のいたずらを暴かれてペレドーノフに恨みを抱いている鍛冶屋の息子だった。彼は五コペイカもらい大喜びでこの走り使いを引き受け、道々せっせと帽子の中に唾を吐いた。ペレドーノフ家の薄暗い玄関で彼を迎えたのはほかならぬワルワーラだった。彼は帽子を手渡すや素早く逃げ出したから、ワルワーラは相手が誰だか見分ける暇がなかった。

こうして、ペレドーノフが最後のジャックの眼をくり抜いたところへ、あっけにとられ、殆ど怯え上がったワルワーラが入ってきて、胸騒ぎを抑えきれぬ震え声で言った。

「アルダリオン・ボリースィチ、見てよ、これなあに」

ペレドーノフは一目見て、恐怖に身がすくんだ。厄介払いした筈のあの帽子が、今や埃にまみれ揉みくたになり、かつての見事さのあとを僅かにとどめる姿で、ワルワーラの手中にあった。彼はおそれのあまり息をつまらせて尋ねた。

「どこから、どこから出てきた？」

ワルワーラは怯え立った声で、すばしこい少年から受け取ったのだと答えた。少年はまるで地から生えたように彼女の前に現われ、また地にもぐったかのように消え失せた。彼女は言った。

「あれは、エルショーワ本人よ。あの女あんたの帽子に呪いをかけたのよ。間違いないわ」

ペレドーノフは何かはっきりしないことを口の中で呟いたが、おそろしさに歯の根は合わず、暗澹たる危懼と予感に苛《さいな》まれた。彼は顔を顰《しか》めて部屋を歩き回った。灰色のネドトゥイコムカが椅子の下を走り回ってはひひと笑っていた。

客たちは早くから集まった。新居祝いにと、ピローグ、林檎、梨をどっさり持参した。ワルワーラはそれをみな喜んで受け取り、かたちばかりにこうつけ加えた。

「あらまあ、なぜですの？　こんな御心配なさらなくてよろしかったのに」

とはいえ、もしも進物が安物だったり上等品でなかったりすると、彼女は腹を立てた。また、二人の客が同じものを持ってくるのも気に入らなかった。

時を移さずカルタが始まり、二つのテーブルで戦われた。

「おやまあ！」とグルーシナが叫んだ。「どうしたのかしら、あたしのキングめくらだわ！」

「あたしのクイーンも眼が無いわ」自分のカードをあらためてプレポロヴェンスカヤが言った。「ジャックもよ」

客たちは笑いながらカードを調べだした。

プレポロヴェンスキーが言った。

「これで分かった。このカードいやにざらざらしとると思ったが、このせいだったんだ。触っちゃ、なぜ裏がこんなにざらざらしとるんだろうと思っとったが、なんのこたない、この孔《あな》のせいだったんだな。これなら裏もざらざらな筈だよ」

皆笑った。ペレドーノフひとりだけがおし黙っていた。ワルワーラはにやにや笑いながら言った。

「御承知のとおり、うちのアルダリオン・ボリースィチときたら変わり者で、たえず妙なことを考え出すんですの」

「いったいこりゃなんのためだい?」と大声で笑いながらルチロフが尋ねた。

「やつらに眼が何になる?」とペレドーノフは不機嫌に答えた。「やつらは見るべきじゃない」

一同大笑いしたが、ペレドーノフは相変わらずむっつり黙りこんだままだった。彼には眼のつぶれた絵札たちが顰め面をしたり、薄笑いを浮かべたり、眼のあとにぽっかり空いた孔で自分にウインクをしたりしているように思えた。

『おそらく、やつらは今や鼻で見ることを覚えたに違いない』

いつも大抵そうだが、彼は勝運に恵まれなかった。彼にはキングやクイーンやジャックの顔が悪意と嘲りの色を浮かべているように思えた。スペードのクイーンはどうやら眼をくり抜かれたことを恨んで、歯ぎしりさえしていた。とうとう多額の罰金を払わされたペレドーノフは、猛り狂ってカードをひっ摑むと、それを切れぎれに引き裂きだした。客たちは大笑いした。ワルワーラは薄笑いを浮かべて言った。

「この人ったら、うちじゃいつだってこうなんですよ。飲むとおかしな真似始めるんだから」

「つまり、飲んだくれるとっていうことでしょ?」とプレポロヴェンスカヤが毒を含んだ調子で言った。「アルダリオン・ボリースィチ、お姉様があなたのことどう思っとられるか、お聞きになって?」

ワルワーラは赤くなり、腹立たしげに言った。

「なぜまたそんな揚げ足をとるの?」

プレポロヴェンスカヤは微笑して黙ったままだった。

一同は引き裂かれたカードの代わりに、新しいカードをおろし、勝負を続けた。

不意に大きな音がして、窓ガラスが砕け散り、床の上、ペレドーノフが腰を下していたテーブルの傍に石が落ちた。窓の下にかすかな人声と笑い声、次いで急ぎ遠ざかってゆく足音が聞こえた。

一同仰天して席から跳び上がった。女たちは例によって例のごとく金切声を立てた。石を拾い上げ、これをびくびくしながらと見こう見しつつも、窓に近づこうとする者は一人もいなかった。先ずクラヴジヤを通りへやり、人っ子一人いないという報告を受けてようやく、砕けたガラスを調べ始めた。

ヴォロージンが、石を投げたのはギムナジウムの生徒だという意見を吐いた。この推測はもっともらしく思え、一同は意味ありげにペレドーノフを見た。ペレドーノフは眉をひそめ、何事かもぐもぐと呟いた。客たちは少年たちの図々しさ、自堕落さについて云々しだした。

これはもちろん、ギムナジウムの生徒ではなく、鍛冶屋の息子たちの仕業であった。

「校長が生徒たちを唆《そその》かしてるんだ」と突然ペレドーノフが言い出した。「やつはなにかというとおれに言いがかりをつけてくるんだが、それもうまくいかないもんだから、こんなことを思いついたに違いない」

「こいつは奇抜だ！」とルチロフが大声で笑いだしながら言った。

一同笑った。しかしグルーシナが言った。

「だけどどうかしら、あのとおりの邪まな人間でしょ、何をするか分かったもんじゃないわよ。自分じゃやらないで、人にやらせますよ。息子たちにそっと言いつけてね」

「なにしろ貴族ですからね。それくらいのことは平気ですよ」とヴォロージンが恨めしそうな声で言った。「貴族ってやつは何でもやりかねませんから」

客たちの多くは、そう言えばたしかにそうだと思い、笑いをひっこめた。

「君はついとらんな、アルダリオン・ボリースィチ」とルチロフは言った。「眼鏡はこわされる、窓ガラスは割られる」

これを聞いて一同またどっと笑った。

「ガラスが割れるのは長生きの証拠って言いますわ」控えめな微笑を浮かべてプレポロヴェンスカヤが言った。

二人が床に就こうとしていた時、ペレドーノフにはワルワーラが何かよからぬことを企んでいるように思えた。彼は彼女からナイフとフォークをとり上げると、それをベッドの下に隠した。彼は歯切れの悪い、回らぬ舌で言った。

「おまえの企みは見通しだ。おれと結婚するやすぐさまおれを密告して厄介払いするつもりだろう。自分はのうのうと年金をもらって、おれのことはペトロパウロフスクの要塞ですり潰そうってつもりだな」

夜ペレドーノフはうなされた。定かならぬおそろしいものの影、キングやジャックたちが棍棒を振り回しながら音もなく徘徊し、囁き交わし、ペレドーノフの眼を免れようと努めては、そっと彼の枕の下に這い込んで来た。だがやがてもっと大胆になり、ペレドーノフの周囲いたるところ、床の上、ベッドの上、枕の上を歩き回り駆け回りはね回った。彼らはこそこそ話をしては、ペレドーノフに悪態をつき、おそろしい顰め面をし、口を異様にひん歪《ま》げて見せた。ペレドーノフには彼らが皆ちっぽけな悪戯者にすぎないこと、彼を殺すつもりはなく、ただ凶事を予告してからかっているにすぎないことは分かっていたが、それでもおそろしかった。彼はあれこれのまじないや、子供の頃耳にした呪文の断片をとなえたり、あるいは彼らを罵り追い払おうと、手を振り、嗄れた叫び声を上げたりした。

ワルワーラは目を覚まし、腹を立てて尋ねた。

「なに喚いてんのよ、アルダリオン・ボリースィチ？　眠れやしない」

「スペードの女王がうるさくって、リンネルのボンネットをかぶってやがって」ペレドーノフはもぐもぐと口の中で言った。

ワルワーラは起き上がると、ぶつぶつ文句を言いながら、何かの水薬をペレドーノフに飲ませた。

県の地方紙にちょっとした記事が載った。わが町のK某なる婦人が、自分のところに下宿させているギムナジウムの幼い生徒たちを笞でお仕置している。この生徒たちとは、この地方でもいちばん上流に属する貴族家庭の子弟たちだというのである。公証人のグダエフスキーはこのニュースを町中に触れ歩いては憤慨した。

さらにまた、われらがギムナジウムをめぐるいろいろ馬鹿げた噂が町中に広まった。ギムナジウムの生徒に扮した娘のことが口の端にのぼり、次いでプイリニコフの名が徐々にリュドミラのそれと結びついていった。

級友たちはサーシャがリュドミラに惚れてると言ってからかいだした。はじめのうち彼はこうした冗談を柳に風と聞き流していたが、そのうちだんだん真っ赤になってリュドミラの肩をもち、そんなことは何ひとつありはしなかったし、現にありはしないのだと言い張るようになった。

こうしたことゆえに、彼にはリュドミラを訪ねるのが気恥ずかしくなったが、それだけますます会いに行きたくもなった。恥ずかしさと欲望の入り混じった、焼きつけるような感情が彼の心を掻き乱し、もやもやと熱い幻が彼の想像を満した。

## 二十一

日曜日、ペレドーノフとワルワーラが朝食を摂っていると、誰かが玄関に入ってきた。ワルワーラはいつものとおり忍び足でドアに近寄って覗きこんだ。やはり忍び足でテーブルにとって返すと、こう囁いた。

「郵便配達よ。ウォッカを振る舞ってやらなきゃ。また手紙を持ってきたの」

ペレドーノフは黙ったまま頷いた。ウォッカ一杯ぐらい惜しくはない。ワルワーラは大きな声で言った。

「郵便屋さん、こっちへ来て！」

配達夫が部屋に入ってきた。彼は鞄の中を掻き回し、手紙を探す振りをした。ワルワーラは大きな杯にウォッカを注ぎ、ピローグをひときれ切った。配達夫は彼女の仕草を物欲しげな眼で見た。その間ずっとペレドーノフはこの郵便配達が誰に似ていたろうかと考えていた。ようやく思い当たった。ほかでもない、つい先頃カルタで彼に大枚の罰金を払わせた元凶、かの赤毛の、にきび面のジャックではないか。

『また何か企んでやがるな』とうすら寒い思いにとらわれたペレドーノフは、ポケットの中で配達夫に向かって馬鹿握りをして見せた。

赤毛のジャックは手紙をワルワーラに渡した。

「あなた様宛てで」と彼は恭々《うやうや》しげに言い、ウォッカを干すと喉を鳴らし、ピローグをつまんで出て行った。

ワルワーラは手の中で暫くひっくり返してみていた手紙を、封を切らずにペレドーノフに差し出した。「そら、読んでごらんなさいよ。また公爵夫人かららしいわ」と彼女は薄笑いを浮かべて言った。「こんなに手紙ばかりくれたってしょうがないのに。手紙なんかくれるより、くちを見つけてくれりゃいいんだわ」

ペレドーノフの手は震えた。彼は封筒を破いて一気に読んだ。次いで椅子から跳び上がり、手紙を振り回して叫んだ。

「ばんざい！　視学官の地位が三つあって、どれでも好きなのを選べってんだ。ばんざい、ワルワーラ、もうこっちのもんだ！」
彼は踊りだし、体を回転させて部屋中をまわった。無表情な赤ら顔とどんよりした眼差しの彼は、ぜんまいを巻かれて踊りだした馬鹿でかい人形に似ていた。ワルワーラは薄笑いを浮かべ、嬉しそうに彼を眺めていた。彼は叫んだ。

「よし、これで決まった、ワルワーラ。式を挙げよう」

彼はワルワーラの肩を摑むと、足を踏み鳴らし彼女の体をまわしながらテーブルを回った。

「ロシヤ踊りだ、ワルワーラ！」と彼は喚いた。

ワルワーラは両手を腰にあてて、ゆっくり体を揺すった。ペレドーノフは彼女の前でしゃがみ踊りをした。

ヴォロージンが入ってきて、嬉しげな羊の鳴声で言った。

「未来の視学官トレパークを踊るの図！」

「踊れよ、パヴルーシカ！」とペレドーノフが叫んだ。

クラヴジヤがドアの背後から覗きこんだ。ヴォロージンは笑いながら、勿体ぶった顰め面をしてクラヴジヤに呼びかけた。

「あんたも踊れよ、クラヴジヤ！　みんな一緒だ。未来の視学官のお楽しみ！」

クラヴジヤは金切声を立て、両肩を揺《ゆす》りながら前へ出た。ヴォロージンは彼女の前で勢いよく体を回した。膝を屈め、回転し、はね上がり、手を拍《う》った。膝を上げ、そのうしろで掌を打ち合わせる時、彼はとりわけ威勢がよかった。彼らの踵の下で床が踊った。クラヴジヤはかくも巧みなパートナーを得たことを喜んだ。

やがて皆疲れてテーブルにつき、クラヴジヤは陽気に笑いながら台所へ駆けこんだ。一同ウォッカを空け、ビールを飲み、壜とコップを割り、喚き、哄笑し、手を振り回し、抱き合っては接吻し合った。それからペレドーノフとヴォロージンは夏公園のクラブへ出掛けて行った——ペレドーノフはすぐにも手紙の自慢をしたかったのである。

撞球室にはいつもの常連たちがいた。ペレドーノフは友人たちに手紙を見せた。効果は絶大だった。誰もが信じきった面持で手紙を見ていた。ルチロフは蒼ざめ、何事かもぐもぐ言いながら唾を吐いた。「おれのいるところへ郵便配達が届けてきたんだ！」とペレドーノフは声を張り上げた。「おれが自分で開封したんだ。つまり、今度こそインチキってこたありえん」

友人たちは恭々しげに彼を見た。公爵夫人から手紙が来るとは！

ペレドーノフは夏公園クラブからヴェルシーナのところへ駆けつけた。彼は手を単調に振り動かし、何事か呟きながら、さっさと足早に歩いていった。ぜんまい仕掛けの人形のようなぴくりともしない顔には、何の表情もうかがえず、ただ眼の中に何かしら貪婪《どんらん》な火が陰気にちらついているばかりだった。


たまたまよく晴れた暑い日だった。マルタは四阿《あずまや》に腰を下し、靴下を編んでいた。彼女の思いは漠然と敬虔なものであった。はじめ彼女は罪のことを考え、次いで思いをもっと気持のいいものに向け直し、徳のことをあれこれ考え始めた。彼女の思いはまどろみに包まれ、姿かたちを纏《まと》うようになり、言葉で言い表わしうる明晰さを失いゆくにつれて、夢想的なものの輪廓がますます鮮明に浮かび上がってきた。徳たちは白い衣に香を焚きこめた、光り輝く美しい大きな人形という姿で、彼女の前に立ち現われた。彼らは彼女に褒美を約束した。彼らの手には鍵の束が鳴り、頭には婚礼のヴェールが翻っていた。

その中に一体、風変わりな、他とは違ったのがいた。その人形は何の褒美も約束しないままなじるような眼差しを投げ、その唇は動いて、声にならぬ威嚇を吐きかけていた。もしも言葉になったなら、それはさぞかし恐ろしいものに違いないと思われた。マルタにはこれが良心だと分かった。この奇妙にも薄気味悪い女の客人は、全身黒ずくめの身なりをし、瞳も黒ければ髪も漆黒だった。彼女は急に何事か、早口で、一語一語はっきり響かせて喋りだした。彼女はヴェルシーナと瓜二つになった。マルタはびくりと身を震わせ、その間に何事か、自らは殆ど意識しないで答えた——まどろみがふたたびマルタを捉えた。

良心だかヴェルシーナだかが彼女と向かい合って腰を下し、何事か早口で、はっきりと、しかし捕捉し難いことを喋り続け、何か嗅ぎ慣れぬ香りの煙草をふかし、きっぱりと、落ち着き払って、万事が自分の思いどおりになるよう要求していた。マルタはこのしつこい女の客人の眼を真っ直ぐ見返したいと思ったが、なぜかできなかった。客人は奇妙なほほえみを浮かべ、低い声で喋り続けた。脇へ外らされたその眼差しは、どこかはるか彼方の、未だ知られざるものに釘づけになっていた。それを見ることが、マルタにはおそろしかった……

声高な話し声に、マルタは目を覚ました。四阿の中にペレドーノフが立って、大きな声でヴェルシーナに挨拶していた。マルタははっとしてあたりを見回した。心臓がどきどきしたが、瞼は重く、頭はこんぐらがっていた。良心はどこ？　それとも、そんなものいはしなかったのかしら？　わたしここに居てはいけないのかしら？

「よくおやすみでしたな」とペレドーノフが彼女に言った。「雷のような鼾をかいとられた。ようやくお目覚めで」

マルタには彼の皮肉が分からなかったが、ヴェルシーナの唇に浮かんだ微笑から、何かが話題にのぼっていること、それを冗談ととらねばならぬことを理解した。

「あなたのことをソフィヤと呼ばなくちゃならんですな」とペレドーノフは続けた。

「なぜですの？」とマルタが尋ねた。

「なぜって、あんたはマルタじゃなくてソーニャだから」（ロシヤ語の「ソン」は「眠り」、「ソーニャ」は「よく眠る人」の意。「ソーニャ」はまたソフィヤの親称でもある）ペレドーノフはマルタと並んでベンチに腰を下して言った。

「ところで、すこぶる重大なニュースがありまして」

「いったいぜんたいどんなニュースのことですかしら、おきかせいただけますこと？」とヴェルシーナが言った。マルタはたちまち彼女のことを羨んだ。どんなニュース？　というだけの簡単な質問から、これほど長たらしい言葉を組み立ててみせたからである。

「推《あ》ててごらんなさい」ペレドーノフはむっつりと勿体ぶって言った。

「あなたのニュースをどうしてわたしに推てられますか」とヴェルシーナは言い返した。「あなたがおっしゃって下されば、簡単に分かることじゃありませんの」

彼女たちが頭をひねってまでこのニュースを知ろうとはしないことが、ペレドーノフには面白くなかった。彼は黙りこみ、窮屈に背を丸め、気むずかしく鈍重に腰を下したまま、じっと前方に視線を据えていた。ヴェルシーナは煙草をふかし、その黒ずんだ黄色い歯を見せて苦笑した。

「あなたのニュースを言い当てるより」と彼女はちょっと黙ってから言った。「いっそカードで占ってあげますわ。マルタ、部屋からカードを持っておいで」

マルタは立ち上がったが、ペレドーノフは腹立たしげに彼女を押し止めた。

「坐ってなさい。余計なことせんでもらいたい。あんた方が一人占いするのは勝手だが、わたしのことはかまわないでもらいましょう。そんなことされちゃ迷惑だ。実は見せたいものがある。あんた方のあっけにとられるようなものがね」

ペレドーノフは素早くポケットから紙入れを取り出すと、そこから紙にくるんだ手紙を抜き出し、手から離さぬままヴェルシーナに見せた。

「御覧のとおり、封筒です。そしてこれが手紙」

彼は手紙を抜き出し、意地悪い満足感のこもる愚鈍な眼差しで、ゆっくり読み上げた。ヴェルシーナは呆然とした。最後の瞬間まで公爵夫人の話を本気にしていなかった彼女は、今やマルタの件では見事一敗地にまみれたことを悟った。彼女は口惜しげに、歪んだ微笑を浮かべて言った。

「そう、そういうことならば、おめでとう」

マルタは驚き怯えた顔付で腰を下したまま、あっけにとられたほほえみを浮かべていた。

「お分かりかな?」とペレドーノフは意地悪い喜びをこめて言った。「あんたわたしを馬鹿扱いしとったが、そのわたしのほうが一枚上手だったわけだ。封筒がどうのこうのと言っとられたな。ここにちゃんと封筒もある。これでもう文句のつけようはあるまい」

彼は拳でテーブルを叩いたが、力をこめて叩いたわけでもなく、大きな音もしなかった。それに彼の動作、彼の言葉の響きには、あたかも彼自身、自分のしていることとは縁のない、遠くかけ離れた存在にすぎないかのような、一種奇妙な無関心さがあった。

ヴェルシーナとマルタは嫌忌と戸惑いの交じった面持で顔を見合わせた。

「何を眴《めくばせ》しとるんですか！」とペレドーノフはぞんざいに言《こ》った。「何も眴《めくばせ》することないでしょう。今や万事決定だ。ワルワーラと結婚します。いろんな娘がわたしのあとを追い回してたもんだが」

ヴェルシーナはマルタに紙巻煙草をとりにやらせた。マルタは喜んで四阿を駆け出した。枯葉が斑《まだら》に散り敷いた砂の小道へ出た彼女は、のびのびと心も軽くなった。彼女は家の近くで裸足のウラージャに出会い、ますます嬉しくなって浮かれだした。

「ワルワーラと結婚するんですって。もう決まったのよ」彼女は弟を家へ連れ込みながら、声をひそめてこう元気よく囁いた。

いっぽうペレドーノフはマルタが戻ってくるのも待たず、俄に別れを告げた。

「忙しいもんで。結婚するってのは、こりゃいい加減にはすまされんこってすからな」

ヴェルシーナは彼をひきとめず、素っ気なく別れの挨拶を交わした。〔嬉しさでいっぱいのペレドーノフは、もちろんそんなことには気づかなかった。

マルタが四阿へ戻ってきた時、ペレドーノフはすでに立ち去ったあとだった。彼女はいささか危懼しつつ四阿へ入った。ヴェルシーナが何か言うに違いない。〕

ヴェルシーナはこの上なく口惜しかった。これまではともかく、マルタをペレドーノフに妻《め》わ《あ》せ、ムーリンは自分がもらうという一抹の望みがあった。今やこの最後の望みも消え失せたからである。〔彼女は低い早口で小言を撒きちらし、煙草の煙をせわしなげに吐いては、腹立たしげにマルタをちらちらと見た。

ヴェルシーナはぶつぶつ言うことを好んだ。もの憂い気紛れ、黄昏のだらけた淫欲が彼女の内に掻き立てた欲求不満は、ぶつぶつ言うことの内にもっとも手頃な排《は》け口を見出していた。声高に口にしたらはっきり無意味と分かることでも、ぶつぶつ言って阿呆らしいことどもを舌の先から流し出している限り、その矛盾撞着、支離滅裂さ、全き無用性などには、自分も他人も気づかないでいられたからである。

マルタはペレドーノフに接することであれこれ気を使ってきた今となって、ようやく彼が自分にとっていかに厭わしい存在であるかを理解したらしい。愛のことはあまり彼女の念頭になかった。彼女が夢見ていたのは、お嫁に行き、立派に所帯を切り回すことだった。もちろんそのためには誰かが彼女に惚れてくれねばならず、このことに思いを馳せるのは快かったが、それでもやはりこれが主要事ではなかった。

マルタが自分の所帯を思い描く時、それはヴェルシーナの家、庭、垣と寸分違わぬ姿で立ち現われるのだった。時として彼女は、ヴェルシーナがこれら全てを彼女に譲り、自分はそのまま彼女のもとに住みこんで、紙巻をふかしながら彼女の怠惰を叱りつけているさまを、甘美な思いで夢に描くのだった。

「気を惹くこともできないで」とヴェルシーナはぷりぷりして繰り返した。「木偶《でく》みたいに坐ってるだけなんだから。いったい何が不満なのさ！　若くって、健康で。あたしゃあんたのためを思って骨折ってんだからね、少しは分かってくれなくちゃいけませんよ。あんたのためなんですからね、なんとか男の気を惹くよう自分でも心掛けてくれなきゃ」

「あの人のあとを追いかけ回すなんて」とマルタは低い声で言った。「あたくしルチロフのお嬢さんみたいなわけにはまいりませんわ」

「気位だけは高いんだね、貧乏貴族のくせに」とヴェルシーナはぶつぶつ言った。

「あたくしあの人こわいんです。ムーリンのところへ行くほうがいいですわ」

「ムーリンのところへだって！　へえ、あきれた！　まあ何を考え出すことやら！　ムーリンのところだって！　あの人があんたをもらうと思ってんのかい。たまに優しい言葉をかけてくれるからって、なにもあんたがお目当てってわけじゃなかろうに。あんたにゃもったいない婿がねですよ。真面目で、押出しが立派で。あんたときたら無芸大食で、ものを考えると頭痛がするほうじゃないの」

マルタは顔を真っ赤にした。彼女は食べることが好きで、しかも大量に何度でも食べることができた。田舎の空気を吸い、単純な力仕事をしながら成長したマルタにとって、いつでも腹一杯食べられることは、人間らしい生活を送るための主要条件のひとつだった。

ヴェルシーナは突如マルタに跳びかかると、小さな干涸びた拳でその頬を打って言った。

「跪くんだ、このろくでなしめ」

マルタは静かに啜《すす》り泣きながら、膝をついて言った。

「お許し下さい、ナタリヤ・アファナーシエヴナ」

「一日中そうしといで」とヴェルシーナは叫んだ。「服を敷くんじゃないの。お金がかかってんだから。

服をまくってじかに膝をおつき。靴もお脱ぎ。そんな身分じゃないだろ。まあお待ち、いま笞で打ったげるから」

マルタはおとなしくベンチの端にかけ、急いで靴を脱ぐと、服を持ち上げ、板敷にじかに膝をついた。言われたとおりにすることでこの苦行に早く片をつけうることが、彼女にはあたかも嬉しいかのごとくだった。お仕置をされ、膝をつかされ、おそらくは笞で打たれさえする。痛い。だがそれさえすめば全ては許される。そしてこれがみなじきに、今日中にでも終わってしまうのだ。

ヴェルシーナは黙って跪いているマルタの傍を歩き回り、彼女への憐れみと、彼女がムーリンのところへ嫁に行きたがっていることへの恨みを、同時に感じていた。ヴェルシーナはできることならマルタをペレドーノフか誰かに片付け、ムーリンは自分にとっておきたかった。ムーリンは甚だ彼女の気に入った。背が高くて肉付きがよく、あんなにも善良で、魅力的である。彼女はマルタより自分のほうがはるかにムーリンにふさわしいと思っていたし、ムーリンがあんなにもマルタに見とれ、惚れこんでいるのも、一時の気紛れにすぎないと思っていた。しかるに今や——今やヴェルシーナは、ムーリンがなんとしてもマルタと結婚したがるであろうことを理解し、これの邪魔はしたくないと思った。少女に対する一種母性的な優しみと憐れみに捉えられた彼女は、自らを犠牲にして、ムーリンをマルタに譲ろうと考えた。マルタに対するこうした憐れみのおかげで、彼女は自分を善意の塊のように感じ、これを誇らしく思った。だがそれと同時に、ムーリンとの結婚の夢がはかなくも潰えたことからくる心の痛みは、自分の善意、自分の怒りのおそろしさ、それとマルタ自身の罪を、残る隈《くま》なくマルタに感じ尽くさせてやりたいという欲望を掻き立てた。

マルタとウラージャがとりわけヴェルシーナの気に入っていたのは、この二人に向かってなら命令したりぶつぶつ言ったりできた上に、時として彼らを罰することもできたからである。ヴェルシーナは権勢欲が強く、何か誤ちを犯したマルタが彼女に命じられて一も二もなく膝をつく時ほど、快い思いのすることはなかった。

「あたしはね、ひとえにあんたのためを思ってやってるのよ。あたしだってまだお婆さんじゃなし、あんたにお婿さんを探したげるよりゃ、自分が誰か親切で押出しの立派な人と結婚して、人生を楽しむことだってできるんですよ。それなのにあたしは自分のことより、あんたのことで気を揉んでるんだわ。お婿さんひとり逃がしちまって。あたしゃまた赤ん坊の世話やくみたいに、あんたのために別の男を釣ってこなきゃいけないのよ。それをあんたはまたくしゃみして、追っ払っちまうんでしょう」

「誰か結婚してくれますわ」とマルタが恥ずかしげに言った。「あたくしかたわではありません。ひとりそういう人があればいいんです」

「お黙り！」とヴェルシーナは怒鳴りつけた。「かたわじゃないだって？　じゃああたしはかたわだとでもいうのかい！　お仕置をされてるくせに、口のへらない子だ。どうやらまだ足りないようだね。そう、もちろん、よくよく骨身にしみるようなお仕置をしなきゃいけないんだ。おまえが屁理屈こねずに、言われたことをちゃんとやるようになるまではね。馬鹿が理屈をこねても、なんにもならないよ。あんたはね、先ず自分でやってゆけるようにならなくちゃ駄目よ。ひとの背に負ぶさってる間はね、もっと素直に言うことをきくもんよ。さもないと、笞のお世話になるのはウラージャばかりじゃないわよ」

マルタは身を慄わせ、赤く泣きはらした顔を上げると、言葉にはならぬおずおずした祈りをこめて、ヴェルシーナの眼に見入った。彼女の心には、言われたことは何でもする覚悟と、身に加えられることは何でも耐えとおす恭順の念はあり余るほどあったが、ただ相手が何を欲しているのか、分からなかった。ヴェルシーナはこの娘を思うようにできるのだと思うと頭がくらくらしたが、彼女の内なる優しさと残忍さの入り交じった感情は、娘のためを思う親の厳しさをもってマルタに対さねばならぬと告げていた。『この子は打たれることに慣れてる。打ってやらないことにはお仕置がお仕置にならない。口でいくら言ったって駄目なんだわ。びしびしひっぱたく人間しか敬わないんだから』

「さああんた、家へ入りましょう」と彼女はほほえみながらマルタに言った。「中でどっさり筈を御馳走してあげてよ」

マルタはまた泣きだしたが、事が終わりに近づいたことを喜んでもいた。彼女はヴェルシーナに向かい深いお辞儀をして言った。

「あなたはわたくしにとって生みの母親と同じです。御恩は決して忘れません」

「さあ、行きなさい」とヴェルシーナは彼女の肩を小突いて言った。

マルタはおとなしく立ち上がると、裸足のままヴェルシーナのあとについて行った。一本の白樺の下でヴェルシーナは立ち止まり、薄笑いを浮かべてマルタを一瞥した。

「枝を折りましょうか？」とマルタが尋ねた。

「折りなさい。よさそうなのをね」

マルタはできるだけ長い、しっかりした枝を選んで折り取ると、葉をむしった。ヴェルシーナは終始薄笑いを浮かべてこのさまを見ていた。

「もうたくさん」とようやく彼女は言って、家の方へ歩きだした。マルタは大きな笞の束をかかえてそのあとに従った。ウラージャが二人に出会い、驚いてヴェルシーナを見た。

「これからおまえの姉さんにお仕置をしてやるところよ。あたしが笞で打つから、おまえは姉さんを押えておいで」

だが家へ入ると気が変わった。彼女は台所の椅子に腰を下し、跪いたマルタの上半身を自分の膝に投げかけさせ、その両手を押えると、服の裾を持ち上げて、ウラージャに笞打つよう命じた。笞には慣れっこになっており、家ではマルタが父親に打たれるのを一度ならず見ているウラージャは、姉のことを可哀そうに思わぬでもなかったが、言いつけられた仕事は誠心誠意やりとげねばならず、それゆえ几帳面に回数を数えながら、力一杯マルタを打ちはじめた。あまりの痛さに彼女は叫び声を上げたが、その声は自分とヴェルシーナの衣服に半ばもみ消された。彼女はおとなしく打たれていようと努力したが、その裸の脚は心ならずも次第次第に床の上を這い回りだし、ついにはおそろしい勢いでじたばた始めた。すでに彼女の体はみみず腫れに覆われ、血が一面に滴っていた。ヴェルシーナは押えているのがだんだんむずかしくなった。

「ちょっとお待ち」と彼女はウラージャに言った。「足をきつく縛っておしまい」

ウラージャがどこからか紐を持ち出してきた。がんじがらめにされたマルタは、横になった姿勢でベンチに縛りつけられた。ヴェルシーナとウラージャは笞を手にして、さらに長いこと両側からマルタを打った。ウラージャは相変わらず小声で数え続け、十回毎に大きな声で数を言った。マルタは涙に咽《むせ》び金切声を上げていたが、その声は次第にかすれ、途切れ途切れになっていった。ウラージャが百まで数えた時、ようようヴェルシーナが言った。

「もういいでしょう。これで分かったろうから」

二人はマルタの縛めを解き、ベッドへ行くのに手を貸してやった。彼女は弱々しい声で呻《うめ》いたり、悲鳴を上げたりしていた。

丸二日彼女は起き上がれなかった。三日目に起きてくると、ヴェルシーナに向かいやっとお辞儀をし、身を起こすや呻き声を上げ、泣きだした。

「あんたのためにやったことよ」とヴェルシーナが言った。

「おお、それはもうよく分かっとります」とマルタは答え、再び足許に身を屈めた。「これからもあたくしをお見捨てにならないで、母親代わりになって下さいまし。どうかもうお怒りにならないで下さいまし」

「いいわ、許したげましょう」ヴェルシーナはそう言うと、マルタに片手を差しのべた。

マルタはその手に接吻した。


ヴェルシーナの家を出て、ふと煙草を吸おうと思ったペレドーノフは、突然巡査の姿に気づいた。巡査は街角に立って向日葵《ひまわり》の種を齧《かじ》っていた。ペレドーノフは索漠たる気分になった。

『またいやがる。なんとか言いがかりをつけようと狙っとるな』

彼はとり出した紙巻には敢えて火をつけず、巡査に近寄るとへり下って尋ねた。

「巡査殿、ここで喫煙してもよろしいですかな?」

巡査は挙手の礼をすると、恭々しく尋ね返した。

「というと、いったい何のことで?」

「紙巻のことで」とペレドーノフは説明した。「紙巻を一本吸ってよろしいでしょうかな?」

「その点に関しましては、何の条令もありませんが」と巡査は言葉を濁した。

「ありませんか?」とペレドーノフは悲しげに問い返した。

「ありませんな、全然。ですから、殿方が煙草を喫われても、これを逮捕しろとは命ぜられとらんのです。もっとも、喫煙の許可が出たという話も聞いてはおらんです」

「条令がないということであればやめときましょう」とペレドーノフはおとなしく言った。「わたしは思想穏健な人間です。煙草なんぞ捨ててもよろしいのです。わたしは五等文官ですからな」

ペレドーノフは紙巻を丸めて地べたへ投げつけたが、早くも自分が何か余計なことを口にしなかったか心配になり、早々に家へ向かった。巡査はそのうしろ姿を疑わしげに見つめたが、結局、この旦那は昨夜ちと飲みすぎたに違いないと考え、これですっかり安心して、再び泰平無事な向日葵の脱穀にとりかかった。

『路がおっ立ってやがる』とペレドーノフは呟いた。

高からぬ丘を登り、それを越えて再び下り坂となる街路の頂上が、二軒のあばら屋に挟まれ、夕方の青い悲しげな空にくっきりと浮かび上がって見えた。この地区の貧しい生活は自らの内に閉じこもり、むごたらしくも嘆き、やつれていた。樹々は垣を越えて枝を垂れ、道行く人を覗きこんではその邪魔をし、枝の囁きはからかうようでもあり、威すようでもあった。四辻に羊が一匹いて、鈍そうな眼でペレドーノフを見た。

不意に街角から羊の鳴くような笑い声が響き、ヴォロージンが進み出ると、近寄ってきて挨拶した。ペレドーノフは陰鬱な眼で彼を眺め、今しがたまでそこにいたが突然姿を消した羊のことを考えていた。『あれはてっきりヴォロージンが羊に化けてたものに違いない。やつが羊そっくりで、鳴いてるのか笑ってるのか分からないのももっともだ』

こうした思いでいっぱいになっていた彼は、ヴォロージンが何と言って挨拶したのか、とんと聞いてはいなかった。

「何をはねてんだ、パヴルーシカ！」と彼は愁わし気に言った。

ヴォロージンは大きく口を開けて笑い鳴きながら言い返した。

「はねちゃいませんよ、アルダリオン・ボリースィチ、挨拶に握手しようと思ったんです。あなたのお郷《くに》では、どうやら、手で跳びはねるらしいですな。ぼくの郷じゃ脚ではねることになってるんで。それも人間じゃなくって、失礼ですが、馬がね」

「ついでに、角も生やすんだろう」とペレドーノフはぶつぶつ呟いた。

むっとしたヴォロージンは、震え声で言った。

「ぼくは、アルダリオン・ボリースィチ、まだ角は生えちゃいませんよ。おそらくぼくより、あんたの方が先に生えるでしょうよ」

「減らず口をたたくな。余計なこった」とペレドーノフはぷりぷりして言った。

「あなたがそうおっしゃるなら、アルダリオン・ボリースィチ」とヴォロージンはすかさず応じた。

「ぼくは何も言いやしませんよ」

そして彼はすこぶる悲しそうな顔付をし、唇をますます突き出した。とはいえ、彼はペレドーノフと並んで歩いていった。まだ昼食を摂っておらず、その日はペレドーノフの家で御馳走になるつもりだった。朝の大騒ぎの際、彼も招待されていたのである。

家では重大な知らせがペレドーノフを待ち受けていた。何かただならぬことの起こった気配は、玄関ですでに察しられた。居間の方からばたばた立ち騒ぐ音や、怯え立った叫び声が聞こえてきた。ペレドーノフは考えた、これはてっきり昼食の支度ができていないので、彼が戻ったのを見て驚き慌てているのだ。彼はすっかりいい気持になった。自分はこんなにも恐れられている！　だがそうではなかった。

ワルワーラが玄関へ駆け出してくると叫んだ。

「猫を返しにきたのよ！」

動転した彼女は、すぐにはヴォロージンに気づかなかった。彼女の身なりはいつものとおりぞろっぺいだった。灰色の汚れたスカートに脂だらけの普段着、履きつぶした上靴。櫛の入っていないくしゃくしゃの髪。内心の動揺を抑えきれぬ態で、彼女はペレドーノフに告げた。

「イリーナのやつよ！　またいやがらせをしてるんだわ。今度も子供が猫を持ってきてね、投げつけて行っちまったのよ。尻尾にがらがらがつけてあって、うるさいったらない。長椅子の下に這い込んじゃって、出てこないのよ」

ペレドーノフは恐怖に襲われた。

「で、どうする?」と彼は尋ねた。

「パーヴェル・ワシーリエヴィチ」とワルワーラはヴォロージンに頼みこんだ。「あなたお若いんだから、長椅子の下から猫を追い出して下さいな」

「追い出しましょう、追い出しましょう」ヴォロージンはくすくす笑いながらそう言うと、居間へ入って行った。

どうやらこうやら猫を引きずり出して、尻尾のがらがらを外した。ペレドーノフは牛蒡《ごぼう》の実を探してきて、猫の体にくっつけた。猫は猛烈な唸り声を立てて、台所に逃げこんだ。この猫騒ぎに疲れきったペレドーノフは、いつもの姿勢で腰を下した。肘は椅子の肘掛に、指を組み脚を組んで、陰鬱な顔はぴくりともしない。

公爵夫人の二度目の手紙を、ペレドーノフは最初のにもまして大事にしていた。札入れに入れて肌身離さず持ち歩き、勿体ぶって誰にでも見せて回った。誰かに盗られはしまいかと用心おさおさ怠りなく、誰にも手にとらせず、人に見せたあとはいちいち札入れにしまいこみ、札入れはフロックの内ポケットに突っこんで、フロックにボタンをかけ、厳しく、意味ありげに相手を眺めるのだった。

「そんなに大事にしなきゃならんもんかね」と時折ルチロフはひやかした。

「いずれにせよ、用心するに越したことはないからな」とペレドーノフは説明した。「あんたにしたところで、くすねようって気を起こさないとは限らん」

「それを盗みゃシベリア送りか」とルチロフは大声で笑い、ペレドーノフの肩を叩いた。

しかしペレドーノフはその落ち着き払った尊大振りを崩そうとはしなかった。概して、最近彼は普段よりも余計に勿体ぶっており、しばしばこう言って自慢した。

「とうとうおれも視学官になるからね。あんたは一生こんなところでくすぶってるんだろうが、おれは郡を二つかかえることになる。それとも三つかな。見ていたまえ！」

彼は自分に間もなく視学官の辞令が下りることを露疑わなかった。教師のファラストフに向かって一度ならずこう言っていた。

「おれはな、おっさん、あんたも引き抜いてやるよ」

そこで教師のファラストフはペレドーノフに対しすこぶる丁重な態度をとるようになった。

## 二十二

ペレドーノフはよく教会へ行くようになった。彼は人目につき易い場所に立ち、必要以上にしばしば十字を画くかと思うと、突然棒のように身をこわばらせ、眼の前を凝視するのだった。彼にはスパイどもが柱の陰に隠れ、自分を笑わせる機会をうかがっているように思えた。しかし彼は参らなかった。

ルチロフ姉妹たちの笑い声――かすかな忍び笑いや囁き声がペレドーノフの耳の中で反響し、時として異様な程度にまで高まるのだった。まさに彼を吹き出させ、破滅させようと、腹黒い少女たちが直接彼の耳に笑いを吹きこんでくるかのように。しかしペレドーノフは参らなかった。

時折、立ちこめる香の煙の中に、ネドトゥィコムカがかすんだ、青味がかった姿を現わし、火のともった眼を光らせ、かすかな金属音を響かせながら空中を飛びまわったが、それも長くは続かず、たいていは信徒たちの足許を転げ回り、ペレドーノフをからかっては、しつこくつき纏《まと》った。もちろんペレドーノフを怖気づかせ、ミサの終わりを待たずに教会から立ち去らせようという魂胆であった。しかしその狡猾な意図をよく承知していたペレドーノフは、決して参らなかった。

祈禱の文句や儀式としてではなく、それが惹起するもっともひそやかな感情の上で、多くの人々にとってかくも近しいミサも、ペレドーノフにとっては不可解であり、それゆえに恐ろしいものであった。炉儀は不可思議な魔法のように、彼に恐怖の念を呼び起こした。

『なぜまたあんなに振り回すんだろう』と彼は訝《いぶか》った。

聖職者たちの祭服は、ちぐはぐな色地の組合わせから成る無趣味なぼろと彼には思えた。そして祭服を纏った司祭を目にするたびに腹が立ち、服をひっぺがし、器をたたきこわしたくなるのだった。教会の典礼や機密は彼にとって、素朴な民衆を隷従に誘う邪悪な妖術であった。

『パンに葡萄酒をかけやがって』と彼は司祭のことを考えて腹を立てた。『安い葡萄酒を使って民衆を騙しとる。奉神礼で少しでも多くふんだくろうって腹だろう』

無力な物質が永遠の変化を遂げて、死の縛めをひきちぎる力になるというこの機密は、彼のうかがい知りえぬところだった。生ける屍！　魔法を信じながら、生ける神とキリストを信じないとは、筋の通らぬ話ではある！

人々は教会から帰りかけていた。村の教師マチーギンはまだ若い、あまり利口とは言えない男だったが、娘たちに近寄り、ほほえみかけ、元気よく話しかけた。将来視学官たるべき人物の前でかくも気ままに振る舞うのは、礼儀に適わぬことであるとペレドーノフは思った。今マチーギンは麦藁帽子をかぶっていたが、ペレドーノフは、いつだったか夏、郊外で、彼が徽章《きしょう》つきの制帽をかぶっていたことを思い出した。ペレドーノフは言いつけてやることにした。視学官のボグダーノフがたまたま居合わせたのである。ペレドーノフは彼に近寄って言った。

「あなたの部下のマチーギンが、徽章つきの帽子をかぶっとりますぞ。身分不相応の振舞いで」

ボグダーノフは肝をつぶして慄えだし、灰色の髪を細かく揺すった。

「そんな資格はない、そんな資格は決してありゃせん」と彼は赤い眼をしばたたきながら、気がかりな様子で言った。

「資格はないがかぶっとります」とペレドーノフはこぼした。「連中に活を入れてやらにゃいかんと、わたしはずっと前からあなたに申し上げとるんで。さもないと、行儀知らずの百姓という百姓が、徽章をつけるようになりましょう。そうなったら、いったいどうなりますか！」

以前にもペレドーノフに度胆を抜かれているボグダーノフは、ますます怯え立った。

「またなぜそんな大それたことをしとるんでしょうな、え？」と彼は泣き出しそうな様子で言った。

「すぐにもですな、すぐにも彼を呼びつけて、今後徽章をつけんよう、厳しく言いつけてやりますわい」

彼はペレドーノフに別れを告げ、せかせかと家路を辿った。

ヴォロージンはペレドーノフと並んで歩きながら、羊の鳴く声で、なじるように言った。

「徽章をつけて歩くとは、いったいなんてことでしょうね！　それだけの官等があるとでもいうんでしょうか！　なんてこってしょう！」

「おまえも徽章なんぞつけちゃいかんぞ」とペレドーノフは言った。

「つけちゃいけないとなりゃ、つける必要もありませんよ」とヴォロージンは言い返した。「もっとも、ぼくだって時には徽章をつけますがね。ただぼくは時と場所を心得てます。郊外へ出かけた時にはつけるんです。自分でも悪い気はしないし、誰もいけないとはいいませんからね。百姓に出会うと、何と言っても敬意の表し方が違います」

「おまえはな、パヴルーシカ、徽章をつけるって面じゃないよ。それに、もっとおれから離れてろよ。おまえの蹄の埃がかかってしょうがねえ」

ヴォロージンは気を悪くして黙りこんだが、やはり並んで歩いていった。ペレドーノフはいかにも気がかりらしい様子で言った。

「それからルチロフの娘たちも訴えてやらにゃなるまいな。連中が教会へ行くのは、べちゃくちゃ喋ってきゃあきゃあ笑うためにすぎん。化粧して着飾っちゃ出掛けてくるんだ。教会の香を盗んじゃ、それから香水を作っとるんだ。いつだって堪らん臭いをさせてやがる」

「ほんとになんてこってしょうねえ」とヴォロージンが頭を振りながら鈍そうな眼を大きく見張って言った。

雲の陰がにわかに地上を覆い、ペレドーノフをぞっとさせた。風に巻き上がった埃の渦の中に、時折灰色のネドトゥイコムカが姿を現わした。草が風にそよいだだけで、ペレドーノフには灰色の生きものが彼のあとを追い駆けてきて、草を腹一杯食いちぎっているように思えるのだった。

『なぜまた町中《まちなか》に草なんぞあるんだ？　だらしがない！　引っこ抜かにゃならん』

木の枝が一本揺れだし、身を縮め、黝《くろ》ずみ、かあかあ鳴いて遠く飛び去っていった。ペレドーノフはぶるっと身を慄わせ、突っ拍子もない叫び声を上げると、家をさして駆けだした。ヴォロージンは大きく見張った眼に不審げな表情を浮かべ、頭の山高帽を抑えながら、ステッキを振り振り、気がかりげな様子で彼の跡からゆっくり走っていった。

ボグダーノフはその日のうちにマチーギンを呼び出した。視学官のアパルトマンへ入ってゆく前に、マチーギンは太陽を背に街路に立ち止まり、帽子をとると、影を見ながら掌で髪を整えた。

「いったいどういうことですかな、え君？　いったいどういうつもりなんかね、え？」とボグダーノフはマチーギンに食ってかかった。

「何のお話ですか？」とマチーギンは麦藁帽子をもて遊び、敬礼のために左足を引きつけながら、馴れ馴れしい調子で尋ねた。

ボグダーノフは彼を叱りつけてやるつもりだったから、坐れとも言わなかった。

「いったいどういうことですかな、君、徽章をつけて歩くとはいったいどういうことですかな、え？なんでまたこんな大それたことをする気になったんですか、え？」と彼は努めて厳しい顔をし、灰色の鬚をわざと震わせながら尋ねた。

マチーギンは顔を赤くしたが、勢いよく答えた。

「だからどうなんですか。わたしにその資格がないとでもおっしゃるんで？」

「しかし、いったいあんたは官吏ですかな、え？　官吏ですかな？」ボグダーノフは興奮してきた。「いったいどういう官吏ですかな、え？　ひょっとしたら、下級の書記か何ぞでも？」

「わたしには教師の肩書があります」とマチーギンは一向にこたえぬ態で言い返し、自分が教師という立派な肩書の持主であることを思い出して、不意ににやりと甘ったるい笑みを浮かべた。

「ステッキをお持ちなさい、ステッキを。これもやはり教師のしるしになります」とボグダーノフは頭を振って忠告した。

「そりゃひどい、セルゲイ・パトープイチ」とマチーギンは恨めしげな声で言った。「ステッキだなんて！　ステッキなら誰だって持って歩けます。徽章だからこそ権威があるんです」

「何の権威ですか、え？　いったいどんな、どんな権威ですかな？」とボグダーノフは若者にくってかかった。「いったいあんたにどんな権威が必要だって言うんです、え？　あんたいったい長官ですか！」

「そりゃひどい、セルゲイ・パトープイチ」マチーギンは筋道立てて説明した。「教育水準の低い農民たちの間じゃ、これによってたちまち多大の尊敬をかちえることができるんです。今年は以前よりずっと丁寧にお辞儀されるようになりました」

マチーギンは満足げに赤茶色の口髭を撫でた。

「それはいかん、君、絶対にいかん」歎かわしげに頭を振って、ボグダーノフは言った。

「そりゃひどい、セルゲイ・パトープイチ、教師に徽章がなくっちゃ、イギリスの獅子に尻尾がないのと同じじゃありませんか」とマチーギンは言い張った。「お笑いもんですよ」

「尻尾がいったいどうだというんですか、え？　なぜいったい尻尾なんですか、え？」とボグダーノフはいきり立った。「なんでまた政治を持ち出すんです、え？　政治を論ずるのがいったいあんたの仕事ですかな、え？　いや君、徽章はとってもらいましょう。どうかそうしていただきたい。とんでもないこってす。滅相な。誰かに知られでもしたらどうなります！」

マチーギンは肩をすくめ、まだ何か言い返そうとしたが、ボグダーノフが遮った――われながらすばらしい考えが、彼の頭に浮かんだのである。

「あんたわたしんところへは徽章なしで来られましたな、え？　徽章なしで。つけて行ってはいかんと、自身お感じになったわけですな」

マチーギンは一瞬言葉に窮したが、やはり見事に切り返した。

「われわれ村の教師はですね、村ではそれなりの特権が必要なんです。町じゃただの一インテリゲンチャにすぎません」

「いや君、心得といてもらいましょう」とボグダーノフはぷりぷりして言った。「徽章はつけないでいただきたい。もし今後そうしたことが耳に入ったら、あんたは馘《くび》です」

グルーシナは時折若い連中を集めて夜会を催した。若い人たちの内から誰か夫を釣り上げようという魂胆だった。人目をごまかすために、家庭持ちの知人たちも招いてあった。

そうした夜会のひとつだった。客たちは早くから集まった。

グルーシナの家の客間の壁には、モスリンでぴったり覆った絵が数枚かけてあった。とはいえ、それらの絵にけしからぬところなぞ何もありはしなかったのである。グルーシナが腹黒い不謹慎な薄笑いを浮かべながらモスリンの覆いをもち上げると、客たちは下手《まず》い裸婦の絵に見惚れた。

「なんだこの女は。ねじれてんのか？」とペレドーノフが不愛想な調子で尋ねた。

「ねじれてるもんですか」とグルーシナは急きこんで絵を弁護した。「屈んでるんですよ」

「いや、ねじれてる」とペレドーノフは繰り返した。「それにあんたと同じで、眼が左右不揃いだ」

「あなた分かっちゃいないのねえ！」とグルーシナが気を悪くして言った。「これはみなとても高い、いい絵なのよ。絵描きってのはこういうのが描けなくちゃいけないのよ」

ペレドーノフは突然大声で笑いだした。最近自分がウラージャに与えた忠告のことを思い出したのだった。

「何を嘶《いなな》いてらっしゃるの？」とグルーシナが尋ねた。

「ギムナジストのナルタノーヴィチが、姉さんの服に焼け穴をつくるだろうよ」と彼は説明した。「わたしがそうするように教えてやった」

「ほんとに火をつけるとお思い？　それほど馬鹿かしら」とグルーシナがまぜっ返した。

「もちろんつけるさ」とペレドーノフは断言した。「男の子ってのはいつだって女のきょうだいとは喧嘩するもんだ。わたしが子供の時にゃ、しょっちゅう姉たちの服を汚してやったもんだ、年下なら殴る、年上なら服を駄目にしてやる」

「誰もかれも喧嘩するとは限らない」とルチロフが言った。「おれは妹たちと喧嘩しないよ」

「あの子たちと何をする？　キスするか、え？」とペレドーノフが尋ねた。

「アルダリオン・ボリースィチ、あんたは豚野郎のろくでなしだ。横面を一発張ってやる」とルチロフは落ち着き払って言った。

「いや、おれはそういうたちの冗談は好まん」ペレドーノフはそう答えて、ルチロフから遠ざかった。

『さもないと、ほんとうに殴られるかもしれん。何かよからぬことを企んでる顔つきだ』

「ウラージャの姉ってのは」と彼はマルタのことを話し続けた。「黒い服を一枚しか持ってないんだ」

「ヴェルシーナが新しいのを作ってくれるでしょうよ」とワルワーラが妬み深い悪意をこめて言った。

「お嫁入りには持参金まですっかり揃えてくれるし。綺麗な花嫁手綱をとって」彼女は低い声で歌い、意地悪げにムーリンを見た。

「あなた方もそろそろ式を挙げなきゃ」とプレポロヴェンスカヤが言った。「何を待っとられるの、アルダリオン・ボリースィチ？」

プレポロヴェンスキー夫婦は、第二の手紙以来ペレドーノフがワルワーラとの結婚を固く決心したことを知っていた。夫婦もまた手紙のほんものたることを露疑わず、今までだって自分たちはいつもワルワーラの肩をもってきたのだ、と言いだした。ペレドーノフと仲違いしては損だった。彼とカルタを戦わせれば儲かったからである。ジェーニャのことは仕方がない。いずれそのうち別の花婿を探すとしよう。

プレポロヴェンスキーが喋りだした。

「もちろんあなたがたは式を挙げるべきです。そうすればよいことをなさるわけで、公爵夫人も喜ばれるでしょうし。あなた方が結婚なされば、公爵夫人としても嬉しいわけで、したがって夫人を喜ばせることにもなり、よいこともなさるわけで、こんな結構なこたありません。さもなけりゃどうにもなりませんわい。とにかく式を挙げられれば、よいことをなすって、しかも公爵夫人も喜ぶわけで」

「わたくしもそう申してますの」とプレポロヴェンスカヤが言った。

だがプレポロヴェンスキーは喋りやまず、皆が自分から離れて行ってしまったのを見ると、若い官吏の隣りに腰を下して、同じことをくどくど説明しにかかった。

「おれは式を挙げることにきめた」とペレドーノフが言った。「ただおれもワルワーラも、結婚式とはどうするものか知らんのだ。何かしなきゃいかんのだろうが、その何かが分からん」

「そんなことはなんでもありませんわ」とプレポロヴェンスカヤが言った。「もしよろしかったら、あたしとうちの人で何もかもやってさし上げますわ。あなた方は何も考えないで、ただじっとしてりゃいいの」

「そいつぁ有難い」とペレドーノフが言った。「ただし、万事しかるべく立派にやってもらいたいな。金は惜しまん」

「そりゃもうちゃんとやりますよ、御心配なく」とプレポロヴェンスカヤが請け合った。

ペレドーノフは重ねて条件をつけた。

「婚約指輪にしみったれて、金メッキした細い銀のを買うやつがいるが、おれはそんなのは困る。純金でなきゃ。それどころか、婚約指輪の代わりに、婚約腕輪を注文しようと思ってるんだ。このほうが高いし、立派だし」

一同笑いだした。

「腕輪はだめですよ」とプレポロヴェンスカヤが薄笑いを浮かべて言った。「指輪になさいな」

「なぜ駄目です?」とペレドーノフは口惜しげに言った。

「なぜって、そんな習慣ありませんもの」

「いやおそらくあると思うけど」とペレドーノフは疑わしげに言った。「坊さんにきいてみよう。やつのほうがよく知ってる」

ルチロフがくすくす笑いながら忠告した。

「それより、アルダリオン・ボリースィチ、いっそ婚約バンドを注文したらいい」

「いや、それには金が足りないんだ」とペレドーノフは、からかわれていることに気づかず答えた。「おれは銀行家じゃない。ただ、最近こんな夢を見たがね。繻子《しゅす》のフロックを着て結婚式を挙げてるんだ。おれとワルワーラは金の腕輪をしている。背後から校長が二人、おれたちの頭上に花冠をかざして、ハレルヤを歌ってる」

「ぼくもゆうべ面白い夢を見たんですがね」とヴォロージンが切り出した。「どういう意味だか分からないんです。ぼくは金の冠をかぶって、玉座みたいなところにかけている。眼の前は一面の草原《くさはら》で、草の上には見渡す限り小羊がうじゃうじゃうじゃ、めえめえめえ。小羊どもは歩き回っちゃ、頭をこんな風に動かして、絶えずめえめえめえ」

ヴォロージンは部屋中を歩き回り、額を震わせ、唇をつき出して、羊の鳴声を真似た。客たちは笑った。ヴォロージンはその場に腰を下し、満足げに眼を細めて一同を見回し、自分も羊の鳴くような笑い声を立てた。

「で、それからどうしたの？」とグルーシナが客たちに目くばせしながら尋ねた。

「別に。ただやたらと小羊ばかりがうじゃうじゃいて、そこで眼が覚めたんです」とヴォロージンは語り終えた。

「羊は羊の夢を見る、か」とペレドーノフが唸った。「羊はどう生まれ変わっても所詮羊だな」

「あたしも夢見たわ」と臆面のない薄笑いを浮かべて、ワルワーラが言った。「殿方の前じゃお話できないような夢だから、あとであなたにだけ話すわ」

「あらまあワルワーラ・ドミトリエヴナ、おんなじね。あたしもそうなんですよ」とグルーシナがくすくす笑い、一同に目くばせしながら言った。

「お話しなさい。ぼくら慎ましやかな男性ですよ。ちょうど御婦人方みたいにね」とルチロフが言った。

そして他の男たちも、ワルワーラとグルーシナに夢の話をするよう頼んだ。しかし二人は眼を見交わし、いやらしい笑いを浮かべたまま、話そうとはしなかった。

一同カルタのテーブルに向かった。ルチロフはペレドーノフの腕前が大したものだと言い張った。ペレドーノフはそのつもりになった。だが今日も、彼はいつものとおり負けた。勝運に恵まれたルチロフは大喜びで、普段よりよく喋った。

ネドトゥイコムカがペレドーノフを悩ましていた。それはどこかすぐ近くにひそみ隠れ、時折テーブルの下や誰かの背後から姿を現わしては、また隠れるのだった。どうやら、何かを待ちうけている様子だった。おそろしかった。カードの顔そのものがペレドーノフに恐怖の念を呼び起こした。クイーンは上と下に一人ずついた。

『三人目はどこだ？』とペレドーノフは考えた。

彼はぼんやりスペードの女王を眺めてから、それを裏返してみた。三人目はことによったら、シャツの裏に隠れたのではあるまいか。

ルチロフが言った。

「アルダリオン・ボリースィチはシャツの中にクイーンを探してるぞ」

一同大声で笑った。

その間に、警察勤めの若い官吏が二人、別に馬鹿遊び（カルタ遊びの一種）を始めた。勝負は活気づき、勝った方は嬉しげな哄笑を響かせて負けた方をからかい、からかわれた方はかんかんになった。

料理の匂いが漂ってきた。グルーシナが客たちを食堂へ招いた。一同はぶつかり合い、遠慮ぶりながら、どうやらこうやら坐を占めた。

「召し上がれ、皆さん」とグルーシナはすすめた。「喉までいっぱい、たらふく飲んで召し上がれ」

「ピローグぱくつきゃ、おかみは喜ぶ」とムーリンが嬉しげに叫んだ。ウォッカを眺め、自分がカードで儲けたことを思うと、彼は陽気になった。

誰にもましてせっせと御馳走にあずかったのは、ヴォロージンと二人の若い官吏だった。彼らはなんでもいちばんいいところ、いちばん高価なところを取り、イクラをがつがつ貪り食った。グルーシナは無理に笑いながら言った。「パーヴェル・ワシーリエヴィチったら、酔っ払っても口ざとくっていらっしゃる。高いものをよく御存知だわ」

彼女がイクラを買ったのは、彼のためだとでもいうのだろうか！　御婦人方に供するという口実で、彼女はいいところを彼の分から一切取り除けてしまった。だがヴォロージンは一向に気を落とさず、残った分で満足した。彼はそもそもの始まりからいいところばかりどっさり食べてきたので、今となってはどうでも同じだったのである。

ペレドーノフはむしゃむしゃ食っている客たちを眺めた。皆が彼のことを笑っているように思えた。なぜ？　何を？　彼はかんかんになって、出されるものを片端から、ぞんざいに、がつがつ平らげた。食事がすむと、またカルタにかかった。だがペレドーノフはじきに飽き、カードを投げ出して言った。

「みんな勝手にしやがれ！　ついとらん。やんなった！　ワルワーラ、帰ろう」

他の客たちも彼に続いて腰を上げた。

玄関でヴォロージンは、ペレドーノフが新しいステッキを持っているのに気づいた。彼は歯をむいて笑い、それをいじくり回しながら尋ねた。

「アルダーシャ、なぜまたここんところで指がとぐろを巻いてんだい？　こりゃいったい何の意味だい？」

ペレドーノフは腹立たしげに彼の手からステッキをもぎ取ると、黒い木材で馬鹿握りをかたどった杖の頭をヴォロージンの鼻先に突きつけて言った。

「そらおまえのためだ。バタつけて食え」

ヴォロージンは恨めしげな顔付をした。

「失礼だけど、アルダリオン・ボリースィチ、ぼくがバタつけて食べるのはパンであって、あんたの馬鹿握りじゃありませんよ」

ペレドーノフは彼の言うことには耳傾けず、ショールで念入りに首を巻き、外套のボタンをすっかりかけた。ルチロフが笑って言った。

「なんでそんなに着込むんだい、アルダリオン・ボリースィチ。暖いのに」

「健康第一さ」とペレドーノフは答えた。

外は静まりかえり、街路は闇の中に横たわって静かに鼾をかいていた。暗く、物寂しく、湿っぽかった。空を重たげな黒雲が漂って行った。ペレドーノフは唸った。

「真っ暗になりやがった。なんのためだ?」

だが今はこわくなかった。ひとりぼっちではなく、ワルワーラが一緒だったから。

まもなく突き刺すような、しつこい糠雨《ぬかあめ》が降りだした。全ては音もなく静まりかえり、ただ雨だけが何事か執拗に呟き続け、やがてむせびながら、聞きとりにくい、うんざりさせる、物悲しげな言葉を口にしだした。

ペレドーノフが自然の内に感ずるものは、彼に対する敵意の仮面をかぶった自らの索漠感、自らの恐怖の反映であった。外的規定の手に負えぬ、あらゆる自然の内なる内的生命、それのみが人間と自然の間の深い、疑いようのない、真の関係を創り出す内的生命、こうした生命を彼は感じなかった。それゆえ、一切の自然は彼の目に、些細な人間的感覚のしみ渡ったものと映った。個人と個物の魅惑に眩《くら》んだ彼は、自然の中で乱舞するディオニソス的な、抑え難く湧き出る歓喜を理解しなかった。彼はわれわれの多くと同様に、盲《めし》いた、哀れむべき存在だった。

## 二十三

式の支度一切はプレポロヴェンスキー夫妻がひき受けた。式は町から六露里ほど離れた村で挙げることになった。幾年も親類同士という触れこみで同棲してきた挙句、町なかを通って婚礼に赴くことはワルワーラにとって気づまりだった。挙式の日どりは内密にされていた。プレポロヴェンスキー夫妻は式が金曜日だという噂を流したが、実は水曜日に行なわれた。これは町から弥次馬が来るのを防ぐためだった。ワルワーラは一度ならずペレドーノフに言った。

「ねえ、アルダリオン・ボリースィチ、うっかり式の日どりを洩らさないでよ。邪魔が入るといけないから」

ペレドーノフはワルワーラを愚弄しながら、しぶしぶ式の費用を出してやった。時として馬鹿握りの頭のついたステッキを持ち出してきて、ワルワーラに言った。

「おれの馬鹿握りに接吻すれば金をやる。しなけりゃやらん」

ワルワーラは馬鹿握りに接吻した。

「こんなことなによ。唇がはじけるわけでもあるまいし」と彼女は言った。

人に話すといけないというので、式の日どりは当日まで付添人たちにすら知らされなかった。はじめルチロフとヴォロージンに付添を頼んだ。二人は喜んで承知した。ルチロフは何か愉快なエピソードを期待していた。ヴォロージンにとっては、かくも尊敬すべき人物の生涯におけるかくも特筆すべき出来事において、かくも重大な役割を演ずることは光栄の至りだった。次いでペレドーノフは、自分の付添人は一人では足りないと思った。彼は言った。

「おまえには、ワルワーラ、ひとりで十分だろう。だがおれには二人要る。一人じゃ足りない。おれの上に花輪を支えるのはむずかしいんだ。おれは背が高いからな」

そしてペレドーノフはファラストフに二人目の付添を頼んだ。ワルワーラはぶつぶつ言った。

「ばかばかしい。ちゃんと二人居るのに。いったい何人いたらいいのよ?」

「やつは金縁の眼鏡をかけてる。やつが来れば箔《はく》がつく」

当日の朝、ペレドーノフはいつものとおり風邪を引かぬようぬるま湯で洗面をし、頬紅をくれと言った。彼はこう説明した。

「これからは毎日化粧しなくちゃいかん。さもないと、おいぼれてるってんで、視学官に任命してくれんだろう」

ワルワーラは頬紅が惜しかったが、譲らないわけにゆかなかった。ペレドーノフは頬に紅を塗った。彼は呟いた。

『ヴェリガだって若く見えるように化粧してる。おれが蒼白い顔で式を挙げられると思うか』

それから彼は寝室に閉じこもって、ヴォロージンが彼と掏《す》り代わらぬよう、体に印をつけることにした。胸、腹、肘、そのほかいろいろの場所に、彼はインクでΠ《ペー》の字をかきつけた。

『ヴォロージンにもしるしをつけにゃならんのだが、どうしたもんだろう？　気づいて拭きとっちまうだろうし』ペレドーノフは暗澹たる思いだった。

次いで、コルセットを着けたらいいのではないか、という考えが閃《ひらめ》いた。さもないと、うっかり腰が曲ったりしたら、老人だと思われる。彼はワルワーラにコルセットを出すよう言いつけた。しかしワルワーラのコルセットは彼にはきつすぎ、ひとつとして合うのがなかった。

「あらかじめ買っとかんからいかんのだ」と彼はぷりぷりして唸った。「気の効かない」

「だけど男でコルセットする人なんている？」とワルワーラが言い返した。「誰もしてないわよ」

「ヴェリガがしてる」とペレドーノフ。

「そりゃヴェリガは年寄りだからよ。あんたは、アルダリオン・ボリースィチ、有難いことに男盛りでしょ」

ペレドーノフはしたり顔で微笑し、鏡を覗いて言った。

「もちろん、おれはまだ百五十年は生きるさ」

猫がベッドの下でくしゃみをした。ワルワーラがにやにや笑いながら言った。

「猫がくしゃみしてるから、本当だわね」

しかしペレドーノフは眉をひそめた。彼は急に猫がおそろしくなり、そのくしゃみは意地悪い詭計のように思えたのである。

『くしゃみする理由なぞ何もない筈だ』と彼は考え、ベッドの下に這い込んで猫を追い出しにかかった。猫は猛々しく鳴いて壁にはりつき、突然大きな鋭い一声と共にペレドーノフの手の間をすり抜け、部屋から跳び出ていった。

「こん畜生め！」とペレドーノフはそれに腹立たしげな罵りを浴びせた。

「たしかに魔物ね」とワルワーラが合槌を打った。「すっかり野性に戻っちゃって。体を撫でさせもしない。まるで悪魔に憑かれたみたい」

朝早く、プレポロヴェンスキー夫妻は付添人を迎えにやった。十時頃には一同ペレドーノフの家に集まった。グルーシナ、ソフィヤ、その夫も到着した。ウォッカと肴《さかな》が出た。ペレドーノフはあまり食べず、自分とヴォロージンの違いをもっと際立たせるにはどうしたらいいか、鬱々と考えをめぐらせていた。

『羊みたいに髪を縮らせてやがる』そう思って彼は憎らしくなったが、ふと、自分も特別な髪型をしたらどうだろうと思った。彼はテーブルを離れて言った。

「みんなこのまま飲み食いしててくれ。おれはしみったれたことは言わん。ちょっと床屋へ行って、スペイン風に調髪してくる」

「スペイン風とはまたなぜだい？」とルチロフが尋ねた。

「今に分かるさ」

ペレドーノフが散髪に出かけると、ワルワーラが言った。

「とにかくいろんなこと思いつくんだから。気紛れったらありゃしない。もうちょっとアルコールを慎みゃいいのに、飲んだくれめ！」

プレポロヴェンスキカヤが狡そうな薄笑いを浮かべて言った。

「結婚されたら、アルダリオン・ボリースィチも視学官になられて、落ち着かれるでしょうよ」

グルーシナがくすくす笑った。彼女はこの婚礼の秘密めいたところにわくわくし、自分では手を汚さないで何かひと騒ぎもち上げたくて仕方がなかった。前夜彼女は知人の誰彼に、婚礼の場所と時間をそっと耳打ちしておいた。当日の朝、彼女は錠前屋のしたの息子を呼び寄せて五コペイカ与え、夕方町外れで新郎新婦の帰りを待ちかまえ、彼らの馬車に塵芥と紙つぶてを投げつけるよう唆した。錠前屋の息子は喜んで承知し、決して他言しないと誓った。グルーシナは彼に思い出させた。

「だけど笞で打たれたら、途端にチェレプニンの名を言っちゃったじゃないか」

「おれたちが馬鹿だったんだ。こんだ縛り首んなったって言いやしねえ」

そして息子は誓いを裏付けるために、土を一つまみ呑みこんで見せた。グルーシナはそこでもう三コペイカ奮発した。

床屋でペレドーノフは、店の主人でなくては駄目だと言った。主人というのは最近市の職業学校を出たばかりで、時には郡の図書館から本を借り出して読んでいる若い男だったが、ペレドーノフの知らない地主か誰かの頭を刈り終えるところだった。まもなく仕上げた彼は、ペレドーノフのほうにやって来た。

「先ず客を帰してからだ」とペレドーノフは腹立たしげに言った。

地主は金を払って出て行った。ペレドーノフは鏡の前に坐った。

「刈って調髪してくれ」と彼は言った。「今日は特別重大な用事があるから、スペイン風の髪型をたのむ」

ドアのところに立っていた徒弟の少年が、吹き出して、主人に睨まれた。主人はスペイン風の刈り方をしたことはなかったし、またそれがどういう髪型なのか、そもそもそういう髪型が存在するのかどうかも知らなかったが、客がそれを要求する以上、客は自らの欲するところのものを承知しているのだと思わないわけにはゆかなかった。若い理髪師は自らの無知を暴露したくなかった。彼は恭々しく言った。

「旦那のおぐしには無理でございます」

「なぜ無理だ?」とペレドーノフは気を悪くして尋ねた。

「旦那のおぐしはあまり栄養が行き届いておりません」と理髪師は説明した。

「なんだ、ビールでもふりかけにゃいかんというのか、え?」とペレドーノフは唸った。

「ビールとは御冗談を!」愛想よい笑いを浮かべて理髪師は答えた。「よろしいですか、もし多少なりとも刈りこみますと、ただでさえもう大分薄くなってきとられますから、スペイン刈りにはどうしても無理でございます」

ペレドーノフはスペイン刈りが不可能だと聞いてがっくりしてしまい、鬱々として言った。

「じゃあいいようにやってくれ」

『この床屋ももう、特別な刈り方をしないよう吹き込まれたのではなかろうか。家で喋るんじゃなかった』ペレドーノフがきちんと道順どおり歩いてくる間に、ヴォロージンが羊となって裏庭づたいに先回りし、床屋としめし合わせたものに違いない。

「香水をおつけしますか?」と理髪師は仕事を終えると言った。

「レゼダ水をかけてくれ。たっぷり」とペレドーノフは注文した。「いいように刈り込ませてやったんだから、せめてレゼダ水でもたっぷりかけろ」

「申し訳ございません。レゼダ水は置いとりませんので」と理髪師は当惑して言った。「オポパナクスではいかがでしょう？」

「まともなことは何もできんのだな」とペレドーノフは悲観して言った。「じゃああるもんでやってくれ」

彼は失望して家へ帰った。その日は風があった。家々の門は風のためにばたばたと鳴り、欠伸《あくび》をし、高笑いをした。ペレドーノフはそれを索漠たる思いで眺めた。果たして式に行くべきか？　しかしもうなるようにしかならなかった。

幌《ほろ》つきの馬車が三台回してあった。これで行かないことには、もしも幌がなかったら人目を惹き、弥次馬が集まって、結婚式を見ようと押しかけてくることだろう。ペレドーノフとワルワーラ、プレポロヴェンスキー夫妻とルチロフ、グルーシナと残りの付添人というように分乗して出掛けた。

広場を横切るたびに埃が舞い上がった。ペレドーノフは斧の音を耳にした。木の壁が聳《そそ》り立ち、ますます高くなってゆくのが、砂塵をとおしてかすかに目に入った。要塞をとりこわしているところだった。

馬車はその傍を疾過した――おそろしい幻は一瞬閃いて消えた。ペレドーノフは怯え上がってあたりを見回したが、もう何も目に入らなかった。彼は自分の見た幻のことをとうとう誰にも話さなかった。赤いシャツを着た兇暴そうな、むっつりした百姓たちの姿がちらりと見えた。

道中ずっと、ペレドーノフは悲しみにうちひしがれた思いだった。あらゆるものが彼に敵意ある眼差しを向け、威嚇的な予兆を漂わせていた。空は顰め面をし、風は真っ向から吹きつけながら何事か溜息をついていた。木々は陰を落としたがらず、涼気を一切自分のために保留していた。その代わり埃が、灰色の、半ば透明な、長い蛇のように舞い上がっていた。太陽はなぜか雲の背後に隠れていた――こっそりこちらを窺っているのではなかろうか？

道は曲りくねり、茂み、林、草地、流れにかかる木の洞橋などが、小高い丘の背後から次々と思いがけない姿を現わした。

「一つ目鳥が飛んでった」とペレドーノフは、白く煙る遠い空に見入りながら陰気に言った。「目玉に翼が二本生えてるだけだった」

ワルワーラはふんと笑った。彼女はペレドーノフが朝から酔っ払っているのだと思ったが、逆らわなかった。下手をすると怒りだして、式に行かないと言いだすかもしれない。

教会の隅の柱の陰には、すでにルチロフ家の四姉妹が待ちかまえていた。ペレドーノフにははじめ彼女たちが眼に入らなかったが、やがて式の最中、四人が待伏せ場所から姿を現わしたのを見て仰天した。とはいえ彼女たちは何も悪いことはしでかさなかったし、彼がはじめ心配したように、ワルワーラを追い出して自分たちのうちの一人と結婚するよう要求しもしなかった。ただ笑っているばかりだった。はじめ静かだったその笑いは、次第次第に声高く、意地悪げになり、手に負えぬじゃじゃ馬の笑い声のように、彼の耳の中で鳴り響いた。

どこからかやって来た二、三の老婆を除いて、教会には殆ど人がいなかった。これは好都合だった。ペレドーノフは愚かしげにも奇矯に振る舞った。欠伸をし、ぶつぶつ言い、ワルワーラを突ついては、香と蠟と百姓どもの臭いがたまらんと言ってこぼした。

「おまえの妹たち笑ってばかりいるぞ」と彼はルチロフを振り向いて言った。「あんまり笑うと肝臓に孔《あな》が明くぞ」

その上、ネドトゥイコムカが彼を悩ませた。それは汚らしく埃にまみれ、絶えず司祭の衣の下に隠れた。

ワルワーラにもグルーシナにも、教会の儀式は滑稽に思えた。彼女らはくすくす笑ってばかりいた。妻は夫と一体にならねばならぬという言葉が、とりわけ彼女たちを興がらせた。ルチロフも忍び笑いをしていた。彼はいつどこでも、御婦人方を笑わせるのが自分の義務だと思っていた。ヴォロージンだけが真面目に振る舞い、鹿爪らしい顔付で十字を画いていた。彼が教会の儀式に関して抱いている観念といっては、これら全てはかくとり行なわるべく定められており、あらゆる儀式の遂行はある種の内的快適さをもたらすというだけにすぎなかった。休日に教会へ行ってお祈りをする。罪は消える。罪を犯す。痛悔する。また罪は消える。便利この上ない。まして一歩教会を出るや、このことは何ひとつ思い煩《わずら》う必要もなく、これとは無関係な俗世間のしきたりに則って行動すればよいのだから、なおさらである。

ようやく式が終わり一同が外へ出ようとした時、思いがけないことが起こった。酔った一団の人々が騒々しく教会へ押し入ってきたのである。ムーリンとその友人たちだった。

いつものとおり髪をふり乱し、酔い醒めの白っぽい顔をしたムーリンは、手荒くペレドーノフを抱いて叫んだ。

「内緒にしようったって、きょうだい、そうはいかんぜ！　これほどの友だちを、水くさいじゃないか。知らせないたあ、こすい野郎だ」

皆口々に喚いていた。

「悪党め、呼ばなかったな！」

「ちゃんと来たぞ！」

「そうとも、結局は分かっちまわあ！」

あとから来た者たちはペレドーノフを抱いてお祝いを言った。ムーリンが言った。

「酔っ払ってるもんで、ちょっと道に迷ったんだ。さもなきゃちゃんと式の始まる前に着けたんだが」

ペレドーノフは眉をひそめたまま祝辞にも答えなかった。彼は怨みとおそれに苛まれていた。

『どこへでもつけてきやがる』と彼は暗澹たる気持で考えた。

「もしも悪だくみしてるんじゃなかったら」と彼は憎らしげに言った。「みんな十字を画いてみろ」

客たちは十字を画き、大声で笑いだし、不敬な文句を吐いた。とりわけ若い官吏たちのふざけ方は甚しかった。輔祭が彼らをたしなめた。

客たちのうちにひとり、ペレドーノフの知らない、赤い口髭を生やした若い男がいた。その男は驚くべく猫に似ていた。これこそ彼の家の猫が人間に化けたのではあるまいか。この若い男が絶えず鼻を鳴らしているのもそのせいであろう。猫時代の習慣が抜けないのだ。

「誰が話したの？」とワルワーラが新来の客たちを恨めしげに見ながら尋ねた。

「善意の人たちでさあ、新婦さん」とムーリンが答えた。「誰だか忘れましたがね」

グルーシナは目くばせして回った。新来の客たちは笑ったが、彼女の名は明かさなかった。ムーリンが言った。

「とにかく、アルダリオン・ボリースィチ、あんたんところへ押し掛けるぜ。シャンパンを出せよ。けちけちするない。いったいどういうつもりだ。水くさいじゃないか。こんな親しい友人に知らせもしないで、こっそりやろうなんて」

ペレドーノフ夫妻が式を終えて帰りかけた時、陽はすでに傾き、空一面を火と黄金が彩っていた。しかしこれがペレドーノフには気に入らなかった。

「金箔をべたべた貼ったたな。ところどころ剝げてやがる。こんな無駄使いがどこにあるもんか！」

錠前屋の息子は他の腕白どもと徒党を組み、町外れで一行を迎え、走りながらホーホー喊声《かんせい》を上げた。ペレドーノフはおそろしさにがたがた慄えた。ワルワーラは少年たちに罵声を浴びせ、唾を吐きかけ、馬鹿握りを突き出して見せた。客と付添人たちは大声で笑った。

ようやく家に着いた。一同歓声と口笛を交じえてどやどやペレドーノフの家へ雪崩《なだ》れこんだ。シャンパンを空け、次いでウォッカにかかり、カードが始まった。酒盛りは一晩中続いた。ワルワーラはしたたか飲み、有頂天になって踊った。ペレドーノフも有頂天だった。誰にも掏《す》り代えられないで済んだからである。客たちはワルワーラに対し、いつもと変わらぬシニックな、軽んずる態度をとった。彼女はそれを別段おかしいとも思わなかった。

結婚後もペレドーノフ家の日常はさしたる変わりばえを見せなかった。ただワルワーラの夫に対する態度はより自信に満ちた、自立的なものとなった。彼女は言うなれば以前ほど夫の意を迎えようとしなくなったが、習い性となって、やはり夫を少しこわがっていた。ペレドーノフはやはり習慣から、以前どおり彼女を怒鳴りつけ、時には殴りもした。しかしすでに彼も、彼女が自らの地位に以前より自信を抱くようになったことは感じていた。このことは彼を憂鬱にした。彼女が以前ほど彼を怖れないのは、彼と別れて後釜にヴォロージンを据えるというかの犯罪的な企図が、彼女の内で確たるものとなったからではないかと思ったのである。

『用心せにゃならん』と彼は考えた。

いっぽうワルワーラは勝ち誇っていた。彼女は夫と共に町の奥様連を訪問し、それほどの知り合いでないところまでも出掛けて行った。その際彼女の発揮した傲慢ぶり、不手際ぶりは滑稽だった。彼女はどこへ行っても玄関払いをくうことはなかったが、多くの家では驚きをもって迎えられた。訪問用にと、ワルワーラは前もってこの土地で最高級の婦人帽子屋に帽子を注文しておいた。けばけばしい大きな花をふんだんにあしらった帽子は、ワルワーラをすっかり喜ばせた。

ペレドーノフ夫妻は訪問を校長夫人から始めた。次に貴族団長夫人を訪ねた。

二人がいつ訪問に出掛けるかはもちろんルチロフ家の人々の知るところで、当日姉妹たちはワルワーラの振舞いを見たいという好奇心から、フリパーチ夫人ワルワーラ・ニコラエヴナのところへ押し掛けて行った。まもなくペレドーノフ夫妻もやって来た。ワルワーラは校長夫人に膝を屈めるお辞儀をし、常にも勝るがらがら声で言った。

「このとおりお伺いいたしました。よろしくお引立てのほどをお願い申し上げます」

「それどころか喜んで」と校長夫人は仕方なく答え、ワルワーラを長椅子にかけさせた。

ワルワーラはいかにも満足げに、ざわつく緑色の服を大きく拡げながらすすめられた席に腰を下し、馴れ馴れしさで当惑を隠そうと努めながらこう切り出した。

「あたくしずっとマムワゼルでしたんですが、今度マダムになりましたんですの。あたくしたち同じ名前でございますわね。あたくしワルワーラで、あなたもワルワーラでいらっしゃる。それでいてお付き合いはなかったんですわ。あたくしマムワゼルでおりました間は大抵家にばかりおりましたし。だけど家事ばかりやっててもしょうがないですわ。これからはあたしとアルダリオン・ボリースィチとで広くお付き合いしてゆこうと思ってますの。どうかよろしくお願いいたしますわ。あたくしどもも伺いますから、お宅もうちへいらして、ムッシューはムッシュー同士、マダムはマダム同士ということで」

「ただお宅様は、こちらに長くはおられないのと違いまして？」と校長夫人は言った。「御主人が転勤におなりになるとか」

「そうなんですの。まもなく書類がまいりまして、そうしたらわたくしども発ちます」とワルワーラは答えた。「書類が来るまでは、さしあたってここでせいぜいいろいろとお付き合いしてゆきませんことには」

ワルワーラは自分でも視学官の地位を当てにしていた。結婚後彼女は公爵夫人に手紙を書いた。返事はまだ来なかった。年が明けたらもう一度書くことにしていた。

リュドミラが言った。

「アルダリオン・ボリースィチ、わたくしたち、あなたがてっきりプイリニコフのお嬢さんと結婚されるもんだと思ってましたわ」

「馬鹿な」とペレドーノフはぷりぷりして言った。「なんでわたしが手当たり次第の相手と結婚するもんですか。わたしにゃ引立てが必要なんです」

「それにしても、マムワゼル・プイリニコフとはなぜお別れになりましたの？」とリュドミラはからかった。「彼女に言い寄っとられたんでしょう？　あなたお振られになったの？」

「いずれあの女の正体を暴いてやるつもりです」とペレドーノフが不機嫌そうに呟いた。

「それがアルダリオン・ボリースィチの idée fixe さ」と素っ気なく笑いながら校長が言った。

## 二十四

ペレドーノフの猫は野性に戻り、鼻から息を吐き、呼んでも寄って来ず、全く手に負えなくなってしまった。それはペレドーノフにとっておそろしい存在となった。彼は時折猫除けのまじないを呟いた。『こんなことをしても効き目があるかしらん。まずいのは、この猫の毛が強力な電気を帯びているということだ』
ある時彼は、猫の毛を刈ってしまわねばいけないのではないかと考えた。この思いつきは直ちに実行に移された。ワルワーラの姿は家になかった。さくらんぼの果実酒を一壜ポケットに入れて、グルーシナのところへ行っていたのである。それゆえ邪魔の入るおそれはなかった。ペレドーノフはハンケチで首輪を作り、猫を紐でつないで、床屋へ引いて行った。猫は猛々しく鳴き、のたうち、引かれまいと足をふんばった。時にはやけになってペレドーノフにおどりかかってきたが、ペレドーノフはステッキでこれを突きのけた。子供たちが群れをなしてついて歩き、囃《はや》し立て、笑い立てた。通行人たちは立ち止まって見た。騒ぎに驚いて人々が窓から顔を出した。ペレドーノフはそんなことには一向頓着なく、沈んだ様子で、紐の先につけた猫を引っ張って行った。

店に着くとこう理髪師に言った。

「おやじ、猫を剃ってくれ。つるつるにしてくれ」

ドアの外に黒山のようにたかった子供たちはどっと笑い、顰め面をして見せた。気を悪くし、赤くなった理髪師は、かすかに震える声で言った。

「そいつは御免こうむります、旦那。うちじゃこの種の仕事は手がけとりませんので！ 毛を剃った猫ってのは、まだ見たことありませんな。きっと最新流行に違いありません。まだここまで行き渡ってきておりませんから」

ペレドーノフは主人の言うことに耳傾けていたが、何ごとかとんと理解できなかった。彼は怒鳴った。

「刈り方を知らんのなら、知らんと言え、へたくそ」

そして鳴きわめく猫を引きずって立ち去った。道々彼は、いつでもいたるところ万事が自分を嘲るばかりで、誰も力を貸してはくれないのだと思うと、索漠たる気持だった。もの憂い淋しさが彼の胸を締めつけた。

ペレドーノフとヴォロージンとルチロフは撞球をやりに公園へ行った。ゲーム取りが困惑して彼らに言った。

「今日はゲームは休みなんで、旦那」

「なぜだ？」とペレドーノフが憎らしげに尋ねた。「おれたちじゃどうしていかんのだ！」

「すいません、実は球がないんで」とゲーム取りは言った。

「ぼやっとしとるからだ、ぼけ茄子《なす》め」と仕切り越しに、食堂の主人の怒鳴る声が聞こえた。

ゲーム取りはぶるっと身慄いをし、真っ赤になった耳をまるで兎のように動かすと、こう囁いた。

「盗まれたんで」

ペレドーノフは仰天して叫んだ。

「なに！　誰が盗んだんだ？」

「分からないんで」とゲーム取りは続けた。「誰一人来たようには見えなかったんですが、ふと見ると球が無いんで」

ルチロフはくすくす笑い、嬉しがって叫んだ。

「こいつぁお笑い草だ！」

ヴォロージンは恨めしげな顔でゲーム取りに向かって言った。

「もしもあんたがどっかへ行ってらっしゃる間に球が盗まれておしまいになって、なくなっちまったというんなら、ぼくらがゲームをできるように、ちゃんと別の球を揃えておくべきでしょう。ぼくらはゲームをやりたいから来たんで、球が無いときちゃ、何でゲームをしたらいいっていうんですか？」

「めそめそすんな、パヴルーシカ」とペレドーノフが言った。「それでなくてもへどが出そうだ。おいゲーム取り、球を探してこい。おれたちゃ何がなんでもゲームをやらなきゃおさまらないんだ。さしあたって、ビールを一人前ずつ持ってこい」

一同ビールを飲みだしたが、気は晴れなかった。球はやはり見つからず、三人は互いに悪口を投げつけ合い、ゲーム取りを罵った。ゲーム取りは責任を感じ、返す言葉もなかった。

この盗難事件の内に、ペレドーノフは敵の新たな悪企みを見てとった。

『なぜだ？』と彼は不安に駆られて思いをめぐらせたが、分からなかった。

彼は庭へ出て、池のほとりのベンチに腰を下した——彼は初めてここに腰を下したのである。——そして滑かに張った緑色の水面をぼんやり見つめた。ヴォロージンが並んで腰かけ、彼の悲哀を分かち合い、羊の眼差しをやはり池に投げていた。

「この汚らしい鏡は何のためだ、パヴルーシカ？」とペレドーノフはステッキで池を指し示しながら尋ねた。

ヴォロージンは歯をむいて笑うと答えた。

「これは鏡じゃありませんよ、アルダーシャ。池ですよ。ちょうど風がないんで、木の影が映って、鏡みたいに見えるんですよ」

ペレドーノフは眼を上げた。池の対岸に垣があり、庭を街路から隔てていた。ペレドーノフは尋ねた。

「なんで垣の上に猫がいるんだ？」

ヴォロージンは同じ方角を見て、くすくす笑いながら言った。

「もういませんよ。外へ出たんでしょう」

はじめから猫など居はしなかった。緑色の眼を大きく見開いた猫、狡猾なしつこい敵とは、ペレドーノフの幻覚だった。

ペレドーノフはまたもや球のことを考えだした。誰があんなものを必要とするだろう？　ことによったら、ネドトゥイコムカが食っちまったのだろうか？　そう言えば、今日は姿を見せんな。たらふく食った挙句どこかにとぐろを巻いて、眠ってるんだろう。

ペレドーノフは悄然と家路を辿った。

西の空が陰った。雲が空を流れ、彷徨《さまよ》い、柔かい靴を履いて音もなく忍び渡ってきては、こちらを盗み見ていた。黝《くろ》ずんだ雲の端の暗い照返しが、謎めいた微笑を浮かべていた。公園と町の間を流れる小川に落ちた、家々と茂みの影が、たゆたい、囁き交わし、誰かを探していた。

そして地上では、この薄暗い、永遠の敵意を秘めたこの町では、出会う人間は誰も彼も悪意と嘲笑の塊だった。全ては一丸となって、ペレドーノフに悪しかれという意志を表明していた。犬どもは彼を笑い、人々は彼に吠えた。


町の奥様連がワルワーラに訪問を返し始めた。ある者は好奇心に駆られ、いそいそと、早くも翌日、翌々日に、ワルワーラが家ではどうしているか見にやって来たが、ある者は一週間あるいはそれ以上も訪問を延ばした。全然やって来ない者もいた。例えば、ヴェルシーナがそうだった。

ペレドーノフ夫妻は毎日返礼の訪問を首を長くして待ち受けては、まだ誰が来ないか数えていた。とりわけ今か今かと待たれたのは校長夫妻だった。待ち受ける側の気の揉みようは度外れていた。もしもフリパーチ夫妻が来ないなんてことになったら！

一週間経った。フリパーチ夫妻は現われなかった。ワルワーラは癇癪を起こして罵りだした。待ちくたびれたペレドーノフは、故意に鬱屈を昂じさせていった。彼の眼差しは火が消えたようにすっかり空《うつ》ろとなり、時折死人の眼のように見えた。無意味な恐怖が彼を苦しめ、何のはっきりした理由もないまま突然あれこれの事物を怖れるようになった。咽喉を掻っ切られるという考えになぜかとりつかれ、数日間苦しんだ。尖ったものを片端から怖れ、ナイフやフォークも隠してしまった。

『おそらく、あのナイフやフォークはもうまじないがかかっているんだ。ナイフで自分の喉を掻っ切るようになってるんだ』

「ナイフなんぞ要らん」と彼はワルワーラに言った。「中国人は箸で食べるじゃないか」

丸一週間というもの、このため肉を焼かず、シチーと粥《かゆ》で間に合わせた。

結婚前ペレドーノフから散々おどされた仕返しに、ワルワーラは時折彼の言うことに合槌をうち、これによってますますその予感が当たっているのだと思いこませた。また彼には沢山の敵がいるのだと言ってきかせた。だいいち、どうして彼を羨まずにいられよう？　彼女は一度ならず、彼のことはもう必ずや上司か公爵夫人に密告されているに違いないと言って彼をからかった。そして彼が慄え上がるのを見て喜んだ。

ペレドーノフには、公爵夫人が彼に不満を抱いていることは明らかのように思えた。さもなければ結婚式に、聖像か白パンぐらい送ってよこせた筈ではないか？　何とか彼女の寵愛を勝ち得ねばならぬ、と彼は考えた。だが何によって？　虚言によってか？　誰かを誹謗し、金棒を引き、密告する。奥様連は皆大のゴシップ好きだ。例えばワルワーラについて、何か面白い、不謹慎なことを、公爵夫人に書き送ってやる。彼女は笑いだし、彼にポストをくれるだろう。

しかしペレドーノフにはそんな手紙を書く能力はなかったし、それに夫人に宛てて直接手紙を書くことがこわくなった。そのうち、この計画のことは忘れてしまった。

ペレドーノフはいつも来る客たちをウォッカといちばん安いポートワインでもてなしたが、校長用には三ルーブルのマデラ酒が買ってあった。この酒をペレドーノフはすこぶる高価なものと見做し、寝室にしまいこみ、客たちにはただ見せびらかしてこう言うのだった。

「校長用だ」

ある時ルチロフとヴォロージンが来ていて、ペレドーノフは彼らにマデラ酒を見せた。

「壜を拝んだところでうまかないね！」とルチロフがくすくす笑って言った。「その高価なマデラ酒とかを振舞いなよ」

「選りに選って、とんでもない」とペレドーノフはぷりぷりして答えた。「そんなことしたら、校長には何を出すんだ？」

「校長はウォッカをグラスに一杯飲むだけだろうよ」とルチロフ。

「校長にウォッカを飲ませるわけにゃいかん。マデラを出さにゃ」と分別ありげにペレドーノフが言った。

「もしウォッカが好きだったら?」とルチロフは固執した。

「くどいな。将軍がウォッカを好く筈がない」とペレドーノフは断言した。

「まあいいから飲ませろよ」とルチロフが言い張った。

しかしペレドーノフはそそくさとマデラ酒の壜をひっこめてしまった。酒を隠しておく戸棚の錠が、がちゃがちゃ音を立てていた。彼は客たちのもとへ戻ると、話題を換えるために、公爵夫人のことを話しだした。彼は陰気な調子で言った。

「公爵夫人か! あの女はな、市《いち》で腐ったりんごを売ってたんだ。それが公爵を誑《たら》し込んで玉の輿《こし》に乗った」

ルチロフは大声で笑いだすと言った。

「しかしいったい公爵が市に出かけてゆくもんかな?」

「現に、見事にひっかけたじゃないか」とペレドーノフが言った。

「そりゃあんたのでっち上げだ、アルダリオン・ボリースィチ」とルチロフが反駁した。「公爵夫人はやんごとないお方だぞ」

ペレドーノフは悪意をこめて彼を見つめ、こう考えた。

『肩を持つところを見ると、夫人とぐるだな。彼女こんなに離れて住んでるくせに、彼をとりこにしちまったらしい』

ネドトゥイコムカがつきまとい、声にならぬ笑いに全身を震わせていた。それはペレドーノフにさまざまな恐ろしい状況を思い出させた。彼はこわごわあたりを見回し、こう囁いた。

「どんな町にも秘密の下士官がいるんだ。そいつは平服を着て、勤めてることもあれば、商売をやってることもある。まあいろんなことをやってるんだが、夜になって皆が寝静まると、青い制服に着替えて、憲兵士官のところへこっそり出かけてゆくんだ」

「なぜ制服に着替えるんですか？」とヴォロージンが実際的な質問をした。

「上司の前へは制服姿で出るもんだ。さもなきゃ、笞刑だ」とペレドーノフは説明した。

ヴォロージンはくすくす笑いだした。ペレドーノフは一層彼の方に身を屈めて囁いた。

「時には獣に姿を変えることもあるんだ。ただの猫だと思うだろう。ところが大違い！　駆けてくのは実は憲兵なんだ。誰も猫の眼をくらますことはできん。どんなことだって聴き耳立てとるんだからな」

一週間半経ってようやく、校長夫人がワルワーラに訪問を返した。着飾り、愛想よい笑みをたたえ、甘い菫《すみれ》の香水をふりかけた彼女は、平日の午後四時、夫と一緒にやって来た。ペレドーノフ夫婦にとっては寝耳に水だった。彼らはなぜかフリパーチ夫婦が休日に、それももっと早い時刻にやってくるものと思っていたのである。二人とも泡を食った。ワルワーラは半裸の汚れた恰好で、台所仕事をしていた。彼女はすっとんで服を着換えに行き、その間にペレドーノフが客を迎えた。彼はまるでたった今たたき起こされた人間のようだった。

「ワルワーラはすぐ来ます」と彼はもぐもぐ言った。「今着替えとりまして。料理をしとりましたもんで。女中が来たばかりで、勝手が分かりませんので。しょうのない女でして」

まもなくどうやら着つけをすませたワルワーラが、仰天して真っ赤になった顔で出てきた。彼女は汗ばんだ薄ぎたない手を客たちに差し伸べ、興奮のあまり震え声で言った。

「ご免あそばせ、お待たせいたしまして。平日においでいただけるとは存じませんでしたので」

「わたくし休日には殆ど外出いたしませんの」とフリパーチ夫人が言った。「酔っ払いが多うございますから。この日は女中に休暇をやることにしております」

会話はどうやらこうやら進展した。校長夫人の愛想よさにワルワーラはやや元気づいた。夫人は彼女にかすかな侮《あなど》りをもって、しかし優しく対した。ちょうど、労《いたわ》ってやらねばならないが、触れればやはり手が汚れずにはいない、悔悟せる罪深い女に対するがごとくだった。彼女はワルワーラに、衣服のこと、調度のことで、あたかもついでごとのように、いくつか忠告を与えた。

ワルワーラは校長夫人の意を迎えようと一生懸命だった。赤い両手とひび割れた唇は、びっくりしたため震えどおしで、これが夫人をくつろがせなかった。彼女は一層愛想よくしようと努めたが、どうにもならぬ嫌悪の情をこらえかねた。彼女は両家の間に親しい交際が行なわれることはない旨を、あらゆる手段に訴えてワルワーラに理解させようとしたが、そのやり方があんまり愛想よかったのでワルワーラはとんと悟らず、かえって校長夫人と大の仲よしになったのだと自惚れてしまった。

フリパーチはいかにも居心地悪げな様子だったが、雄々しくも、巧みにそれを押し隠していた。彼はこの時刻に酒はやらないからと言ってマデラ酒を断わり、町の最近の出来事、近く行なわれる地方裁判所のメンバー更迭のことなどあれこれ喋った。だがこの町における彼とペレドーノフの交際範囲があまりに隔たっていることは明らかだった。

訪問は短時間だった。客たちが引き上げた時、ワルワーラは喜んだ。訪問を返した上に、すぐ帰ってくれたからである。彼女はまた半裸になりながら、嬉しげに言った。

「やれやれ、帰ってくれたわ。とにかくあの人たちと居ても、何話していいか分かんないのよ。なにしろろくに知らない人たちでしょ、どう扱っていいか分かりゃしない」

突然彼女はフリパーチ夫妻が遊びに来いとは言わなかったことに思い当たった。このことに彼女は最初まごついたが、やがてこう合点した。

「いつ行ったらいいか、ちゃんと指示した名刺を送ってよこすでしょう。ああいう人たちには万事スケジュールってものがあるのよ。あたしフランス語を覚えなきゃ。とにかくあたしゃフランス語のフの字も知らないいんだから」


帰途、校長夫人は夫に言った。

「みじめと言おうか、救い難く陋劣《ろうれつ》な女ね。対等のつき合いなんて到底できやしないわ。あの女には出過ぎた身分ですよ」

フリパーチは答えた。

「なに、似合いの夫婦だ。やつが一刻も早く転勤になりゃいいと思っとるんだ」


結婚後ワルワーラは、よく上機嫌で一杯やるようになった。とりわけしばしばグルーシナと一緒に飲んだ。ある時一杯機嫌のワルワーラは、プレポロヴェンスカヤを前にして手紙のことを口にした。あからさまに話したわけではないが、かなりはっきりほのめかした。だが抜目ないソフィヤにはそれで十分だった――突如霊感がひらめいたようなものだった。どうしてもっと早く気づかなかったのだろう！　彼女は秘かに自分を責めた。彼女は手紙偽造の件をそっとヴェルシーナに話した。ヴェルシーナから噂は町中に広まった。

プレポロヴェンスカヤはペレドーノフと会う度に、彼の信じ易さをからかわずにはいられなかった。彼女は言った。

「あなたってお人好しね、アルダリオン・ボリースィチ」

「いいや全然。ぼくは大学出ですよ」

「そりゃ大学出かもしれないけど、その気になりゃ、あなたに一杯食わせるのは簡単よ」

「こっちがみんなを一杯食わせてやる」とペレドーノフは食ってかかった。

プレポロヴェンスカヤは狡い微笑を浮かべて行ってしまう。ペレドーノフは何のことか分からずきょとんとするのだった。あの女どういうつもりなんだ？　いやがらせに違いない！　まわりは皆敵ばかりだ。

そして彼は彼女のうしろ姿に向かって馬鹿握りを突き出した。

『おれは平気だ』そう思って彼は自ら慰めたが、心は怖れに苛まれた。

こういうわけでプレポロヴェンスカヤのほのめかしも大した効果はあげなかった。彼女は彼に真相をすっかり、歯に衣《きぬ》きせず告げる気にはなれなかった。ワルワーラと仲違いして何になろう。彼女は時々ペレドーノフに匿名の手紙を送りつけたが、そうした手紙ではほのめかしははるかに露骨だった。しかしペレドーノフはこれを見当違いに解釈した。

ある時ソフィヤはこう書き送った。

『あなたに手紙をくれた公爵夫人は、この町に住んでいるのではないか?』

ペレドーノフは考えた、これはてっきり公爵夫人が彼の跡をつけてこの町へやって来たということだ。もちろん、彼にぞっこん惚れ込んでいて、彼とワルワーラの仲を裂くためである。

こうした手紙はペレドーノフを脅かし、怒らせた。彼はしつこくワルワーラに迫った。

「公爵夫人はどこだ? 彼女この町に来てるそうだ」

ワルワーラは以前の仕返しに、ほのめかしや、嘲弄や、卑怯にも意地悪い詭計で彼を苦しめた。彼女は厚かましい薄笑いを浮かべながら、人が信用されないのは覚悟の上でわざと嘘をつく時の、あの不確かな調子で言うのだった。

「公爵夫人が今どこにいるか、あたしが知ってる筈ないでしょ!」

「嘘つけ、知ってる!」とペレドーノフは怯え立って言う。

彼にはどれを信じていいのか分からなかった。彼女の言葉か、それともはっきり嘘と分かるその調子か。そしてこのことが、あらゆる不可解なものの例に洩れず、彼を恐怖に陥れた。ワルワーラが言い返した。

「うるさいわねえ! そりゃ彼女ペテルブルクから出かけるのに、いちいちあたしの許可とって行きゃしないわよ」

「しかしひょっとしたら、ほんとうにこの町へ来てるんじゃないか？」とペレドーノフはおずおず尋ねた。

「ひょっとしたらね」とワルワーラはからかうような調子で言った。「あんたにぞっこん惚れ込んで、あんたに見惚れに来たんでしょうよ」

ペレドーノフは叫んだ。

「嘘つけ！　あの女が惚れるだと？」

ワルワーラは意地悪げな笑い声を立てた。

以来ペレドーノフはどこかで公爵夫人を見かけはしないか、気をつけるようになった。時として彼女が窓から覗きこんだり、ドアで聴き耳を立てたり、ワルワーラとこそこそ耳打ちをしたりするように思えるのだった。


時が過ぎた。毎日首を長くして待っている視学官の辞令は、相変わらず着かなかった。地位のことで個人的な通知も何ひとつなかった。公爵夫人に直接問い合わせることをペレドーノフは敢えてしなかった。夫人はやんごとないお方であるといって、ワルワーラが絶えず彼を威していたからである。それに彼には、もし自分から進んで彼女に手紙を書いたりしようものなら、大変な不祥事がもち上がりかねないように思えた。もしも公爵夫人が彼を訴えたりした場合、自分がどういう目に会うのかよく分からなかったが、この分からないということがまた格別におそろしかった。ワルワーラは言った。

「あんた貴族ってもの知らないわけじゃないでしょ？　待ってれば、必要なことはちゃんとやってくれるわよ。催促したりして御機嫌を損じたら、かえってまずいわよ。とにかく自惚れの強い人たちなんだから！　誇りが高くって、人に信頼されるのが好きなのよ」

そこでペレドーノフはさしあたって信頼していた。しかし公爵夫人に対しては怨みを抱いた。時として、夫人が約束を履行せずにすむよう彼を密告したのではないかとさえ考えた。それとも夫人自身彼に惚れていて、彼がワルワーラと結婚したのを根にもって、密告したのか。夫人が彼の周囲に探偵を配置し、いたるところ跡をつけさせ、蟻の這い出る隙もないほど目を光らせているのはこのためか。

怨めしさのあまり、彼は公爵夫人に馬鹿げた中傷を浴びせ、ルチロフとヴォロージンに向かい、自分はかつて夫人の情人だったことがあり、彼女は彼に多額の金を支払ったという話をした。

「おれはみんな飲んじゃったよ。そんな金がどうだってんだ！　それからまだ終身年金を払うと約束してたがね。一杯食わせやがった」

「で、もちろん受け取ったんだろうな？」とくすくす笑いながらルチロフが尋ねた。

ペレドーノフは何か口の中でもぐもぐ言ったが、質問の意味が分からなかった。ヴォロージンが彼に代わって分別ありげに、真面目くさって答えた。

「もちろん受け取らないって手はありませんよ。相手は金持なんですから。彼女だっていい思いをした以上、それだけの金を払うのは当然ですよ」

「いい女とでもいうんならともかく！」とペレドーノフは索漠たる表情で言った。「痘痕面《あばたづら》で、かぎ鼻だ。たんまり払ったからいいようなもんの、さもなきゃ唾を吐きかける気にもなれん。魔女め！　おれの頼みはきかにゃならん筈なんだ」

「そりゃあんた嘘だろ、アルダリオン・ボリースィチ」とルチロフが言った。

「嘘なもんか。いったいあの女ロハですまそうってつもりかしらん。ワルワーラを妬んでやがる。それでいつまでたってもおれにポストをくれないんだ」

ペレドーノフは公爵夫人が彼を金で囲ったという話をしながら、別段恥ずかしいとも思わなかった。ヴォロージンは従順な聴き手で、彼の話の馬鹿馬鹿しさや辻褄の合わぬことには気づかなかった。ルチロフは交ぜっ返しながらも、火のないところに煙は立たないと考えた。ペレドーノフと公爵夫人の間に何かあったのだろう。

「あの女の年くってることといったら、誰にも数えきれんよ」とペレドーノフはすこぶる真面目な調子で確信ありげに言った。「ただあんたら、誰にも言うなよ。あの女の耳に入ってみろ、ただじゃすまんぞ。やっこさんおしろいをこてこて塗りたくって、ひどく若やいだ風をしとるからな、それで婆さんてことが分からんのさ。もう百歳だぜ」

ヴォロージンは頭を振って唇を鳴らした。彼は全て信じた。

この話をした翌日、ペレドーノフはたまたまあるクラスでクルイロフの寓話『嘘つき』（ロシヤの子供なら皆知っている寓話で、外国帰りの貴族が友人に嘘八百の外国礼讃をするが、友人から、ロシヤにも嘘つきが渡ると落ちる不思議な橋があると言われ、怖気づくという話）を読んだ。それから数日間というものこわくて橋が渡れず、ボートを借りて河を渡った。橋が落ちるかもしれなかったから。彼はヴォロージンにこう説明した。

「公爵夫人の話はほんとうなんだが、ひょっとして橋がおれの言うことをほんとにしないで、落ちたりするといかんからな」

## 二十五

偽手紙の噂は町中に広がった。町の住人は寄るとさわるとこの話をしては嬉しがった。ほぼ誰もがワルワーラを褒め、ペレドーノフが一杯食ったことを喜んだ。手紙を見た者は誰しも、一目見た時から分かっていた、と断言した。

とりわけヴェルシーナ家の喜びようは大きかった。マルタはムーリンのところへ嫁入りすることになってはいたものの、やはりペレドーノフに振られたことに変わりはなかったし、自分がムーリンと結婚したいと思っていたヴェルシーナは、彼をマルタに譲らねばならなかったからである。ウラージャはペレドーノフを憎むはっきりした理由があり、彼の不首尾を喜んだ。もっとも、ペレドーノフがまだギムナジウムにぐずぐずしていることはウラージャにとって忌々しかったが、この忌々しさもペレドーノフが一杯食ったことの喜びに勝るものではなかった。その上、最近生徒の間に根を張ってきた噂によると、校長が教育区主任にペレドーノフは気が狂った旨を通知し、ペレドーノフはまもなく診断を受けて、ギムナジウムをやめさせられるだろうということだった。

知人たちはワルワーラに出会うと、無遠慮な冗談、厚かましい目くばせを交じえながら、程度の差こそあれあからさまに偽造のことを口にした。彼女は臆面のない薄笑いを浮かべ、相手の言うことを肯定はしなかったが、かといって否定もしなかった。

ある者はグルーシナに向かい、彼女がこの策略に一役買ったことはちゃんと分かっている旨をほのめかした。彼女はびっくり仰天してワルワーラのところへやって来ると、なぜ喋ったのかと責め立てた。ワルワーラはにやにや笑って言った。

「なに馬鹿なこと言ってんのよ。あたし誰にも話したおぼえはないわよ」

「じゃみんなどうして知ってるんですか」とグルーシナはかんかんになって言いつのった。「あたしゃ誰にも言いません。それほど頓馬じゃありませんよ」

「あたしだって誰にも言わないわよ」とワルワーラは恬《てん》として請け合った。

「手紙返して下さい」とグルーシナは要求した。「さもないと調べられますから。筆蹟を見りゃ、偽だってことは分かっちまう」

「分からせときゃいいわよ！」とワルワーラは吐き捨てるように言った。「そいつの顔が見たいわ」

グルーシナは左右ちぐはぐの眼を光らせて喚いた。

「あんたは何とでも言えましょうよ。取るだけのものは取ったんだから。ところがあたしゃあんたのお蔭で暗いところへ行かなきゃならない！　さあ、なんとしてでも手紙をとり返して下さい。さもないと離婚騒ぎになりかねませんよ」

「ふん、それがどうしたってのよ」とワルワーラは両手を腰に当てがい、しゃあしゃあして答えた。

「今更往来で何を喚こうが、結婚はもうすんだことよ」

「どういたしまして！」とグルーシナは叫んだ。「だまして結婚してもいいなんて法律はありませんよ。

もしもアルダリオン・ボリースィチがおかみに訴えりゃ、事件は元老院まで行って、離婚が成立するんですよ」

ワルワーラは仰天して言った。

「いったい何を怒ってんのよ。手紙は取り返したげるわよ。びくびくすることないじゃないの。あたしがあんたの名を洩らすわけはないもの。そんな犬畜生に見えて？　あたしだってたましいてもんは持ってますよ」

「たましいとはおそれ入るわね！」とグルーシナは突慳貪に言った。「狆《ちん》ころにも人間にも、湯気みたいなものはありますがね、たましいなんてありゃしませんよ。生きて、くたばって、それだけのことよ」

ワルワーラは手紙を盗むことに決めたが、これはなかなか問屋が卸さなかった。グルーシナからはせかされた。唯一の望みは、ペレドーノフが酔っ払っている時、手紙を掏《す》り取ることだった。彼はよく酩酊した。ほろ酔い機嫌でギムナジウムに現われ、破廉恥な言葉を口にし、いちばん手に負えない少年たちにすら嫌悪の情を抱かせることも稀れではなかった。

ある時ペレドーノフはいつもよりも酩酊して撞球から帰った。新しい球を祝って飲んだのである。しかし札入れは相変わらず身から離さず、辛うじて服を脱ぐや、札入れを枕の下に突っこんだ。

彼は深いが落ち着かぬ眠りに落ち、うなされ、その譫言《うわごと》はきまって何かおそろしい、異様なものに係っていた。それはワルワーラに陰惨な恐怖の念を吹きこんだ。

『なあに、なんでもないわよ』と彼女は自らを励ました。『ただ目を覚ましさえしなけりゃいいけど』彼女は彼を起こそうと突っついてみたが、彼は何事かもぐもぐ言い、大きな声で口汚く罵っただけで目は覚まさなかった。ワルワーラは蠟燭をともし、光がペレドーノフの眼に落ちない場所に置いた。おそろしさに身を竦《すく》ませてベッドから身を起こし、ペレドーノフの枕の下に用心深く手を入れた。札入れはすぐ近くにあったが、なかなかつかまらなかった。蠟燭はぼんやり燃え、炎が揺れた。壁を、ベッドを、怯え立った物の影が、意地悪い悪魔のようにちょろちょろ走り回った。大気はどんよりと重苦しく、あたたまったウォッカの臭いがした。酔っ払いの鼾と譫言が寝室を満たし、部屋全体が形をとった悪夢かと見えた。

ワルワーラは慄える手で手紙を抜き出し、札入れを元の場所へ戻した。

翌朝ペレドーノフは手紙の紛失に気づき、探しても見当たらず、仰天して叫んだ。

「手紙はどこだ、ワーリャ?」

息も止まる思いのワルワーラは、さりげない振りで言った。

「あたしが知るわけないでしょ、アルダリオン・ボリースィチ? あんた誰にでも見せるから、きっとどっかで落としたのよ。それとも掏られたんだわ。とにかくお友だちは沢山いらして、毎晩飲み明かしてんだから」

ペレドーノフは、手紙を盗んだのは敵ども、誰よりも先ずヴォロージンに違いないと考えた。今やヴォロージンは手紙を手中にし、次いであらゆる書類も、辞令もかっさらって、視学官になる。ペレドーノフはここで永遠にうだつの上がらぬ浮浪人であろう。

断固わが身を守ることにきめたペレドーノフは、毎日せっせと敵どもの密告状を書いた。ヴェルシーナ、ルチロフとその姉妹たち、ヴォロージン、彼と同じ地位を狙っているらしい同僚たち。夜毎彼はこれら密告状をルポフスキーのもとへ届けた。

憲兵士官のルポフスキーはギムナジウムの近く、広場に面した、すこぶる人目に立ち易い場所に住んでいた。ペレドーノフが門をくぐり、憲兵士官のアパルトマンへ入って行くのを、多くの人々が窓から目にしていたが、ペレドーノフは誰一人気づいていないと思っていた。なぜなら彼はわざわざ夜になってから来たのだし、しかも裏口から、台所を通って出入りしていたからである。密告状は服の下に握っていたが、彼が何かを持っていることは一目見れば明らかだった。もしも挨拶に手を出さねばならぬようなことがあると、彼は外套の下で手紙を左手に持ち換え、誰にも分かるまいと思っていた。誰かに出会ってどこへ行くのかと尋ねられると、彼は甚だ下手《まず》い嘘をつき、自らはその下手い口から出まかせに満悦の態《てい》だった。

ルポフスキーに会うと彼は説明した。

「どいつも皆二枚舌で。猫を被って友だちのような顔をしとりますが、実は一杯食わせようって腹なんで。しかしわたしが連中のことは何もかも知っていて、その気になればやつらを片っ端からシベリア送りにして、彼地を満員にできるとは、思っとらんのです」

ルポフスキーは黙って耳傾けた。最初の密告状はどう見ても阿呆らしいもので、彼はこれを校長に回した。他の数通も同様に処理した。幾通かは何かのためにと手許に残した。校長は教育区主任に宛て、ペレドーノフが心的抑鬱状態の明らかな徴候を示している旨書き送った。

家では、あざ笑うような、しつこいさらさらいう音が、ペレドーノフの耳から片時も離れなかった。彼は憂鬱な調子でワルワーラに言った。

「誰か忍び足で歩いとる。探偵どもがうちじゅうどこへでも入りこんできやがるんだ。おまえは、ワーリカ、おれを守っちゃくれんし」

ワルワーラにはペレドーノフの譫言が何のことか分からず、からかったり、怯え立ったりしていた。彼女は憎らしげに、びくびくしながら言うのだった。

「酔っ払いにゃ、何が見えてくるか分かったもんじゃないわ」

玄関の間へのドアが、ペレドーノフにはとりわけ胡散臭いものに思えた。それはぴったりしまらなかった。二枚の扉の隙間は外に潜む何ものかをほのめかしていた。そこから盗み見しているのは、カードのジャックではなかろうか？　誰かの眼が悪意に満ちて、鋭く光った。

猫は緑色の眼を大きくむいて、いたるところペレドーノフのあとをつけ回っては、時として目くばせをし、時としておそろしげに鳴いた。何かペレドーノフの弱味を摑もうとしているのだが、それができずに腹を立てていることは、一目瞭然だった。ペレドーノフはこれに唾を吐きかけて追い払おうとしたが、猫は相も変わらずつきまとった。

ネドトゥイコムカは椅子の下や隅から隅を駆け回り、金切声を立てた。穢《きたな》らしく、悪臭を放ち、見るもいやらしくおそろしい姿をしていた。それがペレドーノフを目の敵にし、ほかならぬ彼を目当てにやって来たこと、以前にはどこにも存在しなかったことはもはや明らかだった。それはとくに創り出され、呪文をかけられ、彼に恐怖と破滅をもたらすために存在し、摩訶不思議な変幻自在の姿で彼のあとをつけ、欺き、あざ笑っていた。ある時は床の上を転げ回り、またある時は雑巾、リボン、枝、旗、雲、犬、路上の砂塵と身を変え、いたるところを這い回り、ペレドーノフのあとを追って走り、そのちらちらする踊りで彼を疲労困憊させた。何か一言口にするか手を一振りするかして助けてくれる者でもいればまだしもである。だがここにはそうした友はなく、誰一人救いに来る者もおらず、狡猾な悪魔に滅ぼされないためには、自分で何とか切り抜けるよりほかなかった。

ペレドーノフは方策を思いついた。ネドトゥイコムカがひっついてしまうよう、床一面に膠《にかわ》を塗ったのである。ひっついたのは長靴の底と、ワルワーラの服の裾ばかりで、小さな生きものは自由自在に転げ回り、金切声を張り上げて笑った。ワルワーラはかんかんになって罵った。

執拗な脅迫観念がペレドーノフに憑きまとい、彼を怯やかした。彼はますます妄想の世界へ沈みこんでいった。このことは彼の顔付にも現われ、その顔はこわばった恐怖の仮面と化してしまった。

今ではもう、夜毎球を撞きに行くこともなかった。夕食がすむと寝室に鍵をかけて閉じこもり、ドアにはテーブルだの椅子だのを積んでバリケードを築き、一意専心十字を画き、まじないを唱え、さて腰を下すや、思いつく限りの人間に関して密告状を書いた。人間ばかりでなく、トランプのクイーンたちをも槍玉に挙げた。書き上げるや直ちに憲兵士官のところへ持って行った。こうして彼は毎晩を過ごした。

いたるところペレドーノフの眼の前を、トランプの絵札たちが歩き回った――キング、クイーン、ジャックの面々。とるに足らぬ札どもまでが出てきた。金ボタンをつけた連中――ギムナジウムの生徒や巡査たちだった。

1は腹の突き出たでぶで、殆ど腹そのものだった。時として札たちは馴染みの人々へと変貌した。実在の人物とこれら奇妙な妖怪たちが入り交じった。

ドアの背後にはジャックが待ちかまえており、そのジャックが何かしら巡査に似た力と権能を有することを、ペレドーノフは露疑わなかった。ひっ捕えて、どこか身の毛もよだつ留置所へ引っぱってゆく権能。テーブルの下にはネドトゥイコムカが腰を据えていた。だからペレドーノフはテーブルの下かドアの背後を覗くのがこわかったのである。

片時もじっとしていない8の子わっぱどもがペレドーノフを苛立たせた。これはギムナジストの化け物たちだった。彼らは奇妙な、機械仕掛めいた動作で、コンパスに似た脚をもち上げて見せたが、ただその脚は毛むくじゃらで、蹄がついていた。尻尾の代わりに笞が生えていて、少年たちはこれをひゅうひゅう打ち振り、そのひと振り毎に自ら金切声を挙げた。ネドトゥイコムカはこれら8たちの遊戯を面白がり、テーブルの下でぶうぶう鳴いた。ペレドーノフはネドトゥイコムカが誰か上司のところへはまだ一度も敢えて入りこんだことがないのだろう、いい気味だと考えた。『おそらく入れちゃくれまい。下男に雑巾で叩きのめされるのが落ちだ』そう思って上司たちを羨んだ。

とうとうペレドーノフはその意地悪げな、臆面のない、軋《きし》るような笑い声を我慢できなくなった。彼は台所から斧を持ち出してきて、小さな生きものの隠れているテーブルをぶち割った。ネドトゥイコムカは甲高い声で哀れっぽくも憎らしげに鳴きながら、テーブルの下から転がり出た。ペレドーノフは身震いした。『噛みついてくるな』そう思った彼はおそろしさのあまり呻《うめ》き声を発し、ぺたりと坐りこんだ。しかし小さな生きものはおとなしく姿を消した。それも僅かの間にすぎなかったが……

時としてペレドーノフはすさまじい形相でトランプを摑み、ペンナイフで絵札を切り裂いた。とりわけクイーンを目の敵にした。キングを切り殺しながら、彼は誰かに見られはしないか、政治犯として告発されはしないか、あたりをうかがった。だがこうした殺戮も長期の効果は上げえなかった。客が来れば新しくトランプを買ったし、こうしたトランプにはやはり腹黒い密偵が住みこんでいたからである。すでにペレドーノフは自分を潜み隠れた犯罪人だと思い始め、自分が既に学生時代から政治的監視を受けているのだと想像した。いつもつけられているのはそのせいなのだ。そう思って彼は、怖気づくと同時に、満更でもない気持になった。

風が壁紙を震わせた。壁紙は低く無気味にさらさら鳴り、かすかな陰がその雑色の模様の上を滑っていった。『密偵はこの壁紙のうしろに隠れてるな』とペレドーノフは考えた。『悪い奴らだ！』と彼は肌寒い思いだった。『壁紙をこんなに下手くそに、凸凹に貼ったのも、抜目のない悪党が真っ平になってその下に忍び込み、辛抱強く身を隠していられるよう、わざとやったことなんだ。こういう例は前にもあるんだから』

朧気《おぼろげ》な記憶が彼の脳裏にうごめいた。壁紙の背後に潜む何者かを刺し殺したのは、短剣だったか、それとも錐《きり》だったか。ペレドーノフが錐を買って家へ戻ると、壁紙は不安げに、せわしく動いた――密偵は身の危険を感じ、どこか離れたところへ移動しようと思ったらしい。垂れこめた闇が天井に跳びつき、そこから顔を顰《しか》めてあたりを睥睨《へいげい》していた。

　敵意をふつふつと煮えたぎらせたペレドーノフは、力一杯錐で壁紙を突いた。壁面を身ぶるいが走った。ペレドーノフは勝ち誇って吠え、錐を振って踊りだした。ワルワーラが入って来た。

「なにを一人で踊ってんの、アルダリオン・ボリースィチ？」と彼女はいつものとおり愚かしげな、臆面のない薄笑いを浮かべて尋ねた。

「南京虫を殺したんだ」とペレドーノフは陰気な調子で説明した。

　彼の眼は荒々しい歓喜に輝いた。まずいのはただひとつ、いやな臭いがすることだった。刺し殺された密偵は壁紙の背後で腐り、悪臭を放っていた。恐怖と歓喜にペレドーノフは身慄いした――敵を殺したのだ！　彼の心はこの殺人によって、極限まで硬化してしまった。果たされざる殺人が彼にとっては果たされたる殺人と同じ効果を有した。気違いじみた恐怖心が彼の内に犯罪への素地を鍛えた。精神生活のもっとも奥深い諸層に潜む、将来行なわれるべき殺人についての暗い意識されざる予感、殺害を誘うけだるい疼《うず》き、原始のままの野蛮な怒りが、背徳に満ちた彼の意志を虐《しいた》げ苛《さいな》んだ。かつて一人のカインが生まれるためには、幾多の世代が必要だったのである。これら縛められた欲望は、事物を打ちこわし、台無しにし、密偵が庭の木々によじ登って家の中を覗き込まぬよう、これを斧で、ナイフで伐り倒すことにより、うさを晴らしていた。事物のこうした破壊の内には太古のデーモン、原始の混沌、とてつもなく古い時代のカオスがはしゃぎ立ち、いっぽう気の狂った男の兇暴な眼は、臨終の途方もない苦悶にも似た恐怖を映し出していた。

　こうした変わることない幻覚が繰り返し彼を苛んだ。ペレドーノフを慰みものにしていたワルワーラは、時として彼の部屋のドアに忍び寄り、作り声を出した。彼は怯え上がり、敵をひっ捕えんものと、抜き足さし足ドアに近寄ってくるが、いるのはワルワーラである。

「そこで誰とひそひそ話してたんだ？」と彼はぞっとして尋ねる。

ワルワーラはにやにや笑って答える。

「そりゃアルダリオン・ボリースィチ、あんたの気のせいでしょ」

「そういつも気のせいなもんか」とペレドーノフは心細げに呟いた。「この世にゃほんとのことだってあらあ」

たしかにペレドーノフといえども、あらゆる意識的生の一般法則に洩れず、事の真因を目ざして邁進していたのである。この邁進が彼を苛んだ。彼自らは自分が万人同様事の真因を目指していることを意識せず、ゆえにその不安は漠としたものであった。彼は自らのための真因を見出すことができず、混乱に陥り、かくして破滅に向かっていった。


すでに知人たちもペレドーノフが一杯食ったことをからかうようになった。弱者を労《いたわ》らないということの町の習慣から、人々は彼を前にして平気でこのいかさまの話をした。

プレポロヴェンスカヤは腹黒い薄笑いを浮かべて尋ねた。

「どうなすったの、アルダリオン・ボリースィチ、もうとっくに視学官におなりになって、栄転される筈じゃありませんの？」

ワルワーラは怒りを抑え、彼に代わってプレポロヴェンスカヤに答えた。
「辞令が来たらすぐ発ちます」
こうした質問はペレドーノフを憂鬱にした。
『もしも視学官になれなかったら、どうして生きてゆけよう?』

彼はさらに敵を防ぐありとある方法を企てた。台所から斧をこっそり持ち出してきて、ベッドの下に隠した。狩猟用のスウェーデン・ナイフを買い、ポケットに入れて肌身離さず持ち歩いた。絶えず鍵をかけて閉じこもった。夜は家の周囲に、さらには屋内にまで罠をいくつも仕掛け、あとから見回りに行った。これらの罠は、もちろん、誰もかからないような仕掛け方しかしてなかった。挟んでも開いてしまって、容易に逃げられるのだった。ペレドーノフには技術的な知識も、器用さもなかった。毎朝誰もかかっていないのを見て、ペレドーノフは敵どもが罠を駄目にしてしまったのだと考えた。

彼はヴォロージンの行動にとりわけ気を配った。しばしばヴォロージンが家に居ない時を見はからって出掛けてゆき、彼が何か書類を横領しはしなかったか、家探しをした。

ペレドーノフは憶測を逞しくするようになった――公爵夫人は彼にもう一度惚れられたいと思っているのではないか。あんな老いぼれ女のことは考えても忌々しく、ぞっとした。『なにしろ百五十歳だからな」しかし、『たしかに年はとってるが、その代わり精力絶倫だわい』と考えると、嫌悪感に蠱惑（こわく）が混じりこんできた。屍体の臭いを漂わす、辛うじてぬくもりのある女を思い描いて、ペレドーノフは荒々しい欲情に身をこわばらせた。

『ことによったらよりを戻せるかもしれん。そうすりゃあの女も機嫌を直すだろう。手紙を書かんて法はあるまい?』

今度は長いあいだ思い迷うこともなく、公爵夫人への手紙を認《したた》めた。

『わたしがあなたを愛するのは、あなたが冷たくて遠くにいるからです。ワルワーラは汗っかきで、あれと一緒に寝ると暑苦しく、ペチカを抱いているようなもんです。わたしは冷たくて遠くにいる情婦が欲しい。来てわたしの望みをかなえて下さい』

書き上げて、投函してしまってから後悔した。『どんなことになるかな? ひょっとしたら、書いたのはまずかったかな。夫人が自分からやって来るのを待つべきだったかな』

この手紙も、ペレドーノフの他のさまざまな所業同様、ほんの偶然の所産にすぎなかった。彼は外的な力に動かされる屍同然であり、またこの外的な力たちも長いこと彼にかかずらおうとはせず、替わる替わる彼を弄んでは、じきに捨て去るのだった。

まもなくネドトゥイコムカが再び姿を現わし、長いこと投輪のように彼の周りを転げ回り、彼を苛立たせた。それは今ではもう音を立てず、ただ全身を震わせることによってのみ笑った。それでもぼんやりした金色の火花を散らし、意地悪く、鉄面皮に、とめどなく勝ち誇って威嚇するのだった。猫もペレドーノフに歯をむき、眼を光らせ、厚かましく、高圧的に鳴いてみせた。

『連中は何を喜んでやがるんだろう？』とペレドーノフは憂鬱に思いをめぐらせ、突然、終わりが近づいたこと、公爵夫人がもうここに、すぐ身近にいることを理解した。おそらくは、カルタの札の中であろうか。

たしかに、彼女がスペードかハートのクイーンであることに疑問の余地はない。おそらく彼女はカルタの他の組、他の札の背後にも隠れているのだ。どんな恰好をしているかは分からないが。まずいのは、ペレドーノフが一度も彼女を見ていないことだった。ワルワーラに質《ただ》したところで何にもならない。嘘をつくにきまっている。

とうとうペレドーノフはカルタの札を一組丸ごと焼いてしまうことを思いついた。みんな燃えちまうがいい。もしも連中が彼への嫌がらせにカードの中へ這いこんでいたら、それは連中が悪いのだ。ペレドーノフはワルワーラがおらず、しかも部屋のペチカが燃えさかっている時をうかがい、カードを残らず火にほうり込んだ。

見たこともない蒼ざめた赤い花が花弁を広げ、縁を焦がしながら燃えていった。ペレドーノフはこの炎の花をおそろしげに見守っていた。

カードたちはあたかもペチカから跳び出そうとするかのように、歪み、反り返り、動き回った。ペレドーノフは火掻き棒をとって、カードを叩いた。細かい鮮かな火花が四方八方へとび散り、このまばゆく荒れ狂う火花の混沌の中に突如公爵夫人が、小さな灰色の女の姿で、全身に消えゆく炎をちりばめて立ち現われた。

彼女は甲高い声でけたたましく泣き叫び、しゅうしゅう言いながら炎に唾を吐きかけていた。

ペレドーノフは仰向けにどうと倒れ、恐怖のあまり吠えだした。闇が彼を包み、くすぐり、鳩の鳴くようにくうくうと笑った。

## 二十六

サーシャはリュドミラの魅力に参っていたが、ココフキナを相手に彼女の話をするのはなぜかためらわれた。妙に気恥ずかしかったのである。さらには、時として彼女のやって来るのをおそれるようにすらなった。窓の下を彼女の黄色がかったバラ色の帽子がちらちらすると、彼の心は締めつけられ、眉は知らず知らずひそめられた。それでいて彼女の訪れを今か今かと期待に胸おののかせながら待ちこがれ、もしも彼女が長いことやって来ないと寂しがった。さまざまな相矛盾する感情、暗く朧気《おぼろげ》で、早熟なるがゆえに背徳的であり、背徳的なるがゆえに甘美な感情が、彼の心の内でまじり合った。

リュドミラは昨日も今日も姿を見せなかった。サーシャがすっかり待ちあぐね、もう諦めていたところへ、ひょっくり彼女がやって来た。彼は喜びに顔を輝かせて駆け寄ると、彼女の手に接吻した。

「どこへ雲隠れしてたの?」と彼は愚痴っぽく言った。「まる二日も顔を見せないなんて」

彼女は嬉しげに笑った。日本産フクシャのものういようなつんとくる匂いが、その栗色の巻毛から流れ出るかのように、彼女の体から漂ってきた。

リュドミラとサーシャは郊外へ散歩に出掛けた。ココフキナも誘ったが、来なかった。

「こんなお婆さんが今更散歩でもないでしょう！　あんたたちの足手まといになるばっかりよ。二人だけで行っといで」

「たんと楽しんでまいります」とリュドミラが笑いながら言った。

生暖かい愁いを孕《はら》んだ、そよとも動かない大気の愛撫が、過ぎ去って還らない何ものかを想起させた。太陽は病めるもののごとく、蒼ざめぐったりした空に、どんよりと赤紫色に燃えていた。暗い地面には生を畢《お》えた枯葉がおとなしく散り敷いていた。

リュドミラとサーシャは谷間に降りた。そこは涼しくさわやかで、殆ど湿っぽいと言ってもよく、柔弱な秋の疲労が陰った斜面のはざまを支配していた。

リュドミラは先に立って進んだ。彼女はスカートを少し持ち上げていた。小さな靴と肉色の靴下が露《あら》われていた。木の根につまずかぬよう視線を落としていたサーシャは靴下を見た。彼には彼女が素足に靴を履いているように見えた。内気な欲情が身内に湧き起こり、彼は顔を赤らめた。眼が回りだした。『うっかりしたような振りをして、彼女の足許に倒れたらどうだろう』と彼は夢想した。『あの靴を脱がせて、優しい足に接吻したら』

リュドミラはあたかもサーシャの焼きつけるような視線、彼のじりじりする欲望を身に感じたかのようだった。彼女は笑いながらサーシャを振り向くと尋ねた。

「あたしの靴下見てんの？」

「いいえ、別に」とサーシャはどぎまぎして呟いた。

「ほんと、こんな靴下ですもんねえ」とリュドミラは彼の言葉には耳傾けず、声を上げて笑いながら言った。「あきれちまうわ！　あたしが素足に靴履いてると思うのも無理ないわよ。肉色そっくりなんですもん。ねえ、おかしな靴下じゃない？」

彼女はサーシャの方に向き直り、服の裾を持ち上げた。

「おかしいでしょう？」と彼女は尋ねた。

「いいや、きれいだ」どぎまぎして真っ赤になったサーシャは答えた。

リュドミラはわざと驚いた振りで、眉を高々と上げて叫んだ。

「おやまあ、あんたに何がきれいか分かるの！」

リュドミラは笑いだし、さらに道を続けた。サーシャは当惑に頬を火照らせ、不器用に、一足毎につまずきながら、彼女のあとからついて行った。

二人は谷間をすっかり横切ったところで、風に吹き倒された白樺の幹に腰を下した。リュドミラが言った。

「靴ん中が砂だらけになっちゃったわ。歩けやしない」

彼女は靴を脱ぎ、さかさに振って砂を振るうと、狡《ずる》そうにサーシャをちらりと見た。

「きれいなあんよじゃない？」と彼女は尋ねた。

サーシャはいっそう赤くなり、もう何と答えていいか分からなかった。リュドミラは靴下を脱いだ。

「白いあんよじゃない？」と彼女は奇妙な、こすい微笑を浮かべてまた言った。「跪いて！　接吻おし！」彼女は厳しく命じた。その顔には勝ち誇った酷薄さがあった。

サーシャは素早く膝をつくと、リュドミラの脚に接吻した。

「靴下はかないほうが気持いいわ」とリュドミラは言い、靴下をポケットにしまうと、そのまま靴を履いた。

たった今サーシャが彼女の前に跪き、その裸の足に口づけしたことなぞ忘れたように、彼女の顔は再び平静で快活だった。

サーシャは尋ねた。

「ねえ、風邪ひかない？」

彼の声には優しい戦慄がはためいた。リュドミラは笑いだした。

「まさか。慣れてるもん。あたしそれほど華奢じゃないわよ」


ある日リュドミラは晩になってから、ココフキナのところへやって来て、サーシャに来てくれと言った。

「うちへ来て、新しい棚を吊ってちょうだいな」

サーシャは金槌を振るうことが好きで、いつかリュドミラに部屋の飾りつけを手伝ってあげると約束してあった。そこで今、かくも罪のない口実の下にリュドミラと彼女の家へ出掛けて行けることを喜び、直ちに承諾した。リュドミラの緑色っぽい服が漂わす、鼻につんとくるような罪のない鈴蘭の芳香に、彼の心は優しく和《なご》んだ。

仕事にかかる前に、リュドミラは衝立《ついたて》の陰で着替えをした。彼女は飾りのついた短いスカートをつけ、両手を露わに、甘くものうい、つんとくる日本産フクシャの香水を振りかけて、サーシャの前に現われた。

「へえ、なんてお洒落してんの！」とサーシャは言った。

「そう、お洒落って言やぁお洒落ね。ご覧」と彼女は薄笑いを浮かべて言った。「はだしよ」そう言いながら彼女は、恥じらいつつも挑むように言葉尻を引いた。

サーシャは肩をすくめて言った。

「あんたのお洒落は今に始まったこっちゃない。さあ、仕事にかかろう。釘はある？」と彼はせわしなげに尋ねた。

「そんなにあわてないでよ」とリュドミラが言い返した。「ちょっとぐらい坐ってあたしのおつき合いしてもいいでしょ。まるで仕事のためにだけ来たみたい。あたしとお喋りすんのそんなにつまんない？」

サーシャは顔を赤らめ、優しく言った。

「ねえリュドミーロチカ、あんたが追い出さない限り、いつまでだってこうして一緒にいたいさ。ただ、宿題をしなくちゃいけないんだ」

リュドミラは軽い溜息をつき、ゆっくり言った。

「あんたますます綺麗になるわ、サーシャ」

サーシャは赤くなり、笑いだし、丸めた舌の先を出して見せた。

「なに言ってんのさ。女の子じゃあるまいし。綺麗になったってしょうがないや！」

「綺麗な顔してるけど、体はどうなの？　上半身だけでも見せなさいな」リュドミラはサーシャに甘えかかり、その肩を抱いた。

「いったい、なに言い出すのさ！」とサーシャは恥じらいながら忌々しげに言った。

「それがどうしたのよ」とリュドミラはなんの屈託もなく尋ねた。「見られちゃいけないことなんかないでしょ！」

「誰か入ってくるかもしれないもん」とサーシャ。

「誰が入ってくるっていうのよ」相変わらず気楽な、無頓着な調子でリュドミラは言った。「そんならドアに鍵をかけましょう。そうすりゃ誰も来やしないわ」

リュドミラは素早くドアに近寄って閂《かんぬき》をさした。サーシャはリュドミラが冗談を言っているのではないことを知った。彼は額に汗の玉が浮かぶほど真っ赤になって言った。

「だめだってば、リュドミーロチカ」

「おばかさん、なぜだめなのよ？」とリュドミラは説き伏せるような口調で尋ね返した。

彼女はサーシャを引き寄せ、彼の上衣のボタンを外し始めた。サーシャは彼女の手にしがみついて、そうはさせまいとした。彼の顔に怯えが走り、怯えに似た羞恥の念が彼を捉えた。そのため彼はなんだか急に力が抜けてしまった。リュドミラは眉を寄せたまま、さっさと彼の服を剝いでいった。帯を抜き、どうやらこうやら上衣を脱がせた。サーシャはますますやけになってじたばたした。二人は組んずほぐれつ部屋中を駆け回り、テーブルや椅子にぶつかった。リュドミラの体から漂ってくる刺戟的な芳香が、サーシャを酔わせ、力を鈍らせた。

リュドミラはサーシャの胸を素早く一突きして長椅子に倒した。彼女がシャツをぐいと引いたので、ボタンがとんだ。リュドミラは手早くサーシャの肩を剝き、腕を袖から抜かせにかかった。揉み合う中で、サーシャは思わずリュドミラの頰を掌で打った。もちろん打とうと思って打ったのではなく、一振りした手がたまたまリュドミラの頰に当たっただけだったが、かなりの力がこもっていて、大きな音がした。リュドミラはぶるっと身を震わせ、僅かによろめき、顔には真っ赤に血がのぼったが、それでもサーシャを放しはしなかった。

「悪い子、ぶったね！」と彼女は息を切らせて叫んだ。

サーシャはひどく面食い、両手をだらりと下げ、リュドミラの左頰に鮮かに浮き出た白っぽい縞、自分の指の跡をすまなそうに眺めた。リュドミラは彼の当惑につけこみ、シャツを素早く肩から肘まで引き下げた。サーシャはわれに返り、彼女の腕から身を振りほどいたが、結果はいっそう悪かった。リュドミラは巧みに彼の腕から袖を抜き取ったから、シャツはバンドまで下りた。サーシャは冷気を感じた。新たな羞恥の念、明らさまな、容赦ない、目くるめくような羞恥の念が彼を捉えた。今やサーシャは上半身素っ裸だった。リュドミラはしっかり彼の手をとらえ、震える手でその裸の背を撫でながら、漆黒の睫毛の陰に不思議な輝きを放っている彼の伏せた眼を覗きこんだ。

不意にその睫毛が震え、顔は歪み、哀れっぽい子供の渋面となった——彼は突然わっと泣きだしたのである。

「意地悪るう！」と彼はおいおい泣きながら言った。「放しとくれよう！」

「しようのない！　ねんねえったら！」リュドミラはまごつき、忌々しげにそう言うと、彼を突き放した。

サーシャは脇を向き、掌で涙を拭った。彼は泣いたことを恥ずかしく思い、涙を抑えようと努めた。リュドミラは彼のむき出しの背を貪《むさぼ》るように見つめた。

『この世には何という魅惑が存在することだろう！』と彼女は考えた。『世間の人たちはこれほどの美に目をつむっているのだ。なんのために？』

サーシャは恥ずかしげに裸の肩をすくめると、シャツを着ようとした。しかしシャツは彼の慄える手の中で皺くちゃになり、ほころびるばかりで、どうしても袖に腕が通らなかった。サーシャは上衣を手に取った——ままよ、シャツはさしあたってこのままでもいい。

「あら、服をお探し？　あたくし盗《と》りはいたしません！」とリュドミラは刺《とげ》を含んだ涙声で言った。

彼女は乱暴な仕草で彼に帯を投げつけると、窓の方を向いた。灰色の上衣にくるまった彼なぞに用はなかった。いやらしい餓鬼、見ただけで胸のむかつくお澄まし屋。

サーシャは手早く上衣を着こみ、どうやらこうやらシャツの裾をズボンに突っこむと、恥ずかしげに、思い切り悪く、こわごわリュドミラをうかがい、彼女が両手で頰を拭っているのを見ると、近寄ってその顔を覗きこんだ。彼女の頰を伝う涙はふと彼女への優しい同情心を彼に吹きこんだ。彼はもう恥ずかしくも、忌々しくもなかった。

「なぜ泣いてるの、ねえ、リュドミーロチカ?」彼はそっと尋ねた。

そして急に赤くなった――彼女を打ったことを思い出したのである。

「ぼくあんたをぶったね。ごめんなさい。わざとやったんじゃないんだ」彼はおずおずと言った。

「暫く肩を出してたからって、溶けちゃうとでも言うの? 馬鹿な子ね」とリュドミラは愚痴っぽく言った。「日に焦《や》けるのがこわいの? 美と純潔が色褪せるとでもいうの?」

「だけどそれがあんたにとって何だっていうの?」とサーシャは気恥ずかしげな顰め面をして言った。

「何になるかですって?」とリュドミラは熱っぽく喋りだした。「あたしは美しいものが好きなの。あたしは異教徒なのよ、罪深い女なのよ。あたしは古代のアテネに生まれるべきだったのよ。あたしの好きなものは、花に、香水に、色鮮かな衣裳に、裸のからだなのよ。魂ってものがあると言うけど、あたしは知らない。見たことないんですもの。だいいち魂があたしにとって何になるの? あたしはルサルカ(水の妖精)のように、死んだらそれっきりでいいの。日に照らされた雨雲のように溶けちまえばいいの。あたしが愛《め》ずるのは肉体、強健で、すばしこくて、快楽を知っている裸の肉体なのよ」

「だけど苦しむこともあるでしょ」とサーシャが低い声で言った。

「苦しむのもまた結構だわ」とリュドミラは熱っぽく囁いた。「痛みの中にも、甘さはあるのよ。ただ肉体を感ずることさえできたら。裸体を、肉体の美しさを愛することさえできたら」

「だけど服着てなかったら恥ずかしくない?」とサーシャがおずおず尋ねた。

リュドミラははじかれたように彼の前に跪いた。息をはずませ、彼の両手に接吻しながら、彼女は囁いた。

「あんたはあたしの偶像よ、神々の愛でし若者よ。いい子だから、ほんのちょっとでいいから、あんたの肩を拝ませてちょうだい」

サーシャはほっと溜息をつき、目を伏せると、顔を赤らめ、ぎこちなく上衣を脱いだ。リュドミラは熱い両手で彼を摑み、恥ずかしさに慄えるその肩を一面の接吻で覆った。

「どお、こんだおとなしくしてるでしょ?」サーシャは当惑を冗談でまぎらそうと、無理に微笑しながら言った。

リュドミラは熱に浮かされたように、サーシャの両手を肩から指まで接吻した。サーシャは手を引こうともせず、不安に戦《おのの》きつつ、苛酷な欲情の夢へと沈みこんでいった。リュドミラの接吻は憧憬に燃え、彼女の熱い唇が、花開く肉体への秘かな戦きに満ちた祈禱の内に口づけを押すのは、ただの少年ではなく、若き異教の神かと見えた。

ダーリヤとワレリヤはドアの外に佇《たたず》み、替わる替わる相手を押しのけては鍵穴から中を覗き、焼きつけるような不安と欲情に身をこわばらせていた。


「もう服着なきゃ」ととうとうサーシャが言った。

リュドミラはほっと溜息をつくと、それまでと変わらぬ敬虔な眼差しのまま、毀《こわ》れものに触れるように恭々しく彼の世話を焼き、シャツと上衣を着せてやった。

「じゃああんた——異教徒？」とサーシャがためらいがちに尋ねた。

リュドミラは快活に笑った。

「じゃああんたは？」と彼女は尋ねた。

「とんでもない！」とサーシャはきっぱり答えた。「ぼく教理問答はすっかり覚えてる」

リュドミラは声を上げて笑いだした。サーシャはそんな彼女を眺めて微笑すると、尋ねた。

「もし異教徒なら、なぜ教会へ行くのさ？」

リュドミラは笑うのをやめて、考えこんだ。

「やっぱり」と彼女は言った。「お祈りはしなきゃ。お祈りをして、涙を流して、蠟燭をともして、お布施を上げて。それにあたしああいうものがみんな好きなのよ。蠟燭、燈明、お香、祭服、歌——もし聖歌隊が上手ならね、それから聖像、それを覆う金の箔、リボンがついて。そう、どれもとっても綺麗だと思うわ。それからなにも好きよ、あの方……ねえ……十字架にかかった……」

リュドミラは最後の言葉をごく低い声で、殆ど囁くように口にし、罪あるもののように顔を赤らめ、目を伏せた。

「ねえ、時々夢に見るのよ——十字架におかかりになって、からだ中から血がしたたってるの」

この時以来リュドミラは一度ならずサーシャを自分の部屋へ連れ込み、彼のジャケツのボタンを外しにかかった。はじめのうち彼は泣くほど恥ずかしがったが、やがて慣れてしまい、リュドミラが彼のシャツを下し、肩を露わし、背を愛撫し、さするのを、当たり前のことのように、平静に眺めていた。しまいには自分から進んで服を脱ぐようになった。

リュドミラにとって、半裸の彼を膝に乗せ、抱きしめ接吻することは、大きな喜びだった。

サーシャは家に一人ぼっちだった。リュドミラのこと、彼女の熱い視線を浴びた自分の裸の肩のことが、彼の記憶に蘇ってきた。

『いったいあの人は何を望んでるんだろう?』と彼は考え、突然真っ赤になった。心臓は痛いほど動悸を打った。騒然たる活気が彼を捉えた。彼は幾度かとんぼ返りをうつと床に身を投げ、家具にとびかかり、ありとある気狂いじみた身振りで部屋の隅から隅を転げ回り、その陽気なよく透《とお》る声は家中に響き渡った。

ちょうどこの時帰宅したココフキナは、ただならぬ騒音を耳にして、サーシャの部屋へ入ってきた。

彼女は敷居のところであっけにとられたまま立ち止まり、頭を振った。

「なにを狂い回ってるんだい、サーシェンカ! 友だちと一緒だってんならともかく、ひとりじゃないか。恥ずかしくないのかい、おまえさん。もう赤ん坊じゃないんだよ」

サーシャは立ちすくみ、その腕は困惑のあまり、あたかも痺《しび》れたように重く、ぎこちなくだらりと垂れた。しかし彼の体全体はまだ興奮に慄えていた。

ある時ココフキナが帰宅するとリュドミラが来ていた。彼女はサーシャにボンボンを食べさせていた。

「あら、あんたも駄々っ子ね」とココフキナは優しく言った。「この子うちじゃ甘いものが大好きなの」

「ところが彼、あたしのことを意地悪呼ばわりするんですのよ」とリュドミラはこぼした。

「おやまあサーシェンカ、そりゃどういうこと?」とココフキナは優しく咎めるように言った。「どうしてそんなことを言うのさ?」

「だってなんのかんのってうるさいこと言うんだもん」とサーシャが口籠《ごも》りながら言った。

彼は腹立たしげにリュドミラを睨みつけ、顔を真っ赤にした。リュドミラは声を上げて笑った。

「このお喋り」とサーシャは彼女に囁いた。

「これこれ、サーシェンカ、言葉遣いが悪いよ」とココフキナが小言を言った。「悪い言葉遣いはいけませんよ」

サーシャは笑いをこらえてちらりとリュドミラを見ると、低い声で言った。

「はい、もうしません」


今やサーシャがやって来る度に、リュドミラは彼と垂れ籠《こ》み、服を脱がせ、さまざまな衣裳を身に纏《まと》わせるのだった。彼らの甘い恥じらいは、笑いと冗談で身を装った。時としてリュドミラはサーシャにコルセットを締めさせ、自分の服を着せた。デコルテのコルサージュを着けると、サーシャの優しい丸味を帯びた肉付きのよい腕、丸く盛り上がった両肩は、すばらしく美しかった。彼の肌はかすかに鳶《とび》色を帯びていたが、その色合はめったにないほどむらがなく、滑かだった。リュドミラのスカート、靴、靴下などはどれも寸法がサーシャにぴったりで、よく似合った。すっかり女の恰好をしたサーシャは、言われるとおり腰を下し、扇を使った。こうしていると彼は事実女の子そっくりで、自らも努めて女の子らしく振る舞おうとした。ひとつだけそぐわなかったのは、短く刈り込んだ髪だった。サーシャの頭に鬘《かつら》を被せたりお下げを結びつけたりすることを、リュドミラは望まなかった――あんまりわざとらしい。

リュドミラはサーシャに膝を屈めるお辞儀を教えた。はじめのうち彼は不器用に、はにかんで屈みこむばかりだった。しかし彼の内には男の子らしい武骨さと綯《な》い混った、生まれながらの優雅さがあった。顔を赤らめて笑いながら、彼は熱心に膝を屈めるお辞儀の稽古をし、でたらめにしなを作ってみせた。

時としてリュドミラは彼のすらりとしたむき出しの両腕をとり、これに接吻した。サーシャは彼女のするがままに任せ、笑いながらそれを見ていた。時には彼のほうから腕を彼女の唇に差し出して言った。

「接吻！」

しかし二人がいちばん好んだのは、リュドミラが自分で縫った衣裳、脚をむき出しにした漁夫の服や、アテネの少年が纏ったやはり脚の見える寛衣だった。

リュドミラは彼にそれを着せては見惚れた。そして自分は蒼ざめ、悲しみにうち沈むのだった。

サーシャはリュドミラのベッドに腰かけ、足をぶらぶらさせながら寛衣の襞《ひだ》をいじっていた。リュドミラは彼の前に立ち、幸せととまどいの表情で彼を眺めていた。

「あんた馬鹿だよ！」とサーシャが言った。

「この馬鹿みたいと見えることの内に、限りない幸せがあるのよ！」と蒼ざめたリュドミラは涙を流し、サーシャの手を接吻で覆いながら、呟くように言った。

「なんで泣くのさ？」と屈託なげにほほえんで、サーシャが言った。

「喜びがあたしの心を刺すのよ。あたしの胸は七ふりの剣に貫かれたの。どうして泣かずにいられて？」

「お馬鹿さん。お馬鹿さんたらありゃしない！」と笑いながらサーシャが言った。

「ええ、ええ、あんたはお利口よ！」と突然忌々しげにリュドミラは言い返し、涙を拭うとほっと溜息をついた。「よくお聴き、お馬鹿さん」と彼女は低い声で言いきかすように話した。「幸せと知恵は、狂気の内にのみあるのよ」

「へえ、そうかしら」とサーシャは半信半疑で言った。

「全てを忘れなくちゃいけないの。自分自身を忘れなくちゃいけないのよ。そうしてこそ全てを理解できるのよ」とリュドミラは囁いた。「あんたどう思う、賢い人たちはものを考えるかしら？」

「考えなきゃどうするのさ？」

「そういう人たちってのはね、考えたりしないでも分かるの。そういうふうに生まれついてんだから。

一目見ただけで、何もかも分かっちまうのよ……」

秋の日は音もなく、ゆっくり暮れていった。稀れに風が木の枝をそよがせて渡ってゆくと、かすかに聞きとれる程度のかさこそいう音が窓から流れこんで来た。サーシャとリュドミラの二人きりだった。リュドミラは彼に脚をむき出した漁夫の衣裳――薄い布で作った青い衣裳――を着せ、低いベッドに寝かせると、自分は素足に肌着姿で、彼の裸の脚近く、床に腰を下した。サーシャの衣裳にも、体にも、彼女はたっぷり香水をかけた――奇怪な花々が咲き乱れる、山奥の人知れぬ谷間、そんな谷間のそよとも動かぬ大気のように、それは濃密で脆《もろ》い草の香りを放っていた。

リュドミラの首には粒の大きな、鮮かなビーズの首飾りが輝き、手には模様ある金の腕輪がかすかに鳴った。彼女の体はイリスのむっとする、肉感的な刺戟的な芳香、沼の瘴気《しょうき》の飽和した、まどろみと懈《け》怠《たい》を誘う芳香を漂わせていた。彼女は憔悴し、溜息をつき、彼の浅黒い顔、殆ど青く見える漆黒の睫毛、真夜中の瞳を眺め、彼の裸の膝に頭をのせた。彼女の栗色の巻毛が彼の浅黒い肌を愛撫した。彼女は彼の体を接吻で覆った。若い肌の匂いと混じり合った奇妙にも強烈な芳香に、彼女は頭がくらくらした。

サーシャは横になったまま、静かな、頼りなげな微笑を浮かべていた。彼の内に生まれた定かならぬ欲望が、彼を苛んだ。リュドミラが彼の膝や足に接吻する時ですら、その優しい口づけがものうい、半ば夢のような想いを誘うのだった。彼女に何かをしてやりたかった。快いことか、それとも痛いことか、優しいことか、それとも恥ずかしいことか――いったいなんだ？　彼女の脚に接吻するか？　それとも長いしなやかな笞で、永いこと力いっぱいひっぱたいてやるか？　彼女が喜んで笑うか、それとも痛くて叫び声を上げるように？　どれも彼女にとっては望ましいことだろうが、まだ足りない。いったい彼女は何を欲しているのだ？　こうして彼らは二人とも半ば裸だったが、その束縛なき肉体には、欲望と、一線を越えさせない羞恥心が二つながら結びついていた。それにしても、肉のこの神秘はなにゆえであろうか。彼女の欲望、彼女の羞恥は、自らの血と肉体を快楽への生贄に捧げることができなかったのである。

そしてリュドミラは果たされぬ欲望に蒼ざめ、憔悴し、あるいは燃え、あるいは氷りつきながら、彼の足許で身をもだえた。彼女は熱っぽく囁くのだった。

「あたしが綺麗じゃないって言うの？　あたしの眼が燃えていないっていうの？　あたしの髪が房々《ふさふさ》していないっていうの？　あたしを可愛がってちょうだい！　あたしを撫でさすってちょうだい！　あたしの腕輪をとってちょうだい、首飾りをひきちぎってちょうだい！」

サーシャはおそろしかった。果たされぬ欲望が彼を重苦しく苛んだ。

## 二十七

ペレドーノフは夜のひき明けに目を覚ました。誰かが四角く馬鹿でかいどんよりした眼で彼を見ていた。もしやプイリニコフではなかろうか。ペレドーノフは窓に近寄り、気味悪い幻に水を浴びせかけた。

あらゆるものが魔法にかかり、奇跡と化した。いやらしいネドトゥイコムカが金切声を立て、人も家畜もペレドーノフに刺《とげ》を含んだ腹黒い視線を投げた。あらゆるものが彼に敵意を抱き、彼は一人で万人を相手どらねばならなかった。

ギムナジウムでは授業時間に同僚の教師、校長、両親たちを中傷した。生徒たちは当惑して耳傾けた。ペレドーノフに取り入ろうとして賛意を表する、生来下劣な連中もいた。ある者は厳しい沈黙を守り、ペレドーノフがその親たちのことに触れるや、懸命に弁護した。ペレドーノフはこうした生徒たちを憂鬱げに眺め、何事か呟きながら彼らから遠ざかった。

また時には、テキストの突っ拍子もない解釈で生徒たちを喜ばせた。

ある時次のようなプーシキンの詩を読んだ。

曙は肌寒き霧の中に目覚め
畑には労働の物音絶え
飢えた雌狼を引き具して
狼は街道を徘徊す

「そこまで。ここんところをよく理解せにゃならん。ここには比喩がこめてある。歩き回ってるのは対《つい》の狼、雄狼と飢えた雌狼だ。つまり雄は満腹しとるが、雌は腹を空かしとる。妻は常に夫のあとで食わねばならない。妻は何事につけ夫に従わねばならないということだ」

プイリニコフは上機嫌だった。彼はほほえみながら、捉えどころなく澄みきった、黒い底無しの眼でペレドーノフを眺めた。サーシャの顔はペレドーノフを苦しめかつ誘惑した。この忌々しいこわっぱは、その腹黒い微笑で彼を惹きつけた。

そもそも、こいつはほんとに男の子なのか？　おそらくは男と女と二人いて、どこにどちらがいるのか見分けがつかないのではないか。それともことによったら、この子は男から女に変身できるのではないか。いつも小綺麗にしているのもそのせいだ。変身する時、いろんな魔法の水で体を洗うのだろう。そうしないことには化けられない。それにいつだって香水の匂いをさせている。

「なんの香水をつけてるんだ、プイリニコフ？」とペレドーノフは尋ねた。「パチクリ（安香水の一種）か、え？」

少年たちは笑った。サーシャは侮辱された様子で顔を赤らめ、ただ黙っていた。

他意なくただ人に好かれたい、人にいやな感じを与えまいという気持が、ペレドーノフには理解できなかった。そうした行為は全て、たとえその行為の主が少年であろうと、みな自分をひっかけようとする企てと見做された。おめかしをする者は皆、ペレドーノフを誘惑しようとしているのだ。さもなければ、なんでめかす必要があろう。おめかしと清潔をペレドーノフは大嫌いだったし、香水はいやな臭いとしか思えなかった。どんな香水よりも、彼は肥料を施した春の畑の匂いを好んだ。彼に言わせれば、これは健康によい匂いだった。着飾り、小綺麗にし、洗い立てる――こうしたことには全て時間と手間が必要である。しかるに手間のことを考えるだけでもうペレドーノフは憂鬱になり、空恐ろしくなるのだった。何もしないで、食って、飲んで、寝てだけいられたら、どんなによかろう！

級友たちはサーシャが「パチクリ」をふりかけていること、リュドミーロチカが彼に首っ丈《たけ》なことを種に、サーシャをからかった。彼は顔を真っ赤にして、彼女がぼくに惚れているなどとは事実無根だ、これはみんなペレドーノフのでっち上げだと懸命に抗弁するのだった。ペレドーノフはリュドミラに求婚したがあっさり肘鉄をくい、それを根に持って、彼女に関するいろいろよからぬ噂をふり撒いているのだ。級友たちはサーシャの言うことを信じた。なにしろペレドーノフときたらあのとおりの男である。それでもサーシャをからかうことはやめなかった。人をからかい焦らすほど面白いことはない。

ペレドーノフはプイリニコフの不身持のことを誰にでも辛抱強く説いてきかせた。

「リュドミラとくっつきおってな。あんまりせっせと接吻し合うもんで、彼女にゃ子供が生まれて、もう小学生だ。いま二人目を孕《はら》んどる」

ギムナジウムの生徒に寄せるリュドミラの愛情をめぐり、町では馬鹿げた不埒《ふらち》な細部を交じえ大袈裟に取沙汰されるようになった。もっとも、それを信じる者は少なかった。ペレドーノフは誇張しているのだ。とはいえわれらの町もからかい好きな連中にはこと欠かず、彼らはリュドミラにこう尋ねるのだった。

「なんでまた選りに選って子供になんぞ惚れたんですか。若い男たちにとっちゃ、面目丸潰れじゃありませんか」

リュドミラは笑って言うのだった。

「ばかばかしい！」

町の人々は不潔な好奇心のこもる眼差しでサーシャを見た。商家出の富裕な将軍未亡人ポルヤーノワはサーシャの年齢について照会した結果、彼は今のところまだ余りに幼いが、あと二年もしたら呼び寄せて、その成長を見守ってやらねばなるまい、と考えた。

サーシャは皆がリュドミラのことで彼をからかうと言っては、すでに幾度か彼女を責めた。時として軽く打つことすらあったが、リュドミラはただ大声で笑うばかりだった。

とはいえ、くだらぬ噂に終止符をうち、リュドミラが不愉快なめに会うのを防ごうと、ルチロフ一家、その無数の友人・親類縁者たちはせっせと反ペレドーノフ工作を展開し、噂はすべて狂人の妄想にすぎないことを立証しようとした。ペレドーノフの突っ飛な振舞いのおかげで、こうした説明は甚だもっともらしく見えた。

それと同時に、教育区主任のもとへはペレドーノフに関する訴えが殺到していた。教育区からは校長に問い合わせが来た。フリパーチは自分が以前提出した報告を援用し、ペレドーノフの精神病が著しく進行している事態に鑑み、彼がこれ以上ギムナジウムに留まることはすこぶる危険である旨つけ加えた。

ペレドーノフはもはや完全に妄想のとりこであった。幻覚が彼の目から世界を覆い隠してしまった。そのどんより濁った狂気の眼差しは対象に固定することなく、絶えずより遠く、物象世界の彼岸を覗きこみ、そこに何かしら光明を探し求めるかのように、宙をさ迷うのだった。

誰一人相手のいない時も独語を続け、何者かに向かって支離滅裂な威嚇の文句を怒鳴り散らした。

「殺してやる！　喉かっ切ってやる！　踏み潰してやる！」

ワルワーラはこれを聴いては鼻で笑った。

『うんと猛り狂うがいい！』と彼女は意地悪くほくそ笑みながら考えた。

彼女は彼がただ怒っているだけだと思っていた。欺《だま》されたことに気づいて、怒ってるんだわ。気が狂うことはないでしょう。馬鹿が今更気の狂うわけはないから。たとえ気が狂ったところで、それがどうなの。馬鹿な連中の楽しみがひとつふえるだけだわ！

「ところでアルダリオン・ボリースィチ」とある時フリパーチが言った。「たいへんお加減の悪そうな御様子だが」

「頭痛がするんです」とペレドーノフは不機嫌に答えた。

「よろしいですか、あなた」と校長は用心深く続けた。「当分ギムナジウムへはお出にならぬほうがよろしいように思いますがな。少し静養されて、神経を労《いたわ》っておやりになるこってすな。どうやらだいぶ疲れておいでのようで」

『ギムナジウムへ出ないだと？』とペレドーノフは考えた。『もちろんそれがいちばんいい。なぜもっと早く気がつかなかったんだ！　病気ということで家に籠《こも》って、どういうことになるか様子を見る』

「それそれ、学校へ出るのをやめましょう。わたしは病気です」と彼はフリパーチに向かって嬉しそうに言った。

その間に校長はもう一度教育区へ手紙を書き、命を帯びた医者が健康診断に来るのを一日千秋の思いで待っていた。しかし役人たちは急がなかった。だからこそ彼らは役人だったのである。

ペレドーノフはギムナジウムへ行かず、やはり何かを待ちうけていた。最近彼はヴォロージンにばかりつき纏っていた。彼を見失うことがおそろしかったのである。なにか害をなすかもしれない。朝目を覚ますやいなや、ヴォロージンのことを思い出して気が重くなるのだった。やつは今どこだ？　何をしている？　時としてヴォロージンが幻覚に現われることもあった。雲が羊の群れのように空を流れ、その間を縫って山高帽をかぶったヴォロージンが、羊の鳴くような声で笑いながら走ってゆく。時にはパイプから立ちのぼる煙の中を、二目と見られない顰め面をして、空中をぴょんぴょん跳ねながら、やはり飛び去っていった。

ヴォロージンはペレドーノフが自分にひどく惚れこんだのだと思い、誰にでも誇らしげにそのことを話して聞かせた。とにかく彼なしでは生きてゆけないらしい。

「彼ワルワーラに一杯食ったんです。それでぼくだけがほんとうの友だってことが分かったんで、ぼくから離れようとしないんです」

ペレドーノフがヴォロージンの様子を探ろうと家を出る。するともう相手も彼を迎えにやって来る。山高帽をかぶり、ステッキを持ち、快活にとびはね、嬉しげに羊の鳴くような笑いを撒きちらす。

「なんでまた山高帽なんかかぶってるんだ?」とある時ペレドーノフは尋ねた。

「じゃあどうして、アルダリオン・ボリースィチ、山高帽をかぶっちゃいけないんですか」とヴォロージンは陽気に、分別臭げに答えた。「これは慎ましくって、体裁がいいですよ。徽章つきの制服はぼくにはかぶれないし、シルクハットをかぶるのは貴族に任せておきゃいいんです。ぼくらには似合いませんよ」

「山高帽なんかかぶってると、煮えちまうぞ」とペレドーノフがぷりぷりして言った（「山高帽子」を意味する「カチェローク」の語は、本来「鍋、湯沸し」を意味する）。

ヴォロージンはくすくす笑った。

二人はペレドーノフの家へやってきた。

「歩いただけ無駄だったな」とペレドーノフが腹立たしげに言った。

「体にいいんですよ、アルダリオン・ボリースィチ、汗をかくことはね」とヴォロージンが説得した。

「適当に働いて、適当に歩いて、適当に食べていれば、健康です」

「へえ、そうかね」とペレドーノフは言い返した。「二百年、あるいは三百年後にも、人間はまだ働くと思うか?」

「働かなきゃどうするんです? 働かなかったら食えませんよ。パンを買うにはお金が要るし、お金は稼がにゃなりませんからね」

「おれはパンなんかほしくない」

「白パンもピロシキも買えませんよ」とくすくす笑いながらヴォロージンが言った。「ウォッカだって買えなくなるし、浸酒だって作りようがなくなるし」

「いや、人間は自分じゃ働かなくなるんだ。なにもかも機械がやるようになる。手回しオルガンみたいに把手を回すだけでいいんだ……もっとも、長いこと回してるのも退屈だがな」

ヴォロージンは頭をかしげ、唇を突き出して暫く考えこんでから、物思わしげに言った。

「そう、そうなったら大変結構ですね。ただ、その頃ぼくらはもういないでしょうがね」

ペレドーノフは彼をじろりと見て呟いた。

「そりゃおまえはいないだろうが、おれは生き延びるさ」

「こいつは傑作だ」とヴォロージンが陽気に言った。「二百年生き延びて、あと百年は四つ足で這い回りますか」

ペレドーノフは今更まじないを呟きはしなかった。なるようになれ。おれにかなうやつはいない。ただ、警戒おさおさ怠りなく、決して降参しないこと。

ヴォロージンと食堂に腰を下して一杯やりながら、ペレドーノフは彼に公爵夫人の話をした。ペレドーノフの思い描く夫人はあたかも日毎老いこんでゆくかのごとくいっそうおどろおどろしい様相を呈するにいたり、黄ばんだ、皺だらけの、腰の曲った、大きな牙のある意地悪げな姿で、執拗にペレドーノフの眼前をちらちらするのだった。

「あの女は二百歳だ」とペレドーノフは言い、奇妙に物悲しげな眼差しで宙を見つめた。「それでいて、おれとよりを戻したがってる。それまでは視学官のポストをくれんつもりなんだ」

「そりゃ図々しいですね！」とヴォロージンが頭を振って言った。「なんて婆あでしょう！」


ペレドーノフは殺人の観念に憑きまとわれていた。彼は猛々しく眉を寄せてヴォロージンに言った。

「ひとりもう片付けたのが、うちの壁紙の下に隠してあるんだ。いまに見てろ、もうひとり床下に釘づけにしてやる」

しかしヴォロージンは驚きもせず、くすくす笑った。

「壁紙から臭いがするだろう？」とペレドーノフは尋ねた。

「いやなんにも」やはり笑いながら、ヴォロージンは気取って言った。

「おまえ鼻がつまってるんだ。だからそんなに鼻が赤いんだろう。そこの、壁紙のうしろで腐ってるんだぞ」

「南京虫よ！」とワルワーラが大声で言い、笑い転げた。ペレドーノフは勿体ぶって、愚かしげに虚空を見ていた。


ペレドーノフはますます狂気の内にのめりこんで行き、今ではトランプの絵札、ネドトゥイコムカ、羊、森林伐採業者などについて手当たり次第密告状を書くようになった。羊は名前を偽って自らヴォロージンになり代わり、高い地位にありつこうと虎視眈々機会をうかがっている。所詮一介の羊にすぎないくせに。森林伐採業者は白樺という白樺をみな引き抜いてしまったから、風呂で体をはたくにも（シロヤでは蒸風呂に入り、葉のついた枝を束ねたはたきで体をはたく習慣がある。枝には普通白樺が使われる）、子供を笞打つにも、小枝が手に入らない。白楊を残してあるが、白楊なぞいったい何になるか。

街でギムナジウムの生徒たちに出会うと、ペレドーノフは破廉恥な馬鹿げた言葉を口にし、幼い生徒はこわがり、年かさの生徒たちは笑った。年かさの者たちは群れをなして彼のあとをついて回り、誰か他の教師の姿を見ると、蜘蛛の子を散らすように走り去った。幼い者たちははじめから彼に近寄らなかった。

あらゆるものの内にペレドーノフは魔法と奇跡を見、幻覚に怯え、その胸からは意味のない咆哮と金切声がほとばしった。ネドトゥイコムカがある時は血にまみれ、ある時はめらめら燃え立ちながら現われ、唸り、吼えた。その吼え声は耐え難い痛みとなってペレドーノフの頭を打ち砕いた。猫はおそるべき大きさに成長し、長靴で床を踏み鳴らしては、巨大な赤毛の髭男といった顔をして見せた。

## 二十八

サーシャは午後出掛けたきり、規定の時間である七時になっても戻らなかった。ココフキナは心配した。こんな時間に道で誰か先生に出くわさねばよいが。彼が罰を受けたりすれば、彼女としても困る。彼女のところに下宿するのは、いつだってたしなみのいい、夜遊びなぞしない子供たちのはずだった。ココフキナはサーシャを迎えに出掛けた。ルチロフ家へ行っているに違いなかった。

運わるく、この日リュドミラはドアに鍵をかけ忘れた。中へ通ったココフキナの見たものは？　サーシャは女の服を着て鏡の前に立ち、扇を動かしていた。リュドミラは大声で笑いながら、色鮮かなバンドのリボンを直していた。

「おやまあ、これはいったい！」とココフキナは慄え上がって叫んだ。「これはいったいどういうこと？　心配して迎えに来てみりゃ、こんな馬鹿な真似をしてる。みっともない、スカートをはくなんて！　だいたいあなた、リュドミラ・プラトーノヴナ、こんなことして恥ずかしくありませんか？」

虚をつかれたリュドミラは一瞬狼狽したが、すぐに落着きを取り戻した。騒々しい笑い声を立ててココフキナを抱き、肘掛椅子にかけさせ、即席のでたらめを話して聞かせた。

「あたしたち内輪だけでお芝居をやろうと思ってますの。あたしが男の子になって、彼が女の子になったら、これは大当たりだと思いますわ」

胆をつぶしたサーシャは真っ赤になり、眼に涙を浮かべて突っ立っていた。

「馬鹿馬鹿しい！」とココフキナは腹立たしげに言った。「この子は芝居じゃなくて、勉強をしなきゃいけないんです。何を考え出すことやら！　さっさと服を着なさい、アレクサンドル。あたしと一緒に家へ帰るんです」

リュドミラは騒々しく快活に笑い、ココフキナに接吻した。それで老婆は、この陽気な少女はまるで子供のように邪気がなく、サーシャは愚かにも彼女の気紛れに従っただけなのだと考えた。リュドミラの屈託ない笑い声のおかげで、この場面はみっちり叱ってやれば済むだけの単なる子供っぽい冗談と化した。怒った顔をしてぶつぶつ言いながらも、ココフキナは内心すでに平静にかえっていた。

サーシャはリュドミラのベッドがある衝立《ついたて》の陰で、手早く着替えをすませた。ココフキナは彼を連れ帰る道々、ずっと叱りどおしだった。まごつき怯え立ったサーシャは、言い訳しようともせず、『家へ帰ったらどうなるんだろう？』と考えてびくびくしていた。

ココフキナは家へ帰ると初めて彼に厳しく対し、跪《ひざまず》くよう命じた。しかしサーシャが言われた姿勢をとって数分もたたないうちに、そのすまなそうな顔付と無言の涙に憐れみをさそわれた彼女は、早くも彼を赦してやった。彼女は口喧《やかま》しい調子で言った。

「このめかし屋ったら！　一露里離れてても香水が匂うよ！」

サーシャは器用にお辞儀をし、彼女の手に接吻した。罰を受けた少年のこの丁重さが尚のこと彼女の心をうった。

とかくするうちに黒雲がサーシャの頭上に押し寄せてきていた。ワルワーラとグルーシナは、ギムナジウムの生徒プイリニコフが少女ルチロワに誘惑され、夜毎彼女のもとで過ごし、淫蕩にふけっている旨、匿名の手紙をフリパーチに送りつけた。フリパーチは先頃耳にしたある会話のことを思い出した。貴族団長宅での夜会の折、誰かが少年に惚れこんだ若い娘のことをほのめかしたが、この話題に食いつく者はおらず、話はすぐに他へ移っていった。礼儀正しい人々同士の暗黙の合意により、一同フリパーチを前にしてこの話題は甚だ不適当であると考え、これをとり上げないのは、御婦人方の前では論じにくいし、また話自体些細にして不確かなものにすぎないからだという振りをした。フリパーチはもちろんこうしたことにちゃんと気づいたが、誰かに尋ねてみるほど馬鹿ではなかった。彼は自分がまもなく事件の全貌を知るに至るであろうこと、情報はあれこれの経路から、しかるべき時に、自ずと集まるであろうことを確信していた。この手紙はまさに待たれた便りだったのである。

フリパーチはプイリニコフの不身持ちとか、また彼とリュドミラの付き合いが不埒な面を有するなどと、片時も信じたことはなかった。『これはみなペレドーノフの馬鹿げた思いつきから出たことだ。それをグルーシナのやっかみが助成している。それにしてもこの手紙は望ましからぬ噂の流布を証しており、かかる噂は自分に任されたギムナジウムの沽券《こけん》にかかわりかねない。それゆえ何らかの措置を講ずる必要がある』

何はさておきフリパーチは、望ましからぬ風説のもととなった事情について話しあうため、ココフキナを招いた。

ココフキナはすでに自分がなぜ呼ばれたか知っていた。彼女は校長よりもいっそうはっきり風評を耳にしていた。グルーシナが往来で彼女を待ち受けていて話しかけ、リュドミラがサーシャをすっかり堕落させてしまった顚末を逐一告げた。ココフキナはショックを受け、家へ帰るとサーシャに非難叱責を浴びせた。何もかも自分の目の前で起こったことであり、サーシャは彼女の許可を得てルチロフ家へ出掛けていただけに、いっそう口惜しかった。サーシャは何のことか分からぬ風を装い、こう尋ねた。

「ぼくがどんな悪いことしたって言うの？」

ココフキナは言葉に窮した。

「どんな悪いことしたかですって？　自分で分からないのかい？　この間スカートはいてるところを見つかったじゃないか。忘れたのかい、この恥知らず！」

「そりゃそうだけど、いったいそれのどこが悪いの？　そのお仕置はもう済んだでしょう！　ぼくが盗んだスカートはいてたとでも言うの？」

「屁理屈はおやめ、口のへらない子だ！」とココフキナは困惑して言った。「お仕置はしたけど、どうやら足りなかったようだね」

「そんならもっとしたらいいよ」とサーシャは不当な侮辱を受けたという面持で、すねたように言った。「自分で許しといて、今になって足りなかったなんて。あの時ぼくのほうで許して下さいって頼んだんじゃないもん。ぼくは一晩中だって膝をついててよかったんだ。それをどうしていつまでも叱るのさ！」

「町じゃあね、あんたと、あんたのお友だちのリュドミーロチカのことをいろいろ言ってるのよ」

「言ってるって、何を？」無邪気な好奇心をこめてサーシャは尋ねた。

ココフキナは再び言葉に窮した。

「何を言ってるかって、分かってるでしょう！　あんたたちのことを何て言われるか、よく知ってるくせに。あんまりよくは言われないだろうよ。おまえがリュドミーロチカといろいろわるさをしてるって言ってるんだよ」

「ならもうしないよ」とサーシャは、鬼ごっこの話でもするみたいに、恬《てん》として約束した。

彼は屈託なげな顔をしてはいたが、内心は気が重かった。彼は噂の内容をココフキナからきき出そうとし、何か下品なことを聞かされるのではないかとびくびくした。いったい何を噂してるというのだろう？　リュドミーロチカの部屋の窓は庭に面していて通りからは見えないし、リュドミーロチカはいつだってカーテンをしめていた。もしも誰かが盗み見たとしても、そのことをどうして人に話せよう？おそらくは、いやらしい中傷にすぎまい。それとも、彼がよく彼女を訪れるというだけのことから、そんな噂が立ったのだろうか？

ココフキナが校長に呼ばれたのは、その翌日のことである。この召喚に気の転倒した彼女は、もうサーシャには何も言わず、そっと支度をして、指定された時間に出頭した。フリパーチは穏かに愛想よく、匿名の手紙の件を彼女に伝えた。彼女は泣きだした。

「御安心下さい。われわれはあなたを咎めているのではありません」とフリパーチは言った。「あなたのことはよく存じ上げております。たしかに、今後はもう少し厳しく彼を監督していただかねばなりますまいが、今はただあるがままの事実をお聞かせいただきたいので」

校長のところから戻ると、ココフキナは改めてサーシャを叱った。

「伯母さんに手紙を書くから」と彼女は泣きながら言った。

「ぼく何も悪いことしてないもん。伯母さんを呼ぶなら呼んだらいいよ。ぼくこわくない」とサーシャはやはり泣きながら言った。

翌日フリパーチはサーシャを呼び寄せ、素っ気なく厳しい調子で尋ねた。

「君が町でどんな付き合いをしとるか知りたいんだが」

サーシャは無邪気さを装い、落ち着き払った眼差しを校長に向けた。

「どんな付き合いがあるかっていうんですか？　オリガ・ワシーリエヴナがよく知ってます。友だちのところと、ルチロフさんの家へ行くだけです」

「うん、それそれ」とフリパーチは尋問を続けた。「ルチロフさんの家へ行って何をしとるかね」

「別段なんにも」と同じ屈託のない様子でサーシャは答えた。「たいてい本を読んでます。ルチロフのお嬢さんたちはとても詩が好きなんです。ぼくいつでも七時までには家へ帰ります」

「いつでもというわけではないようだな？」とフリパーチは、突きとおすような眼差しをサーシャに注ぎながら尋ねた。

「ええ、一度遅くなったことがあるけど」心に疚《やま》しさを持たぬ子供特有の、こともなげな率直さでサーシャは言った。「その時オリガ・ワシーリエヴナにひどく叱られて、それからは遅くなったことありません」

フリパーチは黙った。サーシャの平然たる答えぶりに彼は面食らった。なにはともあれ小言を言い、お説教せねばならない。だがどのように、何を理由にしてか？　この子がまだ抱いていない（とフリパーチは信じていた）悪い考えをわざわざ吹き込んだり、子供を辱しめたりすることなく、この付き合いから将来生ずるおそれのある不祥事を未然に防ぐべく、あらゆる手をうたねばならぬ。教育者の仕事とは、とりわけ教育施設の長たる名誉を有する者にとって、困難な、重責ある仕事だわい、とフリパーチは思った。困難な、重責ある教育者の仕事！　この陳腐な表現が、滅入り凝固しかけたフリパーチの思いに活を入れた。彼は歯切れよい早口で、どうでもいいようなことを喋りだした。サーシャは半ば上の空で、時々耳を傾けていた。

「……生徒としての君の義務は何よりも先ず勉強することで……友だちづき合いは、たとえそれが愉快な、非のうちどころないものでも、あまり深入りしてはならず……いずれにせよ、同じ年齢の少年たちとつき合うほうが君にとってはるかに有益だと言わねばならない……自分の名誉もさることながら、学校の評判も大切にする必要があり……最後に、はっきり言って、君とお嬢さん方の関係は、君の年齢では許されえない一種放縦な性格を帯びており、世間一般の礼儀に全く外れるものであると言って間違いあるまい」

サーシャは泣きだした。優しいリュドミーロチカのことを、人々がなにか特別の人間のように考えたり話したりするのが口惜しかった。

「ほんとうに、何も悪いことなんかしてないんです」と彼は確言した。「ぼくらただ、本を読んで、散歩して、お芝居をして、それに駆けっくらをして、それ以上勝手なことなんか何もやっちゃいません」

フリパーチは彼の肩を軽く叩き、能《あた》う限り心こめた、しかしやはり素っ気ない声で言った。

「お聴き、プイリニコフ……」

（この時なぜ彼は少年にサーシャと呼びかけなかったのか。そんなやり方は破格であり、そのための回章が本省からまだ来ていないからか？）

「何も悪いことなぞしなかったという君の言葉をわしは信じとる。だがいずれにせよ、あまり頻繁な訪問はやめたほうがいい。わしの言うことを信じなさい。そのほうがいいんだ。わしはこれを君の先生として、年長者としてばかりじゃない、友だちとして言うんだ」

サーシャとしては感謝し、お辞儀をし、しかるのち言われたとおりにするよりほかなかった。彼はリュドミラのところへ、勉強の合間を見はからって五分か十分顔を出すだけになったが、それでも毎日出掛けてゆくよう努めた。たまにしか会えないというのは腹立たしいことで、サーシャはそのためリュドミラにあたり散らし、今では彼女をしばしばリュドミルカとか、馬鹿女とか、シャムの雌ロバとか呼び、時にはぶちさえした。リュドミラはただ声を上げて笑うばかりだった。

当地の劇場の俳優たちが市の公民館で仮面舞踏会を催し、男女各々最良の仮装に賞品を出すという噂が町中に広まった。賞品については誇張した風説が流れ、女の仮装には雌牛一頭、男のそれには自転車一台が出ると言われた。この噂に町の人々は興奮した。これほどの景品とあっては、誰しも賞をとりたがった。大急ぎで衣裳を仕立てにかかり、惜しげもなく金を注ぎこんだ。すばらしいアイデアを盗まれぬよう、考案した衣裳はいちばん近しい友人たちにも見せなかった。

刷り上がった仮面舞踏会の広告——馬鹿でかいポスター——が塀に貼られ、町の有名人たちに配られた時、景品は雌牛でも自転車でもなく、女には扇、男にはアルバムが出るだけだと分かった。舞踏会を目ざして準備を進めていた者は皆がっかりし、口惜しがってぶうぶう言った。

「こりゃ元手をかけただけのことはあるて!」

「こんな賞品なんて、ひとを馬鹿にしてますよ」

「最初からそう言やぁいいんだ」

「こんな風に公衆の鼻面を引き回すってのは、この町だけのやり方じゃないですか」

それでもやはり準備は続けた。たとえどんな賞品でも、もらって悪い気はしない。

ダーリヤとリュドミラにとって、賞品ははじめから問題ではなかった。雌牛などをもらって何になろう! 扇が珍しいとでもいうのだろうか? だいいち誰が選考をするのだ? 選考委員たちの趣味なんておかしくって! 二人を夢中にさせたのは、サーシャに女の服を着せて舞踏会へやり、彼に賞品をせしめさせることによって町中を一杯食わせるという、リュドミラの思いつきだった。ワレリヤも賛成の振りをした。子供のように嫉み深く、ひ弱な彼女は、サーシャがリュドミラのお友だちであって、自分に会いに来るのではないことを常々口惜しがっていたが、二人の姉に逆らう決心はつかなかった。ただ蔑むような薄笑いを浮かべてこう言った。

「あの子やらないわよ」

「大丈夫」とダーリヤが断言した。「誰にも分からないよう、あたしたちがちゃんとやるから」

姉妹たちがサーシャにこの目論見を話し、リュドミラが「あたしたちあんたを日本女に仕立てようと思うの」と言った時、サーシャは有頂天になって跳ね回り、金切声を立てた。なるようになるがいい。誰にも知られないとなれば、なおさらのことだ。ただ彼が承知しさえすればいいのだ。どうして承知しないでいられよう！　皆の鼻を明かしてやるほど面白いことがあろうか。

サーシャをゲイシャ（芸者）姿に仮装させることがその場できまった。姉妹たちはこの計画を極秘にし、ラリサや兄にすら話さなかった。ゲイシャの衣裳はリュドミラ自らコリロプシスのレッテルにある絵から考案した。黄色い絹に赤い繻子の裏地をつけた、長いゆったりした着物。それに珍妙な形をした色とりどりの大きな花模様を縫いつける。少女たちはまた自分たちで、籤《ひご》に模様入りの薄い和紙を張って扇を、同じく細い竹の棒に薄いバラ色の絹を張って傘をこしらえた。足にはバラ色の足袋に小さな下駄。ゲイシャの仮面もやはりリュドミラが器用に描いた。かすかな動かぬ笑みを含んだ、黄色っぽい、しかし優しげな痩せた顔。吊り上がった眼。薄い小さな唇。鬘《かつら》だけはペテルブルクから取り寄せねばならなかった。滑かな、綺麗に梳《す》いた黒髪の鬘。

仮縫を合わせるには時間が必要だったが、サーシャは勉強の合間にしか顔を出せず、しかも毎日は来られなかった。だがサーシャは気転をきかせ、夜ココフキナが寝てしまうと、窓から抜け出して駆けつけた。万事うまくいった。

ワルワーラも仮面舞踏会に行くつもりで、おかしな面相の面を買った。衣裳については、問題なかった。料理女に扮するつもりだったから。帯に大匙《さじ》をぶら下げ、頭に黒い頭巾をかぶり、腕を肘までむき出してたっぷり紅を塗る――これで仮装は完了。たった今かまどを離れた料理女という趣向である。賞がもらえりゃ幸いだし、もらえなくともどうということはない。

グルーシナはディアナに扮することを思いついた。ワルワーラは笑って尋ねた。

「それじゃ、あんた首輪をつけるの？」

「首輪とはまたなぜ？」とグルーシナは驚いてきき返した。

「だってそうじゃない」とワルワーラは説明した。「あんた犬のディアンカの扮装するんでしょ（ディアナはギリシャ神話の月と狩猟の女神。ディアンカはディアナの親称形で、非常にしばしば犬につけられる名）」

「なに言ってんのよ！」とグルーシナは笑って答えた。「犬のディアンカじゃなくて、女神のディアナよ」

二人は一緒にグルーシナの家で舞踏会用の仮装をつけた。グルーシナはすこぶる軽装であった。剝き出しの腕と肩、裸の背中、露わな胸、靴下をはかず、膝まで剝き出しの素足に、軽い上靴、白い布地の薄い衣裳には赤い縁飾りがあって、これを素肌にじかに着込んでいる。丈の短い、その代わりゆったりして、やたらと襞《ひだ》の多い衣裳だった。ワルワーラはにやにや笑って言った。

「裸みたいね」

グルーシナは臆面もなく片眼をつむって見せ、こう答えた。

「その代わり、殿方はみんなあたしのあとについて来るわよ」

「それにしても、なんでそんなに沢山襞があるの？」

「うちの餓鬼たちにキャンデーを詰めこんで来ようと思ってね」

グルーシナがかくも大胆に露わしたところのものはどれも美しかった。ただ、何という対照だったろう。皮膚には蚤《のみ》の食ったあと、粗野な挙動、我慢できないほど野卑な言葉遣い。肉体の美はここでも凌辱されていた。

ペレドーノフは考えた。仮面舞踏会の企画は何かで彼を陥れるためのものに違いない。それでもとにかく、仮装はつけず、ただのフロック姿で出掛けて行った。どんな悪企みが行なわれているか、わが目でしかと見定めるために。

数日間サーシャは仮面舞踏会のことを考えては興がっていたが、やがて疑念に憑かれた。どうやって家を抜け出すか？　しかもあれだけのどさくさがあったあとで。もしもギムナジウムに知れたら大変だ。退学処分は間違いない。

クラスの担任教師はまだ若い男で、猫すらもワーシカとは呼ばず、「猫のワシーリー」と言うほどのリベラリストだったが（ワーシカはワシーリーの卑小形だが、ロシヤの猫は殆ど例外なくこの名で呼ばれる。ナロードを尊重しこれに対し卑小形を使うまいとするあまり猫までワシーリー呼ばわりするのはもちろん滑稽）、その彼がつい先頃答案を返す際、サーシャに甚だ意味ありげな注意を与えた。

「気をつけなさい、プイリニコフ。勉強しなきゃいけませんよ」

「だけどぼく二点なんか取ってませんよ」とサーシャは呑気に言い返した。

だが内心はどきっとした。まだ何か言われるのではないか。いや、何も言われなかった。ただサーシャを厳しく見つめただけだった。

舞踏会の当日、サーシャは出掛けて行く勇気が自分には金輪際ないように思えた。おそろしかった。ただひとつこと、すっかり出来上がりルチロフ家で彼を待っている衣裳のことが気にかかった。あれを無駄にできるものだろうか？　これまで育んできた夢という夢、それに注ぎこんだ手間という手間を？　リュドミーロチカはきっと泣くだろう。いや、行かなくちゃいけない。

サーシャが内心の動揺をココフキナに隠しおおせたのは、ここ数週来身につけたむっつり癖のおかげだった。幸い老婆は早く床についた。サーシャもさっさとベッドに入り、いっそう真《まこと》らしく見せるために服を脱ぎ、上衣をドア近くの椅子にかけ、長靴は廊下に出した。

あとは抜け出すだけだったが、これがいちばん厄介だった。手順は分かっていた。仮縫に行った時同様、窓から出ればいい。サーシャは部屋の衣裳戸棚にかかっていた明るい色の夏上衣を着こみ、軽い上靴を履くと、あたりに全く人気のない頃合を見はからって、窓から往来へ忍び降りた。糠《ぬか》のような小雨が降っており、道はぬかり、肌寒く、真っ暗だった。それでもサーシャには、自分がすぐにそれと知れるような気がした。彼は帽子と上靴をとると部屋の中へ投げ込み、ズボンを捲《まく》り上げると、雨で滑りぐらぐらする敷板をはだしでぴょんぴょん跳びながら駆けていった。暗いうえに走ってゆくので顔はよく見えず、行き会う人々は、どこかの少年が走り使いにやらされたのだと思った。

ワレリヤとリュドミラは各々自分用にと、あっさりしているが絵のように綺麗な衣裳を縫い上げた。リュドミラはジプシー女、ワレリヤはスペイン女だった。リュドミラのは絹とビロードの派手な赤い端布を寄せ集めたもので、瘦せて華奢なワレリヤは黒い絹のレースをかぶり、手にはやはり黒いレースの扇を持った。ダーリヤは新たに縫うことはせず、去年使ったトルコ女の衣裳があったのを着込んで、きっぱりこう言った。

「なにも頭をひねることないわよ！」

サーシャが駆けつけると、三人は彼の着付にかかった。サーシャがいちばん心配したのは鬘だった。

「もし脱げたらどうしよう！」と彼は不安げに繰り返した。

結局鬘にリボンをつけ、顎の下で結ぶことにした。

## 二十九

仮面舞踏会が催されるクラブの建物は、市場広場に面した、兵営のように不恰好な、レンガ造りの二階建で、けばけばしくも赤く塗り上げてあった。主催者は当市劇場の興行師にして俳優のグロモフ＝チストポリスキーだった。

キャラコで庇《ひさし》を張った車寄せには、かがり火がともされた。往来に詰めかけた群集は、舞踏会に歩いて来たり、馬車を乗りつけて来たりする連中の品評をやっていたが、その大部分は否定的なものであった。まして往来では、上に羽負った外套のおかげで衣裳は殆ど見えず、群集の批評は主として直観に頼るしかなかっただけに、なおさらである。巡査たちが甲斐甲斐しく往来の秩序維持にあたり、郡警察署長と地区警察署長は客となってホールにいた。

入場者は皆入口のところで票を二枚受け取った。一枚はバラ色で女性の仮装用、他は緑色で男性用。これと思った仮装人物に渡すのである。こんなことを尋ねる者もいた。

「自分でとっといてもいいんだろう？」

係りの者ははじめ何のことか分からずきき返した。

「なぜとっとくんですか？」

「おれの衣裳がいちばんよくできてると、自分で思った場合さ」と入場者は答えた。

以後係りの者もこうした質問には驚かず、皮肉な微笑を浮かべて（この若い男は嘲笑好きであった）こう言うのだった。

「どうぞどうぞ。よろしかったら二枚ともどうぞ」

どの部屋も薄汚れており、人々は当初からかなり酩酊していた。狭苦しい部屋部屋は壁も天井も煤《すす》にまみれ、ねじれたシャンデリヤに火がともっていた。シャンデリヤはどれも馬鹿でかく、重々しく、いかにも空気をたっぷり食いそうに見えた。色褪せたドアの垂れ幕は、触れるのもぞっとするほどだった。あちらこちらに人が群れ、喚声が、笑い声が響いた——物好き連が特に目立つ仮装のあとをついて回っているのだった。

公証人のグダエフスキーはアメリカ・インディアンに扮していた。頭には鶏の羽根をさし、わけの分からぬ緑色の模様を描いた赤銅色の仮面をつけ、革のジャケツを着こみ、格子縞の大きなプラトークを肩にかけ、緑の総《ふさ》のついた深い革の長靴をはいていた。両手を振り回し、素早く折り曲げた裸の膝を遥か前方に突き出し、機械体操の足どりで跳びはね、歩き回っていた。彼の妻は麦穂の仮装をしていた。緑と黄の小切れから成る雑色の衣裳を身にまとい、その衣裳からはちくちくする穂が四方八方へ突き出ていて、誰彼かまわず突き刺し、ひっかけた。人々が穂をひっこ抜き、むしり取ると、彼女は毒々しく、金切声で罵るのだった。

「ひっ掻くわよ！」

まわりは皆笑った。誰かが尋ねた。

「どっから彼女あんなに穂を集めてきたんだろう？」

「夏の間に溜めといたんさ」と誰かが答えた。「毎日畑へくすねに行ったんだ」

グダエフスカヤに惚れており、それゆえ彼女がどんな仮装をするか予め知らされていた青二才の官吏が数人、彼女につき添っていた。彼らは乱暴な言葉遣いで、殆ど強引に、彼女のための票を集めていた。大人しい連中からはあっさりひったくった。

ほかにも仮装した女たちで、自分のシュヴァリエにせっせと票を集めさせているのがいた。ある者はまだ行方の決まらぬ票をもの欲しげに眺めてはねだりかかり、剣突《けんつく》を食っていた。

青い衣裳にガラスの星をちりばめ、厚紙の月を額につけて『夜』の仮装をしたもの淋しげな女が、おずおずとムーリンに言った。

「あなたの票をいただけません？」

ムーリンは突慳貪に答えた。

「あんたに？　票を？　すっこんでろ！」

『夜』は何事か腹立たしげに呟いて立ち去った。彼女は家へ帰ったら、あたしもこれだけ集めたのよと言って、せめて二、三枚の票を出して見せたかったのであろう。ささやかな夢も往々にして空《むな》しい。

女教師のスコボチキナは雌熊に扮していた。すなわち、熊の毛皮を羽負《はお》り、その頭部を兜のように自分の頭に載せ、半マスクをつけているだけだった。これは全体として見ればグロテスクだったが、それでも彼女のがっしりした体格、よく響く声に似合っていた。雌熊は重たげな足どりであたりを徘徊し、シャンデリヤの灯が震えるほどホールいっぱいに咆哮した。雌熊はなかなか好評で、少なからぬ票を集めたが、他の御婦人方と違って気のきく付添がいなかったので、それを溜めておくことができず、若い商人たちが彼女に酒をすすめている間に、票の大半を盗まれてしまった。商人たちは彼女が熊の動作を演ずるその才幹に共感を覚えたのである。群集は叫んだ。

「見ろ見ろ、雌熊が酒をくらってるぞ！」

スコボチキナはウォッカを断わりきれなかった。雌熊はすすめられたらウォッカを干さねばならぬような気がしていたのである。

古代ゲルマン人に扮した男が背丈も肉付きも並外れていた。多くの者には彼がこれほど筋骨逞しく、筋肉の異常なほど発達した頑丈な腕をしているのが気に入った。彼のあとを追いかけているのは主として御婦人方で、周囲には絶えず優しい賞讃の囁きが聞かれた。古代ゲルマン人が俳優のベンガリスキーであることは皆分かった。ベンガリスキーはこの町の人気者だったから、彼に票を投じた人は沢山いた。

多くの人々はこう思案した。

「もしも賞がおれに回って来ないなら、いっそ俳優（か女優）が入賞すりゃいい。もし素人が賞をとったりしたら、思い上がって鼻持ちならないこったろう」

グルーシナの仮装も大当たりだった。スキャンダルの大当たりである。男たちは密集をなして彼女のあとをついて回り、笑い転げ、不謹慎な文句を投げつけた。御婦人方は憤慨してそっぽを向いた。とうとう郡警察署長がグルーシナに近づき、甘ったるい舌舐めずりをしながら言った。

「奥さん、隠さなきゃいけませんよ」

「なんのこってすの？　あたくし何が不作法なのか分かりませんけど」とグルーシナは威勢よく答えた。

「奥さん、御婦人方が気を悪くしとられますよ」とミニチュコフは言った。

「そんな御婦人方なんてくそくらえだわ！」とグルーシナは叫んだ。

「いや奥さん」とミニチュコフは頼みこんだ。「せめてハンケチで胸と背中を覆っていただけませんか」

「だけどハンケチはもう鼻をかんじゃったわ」とグルーシナは厚かましく笑いながら言い返した。

しかしミニチュコフは譲らなかった。

「お好きなように、奥さん。ただ、どうしても隠されないなら、おひきとりいただくことになりますが」

グルーシナは唾を吐き、悪態をつきながら化粧室へ行き、女中に手伝ってもらって自分の衣裳の襞を胸と背中に伸ばした。こうして幾分慎ましやかな恰好になってホールへとって返すと、以前に変わらぬ熱心さでファンを募った。彼女は男という男と大胆にいちゃつき、やがて彼らの注意が脇へ外れるや、ビュッフェへ菓子を盗みに行った。間もなくホールへ戻って来ると、桃を一対ヴォロージンに見せ、図々しい薄笑いを浮かべて言った。

「どお、あたしの発明よ」

次の瞬間桃は衣裳の襞の中に消えた。ヴォロージンは嬉しそうににっと笑った。ほどなくグルーシナは酔っ払って手に負えなくなり、両手を振り回してやたらと唾を吐いた。

「上機嫌のやんごとなきダイアナ様！」これは自分のことだった。

無分別な少女たちが軽率なギムナジストを引っぱって行った仮面舞踏会とは、かくのごときものであった。二台の辻馬車に分乗した三姉妹とサーシャは、かなり遅くなってからやって来た。彼のせいで手間どったのである。彼女たちの登場は人目を惹いた。とりわけゲイシャがうけた。ゲイシャに扮しているのは、当地の殿方連が贔屓《ひいき》にしている女優のカシターノワだという噂が流れた。そこでサーシャには沢山の票が集まった。ところがカシターノワは、前日幼い息子がひどい病気に罹《かか》ったため、舞踏会には全然顔を出していなかったのである。

新たな環境に酔い痴れたサーシャは嬌態に羽目を外した。ゲイシャの小さな手に人々が票を押しこめば押しこむほど、仮面の細い孔《あな》から、あだっぽい日本女の眼が、ますます陽気に熱っぽく輝くのだった。ゲイシャは膝をかがめ、ほっそりした指を拡げ、圧し殺した声で笑い、扇であおぎ、あるいはそれであれこれ男たちの肩を叩くかと思うと、扇を畳み、バラ色の日傘をひっきりなしにさしたりつぼめたりした。格別のこともない身ぶりだったが、女優カシターノワの崇拝者たちを魅了するには十分だった。

「わたしはあげよう、わたしの票を、いちばん愛らしいこの人に」とチシコフは言うと、若々しくお辞儀しながら、ゲイシャに票を渡した。

彼はすでに散々きこしめし、真っ赤になっていた。微笑の氷りついた顔とぎくしゃくした体つきは人形そっくりだったが、韻を踏むことは近時もやめなかった。

ワレリヤはサーシャの人気を見て羨望に苛まれた。今となっては彼女も人々の視線を浴びたかった。自分の仮装、自分の華奢な、すらりとした容姿が一同の気に入り、賞をくれればいいと思った。そしてすぐにそれがなんとしても不可能なことを思い出し、口惜しがった。というのは、三人とも専らゲイシャのために票を集め、自分らが受け取った分もやはりみな日本女に渡す約束になっていたからである。

ホールでは人々が踊っていた。じきに酔っ払ってしまったヴォロージンがしゃがみ踊りを始め、巡査に止められた。彼はけろりとして言った。

「ああ、そうですか。そんならやめます」

だが彼に倣ってしゃがみ踊りを始めた二人の市民は、おとなしくやめようとしなかった。

「なんの権利があってやめさせるんだ！　酒手が欲しいのか？」と二人は喚き、連れ出されてしまった。

ヴォロージンは顰め面をし、歯をむき、踊り跳ねながら、彼らのあとについて行った。

ルチロフの娘たちはペレドーノフをなぶってやろうと、一生懸命彼の姿を探した。彼はひとり窓際に腰を下し、空《うつ》ろな眼差しを人群れに向けていた。あらゆる人々と事物は彼にとって無意味であると同時に敵意に満ちたものであった。ジプシー女に扮したリュドミラは彼に近寄り、それと分からぬ喉声で言った。

「旦那さま、占わせとくれ」

「あっちい行け！」とペレドーノフは叫んだ。

ジプシー女の思いがけぬ出現に彼は慄え上がった。

「旦那さま、ご立派な旦那さま、お手をどうぞ。顔を見れば分かるよ。お金持になる相だ、立派な役につく相だ」リュドミラはそう言ってねだると、ほんとうにペレドーノフの手をとった。

「なら見てみろ。ただし、うまく占うんだぞ」とペレドーノフは唸った。

「おやまあ、この上ない旦那さま」とリュドミラは占った。「あんたにゃ敵が多い。みんなあんたのこと密告してる。あんた泣かにゃならないことになる。末は行き倒れってとこだね」

「畜生、いやな奴だ！」とペレドーノフは叫ぶと急いで手を抜いた。

リュドミラは素早く人群れにもぐり込んだ。代わってワレリヤがやって来ると、ペレドーノフと並んで腰を下し、優しくこう囁きかけた。

あたしは年頃のイスパニヤ女
あたしはこんな殿方が好き
あんたの奥方は痩せっぽち
ねえ　あたしの可愛い旦那様

「嘘をつけ、この阿呆」とペレドーノフは呟いた。

ワレリヤはなおも囁いた。

あたしのセビリヤ風の口づけは
昼よりも暑く　夜よりも甘い
あんた奥方の頓馬なお目めに
真っ直ぐ唾を吐きかけておやり
あんたの奥方はワルワーラ
あんたは美男子アルダリオン
あんたとワルワーラじゃ釣り合わない
あんたはソロモンのように賢いんだから

「そりゃおまえの言うとおりだ。ただ、おれがやつの眼に唾を吐けると思うか？　彼女、公爵夫人にこぼすだろう。そうしたらおれはポストがもらえなくなる」

「ポストがあんたにとってどうだって言うの？　あんたポストなんかなくたってすてきよ」とワレリヤが言った。

「いや、ポストがもらえなかったら、どうやって生きてゆけるってんだ」こうペレドーノフはものうげに言った。

ダーリヤはヴォロージンの手に、バラ色の封緘紙で封をした手紙を押しこんだ。ヴォロージンは嬉しそうにめえめえ鳴きながら封を切り、一読し、考えこんだ。彼は得意然とした様子でもあれば、どこかまごついた様子でもあった。手紙には簡単明瞭にこうあった。

『いとしい人、明晩十一時「兵士の浴場」へわたしに会いに来てちょうだい。遥かにあなたを想うЖ』

ヴォロージンは手紙が悪戯だとは夢にも思わなかった。ただ問題は行くか行かないかだった。それに、このЖとはいったい誰だ？　誰かジェーニャとでもいう女か？　それとも姓の頭文字だろうか？

ヴォロージンは手紙をルチロフに見せた。

「そりゃ、もちろん行くべきだ！」とルチロフは焚きつけた。「行って、ともかく様子を見るんだな。ひょっとしたら、どこかの金持の娘がおまえに惚れて、親が反対するもんだから、じかに会って思いのたけを打ち明けようってのかもしれん」

ヴォロージンは考えに考え、結局行くには及ばないと心に決めた。彼は勿体顔で言った。

「まったく、もてて困るんですがね。しかしぼくは放蕩者の真似はしたくありませんよ」

彼は出掛けて行って殴られるのがこわかった。「兵士の浴場」は町外れの淋しい場所にあったのである。

すでにクラブのどの部屋にもやたらと陽気な騒々しい人群れがぎっしり立てこんだ頃、ホールの入口付近に、ざわめき、哄笑、賛同の叫びが響いた。一同そのまわりにつめかけた。おそろしく独創的な仮装の到着が、口から口へと伝えられた。つぎあてのある脂じみた長上衣をまとい、風呂用のはたきを腋《わき》にかかえ、片手に風呂桶を持った痩せてひょろ長い人物が、人ごみを掻き分けて来た。細い顎鬚のある愚かしげなボール紙の仮面をかぶり、頭には市民用の丸い徽章のついた制帽をかぶっていた。彼は驚いたような声でこう繰り返していた。

「仮面舞踏会があるというんで来たんだが、誰も洗っちゃおらんじゃないか」（ロシヤでは人前で「風呂へ行く」という直截な言い方をはばかる時なぞ、「仮面舞踏会へ行く」という言い方をすることがある。このことにひっかけた洒落）

そしてがっかりした様子で風呂桶を振った。群集はこの手のこんだ思いつきに素朴な感嘆の声を発しながら、彼のあとをぞろぞろついて回った。

「これがきっと一等賞だ」とヴォロージンが羨ましげに言った。

とはいえ彼も多くの人々同様、深くは考えず、ただ直情的に羨ましがっていたにすぎない。なぜなら、彼自身は仮装していなかった以上、なにを羨ましがる余地があろう。いっぽうマチーギンときたら、これは度外れたはしゃぎようだった。とりわけ徽章に感心したのである。彼は嬉しげに手を拍って高笑いし、知り合いであろうとなかろうと誰彼かまわず話しかけた。

「たいした諷刺です！　官僚どもときたらやたらと威張り返って、徽章をつけて制服を着こんじゃ喜んどるんです。こいつはそれを皮肉っとるわけで、いや、実にうまい」

あたりが蒸暑くなってくると、長上衣の官吏は風呂はたきを振り動かして叫んだ。

「いや結構な蒸風呂だ!」

周囲には嬉しげな高笑いが起こり、風呂桶には票が降り注いだ。

ペレドーノフは人ごみの中ではたはた翻っている風呂はたきを見ていた。彼にはそれがネドトゥイコムカのように思えた。

『悪党め、緑色に化けやがったな』彼はおそれに戦いてこう考えた。

## 三十

ようやく票の計算が始まった。クラブの世話役たちが審査委員会を構成した。委員会室のドアの前には人々が群れ集い、期待に息をこらしていた。クラブの中は暫時静まりかえり、白けきった。音楽はやみ、客たちは沈黙した。ペレドーノフは薄気味悪くなった。だがやがて群集の中から、話し声、待ちきれなげな囁き声といった騒音が立ち昇った。誰かが、賞は二つとも俳優が取るだろうと確信していた。

「いまに分かるわよ」という誰かの苛立った意地悪げな声が聞こえた。

多くの人々がそうなるだろうと思っていた。群集は不安に湧き立った。あまり票の集まらなかった連中はそのためにむしゃくしゃしていた。沢山集めた連中は、もしや不正が行なわれはしないかと気を揉んだ。

突如か細く神経質な鈴の音が鳴り渡り、委員会の面々、ヴェリガ、アヴィノヴィッキー、キリロフ、その他の世話役たちが姿を現わした。ざわめきが波のようにホールを渡り、はたとやんだ。アヴィノヴィッキーがホールの隅々までよく響く声で言った。

「男性最優秀仮装の賞品でありますアルバムは、得票の多数をもちまして、古代ゲルマン人の仮装に授与されます」

アヴィノヴィッキーはアルバムを高く掲げ、つめかけた客たちを腹立たしげに眺めた。大兵肥満のゲルマン人は群集を掻き分けて前へ出ようとした。人々は彼に敵意ある眼差しを注いだ。彼を通すまいとすらした。

「押さないでちょうだいったら！」青い衣裳にガラスの星をちりばめ、厚紙の月を額につけたもの淋しげな女が、泣きそうな声を張り上げた。かの『夜』であった。

「賞をとったもんだから、今じゃ女って女は自分の前にひれ伏さなくちゃならないみたいに思ってやがる」と人群れの中から誰かの声が聞こえた。

「あんたたちが道を塞《ふさ》いでるんでしょう」とゲルマン人は腹立ちを抑えた調子で言い返した。

ようやく彼は委員たちのところに辿り着き、ヴェリガの手からアルバムを受け取った。楽団がファンファーレを奏でた。だが音楽は荒々しい喧騒にかき消されてしまった。罵詈《ばり》がしきりと飛んだ。人々はゲルマン人を取り巻き、小突き、叫び立てた。

「仮面をとれ！」

ゲルマン人は黙っていた。人ごみを突破して行くことは彼にとって容易だったろうが、明らかに、腕力に訴えることを躊躇《ためら》っている様子だった。グダエフスキーがアルバムに手をかけた。それと同時に誰かが素早くゲルマン人の仮面を剝いだ。群集から怒鳴り声が飛んだ。

「俳優だ！」

推測どおり、それは俳優のベンガリスキーだった。彼は腹立たしげに大声で言った。

「そうとも、俳優さ。それがどうした！　あんたらが自分で選んだんじゃないか！」

これに応じて怨みがましい怒声が響いた。

「お手盛りじゃないのか」

「票を刷ったのはあんたたちだろう」

「人間より票のほうが多いのと違うか」

「やつは五十票ばかりポケットに入れてきやがった」

ベンガリスキーは顔を赤紫色にして叫んだ。

「卑劣なことを言うな。調べたけりゃ調べるがいい。入場者の数を確かめてみりゃ分かる」

その間にヴェリガは手近の人々に向かってこう呼びかけていた。

「皆さん、静かにして下さい。ごまかしがないことはわたしが保証します。票の数はちゃんと入場者数とつき合わせてあります」

世話役たちは少数の分別ある客たちの協力を得て、どうやら群集を宥《なだ》めおおせた。それに誰しも扇の行方を知りたがっていた。ヴェリガが発表した。

「皆さん、女性仮装最優秀賞の扇は、得票多数をもって、ゲイシャ姿の御婦人と決まりました。ゲイシャさん、どうかこちらへ。扇をお受けとり下さい。皆さん、ゲイシャさんに道を明けてやって下さいませんか」

楽団がもう一度ファンファーレを奏でた。仰天したゲイシャは急いで逃げ出そうとしたが、まわりから押され押されて、前へ突き出されてしまった。ヴェリガは愛想よい笑みを浮かべて扇を手渡した。恐怖と狼狽に曇ったサーシャの眼は、なにかけばけばしい色とりどりのものをちらと認めただけだった。お礼を言わなきゃいけない、と彼は思った。育ちのよい少年特有の身についた礼儀正しさが自然と現われた。ゲイシャは膝を屈め、何かもぐもぐ言うと、くすくす笑って指を拡げて見せた。ホールにはまたもや猛烈な喧騒が捲き起こり、口笛と罵詈が響いた。一同はわっとゲイシャめがけて押し寄せた。毛を逆立てた『麦穂』が猛り狂って叫んだ。

「頭《ず》が高いぞ、この阿魔！　頭が高い！」

ゲイシャはドアにとびついたが、人々はその退路を断った。ゲイシャのまわりで騒ぎ立つ群集の中から意地悪い叫びが上がった。

「仮面をとらせろ！」

「面をとれ！」

「つかまえろ。おさえてるんだ！」

「面を剥いじゃいなさいよ！」

「扇なんかとり上げちゃったら！」

麦穂が叫んだ。

「賞をとったの誰だか知ってる？　女優のカシターノワだよ。ひとの亭主を横取りしといて、賞までとろうってんだから！　堅気の女にやらないで、あんなすべたにやるなんて！」

そして彼女は金切声を上げ、干涸びた拳を握りしめ、ゲイシャめがけて襲いかかった。他の者たち――たいていは彼女のシュヴァリエたち――もそれに倣った。ゲイシャは死物狂いで攻撃を払いのけた。猛烈な攻防戦が始まった。折れた扇は手を放れ、床にたたきつけられ、踏みにじられた。ゲイシャをとりまく群集は、傍観者たちを蹴とばしながら、ホール中を気の狂ったようにのたうち回った。ルチロフ姉妹も、世話役たちも、ゲイシャに近づくことができなかった。ゲイシャは敏捷に、勇敢に戦い、悲鳴を上げてはひっ掻き、嚙みついた。仮面は左右どちらかの手でしっかりおさえていた。

「あんな連中みんなひっぱたいてやればいいのよ！」と腹を立てたどこかの御婦人がきんきん声で言った。

酔っ払ったグルーシナは他人の陰に隠れ、ヴォロージンその他の知人たちをけしかけていた。

「抓《つね》っちゃえ、抓っちゃえ、すべため！」と彼女は叫んだ。

マチーギンは血の滴る鼻を抑えて雑沓からとび出し、こうこぼした。

「げんこでまともに鼻殴りやがった」

猛り狂ったどこかの若い男がゲイシャの袖に嚙みつき、半ばまで引き裂いた。ゲイシャは叫んだ。

「助けて！」

他の連中はゲイシャの衣裳を破りにかかった。ところどころ体が露われた。ダーリヤとリュドミラは必死に人をつきのけてゲイシャに近づこうとしたが、無駄だった。ヴォロージンはあまり熱心にゲイシャを引っぱり、喚き立て、大袈裟に暴れ回るので、むしろ彼ほど酔っておらず、真面目に腹を立てている連中の邪魔になった。彼はこれが愉快な冗談にすぎぬと思いこんで、悪意ゆえではなく、ひとえに上機嫌からせっせと暴れていた。彼はゲイシャの衣裳から袖を丸ごと破り取ってしまい、それを頭に巻きつけた。

「こいつぁいいや！」と彼は甲高い声で言い、顰め面をしてみせ、高笑いした。

雑沓の中が窮屈になるとそこから抜け出し、広いところでいろいろ馬鹿げた真似をして見せ、扇の残骸の上で金切声を張り上げながら踊りだした。誰一人彼をとめようとはしなかった。ペレドーノフは怯え立ってこれを眺め、こう考えた。

『踊ってやがる。何か嬉しがってやがる。こうやって、おれの墓の上でも踊るんだろう』

ようやくゲイシャは身をふりほどいた。彼女をとりかこんでいた男たちは、彼女の素早い拳と鋭い歯をもちこたえられなかったのである。

ゲイシャはホールをとび出した。廊下で『麦穂』がまたもや日本女にとびかかり、その衣裳を摑んだ。ゲイシャは身を振りほどこうとしたが、すでにまた包囲されていた。再度の熾烈《しれつ》な攻防戦が始まった。

「耳をつまめ、耳を」と誰かが叫んだ。

どこかの若い御婦人がゲイシャの耳をつかみ、勝ち誇り大声で叫びながらそれを引っぱった。ゲイシャは金切声を上げ、意地悪な御婦人を拳で一撃し、どうやら身をもぎ放した。

とうとう、この間に着換えをすませ普段着姿になってきたベンガリスキーが、人群れをかき分けてゲイシャに近寄ると、慄えている日本女を抱きとり、その大きな体と両手で能《あた》う限り彼女を庇《かば》いながら、肘と脚で巧みに群集を突きのけ、素早く運び去った。群集から叫び声がとんだ。

「馬鹿野郎！　ろくでなし！」

背中を引っぱられ、小突かれたベンガリスキーは叫んだ。

「御婦人の面を剝ぐなんぞは許せん。あんたらのやろうとしてることは、わしゃ許せん」

こうして彼は廊下の端までゲイシャを運んで行った。廊下は食堂へ通ずる狭いドアで終わっていた。ここでヴェリガが首尾よく暫時群集をひき留めた。彼は軍人らしい断乎たる態度でドアを背にして立ち、こう言った。

「皆さん、これより先へは行けません」

グダエフスカヤが揉みくたになった麦穂の残りをがさいわせてヴェリガに食ってかかり、拳を振り回しながら金切声でがなり立てた。

「どきなさいよ。道をあけなさいったら」

だが将軍の厳めしい冷やかな顔つきと決然たる灰色の眼は、彼女に実力行使を思い止まらせた。彼女はやり場のない憤懣を夫にぶちまけた。

「なんでまたひっ摑まえて、横面張ってやらなかったのさ。ぼんやり突っ立てて。間抜け！」

「なかなか近寄れなかったんだ」と訳もなく腕を振りながら、アメリカ・インディアンは弁解した。

「パヴルーシカのやつが纏《まと》いつきおって」

「パヴルーシカの口に一発、あの女の耳に一発食らわせりゃよかったんだよ。遠慮するこたないじゃないか」とグダエフスカヤは喚いた。

群集はヴェリガに詰め寄った。口汚い罵りが飛んだ。ヴェリガは落ち着き払ってドアの前に立ちはだかり、乱暴をやめるよう手近な連中を諭していた。皿洗いの少年がヴェリガの背後のドアを細目に開けて囁いた。

「行きました、閣下」

ヴェリガはドアを離れた。群集は食堂に、次いで調理場に闖入《ちんにゅう》し、ゲイシャを探したがもはや見つからなかった。ベンガリスキーは走って食堂から調理場へとゲイシャを運び込んだ。彼女はおとなしく彼にかかえられたまま何も言わなかった。ベンガリスキーはゲイシャの心臓の激しい不整な鼓動を聞くような気がした。彼女の固く握りしめた裸の手に、彼はいくつかの掻き傷と、肘のあたりには打身の青痣《あざ》を認めた。ベンガリスキーは調理場に詰めかけていた召使たちに興奮に高ぶった声で言った。

「早く早く、外套か、長上衣か、敷布か、なんでもいい。奥さんを助けにゃならん」

誰かが外套をサーシャの肩に投げかけた。ベンガリスキーはいい加減に日本女の体をくるむと、煙るケロシン・ランプが辛うじて足許を照らしている狭い階段を伝って中庭へ、さらに木戸を抜けて小路へと彼女を運び出した。

「面をおとりなさい。面をかぶっていては目立ちます。ここならもう暗いから大丈夫です」と彼は至って辻褄の合わぬことを言った。「決して他言しませんから」

彼は好奇心に駆られた。彼にはこれがカシターノワでないことはよく分かっていた。だがそれなら誰だ？　日本女は言われたとおり面をとった。そこにベンガリスキーが見たのは見知らぬ浅黒い顔、危地を脱した喜びの表情が驚愕のそれにとって代わりつつある顔だった。活気ある、殆ど陽気とさえいえる眼差しが、俳優の顔を注視した。

「なんとお礼申し上げたらいいか！」とゲイシャはよく響く声で言った。「もしあなたが連れ出して下さらなかったら、どうなっていたことでしょう！」

『なかなかはきはきしてるな。面白い女だ！』と俳優は考えた。『それにしてもいったい誰だろう？この町のもんじゃないな』この町の女たちなら、ベンガリスキーは皆知っていた。彼はそっとサーシャに言った。

「一刻も早くお宅までお送りしなきゃなりません。住所をおっしゃい。辻馬車を拾います」

日本女の顔は再び恐怖に曇った。

「それはだめです、絶対にだめです！」と彼女はとり乱した。「ひとりで帰ります。ほっといて下さい」

「このぬかるみを、そんな木の履物でどうやって行こうっていうんですか。馬車に乗らなきゃだめです」俳優は断乎として言い返した。

「いえ、走って行きますから。お願いです。行かせて下さい」とゲイシャは懇願した。

「名誉にかけて誓います。誰にも言いやしません」とベンガリスキーは言い張った。「あなたをこのまま行かせるわけにはゆかない。風邪をひかれます。わたしはあなたに対して責任がある。このまま行かせるわけにはゆきません。早くおっしゃい。連中はここまであなたをぶちのめしに来るかもしれない。御覧のとおり、てんからの野蛮人です。何をするか分かったもんじゃありません」

ゲイシャは慄えだした。突然その眼から涙がはらはらとこぼれた。泣きじゃくりながら、彼女は言った。

「なんておそろしい、意地の悪い人たちだろう！　じゃあともかくルチロフの家へ連れてって下さい。あそこに泊まります」

ベンガリスキーは辻馬車を呼んだ。二人を乗せた馬車が走りだした。俳優はゲイシャの浅黒い顔をまじまじと見た。その顔は彼にはどこか奇妙に思えた。ゲイシャは顔をそむけた。朧気《おぼろげ》な予感がベンガリスキーの脳裏をかすめた。ルチロフ姉妹たちに関する町の風評、リュドミラと彼女のギムナジストに関する風評が記憶に蘇った。

「ははあ、じゃあ、君は——男の子か！」と彼は馭者に聞かれぬよう、囁き声で言った。

「お願いですから」恐怖に蒼ざめて、サーシャは懇願した。

そして彼はその浅黒い両手を、辛うじて身にまとった外套の下から、祈るように、ベンガリスキーの方へ伸ばした。ベンガリスキーは静かに笑い、やはり低い声で言った。

「もちろん誰にも言いやしない。心配しないでいい。わたしの仕事は君を家へ送り届けること、それ以上のことは何も知らん。それにしても君は向こう見ずだな。家の人に知られやせんか？」

「あなたさえ黙っていて下されば、誰にも知られません」と哀願をこめた甘え声でサーシャは言った。

「その点は安心してよろしい。これほど口の堅い人間はいない。わたしも腕白だった。随分馬鹿な真似もしたもんだ」

クラブでのスキャンダルはようやく鎮まりかかったが、この宵は新たな災禍をもって幕を閉じることとなった。人々が廊下にゲイシャを追いつめている間、焔のようなネドトゥイコムカがシャンデリヤの枝から枝へ跳び回り、笑い声を上げては執拗にこう焚きつけるのだった。マッチを擦って、この炎と燃え立つ、しかも飛び回らないネドトゥイコムカを、くすんだ薄汚い壁に放してやらねばならぬ。そうすれば、かくもおそろしい不可解なことの行なわれているこの建物を焼きつくすことにより、破壊の喜びを満喫したネドトゥイコムカは、以後ペレドーノフをそっとしといてくれることだろう。そしてペレドーノフはこのしつこい暗示に抗いきれなかった。彼はホールの隣りにある小さな部屋へ入った。そこには誰もいなかった。ペレドーノフはあたりを見回し、マッチを擦ると、窓掛の下部、床と接するあたりに持ってゆき、窓掛が炎に包まれるのを待った。炎と燃え立つネドトゥイコムカは、低い嬉しそうな金切声を上げながら、すばしこい小蛇のように窓掛の上を這い回った。ペレドーノフは部屋を出て、背後にドアを閉めた。誰一人放火に気づかなかった。

往来から火事を発見した時には、部屋中はもう火の海だった。火はあっという間に拡がった。人々は逃げおおせたが、建物は全焼した。

翌日町中は昨夜のゲイシャ騒ぎと火事の話でもち切りだった。ベンガリスキーは約束どおり、ゲイシャに扮していたのが少年であることは、誰にも言わなかった。

サーシャはその夜のうちにルチロフ家で着換えをすませ、元どおりただの素足の少年になって家へ駆け戻ると、窓から忍びこみ、何事もなく寝についた。口さがない人々のひしめくこの町、住人のひとりひとりが他のひとりひとりのことを知っているこの町で、サーシャの夜の冒険はかくして長いこと露われずにすんだのである。もちろん、永久に、ではない。

## 三十一

サーシャの伯母にして育て親であるエカチェリーナ・イワーノヴナ・プイリニコワは、サーシャに関する手紙を続けざまに二通受け取った。一通は校長から、もう一通はココフキナから。これらの手紙は彼女を極度の不安に陥れた。彼女は田舎でのあらゆる用事をうち捨てて、秋のぬかるみの中を、大急ぎでわれらが町にやって来た。サーシャは大喜びで伯母を迎えた。彼女を愛していたのである。伯母はサーシャに会ったら雷を落とすつもりだったが、彼があんまり嬉しげに彼女の首にとびつき、彼女の手を接吻で覆ったので、瞬間、厳しい調子を見失った。

「伯母さん、わざわざ来て下すって有難う!」とサーシャは言い、善良そうなえくぼと、実務家らしい厳格な茶色い眼を併せ持つ、丸々太った色艶のいい伯母の顔を喜ばしげに眺めた。

「喜ぶのは早いよ。これからたっぷり小言を言うんだから」と伯母はどっちつかずの調子で言った。

「そんなこと平気さ」とサーシャは屈託なげに言った。「なんかあったら叱ってよ。とにかく来て下すって、ぼくおっそろしく嬉しい」

「おっそろしくですって？」と伯母は御機嫌ななめな声で問い返した。「あたしゃおまえのことで、おそろしいことを知らされたんだよ」

サーシャは眉を上げ、なんのことか分からないといった無邪気な眼で伯母を見た。彼はこうこぼした。

「そりゃあ、ある先生が、ペレドーノフっていうんだけど、ぼくが女の子だって言いだして、難癖をつけたんです。それから校長先生に、ルチロフのお嬢さんたちとお付き合いしてるってんでひどく叱られたけど。まるでぼくが泥棒でもしてるみたい。いったい、あの人たちに何の関係があるっていうんだろう」

『以前と少しも変わらないねんねだわ』伯母はそう考えてまごついた。『それとももう、外面を偽るほどに堕落してしまったのかしら？』

彼女はココフキナと一室に籠《こも》って長いこと話し合った。出てきた時、彼女は悲しげだった。それから校長を訪ね、すっかり取り乱して帰ってくると、サーシャの上に山のような非難叱責を雪崩《なだ》れ落とした。サーシャは泣きながらも、それはみんな嘘っぱちだ、お嬢さんたちと不躾《ぶしつ》けな真似をしたことなぞ一度もないと、熱心に言い張った。伯母は信じようとせず、散々罵った挙句泣きだして、サーシャを笞で打つと嚇《おど》した。今日にも、今すぐにでも、びしびし打ちすえてやる。ただその前に先ず、例の阿魔っ子たちに会っておこう。サーシャは咽《むせ》び泣きながら、相変わらず、ほんとうに悪いことなんか何もしなかった、これはみな甚しい誇張であり、でっち上げだと言い張った。

激昂し泣き濡れた伯母は、ルチロフ家へ出かけて行った。

ルチロフ家の客間で待つエカチェリーナ・イワーノヴナの胸の内は、穏かではなかった。彼女は姉妹たちにのっけから最大級の非難を浴びせてやるつもりで、悪意と恨みを盛り込んだ文句はすっかり用意ができていたのだが——しかるに、穏かで美しい客間のたたずまいは、彼女の意志とは関係なく、その心を落ち着いた思いで満たし、その忌々しさを和げた。やりかけの刺繡、何気なく置かれたこまごました飾り、壁にかけた版画、丹精こもった窓辺の植木、どこを見てもちりひとつ落ちていない上に、そこには何かしら一種独特の家庭的雰囲気ともいうべきもの、きちんとした家庭でなければ見られないなにものか、主婦たちがいつでも高く評価するなにものかがあった。こうした環境で、彼女の慎ましやかな少年が、この部屋のあるじたる思いやり深い少女たちから何らかの誘惑を受けたなどとは、いったいありうることだろうか。エカチェリーナ・イワーノヴナには、彼女がサーシャのことで読んだり聴いたりした憶測のあれこれが、何かしらおそろしく馬鹿げたものに思えてくればくるほど、逆に、ルチロフのお嬢さんたちと何をしていたかについてのサーシャの説明がほんとうらしく見えてくるのだった。本を読み、お喋りをし、冗談を言っては笑い、ゲームをし、家庭スペクタクルを演ずるつもりだった。もっとも、これはオリガ・ワシーリエヴナが許さなかったが。

いっぽう三姉妹はすこぶる怖気《おじけ》をふるった。サーシャの仮装の件がまだ知られずにいるのかどうか、分からなかった。しかし彼女たちは三人だったし、その団結は固かった。これが彼女たちに実際以上の度胸をつけた。三人はリュドミラの部屋に集まり、ひそひそ協議した。ワレリヤが言った。

「とにかく顔を出さなきゃ。失礼よ、待たせとくのは」

「かまわないわよ。少し頭を冷やしてやるの」とダーリヤが無頓着な調子で言い返した。「さもないことには、えらい剣幕で突っかかってくるわよ」

三人は揃って甘いしっとりしたクレマチットの香水をふりかけ、いつもと変わらずもの静かに、快活に、愛らしく着飾って、客間へ出て行った。客間は彼女たちの可愛らしくも愛想よい、陽気な囀《さえず》りに満たされた。エカチェリーナ・イワーノヴナははなから彼女らの可憐で上品な様子に魅了された。これがふしだら女だなんて！　ギムナジウム教師たちの評言を彼女は苦々しく思ったが、次の瞬間、彼女たちはことによったら猫を被っているのかもしれないと思い直し、少女たちの魅力に負けまいと心に誓った。

「御免あそばせ。わたくし真面目にお話申し上げねばならぬことがありまして、うかがいましたの」

と彼女は、自分の声に事務的な素っ気なさをこめようと努めながら、言った。

姉妹たちは彼女に椅子をすすめ、賑やかに喋りだした。

「あなた方のうち、どなたが？……」とエカチェリーナ・イワーノヴナは躊躇いながら尋ねた。

リュドミラは快活に、あたかも慇懃な女あるじが客を窮地から救い出すような調子で言った。

「甥御さんといちばん近しくしていただいてるのはあたくしですの。趣味の上でも、考え方の上でも、随分共通点がございます」

「可愛らしいお子さんですわ、甥御さんて」とダーリヤが、自分の讃辞は客を喜ばすに違いないと確信するもののように言った。

「ほんとに、可愛らしくって、面白くって」とリュドミラが言った。

エカチェリーナ・イワーノヴナはますます居心地が悪くなった。彼女は思いがけなくも、自分が非難を口にすべき何らこれといった根拠も持ち合わせていないことを知った。彼女はこのことですでにむしやくしゃしていたが、リュドミラの最後の言葉が彼女に怨みつらみを口にする機会を与えた。

「あなたにとっては面白いですむでしょうが、あの子にとっては……」

しかしダーリヤが彼女を遮り、思いやりこもる声で言った。

「ああ、分かりましたわ。ペレドーノフの例の馬鹿げた作り話がお耳に入りましたのね。だけど彼が正真正銘の気狂いだってことは御存知でしょう？　校長は彼にギムナジウムへ足踏みさせませんの。あとは精神病医が健康診断に来さえすれば、ギムナジウムからお払い箱になるんですわ」

「ごめんなさい」と今度はだんだん苛立ってきたエカチェリーナ・イワノーヴナが遮った。「わたしが申し上げてるのは、その教師のことではなく、わたしの甥のことです。わたしが耳にしたところによると、あなた方は、失礼ですが、あの子に淫らなことを教えておられると」

姉妹たちに向かって腹立ちまぎれにこの決定的な言葉を投げつけたものの、エカチェリーナ・イワーノヴナはすぐにあんまり突っ走りすぎたなと思った。姉妹たちが当惑と憤慨の表情で顔を見合わせた様子ときたらそれは巧みであったから、エカチェリーナ・イワーノヴナならずとも一杯食ったことであろう。三人は顔を赤くして一勢にこう叫んだ。

「まあすごい！」

「ひどいこと！」

「あきれたわ！」

「奥様」とダーリヤが冷ややかに言った。「言い方というものを全然お選びになりませんのね。乱暴な言葉を口になさる時は、それがどれほど当を得ているか、よくよくお考えになるべきですわ」

「もちろんお気持はよく分かりますわ！」とリュドミラが、辱しめを受けたが、すでにその辱しめを許した可憐な少女の面持で、すかさず口を切った。「なんと言っても身内でいらっしゃいますもの。こうした下らない噂を気になさらないようにと申し上げても、それは無理というものでございましょう。わたくしども、はたから見ておりましても、甥御さんのことをお気の毒に存じましたものですから、何かと労《いたわ》ってさし上げましたの。ところがこの町じゃ今やどんなことからでも犯罪を作り上げてしまいます。これがどれほどおそろしい人たちか、奥様にはとてもお分かりになりませんわ」

「おそろしい人たち！」ワレリヤはよく響くか弱い声で静かにこう言うと、何か不浄なものに触れたかのようにぶるっと全身を震わせた。

「奥様御自身で甥御さんにお尋ね下さいまし」とダーリヤが言った。「甥御さんを御覧になればお分かりでしょう。まだ全くの子供でらっしゃいますわ。奥様は甥御さんの無邪気さに馴れっこになっておいでかもしれませんけど、はたから見ますと、それこそ雪のように一点の汚れもないお子さんだってことは、いっそうよく分かりますもの」

姉妹たちの嘘つきぶりはいかにも落ち着き払い、確信ありげだったので、彼女たちの言うことを信じないわけにはゆかなかった。そもそも虚偽とはしばしば真実よりもほんとらしく見えるものである。いや、殆ど常にそうだと言ってよい。真実はもちろん、ほんとらしくは見えない。

「たしかに、甥御さんがあんまりたびたびうちへいらしたことは事実ですわ」とダーリヤが言った。

「ですけれど、もしも奥様がお望みなら、今後一切敷居をまたがせないようにいたしますわ」

「わたくし今日すぐにでもフリパーチに会いに参ります」とリュドミラが言った。「いったい校長先生はどういうおつもりなんでしょう。まさか御自分ではこんな馬鹿げたことを信じてはおられますまい」

「そう、校長さん御自身は信じとられないようです」とエカチェリーナ・イワーノヴナは認めた。「だいろいろ悪い噂が広まってるとおっしゃっただけで」

「そらごらんなさいまし！」とリュドミラは嬉しげに大きな声を出した。「校長さんだって、もちろん、御自分では信じちゃおられませんわ。それなのにこの騒ぎはいったいどういうわけでしょう」

リュドミラの快活な声はエカチェリーナ・イワーノヴナを魅了した。彼女は考えた。

『ほんとうのところ、たしかに、いったい何があったというんだろう？　校長先生も、こんなことは何ひとつ信じてはいないとおっしゃってるのに』

姉妹たちはなおも長いこと囀り、自分たちとサーシャとの付き合いにはこれっぽっちも疚《やま》しいところはないのだと、エカチェリーナ・イワーノヴナに説いて聞かせた。いっそう納得のいくようにと、彼女たちは自分らがサーシャといつ、何をしたか、細大洩らさず物語りにかかったが、この数え上げはじきに行き詰まってしまった。どれもあまりに罪のない、ありふれた事柄だったので、憶えておくなど到底無理な話だったのである。結局エカチェリーナ・イワーノヴナは、彼女の可愛いサーシャとルチロフ家の可憐なお嬢さん方が愚劣な中傷の無辜《むこ》の犠牲にすぎなかったのだとすっかり信じきってしまった。

別れを告げる際、エカチェリーナ・イワーノヴナは姉妹たちと優しく接吻を交わして言った。

「あなた方は愛らしい、率直な娘さんですわ。はじめわたしはまた、あなた方のことを、言い方が過ぎたら御免なさい、いけ図々しい女のように思ってましたわ」

姉妹たちは明るく笑った。リュドミラは言った。

「いいえ、あたくしたちただ陽気なだけですわ。それと、歯に衣《きぬ》きせずにものを言うおかげで、この土地のひねくれた連中の間には、あたしたちを快く思わない者がおりますの」

ルチロフ家から戻った伯母は、サーシャには何も言わなかった。彼の方は怯え立ち、どぎまぎして伯母を迎え、彼女の方を用心深く、しげしげと見た。伯母はココフキナの部屋へ通り、長いこと話し会ったのち、結局こう心に決めた。

『もう一度校長に会いに行こう』

その日のうちにリュドミラはフリパーチのところへ出掛けて行った。客間で暫くワルワーラ・ニコラエヴナと相対した後、彼女は用事があってニコライ・ワシーリエヴィチにお目にかかりに来たのだと告げた。

活発な会話がフリパーチの書斎に巻き起こった。二人の対話者が互いに言うべき多くを有していたからというよりは、むしろ二人がお喋りを好んだがゆえにほかならない。二人は各々淀《よど》みない能弁を相手に浴びせかけた。フリパーチのはぶっきらぼうなくせに大袈裟な早口、リュドミラのはよくとおる優しいせせらぎだった。サーシャ・プイリニコフとの関係をめぐる彼女の半ば嘘を織り混ぜた物語が、虚偽独特の反論の余地ない説得力をもって、流れるようにフリパーチの上に注がれた。彼女をかく行動せしめた主たる動機は、もちろん、あんな下品な嫌疑によって辱しめられた少年への同情、サーシャにとっては欠けている家族代わりになってやりたいという希《ねが》いだったのだ。それに、なんと言っても、彼はあんなにもすばらしい、快活な、あどけない少年ではないか。はてはリュドミラは泣いて見せさえした。小さな素早い涙の玉が、驚くべき美しさで彼女のバラ色の頬を伝い、はにかんだ微笑に歪む唇へ転がり落ちた。

「あたくしが彼を弟のように愛したことは、ほんとうですわ。気立てのいい、立派な子でございますもの。愛撫に飢えていて、よくあたしの手に接吻いたしました」

「それはもちろん彼にとって、またとないお心づくしで」とフリパーチはいささか当惑して言った。「あなたのご立派なお心ばえには感服いたします。ただ、たまたま耳にした風説についてあの子の保護者に通知することを、わたしが自らの義務と見做したということの単純な事実、これをあなたは徒《いたず》らに甚しく重大視していらっしゃる」

リュドミラは彼の言うことには耳傾けず、今度は穏かな非難の調子に移って囀り続けた。

「あの子の肩をもつことに、いったいなんの不都合があるというんでしょう。どうかおっしゃって下さいまし。おたくのあの乱暴な、気の狂ったペレドーノフがあの子に襲いかかっているんじゃございませんか。この町はいったいいつあの男を厄介払いできますんでしょう！　だって考えてもごらんなさいまし、プイリニコフときたら、まだ全くの子供でございます。全くの子供でございますわ！」

小さな美しい手を拍ち合わせて金の腕輪をかちりと鳴らし、まるで泣きだすかのように優しく笑いながら、彼女は涙を拭うためのハンケチを取り出し、優雅な芳香をフリパーチに吹きかけた。フリパーチは不意に彼女が「天使のように魅力的」で、この遺憾な椿事のごときは「彼女の貴い悲しみの一瞬にも価しない」と言ってやりたくなった。しかし彼は我慢した。

優しく淀みないリュドミラのせせらぎは果てしもなく続き、ペレドーノフの嘘が築き上げた幻の楼閣を煙と吹き流してしまった。気の狂った野卑で不潔なペレドーノフと、着飾って香水の匂いをまき散らす、明るく晴れ晴れしたリュドミーロチカ――両者を比べてみるだけでも十分である。リュドミラが全くの真実を述べているのか、それとも嘘を混ぜているのか、これはフリパーチにとってどうでもよかった。ただ彼は、リュドミラの言うことを信じないでこれとやり合い、例えばプイリニコフの懲戒処分といった何らかの措置を結果させることとなったら、これは藪をつついて蛇を出すようなもので、全教育区に恥を曝《さら》すことになると考えた。まして、必ずや精神異常と診断を下されるに違いないペレドーノフの問題がからんでいるだけに、なおさらである。そこでフリパーチは慇懃にほほえみながら、こうリュドミラに言った。

「この問題があなたにこれほどの御心痛を強いたことは、遺憾千万に存じます。あなたとプイリニコフのお付き合いのことを悪く考えるなど、いかなる意味合いにおいてであろうと、わたしは一度もいたしたことはございません。わたしはあなたをしてかく振る舞わしめた気高くも優しいお心ばえを極めて高く評価するものでして、巷間に行なわれ、はてはわたしの耳にまで達した風評のごときは、これを愚かにも気狂いじみた中傷以上のものではないと終始見做し、心から憤慨しとったわけであります。プイリニコワ夫人に通知いたすのを義務と考えましたのも、夫人が風評をいっそう歪められた形で耳にされるかも知れなかったからで、あなたに御迷惑をおかけするつもりは毛頭なく、またプイリニコワ夫人があなたを非難されるようなこともないと存じます」

「そりゃ、プイリニコワの奥様とのことは、すっかり丸く納まりましてございます」とリュドミラは快活に言った。「この上は、どうかわたくしどものことでサーシャをお叱りにならないで下さいまし。もしもわたくしどもの家がギムナジウムの生徒たちにとってそんなにも危険なものでございますなら、もう二度と彼をうちへは来させなくてもよろしうございます」

「あなたの彼に対するお心ざしは見上げたものです」とフリパーチは曖昧な調子で言った。「彼がひまな時伯母さんの許可を得て知人たちを訪問することに、われわれとしては何ら反対する理由はありません。われわれは生徒たちの部屋を何らかの監禁場所と化せしめるつもりは毛頭ないのです。とはいえ、ペレドーノフの件が片付くまでは、プイリニコフは家にじっとしとった方がよろしいでしょうな」

ルチロフ姉妹たちとサーシャの言い張った嘘は、やがてペレドーノフ家におけるおそろしい出来事によっていっそうほんとらしい様相を呈するに至った。この出来事は町の人々に、サーシャとルチロフの娘たちをめぐるいっさいのゴシップが狂人の譫言《うわごと》にすぎないことを、最終的に納得させたのである。

# 三十二

うっとうしく寒い日だった。ヴォロージンを訪ねた帰り道、ペレドーノフは憂いに苛まれていた。ヴェルシーナが彼を庭に誘い込んだ。彼は再度彼女の呪術のような招きに屈した。一面に散り敷いた黒い枯葉の腐ってゆく湿った小道を、二人はものうい湿気の臭いが立ちこめる四阿《あずまや》へ通った。裸の木々の間に、窓を閉ざした母屋の建物が見えた。

「あなたにほんとうのことを教えてさし上げようと思って」とヴェルシーナは、素早くペレドーノフの顔を覗いてはまた黒い眼を脇へ外らしながら、呟くように言った。

彼女は黒い短上衣にくるまり、黒いプラトークを結び、寒さで青くなった唇に黒いシガレットホルダーを挟み、黒く濃い煙の渦を吐いていた。

「あんたの言うほんとのことなんて、くそくらえだ。わたしの知ったこっちゃない」

ヴェルシーナは苦笑して言い返した。

「あらそうかしら? あたくしあなたがお気の毒でたまらないんだけど。あなたぺてんにかかったのよ」

彼女の声には意地悪い喜びが響き、その舌は悪意にまみれた言葉を撒きちらした。彼女は言った。

「あなた縁故を当てにしとられたけど、ただ言われたことをあんまり軽々しく信じておしまいになったわね。あなたを騙しにかかったところが、てもなくひっかかってしまわれて。手紙なんてものは、誰にだって簡単に書けるもんなのよ。あなた御自分が誰を相手どってらっしゃるのか、承知しとかれるべきだったわ。あなたの奥さんときたら、その気になったらなんでもやりかねない人でしょう」

ペレドーノフにはヴェルシーナの呟くような話ぶりがなかなか理解できなかった。彼女の遠回しな表現をとおして、その意味するところが朧気に立ち現われてくるばかりだった。ヴェルシーナは高い声ではっきり言うのをおそれていた。誰かが聞きつけてワルワーラに言ったら、面倒なことになりかねない。

ワルワーラなら平気でひと騒ぎもち上げることだろう。はっきり言ったらペレドーノフ自身腹を立て、あるいは殴りつけてくるかもしれない。こちらのほのめかしを彼がうまく察してくれればいいんだけど。しかしペレドーノフは察しなかった。以前にも、彼が一杯食ったのだと、面と向かって言われたことはあったが、手紙が偽物であったとはどうしても思い至らず、公爵夫人自身彼を欺いているのだ、彼をばかにしているのだとばかり思っていた。

とうとうヴェルシーナは単刀直入に言った。

「あの手紙を公爵夫人が書いたとお思いになって？　あの手紙はグルーシナがあなたの奥さんに頼まれて書いたんだってことは今じゃ町中が知ってますよ。公爵夫人は何ひとつ知りやしません。誰におききになったって、知らない人なぞいやしませんよ。みんなそう言ってるんですから。そのあとでワルワーラ・ドミトリエヴナはあなたの手許から手紙を盗み出して、証拠が残らないように焼いたんですわ」

重苦しい模糊《もこ》たる思いがペレドーノフの脳裏に渦巻いていた。彼に理解しえたのは、自分が一杯食ったということだけだった。それにしても、公爵夫人は何も知らないだと？　いや、あの女は知ってる。現に彼女は炎の中から生きたまま立ち現われてきたではないか。

「あんた公爵夫人のことじゃ嘘をついてるな。わたしは夫人を焼き殺そうとしたが、うまくゆかなかったんだ。唾を吐いて火を消しやがった」

突然狂暴な怒りがペレドーノフを捉えた。一杯食った！　彼は荒々しく拳でテーブルを叩くと、椅子から跳び上がり、ヴェルシーナに別れも告げず、大急ぎで家へ帰って行った。ヴェルシーナは嬉しげにそのうしろ姿を見送った。煙の黒雲は彼女の黒い口からもくもく流れ出ては風に漂い、吹き千切られていった。

ペレドーノフは怒りに身を焼き尽くさんばかりだったが、ワルワーラを一目見るや耐え難い恐怖に捉えられ、なにひとつ言えなくなってしまった。

翌日ペレドーノフは朝から革の鞘に入った小型の園芸用ナイフを用意し、後生大事にポケットに入れて持ち歩いていた。午前中ずっと、早目な昼食までの時間を彼はヴォロージンのところに坐りこんで過ごし、その仕事ぶりを眺めては愚にもつかぬ意見を挟んだ。ヴォロージンはペレドーノフが自分と付き合ってくれるのをいつもと変わらず喜び、ペレドーノフの譫言を面白がった。

ネドトゥイコムカが終日ペレドーノフのまわりをはね回り、昼食後も一眠りさせず、とことんまで彼を苦しめた。すでに夕方近く、ようやくうとうとしかけたところへ、気の狂った百姓女がどこからともなく不意に現われて彼を呼び覚まし、団子鼻の、二目と見られない恰好でベッドに近づくと、こう呟いた。

「クワスをしこんで、ピローグを包んで、焼肉を焼いて」

彼女の両頬は薄黝《ぐろ》く、歯はきらきら輝いていた。

「消えて失せろ!」とペレドーノフは叫んだ。

団子鼻の百姓女は、あたかもはじめから存在しなかったかのように、姿を消した。

日が暮れた。風が煙突の中で気の滅入るような唸り声を立て、のろい静かな雨が執拗に窓を叩き、窓の外は真っ暗闇だった。ペレドーノフの家にはヴォロージンが来ていた。ペレドーノフは朝彼を茶に呼んでおいたのである。

「誰も入れるんじゃないぞ。分かったか、クラヴジューシカ?」とペレドーノフは怒鳴った。

ワルワーラはにやにや笑った。ペレドーノフがぶつぶつ言った。

「どっかの百姓女どもがここらをうろついてやがる。用心せにゃいかん。ひとり寝室まで入って来て、料理女に雇えって言いやがった。団子鼻の料理女なんて真っ平だ」

ヴォロージンは羊の鳴くような笑い声を立てて言った。

「百姓女たちには通りを往来してもらうことにしましょう。われわれには何の関係もありませんよ。いわんやテーブルにつかせるわけにゃいきませんね」

三人はテーブルにつき、ウォッカを飲んでピロシキをつまんだ。食べるよりも飲んだ。ペレドーノフは憂鬱だった。すでに全ては彼にとって夢の中のように無意味で、支離滅裂で、突っ拍子もないものと化していた。頭は割れそうに痛んだ。ひとつの観念、敵のヴォロージンという観念が繰り返し執拗に立ち戻って来ては、やはりしつこく突き上げてくる重苦しい思いと代わり合うのだった。すなわち、手遅れにならぬうちパヴルーシカを殺さねばならぬという思いである。その時敵の悪知恵は白日の下に曝《さら》け出されるであろう。いっぽうヴォロージンはじきに酔っ払ってしまい、何かとりとめのないことを喋ってはワルワーラを笑わせていた。

ペレドーノフは胸騒ぎがした。彼は呟くように言った。

「誰か来る。誰も入れるなよ。おれはお祈りに行って留守だと言え。ゴキブリ修道院へ行ったってな」

彼は来客に邪魔されることをおそれた。ヴォロージンとワルワーラは可笑《おか》しがり、彼が酔っ払っているのだと思った。二人は眼で合図を交わすと一人ずつ部屋を出て行き、ドアを叩きながら、いろいろな作り声で言った。

「ペレドーノフ将軍は御在宅ですか?」

「ペレドーノフ将軍に星形最高勲章」

だが星形勲章もこの日はペレドーノフの気を惹かなかった。彼は叫んだ。

「入れるな!　追い出しちまえ。朝のうちに持って来させろ。こんな時間にゃだめだ」

『いや、今日こそ頑張らなきゃいかん。今日こそ全ては明らかになるのだ。とはいえさしあたって敵どもはおれを滅ぼそうと、ありとあらゆる手を使うに違いない』

「やれやれ、連中を追い返して、明日の朝来るように言っときましたよ」とヴォロージンは言い、再びテーブルについた。

ペレドーノフは彼にどんより濁った眼をすえて尋ねた。

「おまえはおれの友だちか、それとも敵か?」

「友だちです、友だちです、アルダーシャ!」とヴォロージンが答えた。

「友だちは心から、ごきぶりはふところから」とワルワーラが言った。

「ごきぶりじゃない。羊だ」とペレドーノフが訂正した。「じゃあパヴルーシカ、おれとおまえで飲もう。二人きりでな。おまえも、ワルワーラ、飲め。二人で飲もう」

ヴォロージンはくすくす笑って言った。

「もしワルワーラ・ドミトリエヴナも一緒にやられるんなら、そりゃそう二人きりじゃなくて三人きりってことになりますよ」

「二人きりさ」とペレドーノフが不機嫌に繰り返した。

「夫婦は一体、同じ穴のむじなって言うわよ」とワルワーラが言い、大声で笑った。

ヴォロージンは最後の瞬間まで、ペレドーノフが彼の喉をかっ切ろうとしていることに気づかなかった。彼はめえめえ鳴き、馬鹿な真似をし、馬鹿なことを言っては、ワルワーラを笑わせた。ペレドーノフはその晩片時もナイフのことを忘れなかった。ヴォロージンかワルワーラがペレドーノフの体のナイフを隠した側に近づくと、彼は青筋立てて、下れ、と叫んだ。時々ポケットを指してこう言った。

「おれはな、パヴルーシカ、ここにおまえをがあがあ鳴かせるようなものを持ってんだぜ、え、きょうだい」

ワルワーラとヴォロージンは笑った。

「があがあ鳴くぐらい、アルダーシャ、ぼくはいつだってできますよ。があ、があ。簡単ですよ」

ウォッカのせいで赤くなり、眼のとろんとしたヴォロージンは、があがあ鳴いて唇を突き出してみせた。彼はペレドーノフに対してますます遠慮がなくなっていった。

「アルダーシャ、あんたは一杯食ったんですよ」と彼は蔑むような同情をこめて言った。

「おれはおまえを一杯食わせてやる！」とペレドーノフは唸りだした。

彼にはヴォロージンがおそろしい脅威を孕んでいるように思え、身を守らねばならなかった。ペレドーノフは素早くナイフを摑むとヴォロージンにおどりかかり、その喉を掻き切った。血がどっと迸《ほとばし》った。

ペレドーノフは茫然とした。ナイフが手から落ちた。ヴォロージンは相変わらずめえめえ鳴きながら、両手で喉を摑もうとしていた。彼は死ぬほど仰天し、弱りはて、両手を喉へ持ってゆくこともできないらしかったが、突然魂が抜けたようになって、ペレドーノフの上に倒れかかった。咽《むせ》ぶような軋音が切れ切れに響いてやんだ。今度は怯え立ったペレドーノフが悲鳴を上げた。次いでワルワーラも。

ペレドーノフはヴォロージンを突き放した。ヴォロージンはどさりと床に崩れ落ち、喉をぜいぜい鳴らし、脚を動かし、やがて死んだ。見開いたままの眼はガラス玉のようにぽっかり虚空に注がれていた。猫が隣りの部屋から出てくると、血の臭いを嗅いでみて、意地悪げに鳴いた。ワルワーラは化石したように立ちつくしていた。物音を聞いてクラヴジヤが駆けつけた。

「あれまあ、喉切られちまった!」と彼女は泣きわめいた。

ワルワーラは我に返り、クラヴジヤと一緒に金切声を立てて食堂から駆け出して行った。

事件の知らせはすぐに広まった。隣人たちが通りに、中庭に集まって来た。もう少し勇敢な者たちは家の中まで入って来た。食堂に足を踏み入れようとする者はなかなかいなかった。人々は中を覗きこんでは囁き交わしていた。ペレドーノフは狂気の眼差しで人だかりを眺め、ドアの背後の囁きに耳傾けていた……けだるく無気力な悲しみが彼を苛んだ。頭の中は空っぽだった。

とうとう人々は意を決して食堂に入った。ペレドーノフは悄然と腰を下したまま、何か意味のないことをとりとめもなく呟いていた。

(一九〇二年六月十九日)

# 訳者あとがき

「……出身からしても、仕事の上でも、わたくしは労働大衆の一員であります。仕立屋と洗濯女の息子として生まれ、二十五歳にして小学校の教員を勤め、二十巻の作品を書き、なお著作集に収めてないそれに劣らぬ量の作品があります……わたくしは政治に携わるつもりはありません。政治とはあまりに責任重大にして、こみ入った仕事であると考えておりますから。わたくしはかつていかなる政党にも所属したことはありません……」

一九二一年五月、ソログープのレーニン宛て手紙の一節である（ソ連邦学術アカデミー、ロシヤ文学研究所所蔵文書。オレスト・ツェフノヴィツェルの解説より）。この頃ソログープはソヴェート政府を相手に国外亡命の許可を得ようと奔走していたらしい。彼が自らの非政治性と「プロレタリア階級出身」たることを強調しているのはそのためである。革命前彼がジャーナリズムから伝記を徴せられる度に、「伝記なんぞ不必要でしょう。伝記なんぞというものは、作品が十分に知られ、批評が十分に行なわれてからでよいものです」という意味のことを終始繰り返していたことを思えば、彼が進んで自己の経歴を口にし、これを自らの政治的に無害たることの裏付たらしめんとしているさまは、ほとんど痛々しい。

フョードル・ソログープ（本名フョードル・クズミッチ・テテールニコフ）は一八六三年ペテルブルクに生まれた。メレシコフスキーよりも三年、バリモントより四年、ブリューソフよりは十年年長である。父親は仕立屋でソログープがまだ幼い時亡くなり、母親は住込みの女中をして子供を育てた。住み込んだ家の主人というのがたまたま理解のある人で、その好意により少年は早くから文化的環境に接することができ、師範学校を終え、教師の免状を取ることもできた。十九歳の時すでに教壇に立ったと言われる。はじめは地方で教えていたが、一八九九年小学校の視学官として首都に住むようになった。一八八四年から詩を発表しており、最初の短篇集『影』は一八九六年に出ている。この間一部具眼の士たちからその特異な才能を注目されつつも、広く世に知られるには至らなかった。彼の名を一挙に高からしめたのは、その第二長篇『小悪魔』で、これが世に出た一九〇七年には教職を退き、以後文筆活動に専念、ロシヤ・デカダン派の領袖と目されつつ、孤高の芸術至上主義的な立場を守り続けた。一九一四年ペテルブルクで出た著作集（シーリン出版社）二十巻は、詩集五冊、短篇集七冊（うち一冊は評論を含む）、戯曲集一冊、長篇『重苦しい夢』、『小悪魔』、『毒よりも甘し』（二巻）、『創造伝説』（三巻）から成る。しかしながら第一次世界大戦に際してはレオニード・アンドレーエフの招きに応じて新聞『ロシヤの意志』に協力するなど国粋主義的な言動があり、十月革命に対しては、これを賤民の文化破壊活動と見做《みな》すなど敵対的であったため、ボリシェヴィキ政府のおおぼえ目出たからず、革命後は国外亡命の許可を得ることもできぬまま、所謂《いわゆる》国内亡命者として困窮のうちに寂しい晩年を送った。

散文作品では『小悪魔』が有名であるが、たとえこれがなくとも、ソログープはロシヤ・デカダン派の詩人として揺るぎない地位を占める。チュコフスキーは、ソログープほどむらの多い作家をかつて知らないと言っているが、しかしその抒情詩と短篇のうちのいくつかは末長く残るに違いない。

作者の序文にもあるとおり、この小説は一八九二年から一九〇二年にかけて執筆され、一九〇五年雑誌『生活の諸問題』に連載されたが、この時はとりたてて評判にもならなかった。それが一九〇七年単行本として出版されるや大当りをとり、ブロークやチュコフスキーが熱っぽい書評を書いた。一九〇五年の革命の挫折と、それのもたらしたペシミズムと倦怠の時代風潮が、この作品の受入れに絶好の精神風土を用意したことは疑いない。文学の世界において、希望と期待と楽天主義に満ちた世紀初頭の雰囲気が、一九〇五年を境にがらりと変わり、サヴィンコフやアルツィバーシェフの作品が俄に幅をきかすようになるこの時代の趨勢は、例えばスローニムの『ソヴェート文学史』などに詳しい。アンドレーエフなどにあっても、この時期から倫理的価値への懐疑、ペシミズムが濃厚になってくる（『人の一生』、『闇』等）。とはいえ、ソログープの小説がこの時代に世に出たということは、その執筆年代を見ても明らかなとおり単なる偶然にすぎず、長篇『小悪魔』が、さらにはソログープという作家が、はるかに広い視野からの位置づけを必要とすることは言うまでもない。

『小悪魔』の舞台はロシヤの地方の小都市で、主人公のペレドーノフは官立ギムナジウムの教師をしている。この点第一長篇『重苦しい夢』の主人公ローギンがやはり地方のギムナジウム教師であったのと一脈通ずるところがある。一読して明らかなとおり、この小説はひとつないし複数のドラマの展開を追うというよりは、多くのエピソードの羅列から成っており、そのひとつひとつのエピソードがソログープ独特の一見粗削りで無技巧に見えるが、その実極度に磨き上げた文体で語られているものであって、そうした構成上の特色とも関連するが、登場人物たちの過去における経歴といったものは何ら語られない。さまざまな人物が登場して悲喜劇的な人間関係を織りなすが、それらの人物はいずれもその瞬間瞬間の姿を簡潔な特徴づけによって捉えられるにすぎず、その点ロシヤ十九世紀の伝統的な写実主義小説とは甚だしく趣きを異にし、物語全体が一種非現実の影を帯び、次々と展開するエピソードはいずれも人形劇を走馬燈に写し出したようなグロテスク味を漂わす。ペレドーノフがどういう人間であるかについても、作者はその経歴を一切語らず、全ては物語そのものに委ねられている。ペレドーノフがロシヤ文学史上フョードル・カラマーゾフやイウードゥシカ・ゴロヴリョーフらと並び称される悪党であり、フレスタコーフシチナやカラマーゾフシチナと並んでペレドーノフシチナの語が、怠惰、虚栄、猜疑、横暴、淫蕩、不潔等々をうって一丸とした悪徳の代名詞として使われることはよく指摘されるが、注意さるべきは、ペレドーノフにあってはこれらの悪徳が一丸となってメフィストフェレスのような積極的な悪の化身に転化をとげることが決してなく、混沌としたまま無気力な灰色の沈滞のうちに淀み続けていることである。彼は魅力的な悪党ではいささかもない。何かしらその正反対のものである。たしかに創造性の全き欠如という意味での無気力と沈滞こそがペレドーノフの体現する悪の最たるものであって、触れるもの全てを金と化せしめたミダス王のように、ペレドーノフはその触れるものすべての上に憂鬱とけだるい無気力の刻印を押す。彼の視線を一瞬浴びるや、人間や事物のみならず、自然現象までが救いようもなく重苦しい様相を呈しはじめる。それかあらぬか、物語は終始曇り空の下、死んだようにうずくまる、息をつまらせそうな家々から成る町、といった道具立ての中で展開する。パリのスプリーンを歌ったボードレールをはじめ、古来「憂鬱な」芸術家は沢山いたが、「無気力な」芸術家というものはかつて存在しなかったであろう。作家にとって無気力とは創作力の涸渇とシノニムである以上、これはあたり前である。作家がその作品の中でいかなる「無気力」を描こうと、作家自身は決して無気力ではありえない。作家と無気力な主人公との距離は無限に遠い筈のものだ。ところが『小悪魔』という作品の与える奇妙な感じとは、作家が無気力を描いて見せているばかりか、しばしば作家自身ほんとうに無気力へと移行してしまうのではないかという奇妙な錯覚を抱かせるところにある。言い換えれば、ここでソログープが無気力という、創造性の全き欠如を捉えようとした時、彼は作家として何かしら非常な危険に身を晒《さら》したのではなかろうか、といった感じを読者は持つ。つまり、無気力の描写が無気力そのものに移行してしまうすれすれの線まで、作者が接近してゆくかのような錯覚にとらわれる。

そのせいであろうか、この小説の与える印象は救い難く暗い。全篇に鏤《ちりば》められたユーモアが辛うじて救いと言えば救いであるが、そのユーモアすらも死の影の下に立ち竦《すく》んだごとく、哄笑は凝固した仮面の下に縊《くび》り殺され、残るは時折滲《にじ》み出る薄笑いばかりといった有様である。

ペレドーノフを軸とする低俗と野卑と無知の世界に対し、サーシャとリュドミラの織りなす妖しいあだ花の世界がぽっかりひらけ、この二つは相交わることなく、かといって分裂しつくすこともなく共存しているわけだが、後者の世界をどう見るかについては、評者によって種々意見が分れる。ブロークなどはこれをほぼペレドーノフの「否定的な」世界の対極に位置する「肯定的な」世界と考えているようだが、小説を虚心に読めば、事態はどうもそれほど単純ではない。たしかにソログープの短篇などでは、少年少女はしばしば大人の眼の捉ええない生の姿を、すなわち生の隅々にまで滲み渡った死の神秘の影を捉えうる存在、それゆえ生にも死にも限りなく真近く位置する存在として登場する。それは所謂汚れなき魂の持主である少年少女というイメージとはいささか異ったものであり、『小悪魔』においては、これら自らはそれと知らず死に隣り合って生きる者たちの内から立ち昇る屍臭が、そのエロチックな耽美生活に早くも彩りを添えているかと思われる。いずれにしても、これら二つの世界を限りなくかけ離れたものと見るにせよ、同じひとつの世界の両面と見るにせよ、この両極を往復する振子の振幅そのものにソログープの形而上学がこめられていたことは疑いない。

『小悪魔』を地方生活の卑小さ、滑稽さを描いた写実小説として読むことも、一面から言えば決して不可能なことではなく、またペレドーノフの異常性格をチェーホフの『ケース入りの男』同様ツァーリ専制権力下のロシヤ社会が生んだ畸形的人物と見ることももちろん可能であり、ソヴェートの批評家たちは当然のことながらこの作品をかかる社会的見地から眺め、ソログープは自ら専制社会の悪とどう戦うべきかは知らなかったが、ともかくも彼の芸術家としての視線はツァーリ社会の本質を的確に見抜いていた、としてこの作品を救おうとしている。ひとつにはレーニンすらインテリゲンチャの小市民性をやっつけたある論文の中でペレドーノフシチナの語を使用しているという事情もあり、これによってソヴェートの批評家たちもソログープの名を口にすることに対するある程度の裁可を得ているわけであるが、それにもかかわらずこの作家のあまりに明らさまな耽美主義、厭世主義はソヴェートの文芸政策とは到底反りが合わず、十月革命後ソログープの作品は殆ど出版されていない。『小悪魔』のみが用心深い序文をつけて一度出ただけである。ソログープの残した遺稿等厖大な文書が国立図書館あたりに保存されていることであろうが、そうした資料の整理刊行も今日のところ未だ行なわれてはいないらしい。

翻訳のテキストには、一九一三年サンクト・ペテルブルク、シーリン出版社版ソログープ著作集第六巻の『小悪魔』（第七版）を用いた。かたわらBradda BooksのRarity Reprints No. 2, Федор Сологуб《Мелкий бес》（これは三十年代ソヴェートにおいてオレスト・ツェフノヴィツェルの解説をつけて出版されたものの復刻版で、それにJames Forsythという人の英文の前書きがついている）を参照したが、ソヴェート版に見られるいくつかの明らかな誤植を除いて、両者の間に特に異同は認められなかった。ただソヴェート版には、巻末に、作者の手稿から採録したという「ヴァリアント」がついている。しかしこのヴァリアントは本文の異文というよりは、『悪霊』における「スタヴローギンの告白」などと同様、作者が発表にあたり検閲を考慮して削除した個所と見做すほうが妥当であり、またそれだけに作品の本質にかかわる個所が多い。それゆえ本訳書ではこれらヴァリアントを〔　〕でくくり本文に収録することにした。

『小悪魔』には戦前すでに中村白葉氏の翻訳があり、大正十一年叢文閣から、昭和十五年弘文堂（世界文庫）から出版されている。本訳書が屋上屋を重ねるの弊を僅かなりと免れうるとしたら、それは主としてこのヴァリアント収録の結果であり、この措置が作品を損うことはなかったと信ずる。

翻訳にあたってはガリマール版の仏訳（"Le Démon Mesquin" traduit par H. Pernot et L. Stahl, 1949）を参照し、疑問の個所については丸川マリヤ氏の御教示を仰いだ。訳者の無数の質問にいつも快くお答え下さった氏のお力添えがなかったなら、本訳書は永久に訳書の体をなすに至らなかったことであろう。尚編集部の大橋千明氏には終始御厄介をおかけした。ここに記して心からの感謝の意を表させていただきたい。

一九七二年九月

青山太郎

本書はフョードル・ソログープ『小悪魔』（青山太郎訳、河出書房新社、一九七二）の再刊です。
なお、本書中には今日の人権意識に照らして不適切と思われる語句を含む文章もありますが、作品の時代的背景にかんがみ、また文学作品の原文を尊重する立場から、そのままとしました。

——編集部

著者紹介
**フョードル・ソログープ　Федор Сологуб**
ロシア象徴主義の詩人・小説家。1863年ペテルブルク生まれ。本名フョードル・クズミッチ・テテールニコフ。師範学校で学び、学校教師として働きながら詩や小説を創作。1896年に第一短篇集『影』と長篇『重苦しい夢』を発表。長篇第二作『小悪魔』（1907）が大成功を収め、以後文筆活動に専念、デカダン派の重要作家としての地位を確立する。他に『創造伝説』三部作（1907−13）、戯曲『死の勝利』（1907）など。象徴的な抒情詩でも名声を博し、「かくれんぼ」「毒の園」「白い母」などの世紀末的な死と幻想のイメージに満ちた短篇でも知られる。十月革命には反対の立場をとり、革命後はボリシェヴィキ政府から冷遇された。1927年死去。

訳者略歴
**青山太郎**（あおやま・たろう）
1938年東京生まれ。ロシア文学者。早稲田大学ロシア文学科卒。同大学院修士課程修了。パリ大学東洋語・東洋文化研究所を経て、九州大学言語文化部教授。2002年定年退官。著書に『ニコライ・ゴーゴリ』（河出書房新社）、訳書にウラジーミル・ナボコフ『ニコライ・ゴーゴリ』（平凡社ライブラリー）、ニコライ・ベルジャーエフ『創造の意味』（行路社）、ユーリー・エラーギン『暗き天才メイエルホリト』（みすず書房）、アレクサンドル・ジノヴィエフ『カタストロイカ』（晶文社）などがある。

編集＝藤原編集室

本書は1972年に河出書房新社より刊行された。

白水uブックス　235

小悪魔

著　者　フョードル・ソログープ
訳者©　青山太郎
発行者　及川直志
発行所　株式会社白水社
東京都千代田区神田小川町3-24
振替　00190-5-33228　〒101-0052
電話　(03) 3291-7811（営業部）
(03) 3291-7821（編集部）
www.hakusuisha.co.jp

2021年5月10日　印刷
2021年6月5日　発行
本文印刷　株式会社精興社
表紙印刷　クリエイティブ弥那
製　　本　加瀬製本
Printed in Japan

ISBN978-4-560-07235-6

乱丁・落丁本は送料小社負担にてお取り替えいたします。